U0938850

清·黄易「得自在禅」

天龙八部

大字本

四

金庸

朗聲圖書
中山大學出版社
SUN YAT-SEN UNIVERSITY PRESS

图书在版编目（CIP）数据

天龙八部 / 金庸著 . — 广州 : 中山大学出版社，2024.1
ISBN 978-7-306-08002-8

Ⅰ . ①天…　Ⅱ . ①金…　Ⅲ . ①侠义小说 — 中国 — 当代　Ⅳ . ① I247.5

中国国家版本馆 CIP 数据核字（2024）第 019335 号

敬告读者

为了维护读者、著作权人和出版发行者的合法权益，本书采用了新型数码防伪技术。正版图书的定价标示处及外包装盒上均贴有完好的防伪标签。刮开涂层，可见到一组数码，您可以通过两种途径查验真伪。

1. 拨打全国免费电话4008301315，按语音提示从左到右依次输入相应数码并按＃键结束。
2. 扫描防伪标上的二维码，按提示输入相应数码。

读者如发现盗版图书，可向当地“扫黄打非”办公室、新闻出版局、公安机关、市场监督管理局等部门举报，或直接与我们联系。

联系电话：020-34297719　13570022400

我们对举报盗版、盗印、销售盗版图书等侵权行为的有功人员将予以重奖。

广州市朗声图书有限公司

衬页印章／黄易「得自在禅」：黄易（1744—1802），字小松，浙江钱塘人，清乾嘉年间的大金石家，西泠八家之一，对汉魏碑碣的发掘研究为功极大。少林寺为中国禅宗初祖达摩面壁之处，佛家以「得自在」为解脱，为学佛之最高境界。

左图／敦煌石窟中的西夏壁画：图中所绘王者及随从的装束，是西夏当时生活的写实。西夏文化较低，画风有粗拙之美。

周臣「人物」：

周臣所绘长卷中之人物，道士、和尚、中年妇人、少妇、江湖人物等，形象生动，兼具写意与写实之所长，是我国绘画中的珍品。在以前注重文人画的时代，不甚为人所重，近代则评价甚高。

苏六朋《东山报捷图》：苏六朋，晚清广东顺德人，善画人物。图中弈棋者为东晋人谢安，由此可想见本书苏星河在松下石上与人拆解珍珑棋局之情景。

宋人《云峰远眺图》：旧题夏珪作。夏珪，杭州人，北宋大画家。本书逍遥子、聪辩先生一派人的生活，当与图中人相似。

右页图／宋人《山店风帘图》：
武侠小说中常有在旅途中小客店打尖饮食的描写，此图当即此等情景。

左页图／赵孟頫《红衣天竺僧卷》：
赵孟頫，宋末元初大书画家，在此图卷之题记中赵氏云：唐时画家多见西域人，故画天竺罗汉得其神情，其后画家所绘者与汉僧无异，他在京师曾与天竺僧侣交游，故自谓有得。本书中之哲罗星、波罗星形貌或相似，但未成罗汉耳。

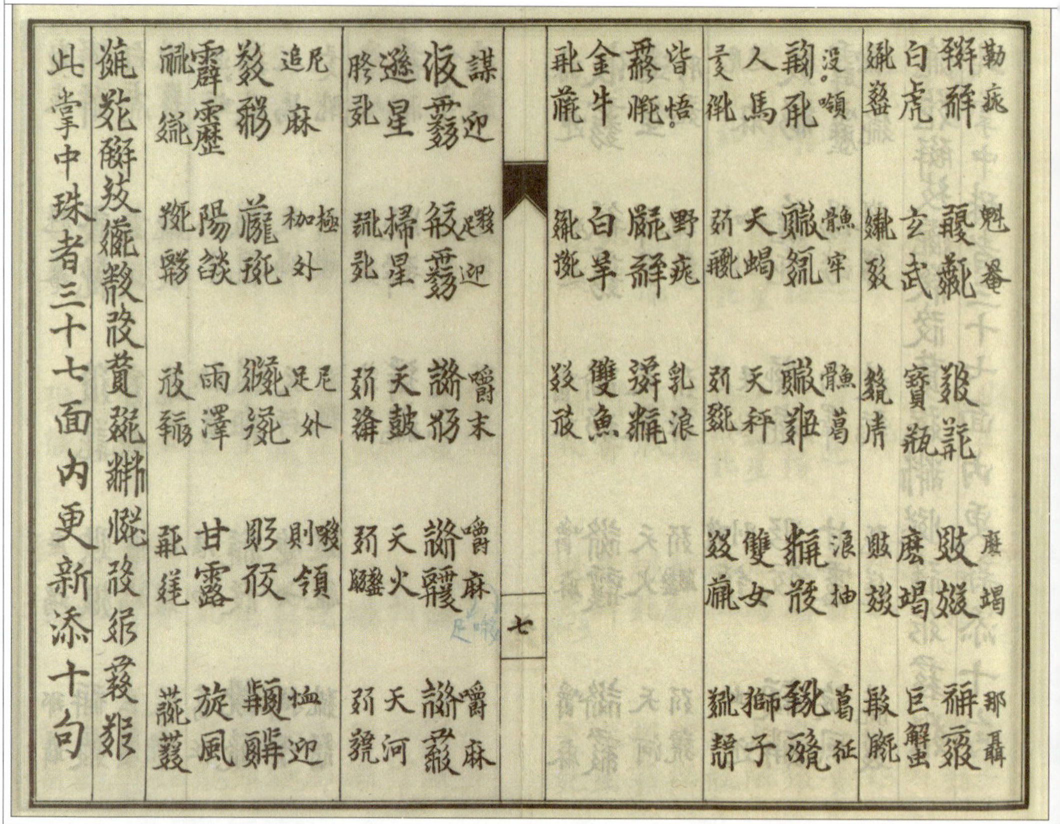

西夏文字（番汉合时掌中珠）：
这是西夏文与汉字对译字典中的一页，
1907至1908年间在俄国黑城出土，
这一页上主要是星座与气象的名称。
中间大字：右为西夏文字，左为对应之汉字。
两旁小字：西夏字之旁以汉字注音，
汉字旁以西夏字注音。

目　录

（三十一至四十回回目调寄《洞仙歌》。）

可是数着一下之后，局面竟起了极大的变化。这个“珍珑”的秘奥，正是要白棋先挤死了自己一大块，以后的妙着方能源源而生。

三十一

输赢成败　又争由人算

车行辚辚，日夜不停。玄难、邓百川、康广陵等均是当世武林大豪，这时武功全失，成为随人摆布的囚徒。众人只约莫感到，一行人是向东南方行。

如此走得八日，到第九日上，一早便上了山道。行到午间，地势越来越高，终于大车再也无法上去。星宿派众弟子将玄难等叫出车来。步行半个多时辰，来到一地，见竹荫森森，景色清幽，山涧旁用巨竹搭着一个凉亭，构筑精雅，极尽巧思，竹即是亭，亭即是竹，一眼看去，竟分不出是竹林还是亭子。冯阿三大为赞佩，左右端相，惊疑不定。

众人刚在凉亭中坐定，山道上四人快步奔来。当先二人是丁春秋的弟子，当是在车停之前便上去探山或是传讯的。后面跟着两个身穿乡农衣衫的青年汉子，走到丁春秋面前，躬身行礼，呈上一封书信。

丁春秋拆开一看，冷笑道："很好，很好。你还没死心，要再决生死，自当奉陪。"

那青年汉子从怀中取出一个炮仗，打火点燃。砰的一声，炮仗窜上了天空。寻常炮仗都是"砰"的一声响过，跟着在半空中"啪"的一响，炸得粉碎，这炮仗飞到半空之后，却啪啪啪连响三下。冯阿三向康广陵低声道："大哥，这是本门的制作。"

不久山道上走下一队人来，共有三十余人，都是乡农打扮，手中各携长形兵刃。到得近处，才见这些长物并非兵刃，乃是竹杠。每两根竹杠之间系有绳网，可供人乘坐。

丁春秋冷笑道："主人肃客，大家不用客气，便坐了上去罢。"当下玄难等一一坐上绳网。那些青年汉子两个抬一个，健步如飞，向山上奔去。

丁春秋大袖飘飘，率先而行。他奔行并不急遽，但在这陡削的山道上宛如御风飘浮，足不点地，顷刻间便没入了前面竹林之中。

邓百川等中了他的化功大法，一直心中愤懑，均觉误为妖邪所伤，非战之罪，这时见到他轻功如此精湛，那是取巧不来的真实本领，不由得叹服，寻思："他便不使妖邪功夫，我也不是他对手。"风波恶赞道："这老妖的轻功甚是了得，佩服啊佩服！"

他出口一赞，星宿群弟子登时竞相称颂，说得丁春秋的武功当世固然无人可比，而且自古以来的武学大师，什么达摩老祖等等，也都大为不及，谄谀之烈，众人闻所未闻。

包不同道："众位老兄，星宿派的功夫，确是胜过了任何门派，当真是前无古人，后无来者。"众弟子大喜。一人问道："依你之见，我派最厉害的功夫是哪一项？"包不同道："岂止一项，至少也有三项。"众弟子更加高兴，齐问："是哪三项？"

包不同道："第一项是马屁功。这一项功夫如不练精，只怕在贵门之中，活不上一天半日。第二项是法螺功，若不将贵门的武功德行大加吹嘘，不但师父瞧你不起，在同门之间也必大受排挤，无法立足。这第三项功夫呢，那便是厚颜功了。若不是抹煞良心，厚颜无耻，又如何练得成马屁与法螺这两大奇功。"

他说了这番话，料想星宿派群弟子必定人人大怒，一齐向他拳足交加，只是这几句话犹似骨鲠在喉，不吐不快，岂知星宿派弟子听了这番话后，一个个默默点头。一人道："老兄聪明得紧，对本派的奇功倒也知之甚深。不过这马屁、法螺、厚颜三门神功，那也是很难修习的。寻常人于世俗之见沾染甚深，总觉得有些事是好的，有些事是坏的。只要心中存了这种无聊的善恶之念、是非之分，要修习厚颜功便事倍功半，往往在要紧关头，功亏一篑。"

包不同本是出言讥刺，万万料想不到这些人安之若素，居之不疑，不由得大奇，笑道："贵派神功深奥无比，小子心存仰慕，还要请大仙再加开导。"

那人听包不同称他为"大仙"，登时飘飘然起来，说道："你不是本门中人，这些神功的秘奥，自不能向你传授。不过有些粗浅道理，跟你说说倒也不妨。最重要的秘诀，自然是将师父奉若神明，他老人家便放一个屁……"

包不同抢着道："当然也是香的。更须大声呼吸，衷心赞颂……"那人道："你这话大处甚是，小处略有缺陷，不是'大声呼吸'，而是'大声吸，小声呼'。"包不同道："对对，大仙指点得是，倘若大声呼气，不免似嫌师父之屁……这个并不太香。"

那人点头道："不错，你天资很好，倘若投入本门，该有相当造诣，只可惜误入歧途，进了旁门左道的门下。本门的功夫虽然变化万状，但基本功诀，也不繁复，只须牢记'抹杀良心'四字，大致上也差不多了。"

包不同连连点头，道："闻君一席话，胜读十年书。在下对贵派心向往之，恨不得投入贵派门下，不知大仙能加引荐么？"那人微微一笑，道："要投入本门，当真谈何容易，那许许多多艰难困苦的考验，谅你也无法经受得起。"另一名弟子道："这里耳目众多，不宜与他多说。姓包的，你若真有投靠本门之心，当我师父心情大好之时，我可为你在师父面前说几句好话。本派广收徒众，我瞧你根骨倒也不差，若得师父大发慈悲，收你为徒，日后或许能有些造就。”包不同一本正经的道：“多谢，多谢。大仙恩德，包某没齿难忘。”

邓百川、公冶乾等听得包不同逗引星宿派弟子，不禁又是好气，又是好笑，心想：“世上竟有如此卑鄙无耻之人，以吹牛拍马为荣，实是罕见罕闻。”

说话之间，一行人已进了一个山谷。谷中都是松树，山风过去，松声若涛。在林间行了里许，来到三间木屋之前。只见屋前的一株大树之下，有二人相对而坐。左首一人身后站着三人。丁春秋远远站在一旁，仰头向天，神情甚是傲慢。

一行人渐渐行近，包不同忽听得身后竹杠上的李傀儡喉间“咕”的一声，似要说话，却又强行忍住。包不同回头望去，见他脸色雪白，神情极是惶怖。包不同道：“你这扮的是什么？是扮见了鬼的子都吗？吓成这个样子！”李傀儡不答，似乎全没听到他的说话。

走到近处，见坐着的两人之间有块大石，上有棋盘，两人正在对弈。右首是个矮瘦的干瘪老头儿，左首则是个青年公子。包不同认得那公子便是段誉，心下老大没味，寻思：“我对这小子向来甚是无礼，今日老子的倒霉样儿却给他瞧了去，这小子定要出言讥嘲。”

但见那棋盘雕在一块大青石上，黑子、白子全是晶莹发光，双方各已下了百余子。丁春秋慢慢走近观弈。那矮小老头拈黑子下了一着，忽然双眉一轩，似是看到了棋局中奇妙紧迫的变化。段誉手中拈着一枚白子，沉吟未下。包不同叫道：“喂，姓段的小子，你已输了，这就跟姓包的难兄难弟，一块儿认输罢。”段誉身后三人回过头来，怒目而视，正是朱丹臣等三名护卫。

突然之间，康广陵、范百龄等函谷八友，一个个从绳网中挣扎起来，走到离那青石棋盘丈许之处，一齐跪下。

包不同吃了一惊，说道："捣什么鬼？"四字一说出口，立即省悟，这个瘦小干枯的老头儿，便是聋哑老人"聪辩先生"，也即是康广陵等函谷八友的师父。但他是星宿老怪丁春秋的死对头，强仇到来，怎么仍好整以暇的与人下棋？而且对手又不是什么重要脚色，不过是个不会武功的书呆子而已？

康广陵道："你老人家清健胜昔，咱们八人欢喜无限。"函谷八友被聪辩先生苏星河逐出了师门，不敢再以师徒相称。范百龄道："少林派玄难大师瞧你老人家来啦。"

苏星河站起身来，向着众人深深一揖，说道："玄难大师驾到，老朽苏星河有失迎迓，罪甚，罪甚！"眼光向众人一瞥，便又转头去瞧棋局。

众人曾听薛慕华说过他师父被迫装聋作哑的缘由，此刻他居然开口说话，自是决意与丁春秋一拼死活了。康广陵、薛慕华等等都不自禁的向丁春秋瞧了瞧，既感兴奋，亦复担心。

玄难说道："好说，好说！"见苏星河如此重视这一盘棋，心想："此人杂务过多，书画琴棋，无所不好，难怪武功要不及师弟。"

万籁无声之中，段誉忽道："好，便如此下！"说着将一枚白子下在棋盘之上。苏星河脸有喜色，点了点头，意似嘉许，下了一着黑子。段誉将十余路棋子都已想通，跟着便下白子，苏星河又下了一枚黑子。两人下了十余着，段誉吁了口长气，摇头道："老先生所摆的珍珑深奥巧妙之极，晚生破解不来。"

眼见苏星河是赢了，可是他脸上反现惨然之色，说道："公子棋思精密，这十几路棋已臻极高的境界，只是未能再想深一步，可惜，可惜。唉，可惜，可惜！"他连说了四声"可惜"，惋惜之情，确是十分深挚。段誉将自己所下的十余枚白子从棋盘上捡起，放入木盒。苏星河也捡起了十余枚黑子。棋局上仍然留着原来的阵势。

段誉退在一旁，望着棋局怔怔出神："这个珍珑，便是当日我在无量山石洞中所见的。这位聪辩先生，必与洞中的神仙姊姊有甚渊源，待会得便，须当悄悄向他请问，可决计不能让别人听见了。否则的话，大家都拥去瞧神仙姊姊，岂不亵渎了她？"

函谷八友中的二弟子范百龄是个棋迷，远远望着那棋局，已知不是"师父"与这位青年公子对弈，而是"师父"布了个"珍珑"，这青年公子试行破解，却破解不来。他跪在地下看不清楚，膝盖便即抬了起来，伸长了脖子，想看个明白。

苏星河道："你们大伙都起来！百龄，这个'珍珑'，牵涉异常重大，你过来好好的瞧上一瞧，倘能破解得开，那是一件大大的妙事。"

范百龄大喜，应道："是！"站起身来，走到棋盘之旁，凝神瞧去。

邓百川低声问道："二弟，什么叫'珍珑'？"公冶乾也低声道："'珍珑'即是围棋的难题。那是一个人故意摆出来难人的，并不是两人对弈出来的阵势，因此或生、或劫，往往极难推算。"寻常"珍珑"少则十余子，多者也不过四五十子，但这一个却有二百余子，一盘棋已下得接近完局。公冶乾于此道所知有限，看了一会不懂，也就不看了。

范百龄精研围棋数十年，实是此道高手，见这一局棋劫中有劫，既有共活，又有长生，或反扑，或收气，花五聚六，复杂无比。他登时精神一振，再看片时，忽觉头晕脑胀，只计算了右下角一块小小白棋的死活，已觉胸口气血翻涌。他定了定神，第二次再算，发觉原先以为这块白棋是死的，其实却有可活之道，但要杀却旁边一块黑棋，牵涉却又极多，再算得几下，突然间眼前一团漆黑，喉头一甜，喷出一大口鲜血。

苏星河冷冷的看着他，说道："这局棋原是极难，你天资有限，虽然棋力不弱，却也多半解不开，何况又有丁春秋这恶贼在旁施展邪术，迷人心魄，实在大是凶险，你到底要想下去呢，还是不想了?”范百龄道：“生死有命，弟……我……我……决意尽心尽力。”苏星河点点头，道：“那你慢慢想罢。”范百龄凝视棋局，身子摇摇晃晃，又喷了一大口鲜血。

丁春秋冷笑道：“枉自送命，却又何苦来?这老贼布下的机关，原是用来折磨、杀伤人的，范百龄，你这叫做自投罗网。”

苏星河斜眼向他睨了一眼，道：“你称师父做什么?”丁春秋道：“他是老贼，我便叫他老贼!”苏星河道：“聋哑老人今日不聋不哑了，你想必知道其中缘由。”丁春秋道：“妙极!你自毁誓言，是自己要寻死，须怪我不得。”

苏星河随手提起身旁的一块大石，放在玄难身畔，说道：“大师请坐。”

玄难见这块大石无虑二百来斤，苏星河这样干枯矮小的一个老头儿，全身未必有八十斤重，但他举重若轻，毫不费力的将这块巨石提了起来，功力实是了得，自己武功未失之时，要提这块巨石当然也是易事，但未必能如他这般轻描淡写，行若无事，当下合什说道：“多谢!”坐在石上。

苏星河又道：“这个珍珑棋局，乃先师所制。先师当年穷三年心血，这才布成，深盼当世棋道中的知心之士，予以破解。在下三十年来苦加钻研，未能参解得透。”说到这里，眼光向玄难、段誉、范百龄等人一扫，说道：“玄难大师精通禅理，自知禅宗要旨，在于‘顿悟’。穷年累月的苦功，未必能及具有宿根慧心之人的一见即悟。棋道也是一般，才气横溢的八九岁小儿，棋枰上往往能胜一流高手。虽然在下参研不透，但天下才士甚众，未必都破解不得。先师当年留下了这个心愿，倘若有人破解开了，完了先师这个心愿，先师虽已不在人世，泉下有知，也必定大感欣慰。”

玄难心想："这位聪辩先生的师父徒弟，倒均是一脉相传，于琴棋书画这些玩意儿，个个都是入了魔，将毕生的聪明才智，浸注于这些不相干的事上，以致让丁春秋在本门中横行无忌，无人能加禁制，实乃可叹。"

只听苏星河道："我这个师弟，"说着向丁春秋一指，说道："当年背叛师门，害得先师饮恨谢世，将我打得无法还手。在下本当一死殉师，但想起师父有个心愿未了，倘若不觅人破解，死后也难见师父之面，是以忍辱偷生，苟活至今。这些年来，在下遵守师弟之约，不言不语，不但自己做了聋哑老人，连门下新收的弟子，也都强着他们做了聋子哑子。唉，三十年来，一无所成，这个棋局，仍是无人能够破解。这位段公子固然英俊潇洒……"

包不同插口道："这位段公子未必英俊，潇洒更是大大不见得，何况人品英俊潇洒，跟下棋有什么干系，欠通啊欠通！"苏星河道："这中间大有干系，大有干系。"包不同道："你老先生的人品，嘿嘿，也不见得如何英俊潇洒啊。"苏星河向他凝视片刻，微微一笑。包不同道："你定是说我包不同比你老先生更加的丑陋古怪……"

苏星河不再理他，续道："段公子所下的十余着，也已极尽精妙，在下本来寄以极大期望，岂不知棋差一着，最后数子终于还是输了。"

段誉脸有惭色，道："在下资质愚鲁，有负老丈雅爱，极是惭愧……"

一言未毕，猛听得范百龄大叫一声，口中鲜血狂喷，向后便倒。苏星河左手微抬，嗤嗤嗤三声，三枚棋子弹出，打中了他胸口穴道，这才止了他喷血。

众人正错愕间，忽听得啪的一声，半空中飞下白白的一粒东西，打在棋盘之上。

苏星河一看，见是一小粒松树的树肉，刚是新从树中挖出来的，正好落在“去”位的七九路上，那是破解这“珍珑”的关键所在。他一抬头，只见左首五丈外的一棵松树之后，露出淡黄色长袍一角，显是隐得有人。

苏星河又惊又喜，说道：“又到了一位高人，老朽不胜之喜。”正要以黑子相应，耳边突然间一声轻响过去，一粒黑色小物从背后飞来，落在“去”位的八八路，正是苏星河所要落子之处。

众人“咦”的一声，转过头去，竟一个人影也无。右首的松树均不高大，树上如藏得有人，一眼便见，实不知这人躲在何处。苏星河见这粒黑物是一小块松树皮，所落方位极准，心下暗自骇异。那黑物刚下，左首松树后又射出一粒白色树肉，落在“去”位五六路上。

只听得嗤的一声响，一粒黑物盘旋上天，跟着直线落下，不偏不倚的跌在“去”位四五路上。这黑子成螺旋形上升，发自何处，便难以探寻，这黑子弯弯曲曲的升上半空，落下来仍有如此准头，这份暗器功夫，实足惊人。旁观众人心下钦佩，齐声喝采。

采声未歇，只听得松树枝叶间传出一个清朗的声音：“慕容公子，你来破解珍珑，小僧代应两着，勿怪冒昧。”枝叶微动，清风飒然，棋局旁已多了一名僧人。这和尚身穿灰布僧袍，神光莹然，宝相庄严，脸上微微含笑。

段誉吃了一惊，心道：“鸠摩智这魔头又来了！”又想：“难道刚才那白子是慕容公子所发？这位慕容公子，今日我终于要见到了？”

只见鸠摩智双手合什，向苏星河、丁春秋和玄难各行一礼，说道：“小僧途中得见聪辩先生棋会邀帖，不自量力，前来会见天下高人。”又道：“慕容公子，这也就现身罢！”

但听得笑声清朗，一株松树后转了两个人出来。段誉登时眼前一黑，耳中作响，嘴里发苦，全身生热。这人娉娉婷婷，缓步而来，正是他朝思暮想、无时或忘的王语嫣。

她满脸倾慕爱恋之情，痴痴的瞧着她身旁一个青年公子。段誉顺着她目光看去，但见那人二十七八岁年纪，身穿淡黄轻衫，腰悬长剑，飘然而来，面目俊美，潇洒闲雅。

段誉一见之下，身上冷了半截，眼圈一红，险些便要流下泪来，心道："人道慕容公子是人中龙凤，果然名不虚传。王姑娘对他如此倾慕，也真难怪。唉，我一生一世，命中是注定要受苦受难了。"他心下自怨自艾，自叹自伤，不愿抬头去看王语嫣的神色，但终于忍不住又偷偷瞧了她一眼。只见她容光焕发，似乎全身都要笑了出来，自相识以来，从未见过她如此欢喜。两人已走近身来，但王语嫣对段誉视而不见，竟没向他招呼。段誉又道："她心中从来就没我这个人在，从前就算跟我在一起，心中也只有她表哥。"

邓百川、公冶乾、包不同、风波恶四人早抢着迎上。公冶乾向慕容复低声禀告苏星河、丁春秋、玄难等三方人众的来历。包不同道："这姓段的是个书呆子，不会武功，刚才已下过棋，败下了阵来。"

慕容复和众人一一行礼厮见，言语谦和，着意结纳。"姑苏慕容"名震天下，众人都想不到竟是这么一个俊雅清贵的公子哥儿，当下互道仰慕，连丁春秋也说了几句客气话。

慕容复最后才和段誉相见，说道："段兄，你好。"段誉神色惨然，摇头道："你才好了，我……我一点儿也不好。"王语嫣"啊"的一声，道："段公子，你也在这里。"段誉道："是，我……我……"

慕容复向他瞪了几眼，不再理睬，走到棋局之旁，拈起白子，下在棋局之中。鸠摩智微微一笑，说道："慕容公子，你武功虽强，这弈道只怕也是平常。"说着下了一枚黑子。慕容复道："未必便输于你。"说着下了一枚白子。鸠摩智应了一着。

慕容复对这局棋凝思已久，自信已想出了解法，可是鸠摩智这一着却大出他意料之外，本来筹划好的全盘计谋尽数落空，须得从头想起，过了良久，才又下一子。

鸠摩智运思极快，跟着便下。两人一快一慢，下了二十余子，鸠摩智突然哈哈大笑，说道："慕容公子，咱们一拍两散！"慕容复怒道："你这么瞎捣乱！那么你来解解看。"鸠摩智笑道："这个棋局，原本世上无人能解，乃是用来作弄人的。小僧有自知之明，不想多耗心血于无益之事。慕容公子，你连我在边角上的纠缠也摆脱不了，还想逐鹿中原么？"

慕容复心头一震，一时之间百感交集，反来覆去只是想着他那两句话："你连我在边角上的纠缠也摆脱不了，还想逐鹿中原么？"

眼前渐渐模糊，棋局上的白子黑子似乎都化作了将官士卒，东一团人马，西一块阵营，你围住我，我围住你，互相纠缠不清的厮杀。慕容复眼睁睁见到，己方白旗白甲的兵马被黑旗黑甲的敌人围住了，左冲右突，始终杀不出重围，心中越来越是焦急："我慕容氏天命已尽，一切枉费心机。我一生尽心竭力，终究化作一场春梦！时也命也，夫复何言？"突然间大叫一声，拔剑便往颈中刎去。

当慕容复呆立不语、神色不定之际，王语嫣和段誉、邓百川、公冶乾等都目不转睛的凝视着他。慕容复居然会忽地拔剑自刎，这一着谁都料想不到，邓百川等一齐抢上解救，但功力已失，终是慢了一步。

段誉食指点出，叫道："不可如此！"只听得"嗤"的一声，慕容复手中长剑一晃，当的一声，掉在地下。

鸠摩智笑道："段公子，好一招六脉神剑！"

慕容复长剑脱手，一惊之下，才从幻境中醒了过来。王语嫣拉着他手，连连摇晃，叫道："表哥！解不开棋局，又打什么紧？你何苦自寻短见?”说着泪珠从面颊上滚了下来。

慕容复茫然道:“我怎么了?”王语嫣道:“幸亏段公子打落了你手中长剑,否则……否则……”公冶乾劝道:“公子,这棋局迷人心魄,看来其中含有幻术,公子不必再耗费心思。”慕容复转头向着段誉,道:“阁下适才这一招,当真是六脉神剑的剑招么?可惜我没瞧见,阁下能否再试一招,俾在下得以一开眼界。”

段誉向鸠摩智瞧了瞧,生怕他见到自己使了一招“六脉神剑”之后,又来捉拿自己,这路剑法时灵时不灵,恶和尚倘若出手,那可难以抵挡,心中害怕,向左跨了三步,与鸠摩智离得远远地,中间有朱丹臣等三人相隔,这才答道:“我……我心急之下,一时碰巧,要再试一招,这就难了。你刚才当真没瞧见?”

慕容复脸有惭色,道:“在下一时之间心神迷糊,竟似着魔中邪一般。”

包不同大叫一声,道:“是了,定是星宿老怪在旁施展邪法,公子,千万小心!”

慕容复向丁春秋横了一眼,向段誉道:“在下误中邪术,多蒙救援,感激不尽。段兄身负‘六脉神剑’绝技,可是大理段家的吗?”

忽听得远处一个声音悠悠忽忽的飘来:“哪一个大理段家的人在此?是段正淳吗?”正是“恶贯满盈”段延庆的声音。

朱丹臣等立时变色。只听得一个金属相擦般的声音叫道:“我们老大,才是正牌大理段氏,其余都是冒牌货。”段誉微微一笑,心道:“我徒儿也来啦。”

南海鳄神的叫声甫歇,山下快步上来一人,身法奇快,正是云中鹤,叫道:“天下四大恶人拜访聪辩先生,谨赴棋会之约。”苏星河道:“欢迎之至。”这四字刚出口,云中鹤已飘行到了众人身前。

过了一会,段延庆、叶二娘、南海鳄神三人并肩而至。南海鳄神大声道："我们老大见到请帖，很是欢喜，别的事情都搁下了，赶着来下棋，他武功天下无敌，比我岳老二还要厉害。哪一个不服，这就上来跟他下三招棋。你们要单打独斗呢，还是大伙儿齐上？怎地还不亮兵刃？"叶二娘道："老三，别胡说八道！下棋又不是动武打架，亮什么兵刃？"南海鳄神道："你才胡说八道，不动武打架，老大巴巴的赶来干什么？"

段延庆目不转睛的瞧着棋局，凝神思索，过了良久良久，左手铁杖伸到棋盒中一点，杖头便如有吸力一般，吸住一枚白子，放在棋局之上。

玄难赞道："大理段氏武功独步天南，真乃名下无虚。"

段誉见过段延庆当日与黄眉僧弈棋的情景，知他不但内力深厚，棋力也是甚高，只怕这个"珍珑"给他破解了开来，也未可知。朱丹臣在他耳畔悄声道："公子，咱们走罢！可别失了良机。"但段誉一来想看段延庆如何解此难局，二来好容易见到王语嫣，便是天塌下来也不肯舍她而去，当下只"唔，唔"数声，反而向棋局走近了几步。

苏星河对这局棋的千变万化，每一着都早已了然于胸，当即应了一着黑棋。段延庆想了一想，下了一子。苏星河道："阁下这一着极是高明，且看能否破关，打开一条出路。"下了一子黑棋，封住去路。段延庆又下了一子。

那少林僧虚竹忽道："这一着只怕不行！"他适才见慕容复下过这一着，此后接续下去，终至拔剑自刎。他生怕段延庆重蹈覆辙，心下不忍，于是出言提醒。

南海鳄神大怒，叫道："凭你这小和尚，也配来说我老大行不行！"一把抓住他的背心，提了过去。段誉道："好徒儿，别伤了这位小师父！"南海鳄神到来之时，早就见到段誉，心中一直尴尬，最好是段誉不言不语，哪知他还是叫了出来，气愤愤的道："不伤便不伤，打什么紧!”将虚竹放在地下。

众人见这个如此横蛮凶狠的南海鳄神居然听段誉的话，对他以“徒儿”相称也不反口，都感奇怪。只有朱丹臣等明白其中原由，心下暗暗好笑。

虚竹坐在地下，心下转念：“我师父常说，佛祖传下的修证法门是戒、定、慧三学。《楞严经》云：‘摄心为戒，因戒生定，因定发慧。’我等钝根之人，难以摄心为戒，因此达摩祖师传下了方便法门，教我们由学武而摄心，也可由弈棋而摄心。学武讲究胜败，下棋也讲究胜败，恰和禅定之理相反，因此不论学武下棋，均须无胜败心。念经、吃饭、行路之时，无胜败心极易，比武、下棋之时无胜败心极难。倘若在比武、下棋之时能无胜败心，那便近道了。《法句经》有云：‘胜则生怨，负则自鄙。去胜负心，无诤自安。’我武功不佳，棋术低劣，和师兄弟们比武、下棋之时，一向胜少败多，师父反而赞我能不嗔不怨，胜败心甚轻。怎地今日我见这位段施主下了一着错棋，便担心他落败，出言指点？何况以我的棋术，又怎能指点旁人？他这着棋虽与慕容公子的相同，此后便多半不同了，我自己不解，反而说‘只怕不行’，岂不是大有贡高自慢之心?”

段延庆下一子，想一会，一子一子，越想越久，下到二十余子时，日已偏西，玄难忽道：“段施主，你起初十着走的是正着，第十一着起，走入了旁门，越走越偏，再也难以挽救了。”段延庆脸上肌肉僵硬，木无表情，喉头的声音说道：“你少林派是名门正宗，依你正道，却又如何解法?”玄难叹了口气，道：“这棋局似正非正，似邪非邪，用正道是解不开的，但若纯走偏锋，却也不行!”

段延庆左手铁杖停在半空，微微发颤，始终点不下去，过了良久，说道：“前无去路，后有追兵，正也不是，邪也不是，那可难也!”他家传武功本来是大理段氏正宗，但后来入了邪道，玄难这几句话，触动了他心境，竟如慕容公子一般，渐渐入了魔道。

这个珍珑变幻百端，因人而施，爱财者因贪失误，易怒者由愤坏事。段誉之败，在于爱心太重，不肯弃子；慕容复之失，由于执着权势，勇于弃子，却说什么也不肯失势。段延庆生平第一恨事，乃是残废之后，不得不抛开本门正宗武功，改习旁门左道的邪术，一到全神贯注之时，外魔入侵，竟尔心神荡漾，难以自制。

丁春秋笑眯眯的道："是啊，一个人由正入邪易，改邪归正难，你这一生啊，注定是毁了，毁了，毁了！唉，可惜，一失足成千古恨，再想回首，那也是不能了！"说话之中，充满了怜惜之情。玄难等高手却都知道这星宿老怪不怀好意，乘火打劫，要引得段延庆走火入魔，除去一个厉害的对头。

果然段延庆呆呆不动，凄然说道："我以大理国皇子之尊，今日落魄江湖，沦落到这步田地，实在愧对列祖列宗。"

丁春秋道："你死在九泉之下，也是无颜去见段氏的先人，倘若自知羞愧，不如图个自尽，也算是英雄好汉的行径，唉，唉！不如自尽了罢，不如自尽了罢！"话声柔和动听，一旁功力较浅之人，已自听得迷迷糊糊的昏昏欲睡。

段延庆跟着自言自语："唉，不如自尽了罢！"提起铁杖，慢慢向自己胸口点去。但他究竟修为甚深，隐隐知道不对，内心深处似有个声音在说："不对，不对，这一点下去，那就糟糕了！"但左手铁杖仍是一寸寸的向自己胸口点了下去。他当年失国流亡、身受重伤之余，也曾生过自尽的念头，只因一个特异机缘，方得重行振作，此刻自制之力减弱，隐伏在心底的自尽念头又冒了上来。

周围的诸大高手之中，玄难慈悲为怀，有心出言惊醒，但这声"当头棒喝"，须得功力与段延庆相当，方起振聋发聩之效，否则非但无益，反生祸害，心下暗暗焦急，却是束手无策。苏星河格于师父当年立下的规矩，不能相救。慕容复知道段延庆不是好人，他如走火而死，除去天下一害，那是最好不过。鸠摩智幸灾乐祸，笑吟吟的袖手旁观。段誉和游坦之功力均甚深厚，却全不明白段延庆此举是什么意思。王语嫣于各门各派的武学虽所知极多，但丁春秋以心力诱引的邪派功夫并非武学，她是一窍不通了。叶二娘以段延庆一直压在她的头上，平时颐指气使，甚为无礼，积忿已久，心想他要自尽，却也不必相救。邓百川、康广陵等不但功力全失，且也不愿混入星宿老怪与“第一恶人”的比拼。

这中间只有南海鳄神一人最是焦急，眼见段延庆的杖头离他胸口已不过数寸，再延搁片刻，立时便点了自己死穴，当下顺手抓起虚竹，叫道：“老大，接住了这和尚！”说着便向段延庆掷了过去。

丁春秋拍出一掌，道：“去罢！别来搅局！”南海鳄神这一掷之力极是雄浑，虚竹身带劲风，向前疾飞，但被丁春秋软软的一掌，虚竹的身子又飞了回去，直撞向南海鳄神。

南海鳄神双手接住，想再向段延庆掷去，不料丁春秋的掌力之中，蕴蓄着三股后劲，南海鳄神突然双目圆睁，腾腾腾退出三步，正待立定，第二股后劲又到。他双膝一软，坐倒在地，只道再也没事了，哪知还有第三股后劲袭来。他身不由主的倒翻了一个筋斗，双手兀自抓着虚竹，将他在身下一压，又翻了过来。他料想丁老怪这一掌更有第四股后劲，忙将虚竹的身子往前一推，以便挡架。

但第四股后劲却没有了，南海鳄神睁眼骂道：“你奶奶个雄！”将虚竹放在地下。

丁春秋发了这一掌，心力稍弛，段延庆的铁杖停在半空，不再移动。丁春秋道：“来不及了，来不及了，段延庆，我劝你还是自尽了罢，还是自尽了罢！”段延庆叹道：“是啊，活在世上，还有什么意思？还是自尽了罢！”说话之间，杖头离着胸口衣衫又近了两寸。

虚竹慈悲之心大动，心知要解段延庆的魔障，须从棋局入手，只是棋艺低浅，要说解开这局复杂无比的棋中难题，当真是想也不敢想，眼见段延庆双目呆呆的凝视棋局，危机生于顷刻，突然间灵机一动：“我解不开棋局，但捣乱一番，却是容易，只须他心神一分，便有救了。既无棋局，何来胜败？”便道：“我来解这棋局。”快步走上前去，从棋盒中取过一枚白子，闭了眼睛，随手放在棋局之上。

他双眼还没睁开，只听得苏星河怒声斥道：“胡闹，胡闹，你自填一气，自己杀死一块白棋，哪有这等下棋的法子？”虚竹睁眼一看，不禁满脸通红。

原来自己闭着眼睛瞎放一子，竟放在一块已被黑棋围得密不通风的白棋之中。这大块白棋本来尚有一气，虽然黑棋随时可将之吃净，但只要对方一时无暇去吃，总还有一线生机，苦苦挣扎，全凭于此。现下他自己将自己的白棋吃了，棋道之中，从无这等自杀的行径。这白棋一死，白方眼看是全军覆没了。

鸠摩智、慕容复、段誉等人见了，都不禁哈哈大笑。玄难摇头莞尔。范百龄虽在衰疲之余，也忍不住道：“那不是开玩笑吗？”

苏星河道：“先师遗命，此局不论何人，均可入局。小师父这一着虽然异想天开，总也是入局的一着。”将虚竹自己挤死了的大块白棋从棋盘上取了下来，跟着下了一枚黑子。

段延庆大叫一声，从幻境中醒觉，眼望丁春秋，心道：“星宿老怪，你乘人之危，暗施毒手，咱们可不能善罢干休。”

丁春秋向虚竹瞧了一眼，目中满含怨毒之意，骂道：“小贼秃！”

段延庆看了棋局中的变化，已知适才死里逃生，乃是出于虚竹的救援，心下好生感激，情知丁春秋挟嫌报复，立时便要向虚竹下手，寻思：“少林高僧玄难在此，谅星宿老怪也不能为难他的徒子徒孙，但若玄难老朽昏庸，回护不周，我自不能让小和尚为我而死。”

苏星河向虚竹道："小师父，你杀了自己一块棋子，黑棋再逼紧一步，你如何应法？"

虚竹陪笑道："小僧棋艺低劣，胡乱下子，志在救人。这盘棋小僧是不会下的，请老前辈原谅。"

苏星河脸色一沉，厉声道："先师布下此局，恭请天下高手破解。倘若破解不得，那是无妨，若有后殃，也是咎由自取。但如有人前来捣乱棋局，渎亵了先师毕生的心血，纵然人多势众，嘿嘿，老夫虽然又聋又哑，却也要誓死周旋到底。"他叫做"聋哑老人"，其实既不聋，又不哑，此刻早已张耳听声，开口说话，竟然仍自称"又聋又哑"，只是他说话时须髯戟张，神情极是凶猛，谁也不敢笑话于他。

虚竹合什深深行礼，说道："老前辈……"

苏星河大声喝道："下棋便下棋，多说更有何用？我师父是给你胡乱消遣的么？"说着右手一挥，拍出一掌，砰的一声巨响，眼前尘土飞扬，虚竹身前立时现出一个大坑。这一掌之力猛恶无比，倘若掌力推前尺许，虚竹早已筋折骨断，死于非命了。

虚竹吓得心中怦怦乱跳，举眼向玄难瞧去，盼望师伯祖出头，救他脱此困境。

玄难棋艺不高，武功又已全失，更有什么法子好想？当此情势，只有硬起头皮，正要向苏星河求情，忽见虚竹伸手入盒，取过一枚白子，下在棋盘之上。所下之处，却是提去白子后现出的空位。

这一步棋，竟然大有道理。这三十年来，苏星河于这局棋的千百种变化，均已拆解得烂熟于胸，对方不论如何下子，都不能逾越他已拆解过的范围。但虚竹一上来便闭了眼乱下一子，以致自己杀了一大块白子，大违根本棋理，任何稍懂弈理之人，都决不会去下这一着。那等如是提剑自刎、横刀自杀。岂知他闭目落子而杀了自己一大块白棋后，局面顿呈开朗，黑棋虽然大占优势，白棋却已有回旋的余地，不再像以前这般缚手缚脚，顾此失彼。这个新局面，苏星河是做梦也没想到过的，他一怔之下，思索良久，方应了一着黑棋。

原来虚竹适才见苏星河击掌威吓，师伯祖又不出言替自己解围，正自彷徨失措之际，忽然一个细细的声音钻入耳中："下'平'位三九路！"虚竹也不理会此言是何人指教，更不想此着是对是错，拿起白子，依言便下在"平"位三九路上。待苏星河应了黑棋后，那声音又钻入虚竹耳中："'平'位二八路。"虚竹再将一枚白棋下在"平"位二八路上。

他此子一落，只听得鸠摩智、慕容复、段誉等人都"咦"的一声叫了出来。虚竹抬头起来，只见许多人脸上都有钦佩讶异之色，显然自己这一着大是精妙，又见苏星河脸上神色又是欢喜赞叹，又是焦躁忧虑，两条长长的眉毛不住上下掀动。

虚竹心下起疑："他为什么忽然高兴？难道我这一着下错了么？"但随即转念："管他下对下错，只要我和他应对到十着以上，显得我下棋也有若干分寸，不是胡乱搅局，侮辱他的先师，他就不会见怪了。"待苏星河应了黑子后，依着暗中相助之人的指示，又下一着白子。他一面下棋，一面留神察看，是否师伯祖在暗加指示，但看玄难神情焦急，却是不像，何况他始终没有开口。

钻入他耳中的声音，显然是"传音入密"的上乘内功，说话者以深厚内力，将说话送入他一人的耳中，旁人即是靠在他的身边，亦无法听闻。但不管话声如何轻，话总是要说的。虚竹偷眼察看各人口唇，竟没一个在动，可是那"下'去'位五六路，食黑棋三子"的声音，却清清楚楚的传入了他耳中。虚竹依言而下，寻思："教我的除了师伯祖外，再没第二人。其余那些人和我非亲非故，如何肯来教我？这些高手之中，也只有师伯祖没下过棋，其余的都试过而失败了。师伯祖神功非凡，居然能不动口唇而传音入密，我不知几时才能修得到这个地步。”

他哪知教他下棋的，却是那个天下第一大恶人“恶贯满盈”段延庆。适才段延庆沉迷棋局之际，被丁春秋乘火打劫，险些儿走火入魔，自杀身亡，幸得虚竹捣乱棋局，才救了他一命。他见苏星河对虚竹厉声相责，大有杀害之意，当即出言指点，意在替虚竹解围，令他能敷衍数着而退。他善于腹语之术，说话可以不动口唇，再以深厚内功传音入密，身旁虽有好几位一等一的高手，竟然谁也没瞧出其中机关。

可是数着一下之后，局面竟起了大大变化，段延庆才知这个“珍珑”的秘奥，正是要白棋先挤死了自己一大块，以后的妙着方能源源而生。棋中固有“反扑”、“倒脱靴”之法，自己故意送死，让对方吃去数子，然后取得胜势，但送死者最多也不过八九子，决无一口气奉送数十子之理。这等“挤死自己”的着法，实乃围棋中千古未有之奇变，任你是如何超妙入神的高手，也决不会想到这一条路上去。任何人所想的，总是如何脱困求生，从来没人故意往死路上去想。若不是虚竹闭上眼睛、随手瞎摆而下出这着大笨棋来，只怕再过一千年，这个“珍珑”也没人能解得开。

段延庆的棋术本来极为高明，当日在大理与黄眉僧对弈，杀得黄眉僧无法招架，这时棋局中取出一大块白棋后再下，天地一宽，既不必顾念这大块白棋的死活，更不再有自己白棋处处掣肘，反而腾挪自如，不如以前这般进退维谷了。

鸠摩智、慕容复等不知段延庆在暗中指点，但见虚竹妙着纷呈，接连吃了两小块黑子，忍不住喝采。

玄难喃喃自语：“这局棋本来纠缠于得失胜败之中，以致无可破解，虚竹这一着不着意于生死，更不着意于胜败，反而勘破了生死，得到解脱……”他隐隐似有所悟，却又捉摸不定，自知一生耽于武学，于禅定功夫大有欠缺，忽想："聋哑先生与函谷八友专骛杂学，以致武功不如丁春秋，我先前还笑他们走入了歧路。可是我毕生专练武功，不勤参禅，不急了生死，岂不是更加走上了歧路?"想到此节，霎时之间全身大汗淋漓。

段誉初时还关注棋局，到得后来，一双眼睛又只放在王语嫣身上，他越看越是神伤，但见王语嫣的眼光，始终没须臾离开过慕容复。段誉心中只说："我走了罢，我走了罢！再耽下去，只有多历苦楚，说不定当场便要吐血。"但要他自行离开王语嫣，却又如何能够？他寻思："等王姑娘回过头来，我便跟她说：'王姑娘，恭喜你已和表哥相会，我今日得多见你一面，实是有缘。我这可要走了！'她如果说：'好，你走罢！'那我只好走了。但如果她说：'不用忙，我还有话跟你说。'那么我便等着，瞧她有什么话吩咐。"

其实，段誉明知王语嫣不会回头来瞧他一眼，更不会说"不用忙，我还有话跟你说。"突然之间，王语嫣后脑的柔发微微一动。段誉一颗心怦怦而跳："她回过头来了！"却听得她轻轻叹了口气，低声叫道："表哥！"

慕容复凝视棋局，见白棋已占上风，正在着着进迫，心想："这几步棋我也想得出来。万事起头难，便是第一着怪棋，无论如何想不出。"王语嫣低声叫唤，他竟没听见。

王语嫣又是轻轻叹息，慢慢的转过头来。

段誉心中大跳："她转过头来了！她转过头来了！"

王语嫣一张俏丽的脸庞果然转了过来。段誉看到她脸上带着一丝淡淡的忧郁，眼神中更有幽怨之色，寻思："自从她与慕容复公子并肩而来，神色间始终欢喜无限，怎地忽然不高兴起来？难道……难道为了心中对我也有一点儿牵挂吗？"只见她眼光更向右转，和他的眼光相接，段誉向前踏了一步，想说："王姑娘，你有什么话说？"但王语嫣的眼光缓缓移了开去，向着远处凝望了一会，又转向慕容复。

段誉一颗心更向下低沉，说不尽的苦涩："她不是不瞧我，可比不瞧我更差上十倍。她眼光对住了我，然而是视而不见。她眼中见到了我，我的影子却没进入她的心中。她只是在凝思她表哥的事，哪里有半分将我段誉放在心上。唉，不如走了罢，不如走了罢！"

那边虚竹听从段延庆的指点落子，眼见黑棋不论如何应法，都要被白棋吃去一块，但如黑棋放开一条生路，那么白棋就此冲出重围，那时别有天地，再也奈何它不得了。

苏星河凝思半晌，笑吟吟的应了一着黑棋。段延庆传音道："下'上'位七八路！"虚竹依言下子，他对弈道虽所知甚少，但也知此着一下，便解破了这个珍珑棋局，拍手笑道："好像是成了罢？"

苏星河满脸笑容，拱手道："小神僧天赋英才，可喜可贺。"

虚竹忙还礼道："不敢，不敢，这个不是我……"他正要说出这是受了师伯祖的指点，那"传音入密"声音道："此中秘密，千万不可揭穿。险境未脱，更须加倍的小心在意。"虚竹只道是玄难再加指示，便垂首道："是，是！"

苏星河站起身来，说道："先师布下此局，数十年来无人能解，小神僧解开这个珍珑，在下感激不尽。"虚竹不明其中缘由，只得谦虚道："我这是误打误撞，全凭长辈见爱，老先生过奖，实在愧不敢当。"

苏星河走到那三间木屋之前，伸手肃客，道："小神僧，请进！"

虚竹见这三间木屋建构得好生奇怪，竟没门户，不知如何进去，更不知进去作甚，一时呆在当地，没了主意。只听得那声音又道："棋局上冲开一条出路，乃是硬战苦斗而致。木屋无门，你也用少林派武功硬劈好了。"虚竹道："如此得罪了！"摆个马步，右手提起，发掌向板门上劈了过去。

他武功有限，当日被丁春秋大袖一拂，便即倒地，给星宿派门人按住擒获，幸而如此，内力得保不失。然在场上这许多高手眼中，他这一掌之力毕竟不值一哂，幸好那门板并不坚牢，喀喇一声，门板裂开了一缝。虚竹又劈两掌，这才将门板劈开，但手掌已然隐隐生疼。

南海鳄神哈哈大笑，说道："少林派的硬功，实在稀松平常！"虚竹回头道："小僧是少林派中最不成器的徒儿，功夫浅薄，但不是少林派武功不成。"只听那声音道："快快进去，不可回头，不要理会旁人！"虚竹道："是！"举步便踏了进去。

只听得丁春秋的声音叫道："这是本门的门户，你这小和尚岂可擅入？"跟着砰砰两声巨响，虚竹只觉一股劲风倒卷上来，要将他身子拉将出去，可是跟着两股大力在他背心和臀部猛力一撞，身不由主，便是一个筋斗，向里直翻了进去。

他不知这一下已是死里逃生，适才丁春秋发掌暗袭，要制他死命，鸠摩智则运起"控鹤功"，要拉他出来。但段延庆以杖上暗劲消去了丁春秋的一掌，苏星河处身在他和鸠摩智之间，以左掌消解了"控鹤功"，右掌连拍两下，将他打了进去。

这两掌力道刚猛，虚竹撞破一重板壁后，额头砰的一下，又撞在一重板壁之上，只撞得昏天黑地，险些晕去，过了半晌，这才站起身来，摸摸额角，已自肿起了一大块。但见自己处身在一间空空荡荡、一无所有的房中。他想找寻门户，但这房竟然无门无窗，只有自己撞破板壁而跌进来的一个空洞。他呆了呆，便想从那破洞中爬出去。

只听得隔着板壁一个苍老低沉的声音传了过来：“既然来了，怎么还要出去？”

虚竹转过身子，说道：“请老前辈指点途径。”

那声音道：“途径是你自己打出来的，谁也不能教你。我这棋局布下后，数十年来无人能解，今日终于给你拆开，你还不过来！”

虚竹听到“我这棋局”四字，不由得毛发悚然，颤声道：“你……你……你……”他听得苏星河口口声声说这棋局是他“先师”所制，这声音是人是鬼？只听那声音又道：“时机稍纵即逝，我等了三十年，没多少时候能再等你了，乖孩儿，快快进来罢！”

虚竹听那声音甚是和蔼慈祥，显然全无恶意，当下更不多想，左肩在那板壁上一撞，喀喇喇一声响，那板壁已日久腐朽，当即破了一洞。

虚竹一眼望将进去，不由得大吃一惊，只见里面又是一间空空荡荡的房间，却有一个人坐在半空。他第一个念头便是：“有鬼！”吓得只想转身而逃，却听得那人说道：“唉，原来是个小和尚！唉，还是个相貌好生丑陋的小和尚，难，难，难！唉，难，难，难！”

虚竹听他三声长叹，连说了六个“难”字，再向他凝神瞧去，这才看清，原来这人身上有一条黑色绳子缚着，那绳子另一端连在横梁之上，将他身子悬空吊起。只因他身后板壁颜色漆黑，绳子也是黑色，二黑相叠，绳子便看不出来，一眼瞧去，宛然是凌空而坐。

虚竹的相貌本来颇为丑陋，浓眉大眼，鼻孔上翻，双耳招风，嘴唇甚厚，加上此刻撞破板壁时脸上又受了些伤，更加的难看。他自幼父母双亡，少林寺中的和尚心生慈悲，将他收养在寺中，寺中僧众不是虔诚清修，便是专心学武，谁也没来留神他的相貌是俊是丑。佛家言道，人的身子乃是个“臭皮囊”，对这个臭皮囊长得好不好看，若是多加关怀，于证道大有妨碍。因此那人说他是个“好生丑陋的小和尚”，虚竹生平还是第一次听见。

他微微抬头，向那人瞧去。只见他长须三尺，没一根斑白，脸如冠玉，更无半丝皱纹，年纪显然已经不小，却仍神采飞扬，风度闲雅。虚竹微感惭愧：“说到相貌，我当真和他是天差地远了。”这时心中已无惧意，躬身行礼，说道：“小僧虚竹，拜见前辈。”

那人点了点头，道：“你姓什么？”虚竹一怔，道：“出家之人，早无俗家姓氏。”那人道：“你出家之前姓什么？”虚竹道：“小僧自幼出家，向来便无姓氏。”

那人向他端相半晌，叹了口气，道：“你能解破我的棋局，聪明才智，自是非同小可，但相貌如此，却终究不行，唉，难得很。我瞧终究是白费心思，反而枉送了你的性命。小师父，我送一份礼物给你，你便去罢！”

虚竹听那老人语气，显是有一件重大难事，深以无人相助为忧，大乘佛法第一讲究“度众生一切苦厄”，当即说道：“小僧于棋艺一道，实在浅薄得紧，老前辈这个棋局，也不是小僧自己拆解的。但若老前辈有什么难事要办，小僧虽然本领低微，却也愿勉力而为，至于礼物，可不敢受赐。”

那老人道：“你有这番侠义心肠，倒是不错。你棋艺不高，武功浅薄，都不相干，你既能来到这里，那便是有缘。只不过……只不过……你相貌太也难看。”说着不住摇头。

虚竹微微一笑，说道：“相貌美丑，乃无始以来业报所聚，不但自己做不得主，连父母也作不得主。小僧貌丑，令前辈不快，这就告辞了。”说着退了两步。

虚竹正待转身，那老人道：“且慢！”衣袖扬起，搭在虚竹右肩之上。虚竹身子略略向下一沉，只觉这衣袖有如手臂，挽住了他身子。那老人笑道："年轻人有这等傲气，那也很好。"虚竹道："小僧不敢狂妄骄傲，只是怕让老前辈生气，还是及早告退的好。"

那老人点了点头，问道："今日来解棋局的，有哪些人？"虚竹一一说了。那老人沉吟半晌，道："天下高手，十之六七都已到了。大理天龙寺的枯荣大师没来么？"虚竹答道："除了敝寺僧众之外，出家人就只一位鸠摩智大师。"那老人又问："近年来武林中听说有个人名叫乔峰，甚是了得，他没来吗？"虚竹道："没有。"

那老人叹了口气，自言自语的道："我已等了这么多年，再等下去，也未必能遇到内外俱美的全材。天下不如意事十常七八，也只好将就如此了。"沉吟片刻，似乎心意已决，说道："你适才言道，这棋局不是你拆解的，那么星河如何又送你进来？"

虚竹道："第一子是小僧大胆无知，闭了眼睛瞎下的，以后各着，却是敝师伯祖法讳上玄下难，以'传音入密'之法暗中指点。"当下将拆解棋局的经过情形，说了一遍。

那老人叹道："天意如此，天意如此！"突然间愁眉开展，笑道："既是天意如此，你闭了眼睛，竟误打误撞的将我这棋局解开，足见福缘深厚，或能办我大事，亦未可知。好，好，好，乖孩子，你跪下磕头罢！"

虚竹自幼在少林寺中长大，每日里见到的不是师父、师叔伯，便是师伯祖、师叔祖等等长辈，即在同辈之中，年纪比他大、武功比他强的师兄也是不计其数，向来是服从惯了的。佛门弟子，讲究谦下，他听那老人叫他磕头，虽然不明白其中道理，但想这人是武林前辈，向他磕几个头是理所当然，当下恭恭敬敬的跪了下来，咚咚咚咚的磕了四个头，待要站起，那人笑道："再磕五个，这是本门规矩。"虚竹应道："是！"又磕了五个头。

那老人道："好孩子，好孩子！你过来！"虚竹站起身，走到他的身前。

那老人抓住他手腕，向他上上下下的细细打量。突然虚竹只觉脉门上一热，一股内力自手臂上升，迅速无比的冲向他的心口，不由自主的便以少林心法相抗。那老人的内力一触即退，登时安然无事。虚竹知他是试探自己内力的深浅，不由得面红过耳，苦笑道："小僧平时多读佛经，小时又性爱嬉戏，没好好修练师父所授的内功，倒教前辈见笑了。"

不料那老人反而十分欢喜，笑道："很好，很好，你于少林派的内功所习甚浅，省了我好些麻烦。"他说话之间，虚竹只觉全身软洋洋地，便如泡在一大缸温水之中一般，周身毛孔之中，似乎都有热气冒出，说不出的舒畅。

过得片刻，那老人放开他手腕，笑道："行啦，我已用本门'北冥神功'，将你的少林内力都化去啦!"

虚竹大吃一惊，叫道："什……什么?"跳了起来，双脚落地时膝盖中突然一软，一屁股坐在地下，只觉四肢百骸尽皆酸软，脑中昏昏沉沉，望出来犹如天旋地转一般，情知这老人所说不假，霎时间悲从中来，眼泪夺眶而出，哭道："我……我……和你无怨无仇，又没得罪你，为什么要这般害我?"

那人微笑道："你怎地说话如此无礼?不称'师父'，却'你呀，我呀'的，没半点规矩?"虚竹惊道："什么?你怎么会是我师父?"那人道："你刚才磕了我九个头，那便是拜师之礼了。"虚竹道："不，不！我是少林子弟，怎能再拜你为师?你这些害人的邪术，我也决计不学。"说着挣扎站起。

那人笑道："你当真不学?"双手一挥，两袖飞出，搭上虚竹肩头。虚竹只觉肩上沉重无比，再也无法站直，双膝一软，便即坐倒，不住的道："你便打死我，我也不学。"

那人哈哈一笑，突然身形拔起，在半空中一个筋斗，头上所戴方巾飞入屋角，左足在屋梁上一撑，头下脚上的倒落下来，脑袋顶在虚竹的头顶，两人天灵盖和天灵盖相接。

虚竹惊道："你……你干什么？"用力摇头，想要将那人摇落。但这人的头顶便如用钉子钉住了虚竹的脑门一般，不论如何摇晃，始终摇他不脱。虚竹脑袋摇向东，那人身体飘向东，虚竹摇向西，那人跟着飘向西，两人连体，摇晃不已。

虚竹更是惶恐，伸出双手，左手急推，右手狠拉，要将他推拉下来。但一推之下，便觉自己手臂上软绵绵的没半点力道，心中大急："中了他的邪法之后，别说武功全失，看来连穿衣吃饭也没半分力气了，从此成了个全身瘫痪的废人，那便如何是好？"惊怖失措，纵声大呼，突觉顶门上"百会穴"中有细细一缕热气冲入脑来，嘴里再也叫不出声，心道："不好，我命休矣！"只觉脑海中愈来愈热，霎时间头昏脑胀，脑壳如要炸将开来一般，这热气一路向下流去，过不片时，再也忍耐不住，昏晕了过去。

只觉得全身轻飘飘地，便如腾云驾雾，上天遨游；忽然间身上冰凉，似乎潜入了碧海深处，与群鱼嬉戏；一时在寺中读经；一时又在苦练武功，但练来练去始终不成。正焦急间，忽觉天下大雨，点点滴滴的落在身上，雨点却是热的。

这时头脑却也渐渐清醒了，他睁开眼来，只见那老者满身满脸大汗淋漓，不住滴向他的身上，而他面颊、头颈、发根各处，仍是有汗水源源渗出。虚竹发觉自己横卧于地，那老者坐在身旁，两人相连的头顶早已分开。

虚竹一骨碌坐起，道："你……"只说了一个"你"字，不由得猛吃一惊，见那老者已然变了一人，本来洁白俊美的脸之上，竟布满了一条条纵横交叉的深深皱纹，满头浓密头发已尽数脱落，而一丛光亮乌黑的长髯，也都变得了白须。虚竹第一个念头是："我昏晕了多少年？三十年吗？五十年吗？怎么这人突然间老了数十年。"眼前这老者龙钟不堪，没有一百二十岁，总也有一百岁。

那老人眯着双眼，有气没力的一笑，说道："大功告成了！乖孩儿，你福泽深厚，远过我的期望，你向这板壁空拍一掌试试！"

虚竹不明所以，依言虚击一掌，只听得喀喇喇一声响，好好一堵板壁登时垮了半边，比他出全力撞上十下，塌得还要厉害。虚竹惊得呆了，道："那……那是什么缘故？"

那老人满脸笑容，十分欢喜，也道："那……那是什么缘故？"虚竹道："我怎么……怎么忽然有了这样大的力道？"那老者微笑道："你还没学过本门掌法，这时所能使出来的内力，一成也还不到。你师父七十余年的勤修苦练，岂同寻常？"

虚竹一跃而起，内心知道大事不妙，叫道："你……你……什么七十余年勤修苦练？"那老人微笑道："难道你此刻还不明白？真的还没想到吗？"

虚竹心中隐隐已感到了那老人此举的真义，但这件事委实太过突兀，太也不可思议，实在令人难以相信，嗫嗫嚅嚅的道："老前辈是传了一门神功……一门神功给了小僧么？"

那老人微笑道："你还不肯称我师父？"虚竹低头道："小僧是少林派的弟子，不能欺祖灭宗，改入别派。"那老人道："你身上已没半分少林派的功夫，还说是什么少林弟子？你体内蓄积有'逍遥派'七十余年神功，怎么还不是本派的弟子？"虚竹从来没听见过"逍遥派"的名字，神不守舍的道："逍遥派？"那老人微笑道："乘天地之正，御六气之辩，以游于无穷，是为逍遥。你向上一跳试试！"

虚竹好奇心起，双膝略弯，脚上用力，向上轻轻一跳。突然砰的一声，头顶一阵剧痛，眼前一亮，半个身子已穿破了屋顶，还在不住上升，忙伸手抓住屋顶，落下地来，接连跳了几下，方始站住，如此轻功，实是匪夷所思，一时间并不欢喜，反而甚感害怕。

那老人道："怎么样？"虚竹道："我……我是入了魔道么？"那

老人道："你安安静静的坐着，听我述说原因。时刻已经不多，只能择要而言。你既不肯称我为师，不愿改宗，我也不来勉强于你。小师父，我求你帮个大忙，替我做一件事，你能答应么？"

虚竹素来乐于助人，佛家修六度，首重布施，世人有难，自当尽力相助，便道："前辈有命，自当竭力以赴。"这两句话一出口，忽地想到此人的功夫似是左道妖邪一流，当即又道："但若前辈命小僧为非作歹，那可不便从命了。"

那老人脸现苦笑，问道："什么叫做'为非作歹'？"虚竹一怔，道："小僧是佛门弟子，损人害人之事，是决计不做的。"那老人道："倘若世间有人，专做损人害人之事，为非作歹，杀人无算，我命你去除灭了他，你答不答应？"虚竹道："小僧要苦口婆心，劝他改过迁善。"那老人道："倘若他执迷不悟呢？"虚竹挺直身子，说道："伏魔除害，原是我辈当为之事。只是小僧能为浅薄，恐怕不能当此重任。"

那老人道："那么你答应了？"虚竹点头道："我答应了！"那老人神情欢悦，道："很好，很好！我要你去杀一个人，一个大大的恶人，那便是我的弟子丁春秋，今日武林中称为星宿老怪便是。"

虚竹嘘了口气，如释重负，他亲眼见到星宿老怪只一句话便杀了十名车夫，实是罪大恶极，师伯祖玄难大师又被他以邪术化去全身内力，便道："除却星宿老怪，乃是莫大功德，但小僧这点点功夫，如何能够……"说到这里，和那老人四目相对，见到他目光中嘲弄的神色，登时想起，"这点点功夫"五字，似乎已经不对，当即住口。

那人道："此刻你身上这点点功夫，早已不在星宿老怪之下，只是要将他除灭，确实还是不够，但你不用担心，老夫自有安排。"

虚竹道："小僧曾听薛慕华施主说过星宿海丁……丁施主的恶行，只道老前辈已给他害死了，原来老前辈尚在人世，那……那可好得很，好得很。”

那老人叹了口气，说道：“当年这逆徒突然发难，将我打入深谷之中，老夫险些命丧彼手。幸得我大徒儿苏星河装聋作哑，瞒过了逆徒耳目，老夫才得苟延残喘，多活了三十年。星河的资质本来也是挺不错的，只可惜他给我引上了岔道，分心旁骛，去学琴棋书画等等玩物丧志之事，我的上乘武功他是说什么也学不会的了。这三十年来，我只盼觅得一个聪明而专心的徒儿，将我毕生武学都传授于他，派他去诛灭丁春秋。可是机缘难逢，聪明的本性不好，保不定重蹈养虎贻患的覆辙；性格好的却又悟性不足。眼看我天年将尽，再也等不了，这才将当年所摆下的这个珍珑公布于世，以便寻觅才俊。我大限即到，已无时候传授武功，因此所收的这个关门弟子，必须是个聪明俊秀的少年。”

虚竹听他又说到“聪明俊秀”，心想自己资质并不聪明，“俊秀”二字，更无论如何谈不上，低头道：“世间俊雅的人物，着实不少，外面便有两个人，一是慕容公子，另一位是姓段的公子。小僧将他们请来会见前辈如何?”

那老人涩然一笑，说道：“我逆运‘北冥神功’，已将七十余年的修为，尽数注入了你的体中，哪里还能再传授第二个人?”

虚竹惊道：“前辈……前辈真的将毕生修为，都传给了小僧?那……那教……”

那老人道：“此事对你到底是祸是福，此刻尚所难言。武功高强也未必是福。世间不会半分武功之人，无忧无虑，少却多少争竞，少却多少烦恼？当年我倘若只是学琴学棋，学书学画，不窥武学门径，这一生我就快活得多了。”说着叹了口长气，抬起头来，从虚竹撞破的屋顶洞孔中望出去，似乎想起了不少往事，过了半晌，才道：“好孩子，丁春秋只道我早已命丧于他手下，是以行事肆无忌惮。这里有一幅图，上面绘的是我昔年大享清福之处，那是在大理国无量山中，你寻到我所藏武学典籍的所在，依法修习，武功便能与这丁春秋并驾齐驱。但你资质似乎也不甚佳，修习本门武功，只怕多有窒滞，说不定还有不少凶险危难。那你就须求无量山石洞中那个女子指点。她见你相貌不佳，多半不肯教你，你求她瞧在我的份上……咳，咳……”说到这里，连连咳嗽，已是上气不接下气，说着从怀中取出一个小小卷轴，塞在虚竹手中。

虚竹颇感为难，说道：“小僧学艺未成，这次是奉师命下山送信，即当回山覆命，今后行止，均须秉承师命而行。倘若本寺方丈和业师不准，便无法遵依前辈的嘱咐了。”

那老人苦笑道：“倘若天意如此，要任由恶人横行，那也无法可想，你……你……”说了两个“你”字，突然间全身发抖，慢慢俯下身来，双手撑在地下，似乎便要虚脱。

虚竹吃了一惊，忙伸手扶住，道：“老……老前辈，你怎么了？”那老人道：“我七十余年的修练已尽数传付于你，今日天年已尽，孩子，你终究不肯叫我一声‘师父’么？”说这几句时，已是上气不接下气。

虚竹看到他目光中祈求哀怜的神气，心肠一软，“师父”二字，脱口而出。

那老人大喜，用力从左手上脱下一枚宝石指环，要给虚竹套在手指上，只是他力气耗竭，连虚竹的手腕也抓不住。虚竹又叫了声：“师父！”将戒指套上了自己手指。

那老人道：“好……好孩子！你是我的第三个弟子，见到苏星河，你……你就叫他大师哥。你姓什么？”虚竹道：“我实在不知道。”那老人道：“可惜你相貌不好看，中间实有不少为难之处，然而你是逍遥派掌门人，照理这女子不该违抗你的命令，很好，很好……”越说声音越轻，说到第二个“很好”两字时，已是声若游丝，几不可闻，突然间哈哈哈几声大笑，身子向前一冲，砰的一声，额头撞在地下，就此不动了。

虚竹忙伸手扶起，一探他鼻息，已然气绝，急忙合什念佛："南无阿弥陀佛，南无阿弥陀佛，求阿弥陀佛、观世音菩萨、大势至菩萨，接引老先生往生西方极乐世界。"

他和这老人相处不到一个时辰，原说不上有什么情谊，但体内受了他七十余年修练的功力，隐隐之间，似乎这老人对自己比什么人都更为亲近，也可以说，这老人的一部份已变作了自己，突然间悲从中来，放声大哭。

哭了一阵，跪倒在地，向那老人的遗体拜了几拜，默默祷祝："老前辈，我叫你师父，那是假的，你可不要当真。你神识不昧，可不要怪我。"祷祝已毕，转身从板壁破洞中钻了出去，只轻轻一跃，便窜过两道板壁，到了屋外。

苏星河大吃一惊，跳起身来，放声大哭，跪在虚竹面前，磕头如捣蒜。虚竹忙即跪下对拜。

三十二

且自逍遥没谁管

虚竹一出木屋，不禁一怔，只见旷地上烧着一个大火柱，遍地都是横七竖八倒伏着的松树。他进木屋似乎并无多时，但外面已然闹得天翻地覆，想来这些松树都是在自己昏晕之时给人打倒的，因此在屋里竟然全未听到。

又见屋外诸人夹着火柱分成两列。聋哑老人苏星河站于右首，玄难等少林僧、康广陵、薛慕华等一干人都站在他身后。星宿老怪站于左首，铁头人游坦之和星宿派群弟子站在他身后。慕容复、王语嫣、段誉、鸠摩智、段延庆、南海鳄神等则疏疏落落的站于远处。

苏星河和丁春秋二人正在催运掌力，推动火柱向对方烧去。眼见火柱斜偏向右，显然丁春秋已大占上风。

各人个个目不斜视的瞧着火柱，对虚竹从屋中出来，谁也没加留神。当然王语嫣关心的只是表哥慕容复，而段誉关心的只是王语嫣，这两人所看的虽都不是火柱，但也决计不会来看虚竹一眼。

虚竹远远从众人身后绕到右首，站在师叔慧镜之侧，只见火柱越来越偏向右方，苏星河衣服中都鼓足了气，直如顺风疾驶的风帆一般，双掌不住向前猛推。

丁春秋却是谈笑自若，衣袖轻挥，似乎漫不经心。他门下弟子颂扬之声早已响成一片："星宿老仙举重若轻，神功盖世，今日教你们大开眼界。""我师父意在教训旁人，这才慢慢催运神功，否则早已一举将这姓苏的老儿诛灭了。""有谁不服，待会不妨一个个来尝尝星宿老仙神功的滋味。""你们胆怯，就算联手而上，那也不妨！""古往今来，无人能及星宿老仙！有谁胆敢螳臂挡车，不过自取灭亡而已。"

鸠摩智、慕容复、段延庆等心中均想，倘若我们几人这时联手而上，向丁春秋围攻，星宿老怪虽然厉害，也抵不住几位高手的合力。但各人一来自重身份，决不愿联手合攻一人；二来聋哑老人和星宿老怪同门自残，旁人不必参与；三则相互间各有所忌，生怕旁人乘虚下手，是以星宿派群弟子虽将师父捧上了天，鸠摩智等均只微微而笑，不加理会。

突然间火柱向前急吐，卷到了苏星河身上，一阵焦臭过去，把他的长须烧得干干净净。苏星河出力抗拒，才将火柱推开，但火焰离他身子已不过两尺，不住伸缩颤动，便如一条大蟒张口吐舌，要向他咬去一般。虚竹心下暗惊："苏施主只怕转眼便要被丁施主烧死，那如何是好？"

猛听得镗镗两响，跟着咚咚两声，锣鼓之声敲起，原来星宿派弟子怀中藏了锣鼓铙钹、唢呐喇叭，这时取了出来吹吹打打，宣扬师父威风，更有人摇起青旗、黄旗、红旗、紫旗，大声呐喊。武林中两人比拼内功，居然有人在旁以锣鼓助威，实是开天辟地以来从所未有之奇。鸠摩智哈哈大笑，说道："星宿老怪脸皮之厚，当真是前无古人！"

锣鼓声中，一名星宿弟子取出一张纸来，高声诵读，骈四俪六，却是一篇"恭颂星宿老仙扬威中原赞"。不知此人请了哪一个腐儒撰此歌功颂德之辞，但听得高帽与马屁齐飞，法螺共锣鼓同响。

别小看了这些无耻歌颂之声，于星宿老怪的内力，确然也大有推波助澜之功。锣鼓和颂扬声中，火柱更旺，又向前推进了半尺。

突然间脚步声响，二十余名汉子从屋后奔将出来，挡在苏星河身前，便是适才抬玄难等人上山的聋哑汉子，都是苏星河的门人。丁春秋掌力催逼，火柱烧向这二十余人身上，登时嗤嗤声响，将这一干人烧得皮焦肉烂。苏星河想挥掌将他们推开，但隔得远了，掌力不及。这二十余人笔直的站着，全身着火，却绝不稍动，只因口不能言，更显悲壮。

这一来，旁观众人都耸然动容，连王语嫣和段誉的目光也都转了过来。大火柱的熊熊火焰，将二十余名聋哑汉子裹住。

段誉叫道："不得如此残忍！"右手伸出，要以"六脉神剑"向丁春秋刺去，可是他运剑不得其法，全身充沛的内力只在体内转来转去，却不能从手指中射出。他满头大汗，叫道："慕容公子，你快出手制止。"

慕容复道："段兄方家在此，小弟何敢班门弄斧？段兄的六脉神剑，再试一招罢！"

段延庆来得晚了，没见到段誉的六脉神剑，听了慕容复这话，不禁心头大震，斜眼相睨段誉，要看他是否真的会此神功，但见他右手手指点点划划，出手大有道理，但内力却半点也无，心道："什么六脉神剑，倒吓了我一跳。原来这小子虚张声势，招摇撞骗。虽然故老相传，我段家有六脉神剑奇功，可哪里有人练成过？"

慕容复见段誉并不出手，只道他有意如此，当下站在一旁，静观其变。

又过得一阵，二十余个聋哑汉子在火柱烧炙之下已死了大半，其余小半也已重伤，纷纷摔倒。锣鼓声中，丁春秋袍袖挥了两挥，火柱又向苏星河扑了过来。

薛慕华叫道:“休得伤我师父!”纵身要挡到火柱之前。苏星河挥掌将他推开,说道:“徒死无益!”左手凝聚残余的功力,向火柱击去。这时他内力几将耗竭,这一掌只将火柱暂且阻得一阻,只觉全身炽热,满眼望出去通红一片,尽是火焰。此时体内真气即将油尽灯枯,想到丁春秋杀了自己后必定闯关直入,师父装死三十年,终究仍然难逃毒手。他身上受火柱煎迫,内心更是难过。

虚竹见苏星河的处境危殆万分,可是一直站在当地,不肯后退半步。他再也看不过去,抢上前去,抓住他后心,叫道:“徒死无益,快快让开罢!”便在此时,苏星河正好挥掌向外推出。他这一掌的力道已是衰微之极,原不想有何功效,只是死战到底,不肯束手待毙而已,哪知道背心后突然间传来一片浑厚无比的内力,而且家数和他一模一样,这一掌推出,力道登时不知强了多少倍。只听得呼的一声响,火柱倒卷过去,直烧到了丁春秋身上,余势未尽,连星宿群弟子也都卷入火柱之中。

霎时间锣鼓声呛咚叮当,嘈成一团,铙钹喇叭,随地乱滚,“星宿派威震中原,我恩师当世无敌”的颂声之中,夹杂着“哎唷,我的妈啊!”“乖乖不得了,星宿派逃命要紧!”“星宿派能屈能伸,下次再来扬威中原罢”的呼叫声。

丁春秋大吃一惊,其实虚竹的内力加上苏星河的掌风,也未必便胜过了他,只是他已操必胜之时,正自心旷神怡,洋洋自得,于全无提防之际,突然间遭到反击,不禁仓皇失措。同时他觉察到对方这一掌中所含内力圆熟老辣,远在师兄苏星河之上,而显然又是本派的功夫,莫非给自己害死了的师父突然间显灵?是师父的鬼魂来找自己算账了?他一想到此处,心神慌乱,内力凝聚不起,火柱卷到了他身上,竟然无力推回,衣衫须发尽皆着火。

群弟子“星宿老仙大势不妙”呼叫声中,丁春秋惶急大叫:“铁头徒儿,快快出手!”

游坦之当即挥掌向火柱推去。只听得嗤嗤嗤声响，火柱遇到他掌风中的奇寒之气，霎时间火焰熄灭，连青烟也消失得极快，地下仅余几段烧成焦炭的大松木。

丁春秋须眉俱焦，衣服也烧得破破烂烂，狼狈之极，他心中还在害怕师父阴魂显灵，说什么也不敢再在这里逞凶，叫道："走罢！"一晃身间，身子已在七八丈外。

星宿派弟子没命的跟着逃走，锣鼓喇叭，丢了一地，那篇"恭颂星宿老仙扬威中原赞"并没读完，却已给大火烧去了一大截，随风飞舞，似在嘲笑星宿老怪如此"扬威中原"。

只听得远处传来"啊"的一声惨叫，一名星宿派弟子飞在半空，摔将下来，就此不动。众人面面相觑，料想星宿老怪大败之余，老羞成怒，不知哪一个徒弟出言相慰，拍马屁拍到了马脚上，给他一掌击毙。

玄难、段延庆、鸠摩智等都以为聋哑老人苏星河施了诱敌的苦肉之计，让丁春秋耗费功力来烧一群聋哑汉子，然后石破天惊的施以一击，叫他招架不及，铩羽而去。聋哑老人的智计武功，江湖上向来赫赫有名，适才他与星宿老怪开头一场恶斗，只打得径尺粗细的大松树一株株翻倒，人人看得惊心动魄，他最后施展神功，将星宿老怪逐走，谁都不以为怪。

玄难道："苏先生神功渊深，将这老怪逐走，料想他这一场恶斗之后丧魂落魄，再也不敢涉足中原。先生造福武林，大是不浅。"

苏星河一瞥间见到虚竹手指上戴着师父的宝石戒指，方明其中究竟，心中又悲又喜，眼见群弟子死了十之八九，余下的一二成也已重伤难愈，甚是哀痛，更记挂着师父安危，向玄难、慕容复等敷衍了几句，便拉着虚竹的手，道："小师父，请你跟我进来。"

虚竹眼望玄难，等他示下。玄难道："苏前辈是武林高人，如有什么吩咐，你一概遵命便是。"虚竹应道："是！"跟着苏星河从破洞中走进木屋。苏星河随手移过一块木板，挡住了破洞。

诸人都是江湖上见多识广之士，都知他此举是不欲旁人进去窥探，自是谁也不会多管闲事。唯一不是“见多识广”的，只有一个段誉。但他这时早又已全神贯注于王语嫣身上，连苏星河和虚竹进屋也不知道，哪有心情去理会别事？

苏星河与虚竹携手进屋，穿过两处板壁，只见那老人伏在地下，伸手一探，已然逝世。此事他早已料到八九成，但仍是忍不住悲从中来，跪下磕了几个头，泣道：“师父，师父，你终于舍弟子而去了！”

虚竹心想：“这老人果然是苏老前辈的师父。”

苏星河收泪站起，扶起师父的尸身，倚在板壁上端端正正的坐好，跟着扶住虚竹，让他也是倚壁而坐，和那老人的尸体并肩。

虚竹心下嘀咕：“他叫我和老先生的尸体排排坐，却作什么？难道……难道……要我陪他师父一块儿死么？”身上不禁感到一阵凉意，要想站起，却又不敢。

苏星河整一整身上烧烂了的衣衫，突然向虚竹跪倒，磕下头去，说道：“逍遥派不肖弟子苏星河，拜见本派新任掌门。”这一下只吓得虚竹手足无措，心中只说：“这人可真疯了！这人可真疯了！”忙跪下磕头还礼，说道：“老前辈行此大礼，可折杀小僧了。”

苏星河正色道：“师弟，你是我师父的关门弟子，又是本派掌门。我虽是师兄，却也要向你磕头！”

虚竹道：“这个……这个……”这时才知苏星河并非发疯，但唯其不是发疯，自己的处境更加尴尬，肚里只连珠价叫苦。

苏星河道：“师弟，我这条命是你救的，师父的心愿是你完成的，受我磕这几个头，也是该的。师父叫你拜他为师，叫你磕九个头，你磕了没有？”虚竹道：“头是磕过的，不过当时我不知道是拜师。我是少林派弟子，不能改入别派。”苏星河道：“师父当然已想到了这一着，他老人家定是化去了你原来的武功，再传你本派功夫。师父已将毕生功力都传了给你，是不是？”虚竹只得点头道：“是。”苏星河道：“本派掌门人标记的这枚宝石指环，是师父从自己手上除下来，给你戴在手上的，是不是？”虚竹道：“是！不过……不过我实在不知道这是什么掌门人的标记。”

苏星河盘膝坐在地下，说道：“师弟，你福泽深厚之极。我和丁春秋想这只宝石指环，想了几十年，始终不能到手，你却在一个时辰之内，便受到师父的垂青。”

虚竹忙除下指环递过，说道：“前辈拿去便是，这只指环，小僧半点用处也没有。”

苏星河不接，脸色一沉，道：“师弟，你受师父临死时的重托，岂能推卸责任？师父将指环交给你，是叫你去除灭丁春秋这厮，是不是？”

虚竹道：“正是。但小僧功行浅薄，怎能当此重任？”

苏星河叹了口气，将宝石指环套回在虚竹指上，说道：“师弟，这中间原委，你多有未知，我简略跟你一说。本派叫做逍遥派，向来的规矩，掌门人不一定由大弟子出任，门下弟子之中谁的武功最强，便由谁做掌门。”

虚竹道：“是，是，不过小僧武功差劲之极。”

苏星河不理他打岔，说道：“咱们师父共有同门三人，师父排行第二，但他武功强过咱们的师伯，因此便由他做掌门人。后来师父收了我和丁春秋两个弟子，师父定下规矩，他所学甚杂，谁要做掌门，各种本事都要比试，不但比武，还得比琴棋书画。丁春秋于各种杂学一窍不通，眼见掌门人无望，竟尔忽施暗算，将师父打下深谷，又将我打得重伤。”

虚竹在薛慕华的地窖中曾听他说过一些其中情由，哪料到这件事竟会套到了自己头上，心下只暗暗叫苦，顺口道："丁施主那时居然并不杀你。"

苏星河道："你别以为他尚有一念之仁，留下了我的性命。一来他一时攻不破我所布下的五行八卦、奇门遁甲的阵势；二来我跟他说：'丁春秋，你暗算了师父，武功又胜过我，但逍遥派最深奥的功夫，你却摸不到个边儿。《北冥神功》这部书，你要不要看？"凌波微步"的轻功，你要不要学？"天山六阳掌"呢？"逍遥折梅手"呢？"小无相功"呢？'

"那都是本派最上乘的武功，连我们师父也因多务杂学，有许多功夫并没学会。丁春秋一听之下，喜欢得全身发颤，说道：'你将这些武功秘笈交了出来，今日便饶你性命。'我道：'我怎会有此等秘笈？只是师父保藏秘笈的所在，我倒知道。你要杀我，尽管下手。'丁春秋道：'秘笈当然是在星宿海旁，我岂有不知？'我道：'不错，确是在星宿海旁，你有本事，尽管自己去找。'他沉吟半晌，知道星宿海周遭数百里，小小几部秘笈不知藏在何处，实是难找，便道：'好，我不杀你。只是从今而后，你须当装聋作哑，不能将本派的秘密泄漏出去。'

"他为什么不杀我？他只是要留下我这个活口，以便逼供。否则杀了我之后，这些秘笈的所在，天下再也无人知道了。其实这些武功秘笈，根本就不在星宿海，一向分散在师伯、师父、师叔三人手中。丁春秋定居在星宿海畔，几乎将每一块石子都翻了过来，自然没找到神功秘笈。几次来找我麻烦，都给我以土木机关、奇门遁甲等方术避开。这一次他又想来问我，眼见无望，而我又破了誓言，他便想杀我泄愤。"

虚竹道："幸亏前辈……"苏星河道："你是本派掌门，怎么叫我前辈，该当叫我师哥才是。"虚竹心想："这件事伤脑筋之极，不知几时才说得明白。"便道："你是不是我师兄，暂且不说，就算真是师兄，那也是‘前辈’。”苏星河点头道：“这倒有理。幸亏我怎么？”虚竹道：“幸亏前辈苦苦忍耐，养精蓄锐，直到最后关头，才突施奇袭，使这星宿老怪大败亏输而去。”

苏星河连连摇手，说道：“师弟，这就是你的不是了，明明是你用师尊所传的神功转而助我，才救了我的性命，怎么你又谦逊不认？你我是同门师兄弟，掌门之位已定，我的命又是你救的，我无论如何不会来觊觎你这掌门之位。你今后可再也不能见外了。”

虚竹大奇，说道：“我几时助过你了？救命之事，更是无从谈起。”苏星河想了一想，道：“或许你是出于无心，也未可知。总而言之，你手掌在我背心上一搭，本门的神功传了过来，方能使我反败为胜。”虚竹道：“唔，原来如此。那是你师父救了你性命，不是我救的。”苏星河道：“我说这是师尊假你之手救我，你总得认了罢？”虚竹无可再推，只得点头道：“这个顺水人情，既然你叫我非认不可，我就认了。”

苏星河又道：“刚才你神功陡发，打了丁春秋一个出其不意，才将他惊走。倘若当真相斗，你我二人合力，仍然不是他敌手。否则的话，师父只须将神功注入我身，便能收拾这叛徒了，又何必花费偌大心力，另觅传人？这三十年来，我多方设法，始终找不到人来承袭师父的武功。眼见师父日渐衰老，这传人便更加难找了，非但要悟心奇高，尚须是个英俊潇洒的美少年……”

虚竹听他说到“美少年”三字，眉头微皱，心想：“修练武功，跟相貌美丑又有什么干系？他师徒二人一再提到传人的形貌，不知是什么缘故？”苏星河向他掠了一眼，轻轻叹了口气。虚竹道：“小僧相貌丑陋，决计没做尊师传人的资格。老前辈，你去找一位英俊潇洒的美少年来，我将尊师的神功交了给他，也就是了。”

苏星河一怔，道：“本派神功和心脉气血相连，功在人在，功消人亡。师父传了你神功后便即仙去，难道你没见到么？”

虚竹连连顿足，道：“这便如何是好？教我误了尊师和前辈的大事。”

苏星河道：“师弟，这便是你肩头上的担子了。师父设下这个棋局，旨在考查来人的悟性。这珍珑实在太难，我苦思了数十年，便始终解不开，只有师弟能解开，‘悟心奇高’这四个字，那是合式了。”

虚竹苦笑道：“一样的不合式。这个珍珑，压根儿不是我自己解的。”于是将师伯祖玄难如何传音入密、暗中指点之情说了。

苏星河将信将疑，道：“瞧玄难大师的神情，他已遭了丁春秋的毒手，一身神功，早已消解，不见得会再使‘传音入密’的功夫。”他顿了一顿，又道：“但少林派乃天下武学正宗，玄难大师或者故弄玄虚，亦未可知，那就不是我井底之蛙所能见得到了。师弟，我遣人到处传书，邀请天下围棋高手来解这珍珑，凡是喜棋之人，得知有这么一个棋会，那是说什么都要来的。只不过年纪太老，相貌……这个……这个不太俊美的，又不是武林中人，我吩咐便不用请了。姑苏慕容公子面如冠玉，天下武技无所不能，原是最佳的人选，偏偏他没能解开。”

虚竹道：“是啊，慕容公子是强过我百倍了。还有那位大理段家的段公子，那也是风度翩翩的佳公子啊。”

苏星河道：“唉，此事不必提起。我素闻大理镇南王段正淳精擅一阳指神技，最难得的是风流倜傥，江湖上不论黄花闺女，半老徐娘，一见他便神魂颠倒，情不自禁。我派了好几名弟子去大理邀请，哪知他却不在大理，不知到了何处，结果却来了他一个呆头呆脑的宝贝儿子。”

虚竹微微一笑，道：“这位段公子两眼发直，目不转睛的只是定在那个王姑娘身上。”

苏星河摇了摇头，道：“可叹，可叹！段正淳拈花惹草，号称武林中第一风流浪子，生的儿子可一点也不像他，不肖之极，丢老子的脸。他拼命想讨好那个王姑娘，王姑娘对他却全不理睬，真气死人了。”

虚竹道：“段公子一往情深，该是胜于风流浪子，前辈怎么反说‘可叹’？”苏星河道：“他聪明脸孔笨肚肠，对付女人一点手段也没有，咱们用他不着。”虚竹道：“是！”心下暗暗喜欢：“原来你们要找一个美少年去对付女人，这就好了，无论如何，总不会找到我这丑八怪和尚的头上来。”

苏星河问道：“师弟，师父有没有指点你去找一个人？或者给了你什么地图之类？”

虚竹一怔，觉得事情有些不对，要想抵赖，但他自幼在少林寺中受众高僧教诲，不可说谎，何况早受了比丘戒，“妄语”乃是大戒，期期艾艾的道：“这个……这个……”

苏星河道：“你是掌门人，你若问我什么，我不能不答，否则你可立时将我处死。但我问你什么事，你爱答便答，不爱答便可叫我不许多嘴乱问。”

苏星河这么一说，虚竹更不便隐瞒，连连摇手道：“我怎能向你妄自尊大？前辈，你师父将这个交了给我。”说着从怀中取出那卷轴，他见苏星河身子一缩，神色极是恭谨，不敢伸手来接，便自行打了开来。

卷轴一展开，两人同时一呆，不约而同的“咦”的一声，原来卷轴中所绘的既非地理图形，亦非山水风景，却是一个身穿宫装的美貌少女。

虚竹道：“原来便是外面那个王姑娘。”

但这卷轴绢质黄旧，少说也有三四十年之久，图中丹青墨色也颇有脱落，显然是幅陈年古画，比之王语嫣的年纪无论如何是大得多了，居然有人能在数十年甚或数百年前绘就她的形貌，实令人匪夷所思。图画笔致工整，却又活泼流动，画中人栩栩如生，活色生香，便如将王语嫣这个人缩小了、压扁了、放入画中一般。

虚竹啧啧称奇，看苏星河时，却见他伸着右手手指，一笔一划的摩拟画中笔法，赞叹良久，才突然似从梦中惊醒，说道："师弟，请勿见怪，小兄的臭脾气发作，一见到师父的丹青妙笔，便又想跟着学了。唉，贪多嚼不烂，我什么都想学，到头来却一事无成，在丁春秋手中败得这么惨。"一面说，一面忙将卷轴卷好，交还给虚竹，生恐再多看一阵，便会给画中的笔墨所迷。他闭目静神，又用力摇了摇头，似乎要将适才看过的丹青笔墨从脑海中驱逐出去，过了一会，才睁眼说道："师父交这卷轴给你时，却如何说?"

虚竹道："他说我此刻的功夫，还不足以诛却丁春秋，须当凭此卷轴，到大理国无量山去，寻到他当年所藏的大批武学典籍，再学功夫。不过我多半自己学不会，还得请另一个人指点。他说卷轴上绘的是他从前大享清福之处，那么该是名山大川，或是清幽之处，怎么却是王姑娘的肖像？莫非他拿错了一个卷轴?"

苏星河道："师父行事，人所难测，你到时自然明白。你务须遵从师命，设法去学好功夫，将丁春秋除了。"

虚竹嗫嚅道："这个……这个……小僧是少林弟子，即须回寺覆命。到了寺中，从此清修参禅，礼佛诵经，再也不出来了。"

苏星河大吃一惊，跳起身来，放声大哭，噗的一声，跪在虚竹面前，磕头如捣蒜，说道："掌门人，你不遵师父遗训，他老人家可不是白死了么?"

虚竹也即跪下，和他对拜，说道："小僧身入空门，戒嗔戒杀，先前答应尊师去除却丁春秋，此刻想来总是不妥。少林派门规极严，小僧无论如何不敢改入别派，胡作非为。"不论苏星河痛哭哀求也好，设喻开导也好，甚至威吓强逼也好，虚竹总之不肯答应。

苏星河无法可施，伤心绝望之余，向着师父的尸身说道：“师父，掌门人不肯遵从你的遗命，小徒无能为力，决意随你而去了。”说着跃起身来，头下脚上，从半空俯冲下来，将天灵盖往石板地面撞去。

虚竹惊叫：“使不得！”将他一把抱住。他此刻不但内力浑厚，而且手足灵敏，大逾往昔，一把抱住之后，苏星河登时动弹不得。

苏星河道：“你为什么不许我自尽？”虚竹道：“出家人慈悲为本，我自然不忍见你丧命。”苏星河道：“你放开我，我是决计不想活了。”虚竹道：“我不放。”苏星河道：“难道你一辈子捉住我不放？”虚竹心想这话倒也不错，便将他身子倒了转来，头上脚下的放好，说道：“好，放便放你，却不许你自尽。”

苏星河灵机一动，说道：“你不许我自尽？是了，该当遵从掌门人的号令。妙极，掌门人，你终于答允做本派掌门人了！”

虚竹摇头道：“我没有答允。我哪里答允过了？”

苏星河哈哈一笑，说道：“掌门人，你再要反悔，也没有用了。你已向我发施号令，我已遵从你的号令，从此再也不敢自尽。我聪辩先生苏星河是什么人？除了听从本派掌门人的言语之外，又有谁敢向我发施号令？你不妨去问问少林派的玄难大师，纵是少林寺的玄慈方丈，也不敢命我如何如何。”

聋哑老人在江湖上威名赫赫，虚竹在途中便已听师伯祖玄难大师说过，苏星河说无人敢向他发号施令，倒也不是虚语。虚竹道：“我不是胆敢叫你如何如何，只是劝你爱惜性命，那也是一番好意。”

苏星河道：“我不敢来请问你是好意还是歹意。你叫我死，我立刻就死；你叫我活，我便不敢不活。这生杀之令，乃是天下第一等的大权柄。你若不是我掌门人，又怎能随便叫我死，叫我活？”

虚竹辩他不过，说道："既是如此，刚才的话就算我说错了，我取消就是。"

苏星河道："你取消了'不许我自尽'的号令，那便是叫我自尽了。遵命，我即刻自尽便是。"他自尽的法子甚是奇特，又是一跃而起，头下脚上的向石板俯冲而下。

虚竹忙又一把将他牢牢抱住，说道："使不得，使不得！我并非叫你自尽！"苏星河道："嗯，你又不许我自尽。谨遵掌门人号令。"虚竹将他身子放好，搔搔光头，无言可说。

苏星河号称"聪辩先生"，这外号倒不是白叫的，他本来能言善辩，虽然三十年来不言不语，这时重运唇舌，依然是舌灿莲花。虚竹年纪既轻，性子质朴，在寺中跟师兄弟们也向来并不争辩，如何能是苏星河的对手？虚竹心中隐隐觉得，"取消不许他自尽的号令"，并不等于"叫他自尽"，而"并非叫他自尽"，亦不就是"不许他自尽"。只是苏星河口齿伶俐，句句抢先，虚竹无从辩白，他呆了半晌，叹道："前辈，我辩是辩不过你的。但你要我改入贵派，终究难以从命。"

苏星河道："咱们进来之时，玄难大师吩咐过你什么话？玄难大师的话，你是否必须遵从？"虚竹一怔，道："师伯祖叫我……叫我……叫我听你的话。"

苏星河十分得意，说道："是啊，玄难大师叫你听我的话。我的话是：你该遵从咱们师父遗命，做本派掌门人。但你既是逍遥派掌门人，对少林派高僧的话，也不必理睬了。所以啊，倘若你遵从玄难大师的话，那么你是逍遥派掌门人；倘若你不遵从玄难大师的话，你也是逍遥派的掌门人。因为只有你做了逍遥派掌门人，才可将玄难大师的话置之脑后，否则的话，你怎可不听师伯祖的吩咐？"这番论证，虚竹听来句句有理，一时之间做声不得。

苏星河又道："师弟，玄难大师和少林派的另外几位和尚，都中了丁春秋的毒手，若不施救，性命旦夕不保，当今之世，只有你一人能够救得他们。至于救是不救，那自是全凭你的意思了。”

虚竹道：“我师伯祖确是遭了丁春秋的毒手，另外几位师伯叔也受了伤，可是……可是我本事低微，又怎能救得他们？”

苏星河微微一笑，道：“师弟，本门向来并非只以武学见长，医卜星相，琴棋书画，各家之学，包罗万有。你有一个师侄薛慕华，医术只懂得一点儿皮毛，江湖上居然人称‘薛神医’，得了个外号叫作‘阎王敌’，岂不笑歪了人的嘴巴？玄难大师中的是丁春秋的‘化功大法’，那个方脸的师父是给那铁面人以‘冰蚕掌’打伤，那高高瘦瘦的师父是给丁春秋一足踢在左胁下三寸之处，伤了经脉……”

苏星河滔滔不绝，将各人的伤势和源由都说了出来。虚竹大为惊佩，道：“前辈，我见你专心棋局，并没向他们多瞧一眼，又没去诊治伤病之人，怎么知道得如此明白？”

苏星河道：“武林中因打斗比拼而受伤，那是一目了然，再容易看也没有了。只有天然的虚弱风邪，伤寒湿热，那才难以诊断。师弟，你身负师父七十余年逍遥神功，以之治伤疗病，可说无往而不利。要恢复玄难大师被消去了的功力，确然极不容易，要他伤愈保命，却只不过举手之劳。”当下将如何推穴运气、消解寒毒之法教了虚竹；又详加指点，救治玄难当用何种手法，救治风波恶又须用何种手法，因人所受伤毒不同而分别施治。

虚竹将苏星河所授的手法牢牢记在心中，但只知其然而不知其所以然。

苏星河见他试演无误，脸露微笑，赞道：“掌门人记性极好，一学便会。”

虚竹见他笑得颇为诡秘，似乎有点不怀好意，不禁起疑，问道：“你为什么笑？”苏星河登时肃然，恭恭敬敬的躬身道：“小兄不敢嘻笑，如有失敬，请掌门人恕罪。”虚竹急于要治众人之伤，也就不再追问，道：“咱们到外边瞧瞧去罢！”苏星河道：“是！”跟在虚竹之后，走到屋外。

只见一众伤者都盘膝坐在地下，闭目养神。慕容复潜运内力，在疏解包不同和风波恶的痛楚。王语嫣在替公冶乾裹伤。薛慕华满头大汗，来去奔波，见到哪个人危急，便抢过去救治，但这一人稍见平静，另一边又有人叫了起来。他见苏星河出来，心下大慰，奔将过来，说道：“师父，你老人家快给想想法子。”

虚竹走到玄难身前，见他闭着眼在运功，便垂手侍立，不敢开口。玄难缓缓睁开眼来，轻轻叹息一声，道：“你师伯祖无能，惨遭丁春秋毒手，折了本派的威名，当真惭愧之极。你回去向方丈禀报，便说我……说我和你玄痛师叔祖，都无颜回寺了。”

虚竹往昔见到这位师伯祖，总是见他道貌庄严，不怒自威，对之不敢逼视，此刻却见他神色黯然，一副英雄末路的凄凉之态，他如此说，更有自寻了断之意，忙道：“师伯祖，你老人家不必难过。咱们习武之人，须无嗔怒心，无争竞心，无胜败心，无得失心……”顺口而出，竟将师父平日告诫他的话，转而向师伯祖说了起来，待得省觉不对，急忙住口，已说了好几句。

玄难微微一笑，叹道：“话是不错，但你师伯祖内力既失，禅定之力也没有了。”

虚竹道：“是，是。徒孙不知轻重之下，胡说八道。”正想出手替他治伤，蓦地里想起苏星河诡秘的笑容，心中一惊：“他教我伸掌拍击师伯祖的天灵盖要穴，怎知他不是故意害人？万一我一掌拍下，竟将功力已失的师伯祖打死了，那便如何是好？”

玄难道：“你向方丈禀报，本寺来日大难，务当加意戒备。一路上小心在意。你天性淳厚，持戒与禅定两道，那是不必担心的，今后要多在‘慧’字上下功夫，四卷《楞伽经》该当用心研读。唉，只可惜你师伯祖不能好好指点你了。”

虚竹道：“是，是。”听他对自己甚是关怀，心下感激，又道：“师伯祖，本寺既有大难，更须你老人家保重身子，回寺协助方丈，共御大敌。”玄难脸现苦笑，说道：“我……我中了丁春秋的‘化功大法’，已经成为废人，哪里还能协助方丈，共御大敌？”虚竹道：“师伯祖，聪辩先生教了弟子一套疗伤之法，弟子不自量力，想替慧方师伯试试，请师伯祖许可。”

玄难微感诧异，心想聋哑老人是薛神医的师父，所传的医疗之法定然有些道理，不知何以他自己不出手，也不叫薛慕华施治，便道：“聪辩先生所授，自然是十分高明的了。”说着向苏星河望了一眼，对虚竹道：“那你就照试罢。”

虚竹走到慧方身前，躬身道：“师伯，弟子奉师伯祖法谕，给师伯疗伤，得罪莫怪。”慧方微笑点头。虚竹依着苏星河所教方法，在慧方左胁下小心摸准了部位，右手反掌击出，打在他左胁之下。

慧方“哼”的一声，身子摇晃，只觉胁下似乎穿了一孔，全身鲜血精气，源源不绝的从这孔中流出，霎时之间，全身只觉空荡荡地，似乎皆无所依，但游坦之寒冰毒掌所引起的麻痒酸痛，顷刻间便已消除。虚竹这疗伤之法，并不是以内力助他驱除寒毒，而是以修积七十余年的“北冥真气”在他胁下一击，开了一道宣泄寒毒的口子。便如有人为毒蛇所咬，便割破伤口，挤出毒液一般。只是这门“气刀割体”之法，部位错了固然不行，倘若真气内力不足，一击之力不能直透经脉，那么毒气非但宣泄不出，反而更逼进了脏腑，病人立时毙命。

虚竹一掌击出，心中惊疑不定，见慧方的身子由摇晃而稳定，脸上闭目蹙眉的痛楚神色渐渐变为舒畅轻松，其实只片刻间的事，在他却如过了好几个时辰一般。

又过片刻，慧方舒了口气，微笑道：“好师侄，这一掌的力道可不小啊。”

虚竹大喜，说道：“不敢。”回头向玄难道：“师伯祖，其余几位师伯叔，弟子也去施治一下，好不好？”

玄难这时也是满脸喜容，但摇头道：“不！你先治别家前辈，再治自己人。”

虚竹心中一凛，忙道：“是！”寻思：“先人后己，才是我佛大慈大悲、救度众生的本怀。”眼见包不同身子剧战，牙齿互击，格格作响，当即走到他身前，说道：“包三先生，聪辩先生教了小僧一个治疗寒毒的法门，小僧今日初学，难以精熟，这就给包三先生施治。失敬之处，还请原谅。”说着摸摸包不同的胸口。

包不同笑道：“你干什么？”虚竹提起右掌，砰的一声，打在他胸口。包不同大怒，骂道：“臭和……”这“尚”字还没出口，突觉纠缠着他多日不去的寒毒，竟迅速异常的从胸口受击处涌了出去，这个“尚”字便咽在肚里，再也不骂出去了。

虚竹替诸人泄去游坦之的冰蚕寒毒，再去治中了丁春秋毒手之人。那些人有的是被“化功大法”消去功力，虚竹在其天灵盖“百会穴”或心口“灵台穴”击以一掌，固本培元；有的是为内力所伤，虚竹以手指刺穴，化去星宿派的内力。总算他记心甚好，于苏星河所授的诸般不同医疗法门，居然记得清清楚楚，依人而施，只一顿饭时分，便将各人身上所感的痛楚尽数解除。受治之人固然心下感激，旁观者也对聋哑老人的神术佩服已极，但想他是薛神医的师父，倒也不以为奇。

最后虚竹走到玄难身前，躬身道：“师伯祖，弟子斗胆，要在师伯祖‘百会穴’上拍击一掌。”

玄难微笑道：“你得聪辩先生青眼，居然学会了如此巧妙的疗伤本事，福缘着实不小，你尽管在我‘百会穴’上拍击便是。”

虚竹躬身道：“如此弟子放肆了！”当他在少林寺之时，每次见到玄难，都是远远的望见，偶尔玄难聚集众僧，讲解少林派武功的心法，虚竹也是随众侍立，从未和他对答过什么话，这次要他出掌拍击师伯祖的天灵盖，虽说是为了疗伤，究竟心下惴惴，又见他笑得颇为奇特，不知是何用意，定了定神，又说一句：“弟子冒犯，请师伯祖恕罪！”这才走上一步，提掌对准玄难的“百会穴”，不轻不重，不徐不疾，挥掌拍了下去。

虚竹手掌刚碰到玄难的脑门，玄难脸上忽现古怪笑容，跟着“啊”的一声长呼，突然身子瘫软，扭动了几下，俯伏在地，一动也不动了。

旁观众人齐声惊呼，虚竹更是吓得心中怦怦乱跳，急忙抢上前去，扶起玄难。慧方等诸僧也一齐赶到。看玄难时，只见他脸现笑容，但呼吸已停，竟已毙命。虚竹惊叫：“师伯祖，师伯祖！你怎么了？”

忽听得苏星河叫道：“是谁？站住！”从东南角上疾窜而至，说道：“有人在后暗算，但这人身法好快，竟没能看清楚是谁！”抓起玄难的手脉，皱眉道：“玄难大师功力已失，在旁人暗算之下，全无抵御之力，竟尔圆寂了。”突然间微微一笑，神色古怪。

虚竹脑中混乱一片，只是哭叫：“师伯祖，师伯祖，你……你怎么会……”蓦地想起苏星河在木屋中诡秘的笑容，怒道：“聪辩先生，你从实说来，到底我师伯祖如何会死？这不是你有意陷害么？”

苏星河双膝跪地，说道：“启禀掌门人，苏星河决不敢陷掌门人于不义。玄难大师突然圆寂，确是有人暗中加害。”虚竹道：“你在那木屋中古里古怪的好笑，那是什么缘故？”苏星河惊道：“我笑了么？我笑了么？掌门人，你可得千万小心，有人……”一句话没说完，突然住口，脸上又现出诡秘之极的笑容。

薛慕华大叫："师父！"忙从怀中取出一瓶解毒药丸，急速拔开瓶塞，倒了三粒药丸在手，塞入苏星河口中。但苏星河早已气绝，解毒药丸停在他口里，再难咽下。薛慕华放声大哭，说道："师父给丁春秋下毒害死了，丁春秋这恶贼……"说到这里，已是泣不成声。

康广陵扑向苏星河身上，薛慕华忙抓住他后心，奋力拉开，哭道："师父身上有毒。"范百龄、苟读、吴领军、冯阿三、李傀儡、石清露一齐围在苏星河身旁，无不又悲又怒。

康广陵跟随苏星河日久，深悉本门的规矩，初时见师父向虚竹跪倒，口称"掌门人"，已猜中了八九成，再凝神向他手指审视，果见戴着一枚宝石指环，便道："众位师弟，随我参见本派新任掌门师叔。"说着在虚竹面前跪倒，磕下头去。范百龄等一怔，均即省悟，便也一一磕头。

虚竹心乱如麻，说道："丁……丁春秋那个奸贼施主，害死了我师伯祖，又害死了你们的师父。"

康广陵道："报仇诛奸，全凭掌门师叔主持大计。"

虚竹是个从未见过世面的小和尚，说到武功见识，名位声望，眼前这些人个个远在他之上，心中只是转念："非为师伯祖复仇不可，非为聪辩先生复仇不可，非为屋中的老人复仇不可！"口中大声叫了出来："非杀丁春秋……丁春秋这恶人……恶贼施主不可。"

康广陵又磕下头去，说道："掌门师叔答允诛奸，为我等师父报仇，众师侄深感掌门师叔的大恩大德。"范百龄、薛慕华等也一起磕头。虚竹忙跪下还礼，道："不敢，不敢，众位请起。"康广陵道："师叔，小侄有事禀告，此处人多不便，请到屋中，由小侄面陈。"虚竹道："好！"站起身来。众人也都站起。

虚竹跟着康广陵，正要走入木屋中，范百龄道：“且慢！师父在这屋内中了丁老贼的毒手，掌门师叔和大师兄还是别再进去的好，这老贼诡计多端，防不胜防。”康广陵点头道：“此言甚是！掌门师叔万金之体，不能再冒此险。”薛慕华道：“两位便在此处说话好了。咱们在四边察看，以防老贼再使什么诡计。”说着首先走了开去，其余冯阿三、吴领军等也都走到十余丈外。其实这些人除了薛慕华外，不是功力消散，便是身受重伤，倘若丁春秋前来袭击，除了出声示警之外，实无防御之力。

慕容复、邓百川等见他们自己本派的师弟都远远避开，也都走向一旁。鸠摩智、段延庆等虽见事情古怪，但事不干己，径自分别离去。

康广陵道：“师叔……”虚竹道：“我不是你师叔，也不是你们的什么掌门人，我是少林寺的和尚，跟你们‘逍遥派’全不相干。”康广陵道：“师叔，你何必不认？‘逍遥派’的名字，若不是本门中人，外人是决计听不到的。倘若旁人有意或无意的听了去，本门的规矩是立杀无赦，纵使追到天涯海角，也要杀之灭口。”虚竹打了个寒噤，心道：“这规矩太也邪门。如此一来，倘若我不答应投入他们的门派，他们便要杀我了？”

康广陵又道：“师叔适才替大伙儿治伤的手法，正是本派的嫡传内功。师叔如何投入本派，何时得到太师父的心传，小侄不敢多问。或许因为师叔破解了太师父的珍珑棋局，我师父依据太师父遗命，代师收徒，代传掌门人职位，亦未可知。总而言之，本派的‘逍遥神仙环’是戴在师叔手指之上，家师临死之时向你磕头，又称你为‘掌门人’，师叔不必再行推托。推来推去，托来托去，也是没用的。”

虚竹向左右瞧了几眼，见慧方等人正自抬了玄难的尸身，走向一旁，又见苏星河的尸身仍是直挺挺的跪在地下，脸上露出诡秘的笑容，心中一酸，说道：“这些事情，一时也说不清楚，现下我师伯祖死了，真不知如何是好。老前辈……”

康广陵急忙跪下，说道：“师叔千万不可如此称呼，太也折杀小侄了！”虚竹皱眉道：“好，你快请起。”康广陵这才站起。虚竹道：“老前辈……”他这三字一出口，康广陵又是噗的一声跪倒。

虚竹道：“我忘了，不能如此叫你。快请起来。”取出那老人给他的卷轴，展了开来，说道：“你师父叫我凭此卷轴，去设法学习武功，用来诛却丁施主。”

康广陵看了看画中的宫装美女，摇头道：“小侄不明其中道理，师叔还是妥为收藏，别给外人瞧见了。我师父生前既如此说，务请师叔看在我师父的份上，依言而行。小侄要禀告师叔的是，家师所中之毒，叫做‘三笑逍遥散’。此毒中于无形，中毒之初，脸上现出古怪的笑容，中毒者自己却并不知道，笑到第三笑，便即气绝身亡。”

虚竹低头道：“说也惭愧，尊师中毒之初，脸上现出古怪笑容，我以小人之心，妄加猜度，还道尊师不怀善意，倘若当时便即坦诚问他，尊师立加救治，便不致到这步田地了。”

康广陵摇头道：“这‘三笑逍遥散’一中在身上，便难解救。丁老贼所以能横行无忌，这‘三笑逍遥散’也是原因之一。人家都知道‘化功大法’的名头，只因为中了‘化功大法’功力虽失，尚能留下一条性命来广为传播，一中‘三笑逍遥散’，却是一瞑不视了。”

虚竹点头道：“这当真歹毒！当时我便站在尊师身旁，没丝毫察觉丁春秋如何下毒，我武功平庸，见识浅薄，这也罢了，可是丁春秋怎么没向我下手，饶过了我一条小命？”

康广陵道：“想来他嫌你本事低微，不屑下毒。掌门师叔，我瞧你年纪轻轻，能有多大本领？治伤疗毒之法虽好，那也是我师父教你的，可算不了什么，丁老怪不会将你瞧在眼里的。”他说到此处，忽然想到，这么说未免不大客气，忙又说道：“掌门师叔，我这么说老实话，或许你会见怪，但就算你要见怪，我还是觉得你武功恐怕不大高明。”

虚竹道：“你说得一点不错，我武功低微之极，丁老贼……罪过罪过，小僧口出恶言，犯了‘恶口戒’，不似佛门弟子……那丁春秋丁施主确是不屑杀我。”

虚竹心地诚朴，康广陵不通世务，都没想到，丁春秋潜入木屋，听到苏星河正在传授治伤疗毒的法门，岂有对虚竹不加暗算之理？哪有什么见他武功低微、不屑杀害？那“三笑逍遥散”是以内力送毒，弹在对方身上，丁春秋在木屋之中，分别以内力将“三笑逍遥散”弹向苏星河与虚竹，后来又以此加害玄难。苏星河恶战之余，筋疲力竭，玄难内力尽失，先后中毒。虚竹却甫得七十余载神功，丁春秋的内力尚未及身，已被反激了出来，尽数加在苏星河身上，虚竹却半点也没染着。丁春秋与人正面对战时不敢擅使“三笑逍遥散”，便是生恐对方内力了得、将剧毒反弹出来之故。

康广陵道：“师叔，这就是你的不是了。逍遥派非佛非道，独来独往，那是何等逍遥自在？你是本派掌门，普天下没一个能管得你。你乘早脱了袈裟，留起头发，娶他十七八个姑娘做老婆。还管他什么佛门不佛门？什么恶口戒、善口戒？”

他说一句，虚竹念一句“阿弥陀佛”，待他说完，虚竹道：“在我面前，再也休出这等亵渎我佛的言语。你有话要跟我说，到底要说什么？”

康广陵道：“啊哟，你瞧我真是老胡涂了，说了半天，还没说到正题。掌门师叔，将来你年纪大了，可千万别学上我这毛病才好。糟糕，糟糕，又岔了开去，还是没说到正题，当真该死。掌门师叔，我要求你一件大事，请你恩准。”

虚竹道："什么事要我准许，那可不敢当了。"

康广陵道："唉！本门中的大事，若不求掌门人准许，却又求谁去？我们师兄弟八人，当年被师父逐出门墙，那也不是我们犯了什么过失，而是师父怕丁老贼对我们加害，又不忍将我们八人刺聋耳朵、割断舌头，这才出此下策。师父今日是收回成命了，又叫我们重入师门，只是没禀明掌门人，没行过大礼，还算不得是本门正式弟子，因此要掌门人金言许诺。否则我们八人到死还是无门无派的孤魂野鬼，在武林中抬不起头来，这滋味可不好受。"

虚竹心想："这个'逍遥派'掌门人，我是万万不做的，但若不答允他，这老儿缠夹不清，不知要纠缠到几时，只有先答允了再说。"便道："尊师既然许你们重列门墙，你们自然是回了师门了，还担心什么？"

康广陵大喜，回头大叫："师弟、师妹，掌门师叔已经允许咱们重回师门了！"

"函谷八友"中其余七人一听，尽皆大喜，当下老二棋迷范百龄、老三书呆子苟读、老四丹青名手吴领军、老五阎王敌薛慕华、老六巧匠冯阿三、老七莳花少妇石清露、老八爱唱戏的李傀儡，一齐过来向掌门师叔叩谢，想起师父不能亲见八人重归师门，又痛哭起来。

虚竹极是尴尬，眼见每一件事情，都是教自己这个"掌门师叔"的名位深陷一步，敲钉转脚，越来越不易摆脱。自己是名门正宗的少林弟子，却去当什么邪门外道的掌门人，那不是荒唐之极么？眼见范百龄等都喜极而涕，自己若对"掌门人"的名位提出异议，又不免大煞风景，无可奈何之下，只有摇头苦笑。一转头间，只见慕容复、段延庆、段誉、王语嫣、慧字六僧，以及玄难都已不见，这岭上松林之中，就只剩下他逍遥派的九人，惊道："咦！他们都到哪里去了？"

吴领军道："慕容公子和少林派众高僧见咱们谈论不休，都已各自去了！"

虚竹叫道："哎唷！"发足便追了下去，他要追上慧方等人，同回少林，禀告方丈和自己的受业师父；同时内心深处，也颇有"溜之大吉"之意，要摆脱逍遥派群弟子的纠缠。

他疾行了半个时辰，越奔越快，始终没见到慧字六僧。他已得逍遥老人七十余年神功，奔行之速，疾逾骏马，刚一下岭便已过了慧字六僧的头。他只道慧字六僧在前，拼命追赶，殊不知仓卒之际，在山坳转角处没见到六僧，几个起落便已远远将他们抛在后面。

虚竹直追到傍晚，仍不见六位师叔伯的踪迹，好生奇怪，猜想是走岔了道，重行回头奔行二十余里，向途人打听，谁都没见到六个和尚。这般来回疾行，居然丝毫不觉疲累，眼看天黑，肚里却饿起来了，走到一处镇甸的饭店之中，坐下来要了两碗素面。

素面一时未能煮起，虚竹不住向着店外大道东张西望，忽听得身旁一个清朗的声音说道："和尚，你在等什么人么？"虚竹转过头来，见西首靠窗的座头上坐着个青衫少年，秀眉星目，皮色白净，相貌极美，约莫十七八岁年纪，正自笑吟吟的望着他。

虚竹道："正是！请问小相公，你可见到有六个和尚么？"那少年道："没见到六个和尚，一个和尚倒看见的。"虚竹道："嗯，一个和尚，请问相公在何处见他。"那少年道："便在这家饭店中见到。"

虚竹心想："一个和尚，那便不是慧方师伯他们一干人了。但既是僧人，说不定也能打听到一些消息。"问道："请问相公，那和尚是何等模样？多大年纪？往何方而去？"

那少年微笑道："这个和尚高额大耳，阔口厚唇，鼻孔朝天，约莫二十三四岁年纪，他是在这饭店之中等吃两碗素面，尚未动身。”

虚竹哈哈一笑，说道：“小相公原来说的是我。”那少年道：“相公便是相公，为什么要加个‘小’字？我只叫你和尚，可不叫你作小和尚。”这少年说来声音娇嫩，清脆动听。虚竹道：“是，该当称相公才是。”

说话之间，店伴端上两碗素面。虚竹道：“相公，小僧要吃面了。”那少年道：“青菜蘑菇，没点油水，有什么好吃？来来来，你到我这里来，我请你吃白肉，吃烧鸡。”虚竹道：“罪过，罪过。小僧一生从未碰过荤腥，相公请便。”说着侧过身子，自行吃面，连那少年吃肉吃鸡的情状也不愿多看。

他肚中甚饥，片刻间便吃了大半碗面，忽听得那少年叫道：“咦，这是什么？”虚竹转过头去，只见那少年右手拿着一只匙羹，舀了一匙羹汤正待送入口中，突然间发现了什么奇异物件，匙羹离口约有半尺便停住了，左手在桌上捡起一样物事。那少年站起身来，右手捏着那件物事，走到虚竹身旁，说道：“和尚，你瞧这虫奇不奇怪？”

虚竹见他捏住的是一枚黑色小甲虫，这种黑甲虫到处都有，决不是什么奇怪物事，便问：“不知有何奇处？”那少年道：“你瞧这虫壳儿是硬的，乌亮光泽，像是涂了一层油一般。”虚竹道：“嗯，一般甲虫，都是如此。”那少年道：“是么？”将甲虫丢在地下，伸脚踏死，回到自己座头。虚竹叹道：“罪过，罪过！”重又低头吃面。

他整日未曾吃过东西，这碗面吃来十分香甜，连面汤也喝了个碗底朝天。他拿过第二碗面来，举箸欲食，那少年突然哈哈大笑，说道：“和尚，我还道你是个严守清规戒律的好和尚，岂知却是个口是心非的假正经。”虚竹道：“我怎么口是心非了？”那少年道：

“你说这一生从未碰过荤腥，这一碗鸡汤面，怎么却又吃得如此津津有味。”虚竹道：“相公说笑了。这明明是碗青菜蘑菇面，何来鸡汤？我关照过店伴，半点荤油也不能落的。”

那少年微笑道：“你嘴里说不茹荤腥，可是一喝到鸡汤，便咂嘴嗒舌的，可不知喝得有多香甜。和尚，我在这碗面中，也给你加上一匙羹鸡汤罢！”说着伸匙羹在面前盛烧鸡的碗中，舀上一匙汤，站起身来。

虚竹大吃一惊，道：“你……你……你刚才……已经……”

那少年笑道：“是啊，刚才我在那碗面中，给你加上了一匙羹鸡汤，你难道没瞧见？啊哟，和尚，你快快闭上眼睛，装作不知，我在你面中加上一匙羹鸡汤，包你好吃得多，反正不是你自己加的，如来佛祖也不会怪你。”

虚竹又惊又怒，才知他捉个小甲虫来给自己看，乃是声东击西，引开自己目光，却乘机将一匙羹鸡汤倒入面中，想起喝那面汤之时，确是觉到味道异常鲜美，只是一生之中从来没喝过鸡汤，便不知这是鸡汤的滋味，现下鸡汤已喝入了肚中，那便如何是好？是不是该当呕了出来？一时之间彷徨无计。

那少年忽道：“和尚，你要找的那六个和尚，这不是来了么？”说着向门外一指。

虚竹大喜，抢到门首，向道上瞧去，却一个和尚也没有。他知又受了这少年欺骗，心头老大不高兴，只是出家人不可嗔怒，强自忍耐，一声不响，回头又来吃面。

虚竹心道：“这位小相公年纪轻轻，偏生爱跟我恶作剧。”当下提起筷子，风卷残云般又吃了大半碗面，突然之间，齿牙间咬到一块滑腻腻的异物，一惊之下，忙向碗中看时，只见面条之中夹着一大片肥肉，却有半片已被咬去，显然是给自己吃了下去。虚竹将筷子往桌上一拍，叫道：“苦也，苦也！”

那少年笑道："和尚，这肥肉不好吃么？怎么叫苦起来？"

虚竹怒道："你骗我到门口去看人，却在我碗底放了块肥肉。我……我……二十三年之中，从未沾过半点荤腥，我……我……这可毁在你手里啦！"

那少年微微一笑，说道："这肥肉的滋味，岂不是胜过青菜豆腐十倍？你从前不吃，可真是傻得紧了。"

虚竹愁眉苦脸的站起，右手扠住了自己喉头，一时心乱如麻，忽听得门外人声喧扰，有许多人走向饭店而来。

他一瞥之间，只见这群人竟是星宿派群弟子，暗叫："啊哟，不好，给星宿老怪捉到，我命休矣！"急忙抢向后进，想要逃出饭店，岂知推开门踏了进去，竟是一间卧房。虚竹想要缩脚出来，只听得身后有人叫："店家，店家，快拿酒肉来！"星宿派弟子已进客堂。

虚竹不敢退出，只得轻轻将门掩上了。忽听得一人的声音道："给这胖和尚找个地方睡睡。"正是丁春秋的声音。一名星宿派弟子道："是！"脚步沉重，便走向卧房而来。虚竹大惊，无计可施，一矮身，钻入了床底。他脑袋钻入床底，和什么东西碰了一下，一个声音低声惊呼："啊！"原来床底已先躲了一人。虚竹更是大吃一惊，待要退出，那星宿弟子已抱了慧净走进卧房，放在床上，又退了出去。

只听身旁那人在他耳畔低声道："和尚，肥肉好吃么？你怕什么？"原来便是那少年相公。虚竹心想："你身手倒也敏捷，还比我先躲入床底。"低声道："外面来的是一批大恶人，相公千万不可作声。"那少年道："你怎知他们是大恶人？"虚竹道："我认得他们。这些人杀人不眨眼，可不是玩的。"

那少年正要叫他别作声，突然之间，躺在床上的慧净大声叫嚷起来："床底下有人哪，床底下有人哪！"

虚竹和那少年大惊，同时从床底下窜了出来。只见丁春秋站在门口，微微冷笑，脸上神情又是得意，又是狠毒。

那少年已吓得脸上全无血色，跪了下去，颤声叫道："师父！"丁春秋笑道："好极，好极！拿来。"那少年道："不在弟子身边！"丁春秋道："在哪里？"那少年道："在辽国南京城。"丁春秋目露凶光，低沉着嗓子道："你到此刻还想骗我？我叫你求生不得，求死不能。"那少年道："弟子不敢欺骗师父。"丁春秋目光扫向虚竹，问那少年："你怎么跟他在一起了？"那少年道："刚才在这店中相遇的。"丁春秋哼的一声，道："撒谎，撒谎！"狠狠瞪了二人两眼，回了出去。四名星宿派弟子抢进房来，围住二人。

虚竹又惊又怒，道："原来你也是星宿派的弟子！"

那少年一顿足，恨恨的道："都是你这臭和尚不好，还说我呢！"

一名星宿弟子道："大师姊，别来好么？"语气甚是轻薄，一副幸灾乐祸的神气。

虚竹奇道："什么？你……你……"

那少年呸了一声，道："笨和尚，臭和尚！我当然是女子，难道你一直瞧不出来？"

虚竹心想："原来这小相公不但是女子，而且是星宿派的弟子，不但是星宿派的弟子，而且还是他们的大师姊。啊哟不好！她害我喝鸡汤，吃肥肉，只怕其中下了毒。"

这个少年，自然便是阿紫乔装改扮的了。她在辽国南京虽有享不尽的荣华富贵，但她生性好动，日久生厌，萧峰公务忙碌，又不能日日陪她打猎玩耍。有一日心下烦闷，独自出外玩耍。本拟当晚便即回去，哪知遇上了一件好玩事，追踪一个人，竟然越追越远，最后终于将那人毒死，但离南京已远，索性便闯到中原来。她到处游荡，也是凑巧，这日竟和虚竹及丁春秋同时遇上了。她引虚竹破戒吃荤，只是一时兴起的恶作剧，只要别人狼狈烦恼，她便十分开心，倒也并无他意。

阿紫只道师父只在星宿海畔享福，决不会来到中原，哪知道冤家路窄，竟会在这小饭店中遇上了。她早吓得魂不附体，大声呵斥虚竹，只不过虚张声势，话声颤抖不已，要想强自镇定，也是不能了，心中急速筹思脱身之法："为今之计，只有骗得师父到南京去，假姊夫之手将师父杀了，那是我唯一的生路。除了姊夫，谁也打不过我师父。好在神木王鼎留在南京，师父非寻回这宝贝不可。"

想到这里，心下稍定，但转念又想："但若师父先将我打成残废，消了我的武功，再将我押回南京，这等苦头，只怕比立时死了还要难受得多。"霎时之间，脸上又是全无血色。

便在此时，一名星宿弟子走到门口，笑嘻嘻的道："大师姊，师父有请。"

阿紫听师父召唤，早如老鼠听到猫叫一般，吓得骨头也酥了，但明知逃不了，只得跟着那名星宿弟子，来到大堂。

丁春秋独据一桌，桌上放了酒菜，众弟子远远垂手站立，必恭必敬，谁也不敢喘一口大气。阿紫走上前去，叫了声："师父！"跪了下去。

丁春秋道："到底在什么地方？"阿紫道："不敢欺瞒师父，确是在辽国南京城。"丁春秋道："在南京城何处？"阿紫道："辽国南院大王萧大王的王府之中。"丁春秋皱眉道："怎么会落入这契丹番狗的手里了？"

阿紫道："没落入他的手里。弟子到了北边之后，唯恐失落了师父这件宝贝，又怕失手损毁，因此偷偷到萧大王的后花园中，掘地埋藏。这地方隐僻之极，萧大王的花园占地六千余亩，除了弟子之外，谁也找不到这座王鼎，师父尽可放心。"

丁春秋冷笑道："只有你自己才找得到。哼，小东西，你倒厉害，你想要我投鼠忌器，不敢杀你！你说杀了你之后，便找不到王鼎了？"

阿紫全身发抖，战战兢兢的道："师父倘若不肯饶恕弟子的顽皮胡闹，如果消去了我的功力，挑断我的筋脉，如果断了我一手一足，弟子宁可立时死了，决计不再吐露那王鼎……那王鼎……那王鼎的所在。"说到后来，心中害怕之极，已然语不成声。

丁春秋微笑道："你这小东西，居然胆敢和我讨价还价。我星宿派门下有你这样厉害脚色，而我事先没加防备，那也是星宿老仙走了眼啦！"

一名弟子突然大声道："星宿老仙洞察过去未来，明知神木王鼎该有如此一劫，因此假手阿紫，使这件宝贝历此一番艰险，乃是加工琢磨之意，好令宝鼎更增法力。"另一名弟子说道："普天下事物，有哪一件不在老仙的神算之中？老仙谦抑之辞，众弟子万万不可当真了！"又有一名弟子道："星宿老仙今日略施小技，便杀了少林派高手玄难，诛灭聋哑老人师徒数十口，古往今来，哪有这般胜于大罗金仙的人物？小阿紫，不论你有多少狡狯伎俩，又怎能跳得出星宿老仙的手掌？顽抗求哀，两俱无益。"丁春秋微笑点头，捻须而听。

虚竹站在卧房之中，听得清清楚楚，寻思："师伯祖和聪辩先生，果然是这丁施主害死的。唉，还说什么报仇雪恨，我自己这条小命也是不保了。"

星宿派群弟子你一言，我一语，都在劝阿紫快快顺服，从实招供，而恐吓的言辞之中，倒有一大半在宣扬星宿老仙的德威，每一句说给阿紫听的话中，总要加上两三句对丁春秋歌功颂德之言。

丁春秋生平最大的癖好，便是听旁人的谄谀之言，别人越说得肉麻，他越听得开心，这般给群弟子捧了数十年，早已深信群弟子的歌功颂德句句是真。倘若哪一个没将他吹捧得足尺加三，他便觉这个弟子不够忠心。众弟子深知他脾气，一有机会，无不竭力以赴，大张旗鼓的大拍大捧，均知倘若歌颂稍有不足，失了师父欢心事小，时时刻刻便有性命之忧。这些星宿派弟子倒也不是人人生来厚颜无耻，只是一来形格势禁，若不如此便不足图存，二来行之日久，习惯成自然，谄谀之辞顺口而出，谁也不以为耻了。

丁春秋捻须微笑，双目似闭非闭，听着众弟子的歌颂，飘飘然的极是陶醉。他的长须在和师兄苏星河斗法之时被烧去一大片，但稀稀落落，还是剩下了一些，后来他暗施剧毒，以“三笑逍遥散”毒死苏星河，这场斗法毕竟还是胜了，少了一些胡子，那也不足介意。

心下又自盘算：“阿紫这小丫头今日已难逃老仙掌握，倒是后房那小和尚须得好好对付才是。我的‘三笑逍遥散’居然毒他不死，待会或使‘腐尸毒’，或使‘化功大法’，见机行事。本派掌门的‘逍遥神仙环’便将落入我手，大喜，大喜！”

足足过了一顿饭时光，众弟子才颂声渐稀，颇有人长篇大论的还在说下去，丁春秋左手一扬，颂声立止，众弟子齐声道：“师父功德齐天盖地，众弟子愚鲁，不足以表达万一。”丁春秋微笑点头，向阿紫道：“阿紫，你更有什么话说？”

阿紫心念一动：“往昔师父对我偏爱，都是因为我拍他马屁之时，能别出心裁，说得与众不同，不似这一群蠢才，翻来覆去，一百年也尽说些陈腔滥调。”便道：“师父，弟子所以偷偷拿了你的神木王鼎玩耍，是有道理的。”

丁春秋双目一翻，问道：“有什么道理？”

阿紫道：“师父年轻之时，功力未有今日的登峰造极，尚须借助王鼎，以供练功之用。但近几年来，任何有目之人，都知师父已有通天彻地的神通，这王鼎不过能聚毒物，比之师父的造诣，那真是如萤光之与日月，不可同日而语。如果说师父还不愿随便丢弃这座王鼎，那也不过是念旧而已。众师弟大惊小怪，以为师父决计少不了这座王鼎，说什么这王鼎是本门重宝，失了便牵连重大，那真是愚蠢之极，可把师父的神通太也小觑了。”

丁春秋连连点首，道：“嗯，嗯，言之成理，言之成理。”

阿紫又道：“弟子又想，我星宿派武功之强，天下任何门派皆所不及，只是师父大人大量，不愿与中原武林人物一般见识，不屑亲劳玉步，到中原来教训教训这些井底之蛙。可是中原武林之中，便有不少人妄自尊大，明知师父不会来向他们计较，便吹起大气来，大家互相标榜，这个居然说什么是当世高人，那个又说是什么武学名家。可是嘴头上尽管说得震天价响，却谁也不敢到我星宿派来向师父领教几招。天下武学之士，人人都知师父武功深不可测，可是说来说去，也只是‘深不可测’四字，到底如何深法，却谁也说不出个所以然来。这么一来，于是姑苏慕容氏的名头就大了，河南少林寺自称是武林泰山北斗了，甚至什么聋哑先生，什么大理段家，都俨然成了了不起的人物。师父，你说好不好笑？”

她声音清脆，娓娓道来，句句打入了丁春秋的心坎，实比众弟子一味大声称颂，听来受用得多。丁春秋脸上的笑容越来越开朗，眼睛眯成一线，不住点头，十分得意。

阿紫又道：“弟子有个孩子气的念头，心想师父如此神通，若不到中原来露上两手，终是开不了这些管窥蠡测之徒的眼界，难以叫他们知道天外有天，人上有人。因此便想了一个主意，请师父来到中原，让这些小子们知道点好歹。只不过平平常常的恭请师父，那就太也寻常，与师父你老人家古往今来第一高人的身份殊不相配。师父身份不同，恭请师父来到中原的法子，当然也得不同才是。弟子借这王鼎，原意是在促请师父的大驾。”

丁春秋呵呵笑道：“如此说来，你取这王鼎，倒是一番孝心了。”阿紫道：“谁说不是呢？不过弟子除了孝心之外，当然也有些私心在内。”丁春秋皱眉道：“那是什么私心？”

阿紫微笑道：“师父休怪。想我既是星宿派弟子，自是盼望本门威震天下，弟子行走江湖之上，博得人人敬重，岂不是光采威风？这是弟子的小小私心。”丁春秋哈哈一笑，道：“说得好，说得好。我门下这许许多多弟子，没一个及得上你心思机灵。原来你盗走我这神木王鼎，还是替我扬威来啦。嘿嘿，凭你这般伶牙利齿，杀了你倒也可惜，师父身边少了一个说话解闷之人，但就此罢手不究……”阿紫忙抢着道：“虽然不免太便宜了弟子，但本门上下，哪一个不感激师父宽洪大量？自此之后，更要为师门尽心竭力、粉身碎骨而后已。”

丁春秋道：“你这等话骗骗旁人，倒还有用，来跟我说这些话，不是当我老胡涂么？居心大大的不善。嗯，你说我若废了你的功力，挑断你的筋脉……”

说到这里，忽听得一个清朗的声音说道：“店家，看座！”

丁春秋斜眼一看，只见一个青年公子身穿黄衫，腰悬长剑，坐在桌边，竟不知是何时走进店来，正是日间在棋会之中、自己施术加害而未成功的慕容复。丁春秋适才倾听阿紫的说话，心中受用，有若腾云驾雾，身登极乐，同时又一直倾听着后房虚竹的动静，怕他越窗逃走，以致店堂中忽然多了一人也没留神到，实是大大的疏忽，倘若慕容复一上来便施暗袭，只怕自己已经吃了大亏。他一惊之下，不由得脸上微微变色，但立时便即宁定。

阿紫跪在溪边，双手掬起溪水去洗双眼。清凉的溪水碰到眼珠，痛楚渐止，然而，眼前始终没半点光亮。

三十三

奈天昏地暗　斗转星移

慕容复向丁春秋举手招呼，说道："请了！当真是人生何处不相逢，适才邂逅相遇，分手片刻，便又重聚。"

丁春秋笑道："那是与公子有缘了。"寻思："我曾伤了他手下的几员大将，今日棋会之中，更险些便送了他的小命，此人怎肯和我干休？素闻姑苏慕容氏武功渊博之极，'以彼之道，还施彼身'，武林中言之凿凿，谅来不会尽是虚言，瞧他投掷棋子的暗器功夫，果然甚是了得。先前他观棋入魔，正好乘机除去，偏又得人相救。看来这小子武功虽高，别的法术却是不会。"转头向阿紫道："你说倘若我废了你的武功，挑断你的筋脉，断了你的一手一脚，你宁可立时死了，也不吐露那物事的所在，是也不是？"

阿紫害怕之极，颤声道："师父宽洪大量，不必……不必……不必将弟子的胡言乱语，放……放在心上。"

慕容复笑道："丁先生，你这样一大把年纪，怎么还能跟小孩子一般见识？来来来，你我干上三杯，谈文论武，岂不是好？在外人之前清理门户，那也未免太煞风景了罢？"

丁春秋还未回答，一名星宿弟子已怒声喝道："你这厮好生没上没下，我师父是武林至尊，岂能同你这等后生小子谈文论武？你又有什么资格来跟我师父谈文论武？"

又有一人喝道："你如恭恭敬敬的磕头请教，星宿老仙喜欢提携后进，说不定还会指点你一二。你却说要跟星宿老仙谈文论武，哈哈，那不是笑歪了人嘴巴么？哈哈！"他笑了两声，脸上的神情却古怪之极，过得片刻，又"哈哈"一笑，声音十分干涩，笑了这声之后，张大了嘴巴，却半点声音也发不出来，脸上仍是显现着一副又诡秘、又滑稽的笑容。

星宿群弟子均知他是中了师父"逍遥三笑散"之毒，无不骇然惶悚，向着那三笑气绝的同门望了一眼之后，大气也不敢喘一口，都低下头去，哪里还敢和师父的眼光相接，均道："他刚才这几句话，不知如何惹恼了师父，师父竟以这等厉害的手段杀他？对他这几句话，可得细心琢磨才是，千万不能再如他这般说错了。"

丁春秋心中却又是恼怒，又是戒惧。他适才与阿紫说话之际，大袖微扬，已潜运内力，将"逍遥三笑散"毒粉向慕容复挥去。这毒粉无色无臭，细微之极，其时天色已晚，饭店的客堂中朦胧昏暗，满拟慕容复武功再高，也决计不会察觉，哪料得他不知用什么手段，竟将这"逍遥三笑散"转送到了自己弟子身上。死一个弟子固不足惜，但慕容复谈笑之间，没见他举手抬足，便将毒粉转到了旁人身上，这显然并非以内力反激，以丁春秋见闻之博，一时也想不出那是什么功夫。他心中只是想着八个字："以彼之道，还施彼身！"慕容复所使手法，正与"接暗器，打暗器"相似，接镖发镖，接箭还箭，他是接毒粉发毒粉。但毒粉如此细微，他如何能不会沾身，随即又发了出来？

转念又想："说到'以彼之道，还施彼身'，这逍遥三笑散该当送还我才是，哼，想必这小子忌惮老仙，不敢贸然来捋虎须。"想到"捋虎须"三字，顺手一摸长须，触手只摸到七八根烧焦了的短须，心下不恼反喜："以苏星河、玄难老和尚这等见识和功力，终究还是在老仙手下送了老命，慕容复乳臭未干，何足道哉？"说道："慕容公子，你我当真有缘，来来来，我敬你一杯酒。"说着伸指一弹，面前的一只酒杯平平向慕容复飞去。酒杯横飞，却没半滴酒水溅出。

倘若换了平时，群弟子早已颂声雷动，但适才见一个同门死得古怪，都怕拍马屁拍到了马脚上，未能揣摩明白师父的用意，谁都不敢贸然开口，但这一声喝采，总是要的，否则师父见怪，可又吃罪不起。酒杯刚到慕容复面前，群弟子便暴雷价喝了一声："好！"有三个胆子特别小的，连这一声采也不敢喝，待听得众同门叫过，才想起自己没喝采，太也落后，忙跟着叫好，但那三个"好"字总是迟了片刻，显然不够整齐。那三人见到众同门射来的眼光中充满责备之意，登时羞惭无地，惊惧不已。

慕容复道："丁先生这杯酒，还是转赐了令高徒罢！"说着呼一口气，吹得那酒杯突然转向，飞向左首一名星宿弟子身前。

他一吹便将酒杯吹开，比之手指弹杯，难易之别，纵然不会武功之人也看得出来，这酒杯一转向，丁春秋显是输了一招。其实慕容复所喷的这口气，和丁春秋的一弹，力道强弱全然不可同日而语，只不过喷气的方位劲力拿捏极准，似乎是以一口气吹开杯子，实则只是借用了对方手指上的一弹之力而已。

那星宿弟子见杯子飞到，不及多想，自然而然的便伸手接住，说道："这是师父命你喝的！"便想将酒杯掷向慕容复，突然间一声惨呼，向后便倒，登时一动也不动了。

众弟子这次都心下雪亮，知道师父一弹酒杯，便以指甲中的剧毒敷在杯上，只要慕容复手指一碰酒杯，不必酒水沾唇，便即如这星宿弟子般送了性命。

丁春秋脸上变色，心下怒极，情知这一下已瞒不过众弟子的眼光，到了这地步，已不能再故示闲雅，双手捧了一只酒杯，缓缓站起，说道："慕容公子，老夫这一杯酒，总是要敬你的。"说着走到慕容复身前。

慕容复一瞥之间，见那杯白酒中隐隐泛起一层碧光，显然含有厉害无比的毒药。他这么亲自端来，再也没回旋的余地。眼见丁春秋走到身前，只隔一张板桌，慕容复吸一口气，丁春秋捧着的那杯中酒水陡然直升而起，成为一条碧绿的水线。

丁春秋暗呼："好厉害！"知道对方一吸之后，跟着便是一吐，这条水线便会向自己射来，虽然射中后于己并无大碍，但满身酒水淋漓，总是狼狈出丑，当即运起内功，波的一声，向那水线吹去。

却见那条水线冲到离慕容复鼻尖约莫半尺之处，蓦地里斜向左首，从他脑后兜过，迅捷无伦的飞射而出，噗的一声，钻入了一名星宿弟子的口中。

那人正张大了口，要喝采叫好，这"好"字还没出声，一杯毒酒所化成的水线已钻入了他肚中。水线来势奇速，他居然还是兴高采烈的大喝一声："好！"直到喝采之后，这才惊觉，大叫："不好！"登时委顿在地，片刻之间，满脸便转成漆黑，立时毙命。

这毒药如此厉害，慕容复也是心惊不已："我闯荡江湖，从未见过这等霸道的毒药。"

他二人比拼，顷刻间星宿派便接连死了三名弟子，显然胜败已分。

丁春秋恼怒异常，将酒杯往桌上一放，挥掌便劈。慕容复久闻他"化功大法"的恶名，斜身闪过。丁春秋连劈三掌，慕容复皆以小巧身法避开，不与他手掌相触。

两人越打越快，小饭店中摆满了桌子凳子，地位狭隘，实无回旋余地，但两人便在桌椅之间穿来插去，竟无半点声息，拳掌固是不交，连桌椅也没半点挨到。

星宿派群弟子个个贴墙而立，谁也不敢走出店门一步，师父正与劲敌剧斗，有谁胆敢远避自去，自是犯了不忠师门的大罪。各人明知形势危险，只要给扫上一点掌风，都有性命之忧，除了盼望身子化为一张薄纸，拼命往墙上贴去之外，更无别法。但见慕容复守多攻少，掌法虽然精奇，但因不敢与丁春秋对掌，动手时不免缚手缚脚，落了下风。

丁春秋数招一过，便知慕容复不愿与自己对掌，显是怕了自己的“化功大法”。对方既怕这功夫，当然便要以这功夫制他，只是慕容复身形飘忽，出掌更难以捉摸，定要逼得他与己对掌，倒也着实不易。再拆数掌，丁春秋已想到了一个主意，当下右掌纵横挥舞，着着进逼，左掌却装微有不甚灵便之象，同时故意极力掩饰，要慕容复瞧不出来。

慕容复武功精湛，对方弱点稍现，岂有瞧不出来之理？他斜身半转，陡地拍出两掌，蓄势凌厉，直指丁春秋左胁。丁春秋低声一哼，退了一步，竟不敢伸左掌接招。慕容复心道：“这老怪左胸左胁之间不知受了什么内伤。”当下得理不让人，攻势中虽然仍以攻敌右侧为主，但内力的运用，却全是攻他左方。

又拆了二十余招，丁春秋左手缩入袖内，右掌翻掌成抓，向慕容复脸上抓去。慕容复斜身转过，挺拳直击他左胁。丁春秋一直在等他这一拳，对方终于打到，不由得心中一喜，立时甩起左袖，卷向敌人右臂。

慕容复心道：“你袖风便再凌厉十倍，焉能伤得了我？”这一拳竟不缩回，运劲于臂，硬接他袖子的一卷，嗤的一声长响，慕容复的右袖竟被扯下一片。慕容复一惊之下，这一拳打得更狠，蓦地里拳头外一紧，已被对方手掌握住。

这一招大出慕容复意料之外，立时惊觉：“这老怪假装左侧受伤，原来是诱敌之计，我可着了他的道儿！”心中涌起一丝悔意：“我忒也妄自尊大，将这名闻天下的星宿老怪看得小了。君子报仇，十年未晚，何必以一时之忿，事先没策划万全，便犯险向他挑战。”此时更无退缩余地，全身内力，径从拳中送出。

岂知内劲一送出，登时便如石沉大海，不知到了何处。慕容复暗叫一声：“啊哟！”他上来与丁春秋为敌，一直便全神贯注，决不让对方“化功大法”使到自己身上，不料事到临头，仍然难以躲过。其时当真进退两难，倘若续运内劲与抗，不论多强的内力，都会给他化散，过不多时便会功力全失，成为废人；但若抱元守一，劲力内缩，丁春秋种种匪夷所思的厉害毒药，便会顺着他真气内缩的途径，侵入经脉脏腑。

正当进退维谷、彷徨无计之际，忽听得身后一人大声叫道：“师父巧设机关，臭小子已陷绝境。”慕容复急退两步，左掌伸处，已将那星宿弟子胸口抓住。

他姑苏慕容家最拿手的绝技，乃是一门借力打力之技，叫做“斗转星移”。外人不知底细，见到慕容氏“以彼之道，还施彼身”神乎其技，凡在致人死命之时，总是以对方的成名绝技加诸其身，显然天下各门各派的绝技，姑苏慕容氏无一不会，无一不精。其实武林中绝技千千万万，任他如何聪明渊博，决难将每一项绝技都学会了，何况既是绝技，自非朝夕之功所能练成。但慕容氏有了这一门巧妙无比的“斗转星移”之术，不论对方施出何种功夫来，都能将之转移力道，反击到对方自身。

善于“锁喉枪”的，挺枪去刺慕容氏咽喉，给他“斗转星移”的一转，这一枪便刺入了自己咽喉，而所用劲力法门，全是出于他本门的秘传诀窍；善用“断臂刀”的，挥刀砍出，却砍上了自己手臂。兵器便是这件兵器，招数便是这记招数。只要不是亲眼目睹慕容氏施这“斗转星移”之术，那就谁也猜想不到这些人所以丧命，其实都是出于“自杀”。出手的人武功越高，死法越是巧妙。慕容氏若非单打独斗，若不是有把握定能致敌死命，这“斗转星移”的功夫便决不使用，是以姑苏慕容氏名震江湖，真正的功夫所在，却是谁也不知。

将对手的兵刃拳脚转换方向，令对手自作自受，其中道理，全在“反弹”两字。便如有人一拳打在石墙之上，出手越重，拳头上所受的力道越大，轻重强弱，不差分毫。只不过转换有形的兵刃拳脚尚易，转换无形无质的内力气功，那就极难。慕容复在这门功夫上虽然修练多年，究竟限于年岁，未能达到登峰造极之境，遇到丁春秋这等第一流的高手，他自知无法以“斗转星移”之术反拨回去伤害对方，是以连使三次“斗转星移”，受到打击的倒霉家伙，却都是星宿派弟子。他转是转了，移也移了，不过是转移到了第三者身上。丁春秋暗施“逍遥三笑散”，弹杯送毒，逼射毒酒，每一次都给慕容复轻轻易易的找了替死鬼。

待得丁春秋使到“化功大法”，慕容复已然无法将之移转，恰好那星宿弟子急于献媚讨好，张口一呼，显示了身形所在。慕容复情急之下，无暇多想，一将那星宿弟子抓到，立时旁拨侧挑，推气换劲，将他换作了自身。他冒险施展，竟然生效，星宿老怪本意在“化”慕容复之“功”，岂知化去的却是本门弟子的本门功夫。

慕容复一试成功，死里逃生，当即抓住良机，决不容丁春秋再转别的念头，把那星宿弟子一推，将他身子撞到了另一名弟子身上。这第二名弟子的功力，当即也随着丁春秋“化功大法”到处而迅速消解。

丁春秋眼见慕容复又以借力打力之法反伤自己弟子，自是恼怒之极，但想：“我若为了保全这些不成材的弟子，放脱他的拳头，一放之后，再要抓到他便千难万难。这小子定然见好便收，脱身逃走。这一仗我伤了五名弟子，只抓下他半只袖子，星宿派可算大败亏输，星宿老仙还有什么脸面来扬威中原？”当下五指加劲，说什么也不放开他拳头。

慕容复退后几步，又将一名星宿弟子黏上了，让丁春秋消散他的功力。顷刻之间，三名弟子瘫痪在地，犹如被吸血鬼吸干了体内精血。其余各人大骇，眼见慕容复又退将过来，无不失声惊呼，纷纷奔逃。

慕容复手臂一振，三名黏在一起的星宿弟子身子飞了起来，第三人又撞中了另一人。那人惊呼未毕，身子便已软瘫。

余下的星宿弟子皆已看出，只要师父不放开慕容复，这小子不断的借力伤人，群弟子的功力皆不免被星宿老仙“化”去，说不定下一个便轮到自己，但除了惊惧之外，却也无人敢夺门而出，只是在店堂内狼窜鼠突，免遭毒手。

那小店能有多大，慕容复手臂挥动间，又撞中了三四名星宿弟子，黏在一起的已达七八名，他手持这么一件长大“兵刃”，要找替死鬼可就更加容易了。这时他已占尽了上风，但心下忧虑，星宿弟子虽多，总有用完的时候，到了人人皆被丁春秋“化”去了功力，再有什么替死鬼好找？他身形腾挪，连发真力，想震脱丁春秋的掌握。

丁春秋眼看门下弟子一个一个黏住，犹如被柳条穿在一起的鱼儿一般，未曾黏上的也都狼狈躲闪，再也无人出声颂扬自己。他羞怒交加，更加抓紧慕容复的拳头，心想：“这批不成材的弟子全数死了也罢，只要能将这小子的功力化去，星宿老仙胜了姑苏慕容，那便是天下震动之事。要收弟子，世上吹牛拍马之徒还怕少了？”脸上却丝毫不见怒容，神态显得甚是悠闲，一副成竹在胸的模样。

星宿群弟子本来还在盼师父投鼠忌器，会放开了慕容复，免得他们一个个功力尽失，但见他始终毫不动容，已知自己殊无幸理，一个个惊呼悲号，但在师父积威之下，仍然无人胆敢逃走，或是哀求师父暂且放开这个“已入老仙掌握的小子”。

丁春秋一时无计可施，游目四顾，见众弟子之中只有两人并未随众躲避。一是游坦之，蹲在屋角，将铁头埋在双臂之间，显是十分害怕。另一个便是阿紫，面色苍白，缩在另一个角落中观斗。

丁春秋喝道："阿紫！"阿紫正看得出神，冷不防听得师父呼叫，呆了一呆，说道："师父，你老人家大展神威……"只讲了半句，便尴尬一笑，再也讲不下去。师父他老人家此际确是大展神威，但伤的却全是自己门下，如何称颂，倒也难以措词。

丁春秋奈何不了慕容复，本已焦躁之极，眼见阿紫的笑容中含有讥嘲之意，更是大怒欲狂，左手衣袖一挥，拂起桌上两根筷子，疾向阿紫两眼中射去。

阿紫叫声："啊哟！"急忙伸手将筷子击落，但终于慢了一步，筷端已点中了她双眼，只觉一阵麻痒，忙伸衣袖去揉擦，睁开眼来，眼前尽是白影晃来晃去，片刻间白影隐没，已是一片漆黑。

她只吓得六神无主，大叫："我……我的眼睛……我的眼睛……瞧不见啦！"

突然间一阵寒气袭体，跟着一条臂膀伸过来揽住了腰间，有人抱着她奔出。阿紫叫道："我……我的眼睛……"身后砰的一声响，似是双掌相交，阿紫只觉犹似腾云驾雾般飞了起来，迷迷糊糊之中，隐约听得慕容复叫道："少陪了。星宿老怪，后会……"

阿紫身上寒冷彻骨，耳旁呼呼风响，一个比冰还冷的人抱着她狂奔。她冷得牙关相击，呻吟道："好冷……我的眼睛……冷，好冷。"

那人道："是，是。咱们逃到那边树林里，星宿老仙就找不到咱们啦。"他嘴里说话，脚下仍是狂奔。过了一会，阿紫觉到他停了脚步，将她轻轻放下，身子底下沙沙作响，当是放在一堆枯树叶上。那人道："姑娘，你……你的眼睛怎样？"

阿紫只觉双眼剧痛，拼命睁大眼睛，却什么也瞧不见，天地世界，尽变成黑漆一团，这才知双眼已给丁春秋的毒药毒瞎了，突然放声大哭，叫道："我……我的眼睛瞎了，我……我瞎了！"

那人柔声安慰："说不定治得好的。"阿紫怒道："丁老怪的毒药何等厉害，怎么还治得好？你骗人！我眼睛瞎了，我眼睛瞎了！"说着又是大哭。那人道："那边有条小溪，咱们过去洗洗，把眼里的毒药洗干净了。"说着伸手拉住她右手，将她轻轻拉起。

阿紫只觉他手掌奇冷，不由自主的一缩，那人便松开了手。阿紫走了两步，一个踉跄，险些摔倒。那人道："小心！"又握住了她手。这一次阿紫不再缩手，任由他带到溪边。那人道："你别怕，这里便是溪边了。"

阿紫跪在溪边，双手掬起溪水去洗双眼。清凉的溪水碰到眼珠，痛楚渐止，然而天昏地黑，眼前始终没半点光亮。霎时之间，绝望、伤心、愤怒、无助，百感齐至，她坐倒在地，放声大哭，双足在溪边不住击打，哭叫："你骗人，你骗人，我眼睛瞎了，我眼睛瞎了！"

那人道："姑娘，你不用难过。我不会离开你的，你……你放心好啦。"

阿紫心中稍慰，问道："你……你是谁？"那人道："我……我……"阿紫道："对不起！多谢你救了我性命。你高姓大名？"那人道："我……我……姑娘不认得我的。"阿紫道："你连姓名也不肯跟我说，还骗我不会离开我呢，我……我眼睛瞎了，我……我还是死了的好。"说着又哭。

那人道："姑娘千万死不得。我……我当真永远不会离开你。只要姑娘许我陪着你，我永远……永远会跟在你身边的。"阿紫道："我不信！我不信！你骗我的，你骗我不要寻死。我偏要死，眼睛瞎了，还做什么人？"那人道："我决不骗你，倘若我离开了你，叫我不得好死。"语气焦急，显得极是真诚。阿紫道："那你是谁？"

那人道："我……我是聚贤庄……不，不，我姓庄，名叫聚贤。"

救了阿紫那人，正是聚贤庄的少庄主游坦之。

阿紫道："原来是庄……庄前辈，多谢你救了我。"游坦之道："我能救了你逃脱星宿老仙的毒手，心里欢喜得很，你不用谢我。我不是什么前辈，我只比你大几岁。"阿紫道："嗯，那么我叫你庄大哥。"游坦之心中欢喜无限，颤声道："这个……是不敢当的。"

阿紫道："庄大哥，我求你一件事。"游坦之道："你别说什么求不求的，姑娘吩咐什么，我就是拼了性命不要，也要尽力给你办到。"阿紫微微一笑，说道："你我素不相识，为什么你对我这样好？"游坦之道："是，是，是素不相识，我从来没见过你，你也从来没见过我。这次……今天咱们是第一次见面。"阿紫黯然道："还说见面呢？我永远见你不到了。"说着忍不住又流下泪来。

游坦之忙道："那不打紧。见不到我还更加好些。"阿紫问道："为什么？"游坦之道："我……我相貌难看得很，姑娘倘若见到了，定要不高兴。"阿紫嫣然一笑，说道："你又来骗人了。天下最希奇古怪的人，我也见得多了。我有一个奴隶，头上戴了个铁套子，永远除不下来的，那才叫难看呢。如果你见到了，包你笑上三天三夜。你想不想瞧瞧？"

游坦之颤声道："不，不！我不想瞧。"说着情不自禁的退了两步。

阿紫道："你武功这样好，抱着我飞奔时，几乎有我姊夫那么快，哪知道胆子却小，连个铁头人也不想见。庄大哥，那铁头人很好玩的，我叫他翻筋斗给你看，叫他把铁头伸进狮子老虎笼里，让野兽咬他的铁头。我再叫人拿他当鸢子放，飞在天空，那才有趣呢。"

游坦之忍不住打个寒噤，连声道："我不要看，我真的不要看。"

阿紫叹道："好罢。你刚才还在说，不论我求你做什么，你就是性命不要，也要给我办到，原来都是骗人的。”游坦之道：“不，不！决不骗你。姑娘要我做什么事？”

阿紫道：“我要回到姊夫身边，他在辽国南京。庄大哥，请你送我去。”

霎时之间，游坦之脑中一片混乱，再也说不出话来。

阿紫道：“怎么？你不肯吗？”游坦之道：“不是……不肯，不过……不过我不想……不想去辽国南京。”阿紫道：“我叫你去瞧我那个好玩的铁头人小丑，你不肯。叫你送我回姊夫那里，你又不肯。我只好独自个走了。”说着慢慢站起，双手伸出，向前探路。

游坦之道：“我陪你去！你一个人怎么……怎么成？”

游坦之握着阿紫柔软滑腻的小手，带着她走出树林，心中只是想：“只要我能握着她的手，这样慢慢走去，便是走到十八层地狱里，我也是欢喜无限。”

刚走到大路上，迎面过来一群乞丐。当先一人身材高瘦，相貌清秀，认得是丐帮大智分舵舵主全冠清，游坦之心想：“这人那天给我师父所伤，居然没死。”不想和他们朝相，忙拉着阿紫离开大路，向荒地中走去。阿紫察觉地下高低不平，问道：“怎么啦？”

游坦之还未回答，全冠清已见到了两人，快步抢上拦住，厉声喝道：“鬼鬼祟祟的，干什么？你……你怪模怪样的，是什么东西？”

游坦之大急，心想：“只要他叫出‘铁头人’三字，阿紫姑娘立时便知我是谁，再也不会睬我。就算她仍要我送她回南京，也决不会再让我握住她的手了。”一时彷徨无主，突然跪倒，连拜几拜，大打手势，要全冠清不可揭露他的真相。

全冠清看不明白他手势的用意，奇道：“你干什么？”游坦之指指阿紫，摇摇手，指指自己的口，摇摇手，又拜了几拜。全冠清瞧出阿紫双目已瞎，依稀明白这铁头人是求自己不可说话，正诧异间，丐帮众弟子已都奔近身来。

一人指着游坦之的头，哈哈大笑，叫道："当真希奇，这铁……"游坦之纵身上前，一掌拍出。那丐帮弟子急忙举手挡格，喀喇喇几声响，那人臂骨、肋骨齐断，身子向后飞出丈许，摔在地下，立时毙命。

众弟子惊怒交集，五人同时向游坦之攻去。游坦之双掌飞舞，乱击乱拍。他武功低微，比之这些丐帮弟子大有不如，但手掌到处，只听得喀喇、喀喇，"啊哟！""哎唷！"砰砰砰，噗噗，五名丐帮弟子飞摔而出，都是着地便死。余人惊骇之下，团团将游坦之和阿紫围住，再也不敢上前攻击。

游坦之忽然又向全冠清跪倒，拜了几拜，又是连打手势，指指阿紫，指指自己的铁头，不住摇手。

全冠清见他举手连毙六丐，功力之深，实是生平罕见，自己倘若上前动手，也必无幸，可是他却又向自己跪拜，实是匪夷所思，当下也打手势，指指阿紫，指指他的铁头，指指自己嘴巴，又摇摇手。游坦之大喜，连连点头。全冠清心念一动："此人武功奇高，却生怕我泄漏他的机密，似乎可以用这件事来胁制于他，收为我用。"当即向手下群弟子说道："大家别说话，谁也不可开口。"游坦之心中更喜，又向他拜了几拜。

阿紫问道："庄大哥，是些什么人？你打死了几个人吗？"游坦之道："是丐帮的好朋友，大家起了些误会。这位大智分舵全舵主仁义过人，是位大大的好人，我一向钦佩得很。我……我失手伤了他们几位兄弟，当真过意不去。"说着向群丐团团作揖。

阿紫道："丐帮中也有好人么？庄大哥，你武功这样高，不如都将他们杀了，也好给我姊夫出一口胸中恶气。"

游坦之忙道："不，不，那是误会。我跟全舵主是好朋友。你在这里等我，我跟全舵主过去说明其中的过节。”说着向全冠清招招手。

全冠清听他认得自己，更加奇怪，但看来全无恶意，当即跟着他走出十余丈。

游坦之眼见离阿紫已远，她已决计听不到自己说话，却又怕群丐伤害了她，不敢再走，便即停步，拱手说道：“全舵主，承你隐瞒兄弟的真相，大恩大德，决不敢忘。”

全冠清道：“此中情由，兄弟全然莫名其妙。尊兄高姓大名？”游坦之道：“兄弟姓庄，名叫庄聚贤，只因身遭不幸，头上套了这个劳什子，可万万不能让这位姑娘知晓。”全冠清见他说话时双目尽望着阿紫，十分关切，心下已猜到了七八分：“这小姑娘清雅秀丽，这铁头人定是爱上了她，生怕她知道他的铁头怪相。”问道：“庄兄如何识得在下？”

游坦之道：“贵帮大智分舵聚会，商议推选帮主之事，兄弟恰好在旁，听得有人称呼全舵主。兄弟今日失手伤了贵帮几位兄弟，实在……实在不对，还请全舵主原谅。”

全冠清道：“大家误会，不必介意。庄兄，你头上戴了这个东西，兄弟是决计不说的，待会兄弟吩咐手下，谁也不得泄露半点风声。”游坦之感激得几欲流泪，不住作揖，说道：“多谢，多谢。”全冠清道：“可是庄兄和这位姑娘携手在道上行走，难免有人见到，势必大惊小怪，呼叫出来，庄兄就是将那人杀死，也已经来不及了。”

游坦之道：“是，是。”他自救了阿紫，神魂飘荡，一直没想到这件事，这时听全冠清说得不错，不由得没了主意，嗫嚅道：“我……我只有跟她到深山无人之处去躲了起来。”

全冠清微笑道：“这位姑娘只怕要起疑心，而且，庄兄跟这位姑娘结成了夫妇之后，她迟早会发觉的。”

游坦之胸口一热，说道："结成夫……夫妇什么，我倒不想，那……那是不成的，我怎么……怎么配？不过……不过……那倒真的难了。"

全冠清道："庄兄，承你不弃，说兄弟是你的好朋友。好朋友有了为难之事，自当给你出个主意。这样罢，咱们一起到前面市镇上，雇辆大车，你跟这位姑娘坐在车中，那就谁也见不到你们了。"游坦之大喜，想到能和阿紫同坐一车，真是做神仙也不如，忙道："对，对！全舵主这主意真高。"

全冠清道："然后咱们想法子除去庄兄这个铁帽子，兄弟拍胸膛担保，这位姑娘永远不会知道庄兄这件尴尬事。你说如何？"

噗的一声，游坦之跪倒在地，向全冠清不住磕头，铁头撞上地面，咚咚有声。

全冠清跪倒还礼，说道："庄兄行此大礼，兄弟如何敢当？庄兄倘若不弃，咱二人结为金兰兄弟如何？"游坦之喜道："妙极，妙极！做兄弟的什么事也不懂，有你这样一位足智多谋的兄长给我指点明路，兄弟当真是求之不得。"全冠清哈哈大笑，说道："做哥哥的叨长你几岁，便不客气称你一声'兄弟'了。"

当丁春秋和苏星河打得天翻地覆之际，段誉的眼光始终没离开王语嫣身上，而王语嫣的眼光，却又始终是含情脉脉的瞧着表哥慕容复。因之段王二人的目光，便始终没有遇上。

待得丁春秋大败逃走，虚竹与逍遥派门人会晤，慕容复一行离去，段誉自然而然便随在王语嫣身后。

下得岭来，慕容复向段誉拱手道："段兄，今日有幸相会，这便别过了，后会有期。"段誉道："是，是。今日有幸相会，这便别过了，后会有期。"眼光却仍是瞧着王语嫣。慕容复心下不快，哼了一声，转身便走。段誉恋恋不舍的又跟了去。

包不同双手一拦，挡在段誉身前，说道：“段公子，你今日出手相助我家公子，包某多谢了。”段誉道：“不必客气。”包不同道：“此事已经谢过，咱们便两无亏欠。你这般目不转睛的瞧着我们王姑娘，忒也无礼，现下还想再跟，更是无礼之尤。你是读书人，可知道‘非礼勿视，非礼勿行’的话么？包某此刻身上全无力气，可是骂人的力气还有。”段誉叹了口气，摇摇头，说道：“既然如此，包兄还是‘非礼勿言’，我这就‘非礼勿跟’罢。”包不同哈哈大笑，说道：“这就对了！”转身跟随慕容复等而去。

段誉目送王语嫣的背影为树林遮没，兀自呆呆出神，朱丹臣道：“公子，咱们走罢！”段誉道：“是，是该走了。”可是却不移步，直到朱丹臣连催三次，这才跨上古笃诚牵来的坐骑。他身在马背之上，目光却兀自瞧着王语嫣的去路。

段誉那日将书信交与全冠清后，便即驰去拜见段正淳。父子久别重逢，都是不胜之喜。阮星竹更对这位小王子竭力奉承。阿紫却已不别而行，兄妹俩未得相见。段正淳和阮星竹以阿朱、阿紫之事说来尴尬，都没向他提起。

过得十余日，崔百泉、过彦之二人也寻到相聚。他师叔侄在苏州琴韵小筑和段誉失散，到处寻访，不得踪迹，后来从河南伏牛山本门中人处得到讯息，大理镇南王到了河南，便在伏牛山左近落脚，当即赶来，见到段誉安然无恙，甚感欣慰。

段誉九死一生之余，在父亲身边得享天伦之乐，自是欢喜，但思念王语嫣之情却只有与日俱增，待得棋会之期将届，得了父亲允可，带同古笃诚等赴会。果然不负所望，在棋会中见到了意中人，但这一会徒添愁苦，到底是否还是不见的好，他自己可也说不上来了。

一行人驰出二十余里，大路上尘头起处，十余骑疾奔而来，正是大理国三公范骅、华赫艮、巴天石，以及所率大理群士。一行人驰到近处，下马向段誉行礼。原来众人奉了段正淳之命，前来接应，深恐聋哑先生的棋会之中有何凶险。众人听说段延庆也曾与会，幸好没对段誉下手，都是手心中捏了一把汗。

朱丹臣悄悄向范骅等三人说知，段誉在棋会中如何见到姑苏慕容家的一位美貌姑娘，如何对她目不转睛的呆视，如何失魂落魄，又想跟去，幸好给对方斥退。范骅等相视而笑，心中转的是同样念头："小王子风流成性，家学渊源。他如能由此忘了对自己亲妹子木姑娘的相思之情，倒是一件大大的好事。"

傍晚时分，一行人在客店中吃了晚饭。范骅说起江南之行，说道："公子爷，这慕容氏一家诡秘得很，以后遇上了可得小心在意。"段誉道："怎么？"范骅道："这次我们三人奉了王爷将令，前赴苏州燕子坞慕容氏家中查察，要瞧瞧有什么蛛丝马迹，少林派玄悲大师到底是不是慕容氏害死的。"崔百泉与过彦之甚是关切，齐声问道："三位可查到了什么没有？"范骅道："我们三人没明着求见，只暗中查察，慕容氏家里没男女主人，只剩下些婢仆。偌大几座庄院，却是个小姑娘叫做阿碧的在主持家务。"段誉点头道："嗯，这位阿碧姑娘人挺好的。三位没伤了她罢？"

范骅微笑道："没有，我们接连查了几晚，慕容氏庄上什么地方都查到了，半点异状也没有。巴兄弟忽然想到，那个番僧鸠摩智将公子爷从大理请到江南来，说是要去祭慕容先生的墓……"

崔百泉插口道："是啊，慕容庄上那两个小丫头，却说什么也不肯带那番僧去祭墓，幸好这样，公子爷才得脱却那番僧的毒手。"

段誉点头道："阿朱、阿碧两位姑娘，可真是好人。不知她们现下怎样了。"

巴天石微笑道："我们接连三晚，都在窗外见到那阿碧姑娘在缝一件男子的长袍，不住自言自语：'公子爷，侬在外头冷哦？侬啥辰光才回来？’公子爷，她是缝给你的罢？”段誉忙道：“不是，不是。她是缝给慕容公子的。”巴天石道：“是啊，我瞧这小丫头神魂颠倒的，老是想着她的公子爷，我们三个穿房入舍，她全没察觉。”他说这番话，是要段誉不可学他爹爹，到处留情，阿碧心中想的只是慕容公子，段公子对她多想无益。

段誉叹了口气，说道：“慕容公子俊雅无匹，那也难怪，那也难怪！又何况他们是中表之亲，自幼儿青梅竹马……”

范骅、巴天石等面面相觑，均想：“小丫头和公子爷青梅竹马倒也犹可，又怎会有中表之亲？”哪想得到他是扯到了王语嫣身上。

崔百泉问道：“范司马、巴司空想到那番僧要去祭慕容先生的墓，不知这中间有什么道理？可跟我师兄之死有什么关连？”范骅道：“我提到这件事，正是要请大伙儿一起参详参详。华大哥一听到这个‘墓’字，登时手痒，说道：‘说不定这老儿的墓中有什么古怪，咱们掘进去瞧瞧。’我和巴兄都不大赞成，姑苏慕容氏名满天下，咱们段家去掘他的墓，太也说不过去。华兄弟却道：‘咱们悄悄打地道进去，神不知，鬼不觉，有谁知道了？’我们二人拗他不过，也就听他的。那墓便葬在庄子之后，甚是僻静隐秘，还真不容易找到。我们三人掘进墓圹，打开棺材，崔兄，你道见到什么？”

崔百泉和过彦之同时站起，问道：“什么？”

范骅道：“棺材里是空的，没有死人。”

崔过二人张大了嘴，半晌合不拢来。过了良久，崔百泉一拍大腿，说道：“那慕容博没有死。他叫儿子在中原到处露面，自己却在几千里外杀人，故弄玄虚。我师哥……我师哥定是慕容博这恶贼杀的！”

范骅摇头道：“崔兄曾说，这慕容博武功深不可测，他要杀人，尽可使别的手段，为什么定要留下‘以彼之道，还施彼身’的功夫，好让人人知道是他姑苏慕容氏下的手？若想武林中知道他的厉害，却为什么又要装假死？要不是华大哥有这能耐，又有谁能查知他这个秘密？”

崔百泉颓然坐倒，本来似已见到了光明，霎时间眼前又是一团迷雾。

段誉道：“天下各门各派的绝技成千成万，要一一明白其中的来龙去脉，当真是难如登天，可偏偏她有这等聪明智慧，什么武功都是了如指掌……”

崔百泉道：“是啊，好像我师哥这招‘天灵千裂’，是我伏牛派的不传之秘，他又怎么懂得，竟以这记绝招害了我师哥性命？”

段誉摇头道：“她当然懂得，不过她手无缚鸡之力，虽然懂得各家各派的武功，自己却是一招也不会使的，更不会去害人性命。”

众人面面相觑，过了半晌，一齐缓缓摇头。

阿紫双眼被丁春秋毒瞎，游坦之奋不顾身的抢了她逃走。丁春秋心神微分，指上内力稍松，慕容复得此良机，立即运起“斗转星移”绝技，噗的一声，丁春秋五指抓住了一名弟子的手臂。慕容复拳头脱出掌握，飞身窜出，哈哈大笑，叫道：“少陪了，星宿老怪，后会有期。”展开轻功，头也不回的去了。

这一役他伤了星宿派二十余名弟子，大获全胜，终于出了给丁春秋暗害而险些自刎的恶气，但最后得能全身而退，实是出于侥幸，路上回思适才情景，当真不寒而栗。与王语嫣、邓百川一行会齐后，在客店中深居简出，让邓百川等人养伤。

过得数日，包不同、风波恶两人体力尽复，跟着邓百川与公冶乾也已痊可。六人说起不知阿朱的下落，都是好生记挂，当下商定就近去洛阳打探讯息。

在洛阳不得丝毫消息，于是又向西查去。这一日六人急于赶道，错过了宿头，直行到天黑，仍是在山道之中，越走道旁的乱草越长。风波恶道：“咱们只怕走错了路，前边这个弯多半转得不对。”邓百川道：“且找个山洞或是破庙，露宿一宵。”

风波恶当先奔出去找安身之所，放眼道路崎岖，乱石嶙峋。他自己什么地方都能躺下来呼呼大睡，但要找一个可供王语嫣宿息的所在，却着实不易。一口气奔出数里，转过一个山坡，忽见右首山谷中露出一点灯火，风波恶大喜，回首叫道：“这边有人家。”

慕容复等闻声奔到。公冶乾喜道：“看来只是家猎户山农，但给王姑娘一人安睡的地方总是有的。”六人向着灯火快步走去。那灯火相隔甚遥，走了好一会仍是闪闪烁烁，瞧不清楚屋宇。风波恶喃喃骂道：“他奶奶的，这灯可有点儿邪门。”突然邓百川低声喝道：“且住，公子爷，你瞧这是盏绿灯。”慕容复凝目望去，果见那灯火发出绿油油的光芒，迥不同寻常灯火的色作暗红或是昏黄。六人加快脚步，向绿灯又趋前里许，便看得更加清楚了。

包不同大声道：“邪魔外道，在此聚会！”

凭这五人的机智武功，对江湖上不论哪一个门派帮会，都是绝无忌惮，但各人立时想到：“今日与王姑娘在一起，还是别生事端的为是。”包不同与风波恶久未与人打斗生事，霎时间心痒难搔，跃跃欲试，但立即自行克制。风波恶道：“今日走了整天路，可有点倦了，这个臭地方不大好，退回去罢！”慕容复微微一笑，心想：“风四哥居然改了性子，当真难得。”说道：“表妹，那边不干不净的，咱们走回头路罢。”王语嫣不明白其中道理，但表哥既然这么说，也就欣然乐从。

六人转过身来，只走出几步，忽然一个声音隐隐约约的飞了过来：“既知邪魔外道在此聚会，你们这几只不成气候的妖魔鬼怪，又怎不过来凑凑热闹？”这声音忽高忽低，若断若续，钻入耳中令人极不舒服，但每个字都听得清清楚楚。

慕容复哼了一声，知道包不同所说“邪魔外道，在此聚会”那句话，已给对方听了去，从对方这几句传音中听来，说话之人内力修为倒是不浅，但也不见得是真正第一流的功夫。他左手一拂，说道：“没空跟他纠缠，随他去罢！”不疾不徐的从来路退回。

那声音又道：“小畜生，口出狂言，便想这般夹着尾巴逃走吗？真要逃走，也得向老祖宗磕上三百个响头再走。”

风波恶忍耐不住，止步不行，低声道：“公子爷，我去教训教训这狂徒。”慕容复摇摇头，道：“他不知咱们是谁，由他们去罢！”风波恶道：“是！”

六人再走十余步，那声音又飘了过来：“雄的要逃走，也就罢了，这雌雏儿可得留下，陪老祖宗解解闷气。”

五人听到对方居然出言辱及王语嫣，人人脸上变色，一齐站定，转过身来。只听得那声音又道：“怎么样？乖乖的快把雌儿送上来，免得老祖宗……”

他刚说到那个“宗”字，邓百川气吐丹田，喝道：“宗！”他这个“宗”字和对方的“宗”字双音相混，声震山谷。各人耳中嗡嗡大响，但听得“啊”的一声惨呼，从绿灯处传了过来。静夜之中，邓百川那“宗”字余音未绝，夹着这声惨叫，令人毛骨悚然。

邓百川这声断喝，乃是以更高内力震伤了对方。从那人这声惨呼听来，受伤还真不轻，说不定已然一命呜呼。那人惨叫之声将歇，但听得嗤的一声响，一枝绿色火箭射上天空，蓬的一下炸了开来，映得半边天空都成深碧之色。

风波恶道：“一不做，二不休，扫荡了这批妖魔鬼怪的巢穴再说。”慕容复点了点头，道：“咱们让人一步，本来求息事宁人。既然干了，便干到底。”六人向那绿火奔去。

慕容复怕王语嫣受惊吃亏，放慢脚步，陪在她身边，只听得包不同和风波恶两声呼叱，已和人动上了手。跟着绿火微光中三条黑影飞了起来，啪啪啪三响，撞向山壁，显是给包风二人干净利落的料理了。

慕容复奔到绿灯之下，只见邓百川和公冶乾站在一只青铜大鼎之旁，脸色凝重。铜鼎旁躺着一个老者，鼎中有一道烟气上升，细如一线，却其直如矢。王语嫣道："是川西碧磷洞桑土公一派。"邓百川点头道："姑娘果然渊博。"包不同回过身来，问道："你怎知道？这烧狼烟报讯之法，几千年前就有了，未必就只川西碧磷洞……"他几句话还没说完，公冶乾指着铜鼎的一足，示意要他观看。

包不同弯下腰来，晃火折一看，只见鼎足上铸着一个"桑"字，乃是几条小蛇、蜈蚣之形盘成，铜绿斑斓，宛是一件古物。包不同明知王语嫣说得对了，还要强辞夺理："就算这只铜鼎是川西桑土公一派，焉知他们不是去借来偷来的？何况常言道'赝鼎、赝鼎'，十只鼎倒有九只是假的。"

慕容复等心下都有些嘀咕："此处离川西甚远，难道也算是桑土公一派的地界么？"他们都知川西碧磷洞桑土公一派都是苗人、傜人，行事与中土武林人士大不相同，擅于下毒，江湖人士对之颇为忌惮，好在他们与世无争，只要不闯入川西猺山地界，他们也不会轻易侵犯旁人。慕容复、邓百川等人自也不来怕他什么桑土公，只是跟这种邪毒怪诞的化外之人结仇，实在无聊，而纠缠上了身，也甚麻烦。

慕容复微一沉吟，说道："这是非之地，早早离去的为妙。"眼见铜鼎旁躺着的那老者已是气息奄奄，却兀自睁大了眼，气愤愤的望着各人，自便是适才发话肇祸之人了。慕容复向包不同点了点头，嘴角向那老人一歪。包不同会意，反手抓起那根悬着绿灯的竹杆，倒过杆头，连灯带杆，噗的一声，插入那老者胸口，绿灯登时熄灭。王语嫣"啊"的一声惊呼。公冶乾道："量小非君子，无毒不丈夫！这叫做杀人灭口，以免后患。"飞起右足，踢倒了铜鼎。慕容复拉着王语嫣的手，斜刺向左首窜了出去。

只奔出十余丈，黑暗中嗤嗤两声，金刃劈风，一刀一剑从长草中劈了出来。慕容复袍袖一拂，借力打力，左首那人的一刀砍在右首那人头上，右首那人一剑刺入了左首之人心窝，刹那间料理了偷袭的二人，脚下却丝毫不停。公冶乾赞道："公子爷，好功夫！"

慕容复微微一笑，继续前行，右掌一挥，迎面冲来一名敌人骨碌碌的滚下山坡，左掌击出，左前方一名敌人"啊"的一声大叫，口喷鲜血。黑暗之中，突然闻到一阵腥臭之气，跟着微有锐风扑面，慕容复急凝掌风，将这两件不知名的暗器反击了出去，但听得"啊"的一下惊呼，敌人已中了他自己所发的歹毒暗器。

黑暗之中，蓦地陷入重围，也不知敌人究有多少，只是随手杀了数人，杀到第六人时，慕容复暗暗心惊，寻思："起初三人多半是川西桑土公一派，后来三人的武功却显是另属不同的三派，冤家越结越多，大是不妙。"

只听得邓百川叫道："大伙儿并肩往'听香水榭'闯啊！""听香水榭"是姑苏燕子坞中的一个庄子，位于西首，是慕容复的侍婢阿朱所居。邓百川说向听香水榭闯去，便是往西退却，以免让敌人知道。

慕容复一听，便即会意，但其时四下里一片漆黑，星月无光，难以分辨方位，不知西首却在何方。他微一凝神，听得邓百川厚重的掌风在身后右侧响了两下，当即拉住王语嫣，斜退三步，向邓百川身旁靠去，只听得啪啪两声轻响，邓百川和敌人又对了两掌。从掌声之中听来，敌人着实是个好手。跟着邓百川吐气扬声，"嘿"的一声呼喝。慕容复知道邓百川使出一招"石破天惊"的掌力，对方多半抵挡不住。果然那人失声惊呼，声音尖锐，但呼声越响越下，犹如沉入地底，跟着是石块滚动、树枝折断之声。慕容复微微一惊："这人失足掉入了深谷。适才绿光之下，没见到有什么山谷啊。幸好邓大哥将这人先行打入深谷，否则黑暗中一脚踏了个空，可就糟了。"

便在此时，左首高坡上有个声音飘了过来："何方高人，到万仙大会来捣乱？当真将三十六洞洞主、七十二岛岛主，都不放在眼内吗？"

慕容复等都轻轻"啊"的一声。什么"三十六洞洞主，七十二岛岛主"的名头，他们倒也听到过的，但所谓"洞主，岛主"，只不过是一批既不属任何门派、又不隶什么帮会的旁门左道之士。这些人武功有高有低，人品有善有恶，人人独来独往，各行其是，相互不通声气，也便成不了什么气候，江湖上向来不予重视。只知他们有的散处东海、黄海中的海岛，有的在昆仑、祁连深山中隐居，近年来消声匿迹，毫无作为，谁也没加留神，没想到竟会在这里出现。

慕容复朗声道："在下朋友六人，乘夜赶路，不知众位在此相聚，无意中多有冒犯，谨此谢过。黑暗之中，事出误会，双方一笑置之便了，请各位借道。"他这几句话不亢不卑，并不吐露身份来历，对误杀对方数人之事，也赔了罪。

突然之间，四下里哈哈、嘿嘿、呵呵、哼哼笑声大作，越笑人数越多。初时不过十余人发笑，到后来四面八方都有人加入大笑，听声音不下五六百人，有的便在近处，有的却似在数里之外。

慕容复听对方声势如此浩大，又想到那人说什么"万仙大会"，心道："今晚倒足了霉，误打误撞的，闯进这些旁门左道之士的大聚会中来啦。我迄今没吐露姓名，还是一走了之的为是，免得闹到不可收拾。何况寡不敌众，咱们六人怎对付得了这数百人？"

众人哄笑声中，高坡上那人道："你这人说话轻描淡写，把事情看得忒也易了。你们六人已出手伤了咱们好几位兄弟，万仙大会群仙假如就此放你们走路，三十六洞和七十二岛的脸皮，却往哪里搁去?”

慕容复定下神来，凝目四顾，只见前后左右的山坡、山峰、山坳、山脊各处，影影绰绰的都是人影，黑暗中自瞧不清各人的身形面貌。这些人本来不知是在哪里，突然之间，都如从地底下涌了出来一般。这时邓百川、公冶乾、包不同、风波恶四人都已聚在慕容复和王语嫣身周卫护，但在这数百人的包围之下，只不过如大海中的一叶小舟而已。

慕容复和邓百川等生平经历过无数大阵大仗，见了这等情势，却也不禁心中发毛，寻思：“这些人古里古怪，十个八个自不足为患，几百人聚在一起，可着实不易对付。”

慕容复气凝丹田，朗声说道：“常言道不知者不罪。三十六洞洞主，七十二岛岛主的大名，在下也素有所闻，决不敢故意得罪。川西碧磷洞桑土公、藏边虬龙洞玄黄子、北海玄冥岛岛主章达夫先生，想来都在这里了。在下无意冒犯，尚请恕罪则个。”

左首一个粗豪的声音呵呵笑道：“你提一提咱们的名字，就想这般轻易混了出去吗?嘿嘿，嘿嘿!”

慕容复心头有气，说道：“在下敬重各位是长辈，先礼后兵，将客气话说在头里。难道我慕容复便怕了各位不成?”

只听得四周许多人都是“啊”的一声，显是听到了“慕容复”三字颇为震动。那粗豪的声音道：“是‘以彼之道，还施彼身’的姑苏慕容氏么?”慕容复道：“不敢，正是区区在下。”那人道：“姑苏慕容氏可不是泛泛之辈。掌灯！大伙儿见上一见!”

他一言出口，突然间东南角上升起了一盏黄灯，跟着西首和西北角上各有红灯升起。霎时之间，四面八方都有灯火升起，有的是灯笼，有的是火把，有的是孔明灯，有的是松明柴草，各家洞主、岛主所携来的灯火颇不相同，有的粗鄙简陋，有的却十分工细，先前都不知藏在哪里。灯火忽明忽暗的映照在各人脸上，奇幻莫名。

这些人有男有女，有俊有丑，既有僧人，亦有道士，有的大袖飘飘，有的窄衣短打，有的是长须飞舞的老翁，有的是云髻高耸的女子，服饰多数奇形怪状，与中土人士大不相同，一大半人持有兵刃，兵刃也大都形相古怪，说不出名目。慕容复团团作个四方揖，朗声说道："各位请了，在下姑苏慕容复有礼。"四周众人有的还礼，有的毫不理睬。

西首一人说道："慕容复，你姑苏慕容氏爱在中原逞威，那也由得你。但到万仙大会来肆无忌惮的横行，却不把咱们瞧得小了？你号称'以彼之道，还施彼身'，我来问你，你要以我之道，还施我身，却是如何施法？"

慕容复循声瞧去，只见西首岩石上盘膝坐着一个大头老者，一颗大脑袋光秃秃地，半根头发也无，脸上巽血，远远望去，便如一个大血球一般。慕容复微一抱拳，说道："请了！足下尊姓大名？"

那人捧腹而笑，说道："老夫考一考你，要看姑苏慕容氏果然是有真才实学呢，还是浪得虚名。我刚才问你：你若要以我之道，还施我身，却如何施法。只要你答得对了，别人怎样我管不着，老夫却不再来跟你为难。你爱去哪里，便去哪里好了！"

慕容复瞧了这般局面，知道今日之事，已决不能空言善罢，势必要出手露上几招，便道："既然如此，在下奉陪几招，前辈请出手罢！"

那人又呵呵呵的捧腹而笑，道："我是在考较你，不是要你来伸量我。你若答不出，那'以彼之道，还施彼身'这八个字，乘早给我收了起来罢！"

慕容复双眉微蹙，心道："你一动不动的坐在那里，我既不知你门派，又不知你姓名，怎知你最擅长的是什么绝招？不知你有什么‘道’，却如何还施你身？”

他略一沉吟之际，那大头老者已冷笑道：“我三十六洞、七十二岛的朋友们散处天涯海角，不理会中原的闲事。山中无猛虎，猴儿称大王，似你这等乳臭未干的小子，居然也说什么‘北乔峰，南慕容’，呵呵！好笑啊好笑，无耻啊无耻！我跟你说，你今日若要脱身，那也不难，你向三十六洞每一位洞主，七十二岛每一位岛主，都磕上十个响头，一共磕上一千零八十个头，咱们便放你六个娃儿走路。”

包不同憋气已久，再也忍耐不住，大声说道：“你要请我家公子爷‘以你之道，还施你身’，又叫他向你磕头。你这门绝技，我家公子爷可学不来了。嘿嘿，好笑啊好笑，无耻啊无耻！”他话声抑扬顿挫，居然将这大头老者的语气学了个十足。

那大头老者咳嗽一声，一口浓痰吐出，疾向包不同脸上射了过来。包不同斜身一避，那口浓痰从他左耳畔掠过，突然间在空中转了个弯，托的一声，重重打在包不同额角正中。这口浓痰劲力着实不小，包不同只觉一阵头晕，身子晃了几晃，原来这一口痰，正好打中在他眉毛之上的“阳白穴”。

慕容复心中一惊：“这老儿痰中含劲，那是丝毫不奇。包三哥中毒后功力未复，避不开也不希奇。奇在他这口痰吐出之后，竟会在半空中转弯。”

那大头老者呵呵笑道：“慕容复，老夫也不来要你以我之道，还施我身，只须你说出我这一口痰的来历，老夫便服了你。”

慕容复脑中念头飞快的乱转，却无论如何想不起来，忽听得身旁王语嫣清亮柔和的声音说道：“端木岛主，你练成了这‘归去来兮’的五斗米神功，实在不容易。但杀伤的生灵，却也不少了罢。我家公子念在你修为不易，不肯揭露此功的来历，以免你大遭同道之忌。难道我家公子，竟也会用这功夫来对付你吗？”

慕容复又惊又喜，“五斗米神功”的名目自己从未听见过，表妹居然知道，却不知对是不对。

那大头老者本来一张脸血也似红，突然之间，变得全无血色，但立即又变成红色，笑道：“小娃娃胡说八道，你懂得什么。‘五斗米神功’损人利己，阴狠险毒，难道是我这种人练的么？但你居然叫得出老爷爷的姓来，总算很不容易的了。”

王语嫣听他如此说，知道自己猜对了，只不过他不肯承认而已，便道：“海南岛五指山赤焰洞端木洞主，江湖上谁人不知，哪个不晓？端木洞主这功夫原来不是‘五斗米神功’，那么想必是从地火功中化出来的一门神妙功夫了。”

“地火功”是赤焰洞一派的基本功夫。赤焰洞一派的宗主都是复姓端木，这大头老者名叫端木元，听得王语嫣说出了自己的身份来历，却偏偏给自己掩饰“五斗米神功”，对她顿生好感，何况赤焰洞在江湖上只是藉藉无名的一个小派，在她口中居然成了“谁人不知，哪个不晓”，更是高兴，当下笑道：“不错，不错，这是地火功中的一项雕虫小技。老夫有言在先，你既道出了宝门，我便不来难为你了。”

突然间一个细细的声音发自对面岩石之下，呜呜咽咽、似哭非哭的说道：“端木元，我丈夫和兄弟都是你杀的么？是你练这天杀的‘五斗米神功’，因而害死了他们的么？”说话之人给岩石的阴影遮住了，瞧不见她的模样，隐隐约约间可见到是个身穿黑衣的女子，长挑身材，衣衫袖子甚大。

端木元哈哈一笑，道：“这位娘子是谁？我压根儿不知道‘五斗米神功’是什么东西，你莫听这小姑娘信口开河。”

那女子向王语嫣招了招手，道：“小姑娘，你过来，我要问一问你。”突然抢上几步，挥出一根极长的竹杆，杆头三只铁爪已抓住了王语嫣的腰带，回手便拉。

王语嫣给她拉得踏上了两步，登时失声惊呼。

慕容复袍袖轻挥，搭上了竹杆，使出“斗转星移”功夫，已将拉扯王语嫣的劲力，转而为拉扯那女子自身。

那女子“啊”的一声，立足不定，从岩石阴影下跌跌撞撞的冲了出来，冲到距慕容复身前丈许之处，内劲消失，便不再向前。她大惊失色，生恐慕容复出手加害，脱手放开竹杆，奋力反跃，退了丈许，这才立定。

王语嫣扳开抓住自己腰带的铁爪，将长杆递给慕容复。慕容复左袖拂出，那竹杆缓缓向那女子飞去。那女子伸手待接，竹杆陡然跌落，插在她身前三尺之处。

王语嫣道：“南海椰花岛黎夫人，你这门‘采燕功’的确神妙，佩服，佩服。”

那女子脸上神色不定，说道：“小姑娘，你……你怎知道我姓氏？又……又怎知道我……我这‘采燕功’？”

王语嫣道：“适才黎夫人露了这一手神妙功夫，长杆取物，百发百中，自然是椰花岛著名的‘采燕功’了。”原来椰花岛地处南海，山岩上多产燕窝。燕窝都生于绝高绝险之处，黎家久处岛上，数百年来由采集燕窝而练成了以极长竹杆为兵刃的“采燕功”。同时椰花岛黎家的轻功步法，也与众不同。王语嫣看到她向后一跃之势，宛如为海风所激，更无怀疑，便道出了她的身份来历。

黎夫人被慕容复一挥袖间反拉过去，心下已自怯了，再听王语嫣一口道破自己的武功家数，只道自己所有的技俩全在对方算中，当下不敢逞强，转头向端木元道：“端木老儿，好汉子一人做事一身当。我丈夫和兄弟，到底是你害的不是？”

端木元呵呵笑道：“失敬，失敬！原来是南海椰花岛岛主黎夫人，说将起来，咱们同处南海，你还是老夫的芳邻哪！尊夫我从未见过，怎说得上‘加害’两字？”

黎夫人将信将疑，道：“日久自知，只盼不是你才好。”拔起长杆，又隐身岩后。

黎夫人刚退下，突然间呼的一声，头顶松树上掉下一件重物，镗的一声大响，跌在岩石之上，却是一口青铜巨鼎。

慕容复又是一惊，抬头先瞧松树，看树顶躲的是何等样人，居然将这件数百斤重的大家伙搬到树顶，又摔将下来。看这铜鼎模样，便与适才公冶乾所踢倒的碧磷洞铜鼎形状相同，鼎身却大得多了，难道桑土公竟躲在树顶？但见松树枝叶轻晃，却不见人影。

便在此时，忽听得几下细微异常的响声，混在风声之中，几不可辨。慕容复应变奇速，双袖舞动，挥起一股劲风，反击了出去，眼前银光闪动，几千百根如牛毛的小针从四面八方迸射开去。慕容复暗叫：“不好！”伸手揽住王语嫣腰间，纵身急跃，凭空升起，却听得公冶乾、风波恶以及四周人众纷纷呼喝：“啊哟，不好！”“中了毒针。”“这歹毒暗器，他奶奶的！”“哎哟，怎地射中了老子？”

慕容复身在半空，一瞥眼间，见那青铜大鼎的鼎盖一动，有什么东西要从鼎中钻出来，他右手一托，将王语嫣的身子向上送起，叫道：“坐在树上！”跟着身子下落，双足踏住鼎盖。只觉鼎盖不住抖动，当即使出“千斤坠”功夫，硬将鼎盖压住。

其时兔起鹘落，只片刻间之事，慕容复刚将那鼎盖压住，四周众人的呼喝之声已响成一片：“哎哟，快取解药！”“这是碧磷洞的牛毛针，一个时辰封喉攻心，最是厉害不过。”“桑土公这臭贼呢，在哪里？在哪里？”“快揪他出来取解药。”“这臭贼乱发牛毛针，连我这老朋友也伤上了。”“桑土公在哪里？”“快取解药，快取解药！”

“桑土公在哪里？”“快取解药！”之声响成一片。中了毒针之人有的乱蹦乱跳，有的抱树大叫，显然牛毛针上的毒性十分厉害，令中针之人奇痒难当。

慕容复一瞥之间，见公冶乾左手抚胸，右手按腹，正自凝神运气，风波恶却双足乱跳，破口大骂。他知二人已中了暗算，心中又是忧急，又是恼怒。这无数毒针，显然是有人开动铜鼎中的机括，从鼎中发射出来。铜鼎从空而落，引得众人抬头观望，鼎中之人便乘机发针，若不是他见机迅速，内力强劲，这几千枚毒针都已钻入他的肉里了。慕容复内劲反激出去的毒针，有些射在旁人身上，有些射在鼎上，那偷发暗器之人有鼎护身，自也安然无恙。

只听得一个人阴阳怪气的道："慕容复，这就是你的不对了，怎么'以彼之道，还施我身'？这可与你慕容家的作为不对啊。"此人站得甚远，半边身子又是躲在岩石之后，没中到毒针，便来说几句风凉话儿。

慕容复不去理他，心想要解此毒，自然须找鼎中发针之人，只觉得脚下鼎盖不住抖动，显是那人想要钻出来。慕容复左手搭在大松树的树干，已如将鼎盖钉住在大松树上，那人要想钻出鼎来，若不是以宝刀宝剑破鼎而出，便须以腰背之力，将那株松树连根拔起。鼎中人连连运力，却哪里掀得动已如连在慕容复身上的那株大松树？

慕容复使出"斗转星移"功夫，将鼎中人的力道都移到了大松树上。那松树左右摇晃，树根格格直响，但要连根拔起，却谈何容易，树周小根倒也给他迸断了不少。慕容复要等他再掀数下，便突然松劲，让他突鼎而出；料想他出鼎之时，必然随手再发牛毛细针以防护自身，那时挥掌拍落，将这千百枚毒针都钉在他身上，不怕他不取解药自救，其时夺他解药，自比求他取药方便得多。

只觉那鼎盖又掀动两下，突然间鼎中人再无动静，慕容复知道他在运气蓄力，预备一举突鼎而出，当即脚下松劲，右掌却暗暗运力。哪知过了好一会，鼎中人仍是一动也不动，倒如已然闷死了一般。

四下里的号叫之声，却响得更加惨厉了。各洞岛有些功力较浅的弟子难忍麻痒，竟已在地下打滚，更有以头撞石，以拳捶胸，情景甚是可怖。但听得七八人齐声叫道：“将桑土公揪出来，揪他出来，快取解药！”叫喊声中，十余人红了眼睛，同时向慕容复冲来。

慕容复左足在鼎盖上一点，身子轻飘飘的跃起，正要坐向松树横干，突然间嗤嗤声响，斜刺里银光闪动，又是千百枚细针向他射来。

这一变故来得突兀之极，发射毒针的桑土公当然仍在鼎中，而这丛毒针来势之劲，数量之多，又显然出自机括，并非人力，难道桑土公的同党隐伏在旁，再施毒手么？

这时慕容复身在半空，无法闪避，若以掌力反击，则邓百川等四人都在下面，不免重蹈覆辙，又伤了自己兄弟。在这万分紧急的当口，他右袖一振，犹如风帆般在半空中一借力，身子向左飘开三尺，同时右手袖子飘起，一股柔和浑厚的内劲发出来，将千百枚毒针都托向天空，身子便如一只轻飘飘的大纸鸢，悠然飘翔而下。

其时天上虽然星月无光，四下里灯笼火把却照耀得十分明亮，众人眼见慕容复潇洒自如的滑行空中，无不惊佩。惨呼喝骂声中，响出了一阵春雷般的喝采声来，掩住了一片凄厉刺耳的号叫。

慕容复身在半空，双目却注视着这丛牛毛细针的来处，身子落到离地约有丈余之处，左脚在一根横跨半空的树干上一撑，借力向右方扑出。他先前落下时飘飘荡荡，势道缓慢，这一次扑出却疾如鹰隼，一阵劲风掠过，双足便向岩石旁一个矮胖子的头顶踏了下去。原来他在半空时目光笼罩全场，见到此人怀中抱着一口小鼎模样的家伙，作势欲再发射。

那矮子滑足避开，行动迅捷，便如一个圆球在地下打滚。慕容复踏了个空，砰的一掌拍出，正中对方后背。那矮子正要站起身来，给这一掌打得又摔倒在地。他颤巍巍的站起，摇晃几下，双膝一软，坐倒在地。

四周十余人叫道："桑土公，取解药来，取解药来!"向他拥了过去。

邓百川和包不同均想："原来这矮子便是桑土公!"两人急于要擒住了他，好取解药来救治把兄弟之伤，同时大喝，向他扑去。

桑土公左手在地下一撑，想要站起，但受伤不轻，终究力不从心。包不同伸手向他肩头抓落，五指刚抓上他肩头，手指和掌心立时疼痛难当，缩手不迭，反掌一看，只见掌心鲜血淋漓。原来这矮子肩头装有针尖向外的毒针。霎时之间，包不同但觉手掌奇痒难当，直痒到心里去。他又惊又怒，飞起左足，一招"金钩破冰"，对准桑土公屁股猛踢过去。但见他伏在地下，身子微微蠕动，这一脚非重重踢中不可。

他这一脚去势迅捷，刹那之间，足尖离桑土公的臀部已不过数寸，突然间省悟："啊哟，不好，他屁股上倘若也装尖刺，我这只左脚又要糟糕。"其时这一脚已然踢出，倘若硬生生的收回，势须扭伤筋骨，百忙中左掌疾出，在地下重重一拍，身子借势倒射而出，总算见机得快，足尖只在桑土公的裤子上轻轻一擦，没使上力，也不知他屁股上是否装有倒刺。

这时邓百川和其余七八人都已扑到桑土公身后，眼见包不同出手拿他，不知如何反而受伤，虽见桑土公伏地不动，一时之间倒也不敢贸然上前动手。包不同吃了这个大亏，如何肯就此罢休？在地下捧起一块百来斤的大石，大叫："让开，我来砸死这只大乌龟!"

有的人叫道："使不得，砸死了他便没解药了!"另有人道："解药在他身边，先砸死他才取得到。"看来这些人虽然在此聚会，却是各怀异谋，并不如何齐心合力，包不同要砸死桑土公，居然有些人也不怎么反对。

议论纷纷之中，包不同手捧大石，踏步上前，对准了桑土公的背心，喝道："砸死你这只生满倒刺的大乌龟！"这时他右掌心越来越痒，双臂一挺，大石便向桑土公背心砸了下去。只听得砰的一声响，地下尘土飞扬。

众人都是一惊，这块大石砸在桑土公背上，就算不是血肉模糊，也要砸得他大声惨呼，决无尘土飞扬之理。再定睛细看时，更是惊讶之极，大石好端端的压在地下，桑土公却已不知去向。

包不同左脚一起，挑开大石，地下现出了一个大洞。原来桑土公的名字中有一个"土"字，极精地行之术，伏在地上之时，手脚并用，爬松泥土，竟尔钻了进去。适才慕容复将桑土公压在鼎下，他无法掀开鼎盖出来，也是打开鼎腹，从地底脱身。包不同一呆之下，回身去寻桑土公的所在，心想就算你钻入地底，又不是穿山甲，最多不过钻入数尺，躲得一时，难道真有土遁之术不成？

忽听得慕容复叫道："在这里了！"左手衣袖挥出，向一块岩石卷去，原来这块岩石模样的东西，却是桑土公的背脊。这人古里古怪，惑人耳目的技俩花样百出，若不是慕容复眼尖，还真不易发现。

桑土公被雄劲的袖风卷起，肉球般的身子飞向半空。他自中了慕容复一掌之后，受伤已然不轻，这时殊无抗御之力，大声叫道："休下毒手，我给你解药便了！"

慕容复哈哈一笑，右袖拂出，将左袖的劲力抵消，同时生出一股力道，托住桑土公的身子，轻轻放了下来。

忽听得远处一人叫道："姑苏慕容，名不虚传！"慕容复举手道："贻笑方家，愧不敢当！"便在此时，一道金光、一道银光从左首电也似的射来，破空声甚是凌厉。慕容复不敢怠慢，双袖鼓风，迎了上去，蓬的一声巨响，金光银光倒卷了回去。这时方才看清，却是两条长长的带子，一条金色，一条银色。

带子尽头处站着二人，都是老翁，使金带的身穿银袍，使银带的身穿金袍。金银之色闪耀灿烂，华丽之极，这等金银色的袍子常人决不穿着，倒像是戏台上的人物一般。穿银袍的老人说道："佩服，佩服，再接咱兄弟一招！"金光闪动，金带自左方游动而至，银带却一抖向天，再从上空落下，径袭慕容复的上盘。

慕容复道："两位前辈……"他只说了四个字，突然间呼呼声响，三柄长刀着地卷来。三人使动地堂刀功夫，袭向慕容复下盘。

慕容复上方、前方、左侧同时三处受攻，心想："对方号称是三十六洞洞主、七十二岛岛主，人多势众，混战下去，若不让他们知道厉害，如何方了？"眼见三柄长刀着地掠来，当即踢出三脚，每一脚都正中敌人手腕，白光闪动，三柄刀都飞了上天。慕容复身形略侧，右手一掠，使出"斗转星移"功夫，拨动金带带头，啪的一声响，金带和银带已缠在一起。

使地堂刀的三人单刀脱手，更不退后，荷荷发喊，张臂便来抱慕容复的双腿。慕容复足尖起处，势如飘风般接连踢中了三人胸口穴道。蓦地里一个长臂长腿的黑衣人越众而前，张开蒲扇般的大手，一把将桑土公抓了起来。此人手掌也不知是天生厚皮，还是戴了金属丝所织的手套，竟然不怕桑土公满身倒刺，一抓到人，便直腿向后一跃，退开丈余。

慕容复见这人身手沉稳老辣，武功比其余诸人高强得多，心下暗惊："桑土公若被此人救去，再取解药可就不易了。"心念微动，已然跃起，越过横卧地下的三人，右掌拍出，径袭黑衣人。那人一声冷笑，横刀当胸，身前绿光闪闪，竟是一柄厚背薄刃、锋锐异常的鬼头刀，刀口向外。慕容复这掌拍落，那是硬生生将自己手腕切断了。他径不收招，待手掌离刃口约有二寸，突然间改拍为掠，手掌顺着刃口一抹而下，径削黑衣人抓着刀柄的手指。

他掌缘上布满了真气，锋锐处实不亚于鬼头刀，削上了也有切指断臂之功。那黑衣人出其不意，“咦”的一声，急忙松手放刀，翻掌相迎，啪的一声，两人对了一掌。黑衣人又是“咦”的一声，身子一晃，向后跃开丈余，但左手仍是紧紧抓着桑土公。慕容复翻过手掌，抓过了鬼头刀，鼻中闻到一阵腥臭，几欲作呕，知道这刀上喂有剧毒，邪门险恶之至。

他虽在一招间夺到敌人兵刃，但眼见敌方七八个人各挺兵刃，拦在黑衣人之前，要抢桑土公过来，殊非易事，何况适才和那黑衣人对掌，觉他功力虽较自己略有不如，但另有一种诡异处，夺到钢刀，只是攻了他个出其不意，当真动手相斗，也非片刻间便能取胜。

但听得人声嘈杂：“桑土公，快取解药出来！”“你这他妈的牛毛毒针若不快治，半个时辰就送了人性命。”“乌老大，快取解药出来，糟糕，再挨可就乖乖不得了！”灯光火把下人影奔来窜去，都在求那黑衣人乌老大快取解药。

乌老大道：“好，桑胖子，取解药出来。”桑土公道：“你放我下地啊！”乌老大道：“我一放手，敌人又捉了你去，如何放得？快取解药出来。”旁边的人跟着起哄：“是啊，快拿解药出来！”更有人在破口大骂：“贼苗子，还在推三阻四，瞧老子一把火将你碧磷洞里的乌龟王八蛋烧个干干净净。”

桑土公嘶哑着嗓子道：“我的解药藏在土里，你须得放我，才好去取。”

众人一怔，料他说的确是实情，这人喜在山洞、地底等阴暗不见天日之处藏身，将解药藏在地底，原是应有之义。

慕容复虽没听到公冶乾和风波恶叫唤呻吟，但想那些人既如此麻痒难当，二哥和四哥身受自然也是一般，眼前只有竭尽全力，将桑土公夺了过来，再作打算，猛然间发一声喊，舞动鬼头刀，冲入了人丛之中。邓百川和包不同守护在公冶乾和风波恶身旁，不敢离开半步，深恐敌人前来加害，眼见慕容复纵身而前，犹如虎入羊群，当者披靡。

乌老大见他势头甚凶，不敢正撄其锋，抓起桑土公，远远避开。

只听得众人叫道："大家小心了！此人手中拿的是'绿波香露刀'，别给他砍中了。""啊哟，乌老大的'绿波香露刀'给这小子夺了去，可大大的不妙！"

慕容复舞刀而前，只见和尚道士，丑汉美妇，各种各样人等纷纷辟易，脸上均有惊恐之色，料想这柄鬼头刀大有来历，但明明臭得厉害，偏偏叫什么"香露刀"，真是好笑，又想："我将毒刀舞了开来，将这些洞主、岛主杀他十个八个倒也不难，只是无怨无仇，何必多伤人命？仇怨结得深了，他们拼死不给解药，二哥四哥所中之毒便难以善后。"他虽舞刀挥劈，却不杀伤人命，遇有机缘便点倒一个，踢倒两个。

那些人初时甚为惊恐，待见他刀上威力不大，便定了下来，霎时之间，长剑短戟，软鞭硬牌，四面纷纷进袭。慕容复给十多人围在垓心，外面重重叠叠围着的更不下三四百人，不禁心惊。

再斗片刻，慕容复寻思："这般斗将下去，却如何了局？看来非下杀手不可。"刀法一紧，砰砰两声，以刀柄撞晕了两人。忽听得邓百川叫道："下流东西，不可惊扰了姑娘。"慕容复斜眼一瞥，只见两人纵身跃起，去攻击躲在松树上的王语嫣。邓百川飞步去救，出掌截住。慕容复心下稍宽，却见又有三人跃向树上，登时明白了这些人的主意："他们斗我不下，便想擒获表妹，作为要胁，当真无耻之极。"但自己给众人缠住了，无法分身，眼见两个女子抓住王语嫣的手臂，从树上跃了下来。一个头带金环的长发头陀手挺戒刀，横架在王语嫣颈前，叫道："慕容小子，你若不投降，我可要将你相好的砍了！"

慕容复一呆，心想：“这些家伙邪恶无比，说得出做得到，当真加害表妹，如何是好？但我姑苏慕容氏纵横武林，岂有向人投降之理？今日一降，日后怎生做人？”他心中犹豫，手上却丝毫不缓，左掌呼呼两掌拍出，将两名敌人击得飞出丈余。

那头陀又叫：“你当真不降，我可要将这如花如玉的脑袋切下来啦!”戒刀连晃，刀锋青光闪动。

蓦地里风声响动，两个青衫客窜纵而至，两条软鞭同时击到，岂知两条软鞭竟是活蛇。

三十四

风骤紧　缥缈峰头云乱

猛听得山腰里一人叫道："使不得，千万不可伤了王姑娘，我向你投降便是。"一个灰影如飞的赶来，脚下轻灵之极。站在外围的数人齐声呼叱，上前拦阻，却给他东一拐，西一闪，避过了众人，扑到面前，火光下看得明白，却是段誉。

只听他叫道："要投降还不容易？为了王姑娘，你要我投降一千次、一万次也成。"奔到那头陀面前，叫道："喂，喂，大家快放手，捉住王姑娘干什么？"

王语嫣知他武功若有若无，无时多，有时少，却这般不顾性命的前来相救，心下感激，颤声道："段……段公子，是你？"段誉喜道："是我，是我！"

那头陀骂道："你……你是什么东西？"段誉道："我是人，怎么是东西？"那头陀反手一拳，啪的一声，打在段誉下颏。段誉立足不定，一交往左便倒，额头撞上一块岩石，登时鲜血长流。

那头陀见他奔来的轻功，只道他武功颇为不弱，反手这一拳虚招，原没想能打到他，这一拳打过之后，右手戒刀连进三招，那才是真正杀手之所在，不料左拳虚晃一招，便将他打倒，反而一呆，同时段誉内力反震，也令他左臂隐隐酸麻，幸好他这一拳打得甚轻，反震之力也就不强。他见慕容复仍在来往冲杀，又即大呼：

"慕容小子，你再不住手投降，我可真要砍去这小妞儿的脑袋了。老佛爷说一是一，决不骗人，一、二、三！你降是不降！"

慕容复好生为难，说到表兄妹之情，他决不忍心王语嫣命丧邪徒之手，但"姑苏慕容"这四个字尊贵无比，决不能因人要胁，向旁门左道之士投降，从此成为话柄，在江湖上受人耻笑，何况这一投降，多半连自己性命也送了。他大声叫道："贼头陀，你要公子爷认输，那是千难万难。你只要伤了这位姑娘一根毫毛，我不将你碎尸万段，誓不为人！"一面说，一面向王语嫣冲去，但二十余人各挺兵刃左刺右击，前拦后袭，一时又怎冲得过去？

那头陀怒道："我偏将这小妞儿杀了，瞧你又拿老佛爷如何？"说着举起戒刀，呼的一声，便向王语嫣颈中挥去。抓住王语嫣手臂的两个女子恐被波及，同时放手，向旁跃开。

段誉挣扎着正要从地上爬起，左手掩住额头伤口，神情十分狼狈，眼见那头陀当真挥刀要杀王语嫣，而她却站着不动，不知是吓得呆了，还是给人点了穴道，竟不会抗御闪避。段誉这一急自然非同小可，手指一扬，情急之下，自然而然的真气充沛，使出了"六脉神剑"功夫，嗤嗤声响过去，嚓的一声，那头陀右手上臂从中断截，戒刀连着手掌，跌落在地。

段誉急冲抢前，反手将王语嫣负在背上，叫道："逃命要紧！"

那头陀右臂被截，自是痛入骨髓，急怒之下狂性大发，左手抄起断臂，猛吼一声，向段誉掷了过去。他断下的右手仍是紧紧抓着戒刀，连刀带手，急掷而至，甚是猛恶。段誉右手一指，嗤一声响，一招"商阳剑"刺在戒刀上，戒刀一震，从断手中跌落下来。断手却继续飞来，啪的一声，重重打了他一个耳光。

这一下只打得段誉头晕眼花，脚步踉跄，大叫："好功夫！断手还能打人。"心中念着务须将王语嫣救了出去，展开"凌波微步"，疾向外冲。

众人大声呐喊，抢上阻拦。但段誉左斜右歪，弯弯曲曲的冲将出去。众洞主、岛主兵刃拳脚纷纷往他身上招呼，可是他身子一闪，便避了开去。

这些日子来，他心中所想，便只是个王语嫣，梦中所见，也只是个王语嫣。那晚在客店中与范骅、巴天石等人谈了一阵，便即就寝，满脑子都是王语嫣，却如何睡得着？半夜里乘众人不觉，悄悄偷出客店，循着慕容复、王语嫣一行离去的方向，追将下来。慕容复和丁春秋一番剧斗之后，伴着邓百川等在客店中养伤数日，段誉毫不费力的便追上了。他藏身在客店的另一间房中，不出房门一步，只觉与王语嫣相去不过数丈，心下便喜慰不胜。及至慕容复、王语嫣等出店上道，他又远远的跟随。

一路之上，他也不知对自己说了多少次："我跟了这里路后，万万不可再跟。段誉啊段誉，你自误误人，陷溺不能自拔，当真是枉读诗书了。须知悬崖勒马，回头是岸，务须挥慧剑斩断情丝，否则这一生可就白白断送了。佛经有云：'当观色无常，则生厌离，喜贪尽，则心解脱。色无常，无常即苦，苦即非我。厌于色，厌故不乐，不乐故得解脱。'"

但要他观王语嫣之"色"为"无常"，而生"厌离"，却如何能够？他脚步轻快之极，远远蹑在王语嫣身后，居然没给慕容复、包不同等发觉。王语嫣上树、慕容复迎敌等情，他都遥遥望见，待那头陀要杀王语嫣，他自然挺身而出，甘愿代慕容复"投降"，偏偏对方不肯"受降"，反而断送了一条手臂。

片刻之间，段誉已负了王语嫣冲出重围，唯恐有人追来，直奔出数百丈，这才停步，舒了一口气，将她放下地来。王语嫣脸上一红，道："不，不，段公子，我给人点了穴道，站立不住。"段誉扶住她肩头，道："是！你教我解穴，我来给你解穴道。"王语嫣脸上更加红了，忸怩道："不，不用！过得一时三刻，穴道自然会解，你不必给我解穴。”她知要解自己被点的穴道，须得在“神封穴”上推血过宫，“神封穴”是在胸前乳旁，极是不便。

段誉不明其理，说道：“此地危险，不能久留，我还是先给你解开穴道，再谋脱身的为是。”

王语嫣红着脸道：“不好！”一抬头，只见慕容复与邓百川等仍在人丛之中冲杀，她挂念表哥，急道：“段公子，我表哥给人围住了，咱们须得去救他出来。”

段誉胸口一酸，知她心念所系，只在慕容公子一人，突然间万念俱灰，心道：“此番相思，总是没有了局，段誉今日全她心愿，为慕容复而死，也就罢了。”说道：“很好，你等在这里，我去救他。”

王语嫣道：“不，不成！你不会武功，怎么能去救人？”

段誉微笑道：“刚才我不是将你背了出来么？”王语嫣深知他的“六脉神剑”时灵时不灵，不能收发由心，说道：“刚才运气好，你……你念着我的安危，六脉神剑使了出来。你对我表哥，未必能像对我一般，只怕……只怕……”段誉道：“你不用担心，我对你表哥也如对你一般便了。”王语嫣摇头道：“段公子，那太冒险，不成的。”段誉胸口一挺，说道：“王姑娘，只要你叫我去冒险，万死不辞。”王语嫣脸上又是一红，低声道：“你对我这般好，当真是不敢当了。”

段誉大是高兴，道：“怎么不敢当？敢当的，敢当的！”一转身，但觉意气风发，便欲冲入战阵。

王语嫣道：“段公子，我动弹不得，你去后没人照料，要是有坏人来害我……”段誉转过身来，搔了搔头道：“这个……嗯……这个……”王语嫣本意是要他再将自己负在背上，过去相助慕容复，只是这句话说来太羞人，不便出口。她盼望段誉会意，段誉却偏偏不懂，只见他搔头顿足，甚是为难。

耳听得呐喊之声转盛，乒乒乓乓，兵刃相交的声音大作，慕容复等人斗得更加紧了。王语嫣知道敌人厉害，甚是焦急，当下顾不得害羞，低声道："段公子，劳你驾再……再背负我一阵，咱们同去救我表哥，那就……那就……"段誉恍然大悟，顿足道："是极，是极！蠢才，蠢才！我怎么便想不到？"蹲下身来，又将她负在背上。

段誉初次背负她时，一心在救她脱险，全未思及其余，这时再将她这个软绵绵的身子负在背上，两手又钩住了她的双腿，虽是隔着层层衣衫，总也感到了她滑腻的肌肤，不由得心神荡漾，随即自责："段誉啊段誉，这是什么时刻，你居然心起绮念，可真是禽兽不如！人家是冰清玉洁、尊贵无比的姑娘，你心中生起半分不良念头，便是亵渎了她，该打，真正该打！"提起手掌，在自己脸上重重的打了两下，放开脚步，向前疾奔。

王语嫣好生奇怪，问道："段公子，你干什么？"段誉本来诚实，再加对王语嫣敬若天人，更是不敢相欺，说道："惭愧之至，我心中起了对姑娘不敬的念头，该打，该打！"王语嫣明白了他的意思，只羞得耳根子也都红了。

便在此时，一个道士手持长剑，飞步抢来，叫道："妈巴羔子的，这小子又来捣乱。"一招"毒龙出洞"，挺剑向段誉刺来。段誉自然而然的使开"凌波微步"，闪身避开。王语嫣低声道："他第二剑从左侧刺来，你先抢到他右侧，在他'天宗穴'上拍一掌。"

果然那道士一剑不中，第二剑"清澈梅花"自左方刺到。段誉依着王语嫣的指点，抢到那道士右侧，啪的一掌，正中"天宗穴"。这是那道士的罩门所在，段誉这一掌力道虽然不重，却已打得他口喷鲜血，扑地摔倒。

这道士刚被打倒，又有一汉子抢了过来。王语嫣胸罗万有，轻声指点，段誉依法施为，立时便将这名汉子料理了。段誉见胜得轻易，王语嫣又在自己耳边低声嘱咐，软玉在背，香泽微闻，虽在性命相搏的战阵之中，却觉风光旖旎，实是生平从所未历的奇境。

他又打倒两人，距慕容复已不过二丈，蓦地里风声响动，两个身材矮小的青衫客窜纵而至，两条软鞭同时击到。段誉滑步避开，忽见一条软鞭在半空中一挺，反窜上来，扑向自己面门，灵动快捷无比。王语嫣和段誉齐声惊呼："啊哟！"这两条软鞭并非兵刃，竟是两条活蛇。段誉加快脚步，要抢过两人，不料两个青衫客步法迅捷之极，几次都拦在段誉身前，阻住去路。段誉连连发问："王姑娘，怎么办？"

王语嫣于各家各派的兵刃拳脚，不知者可说极罕，但这两条活蛇纵身而噬，决不依据哪一家哪一派的武功，要预料这两条活蛇从哪一个方位攻来，可就全然的无能为力。再看两个青衫客窜高伏低，姿式虽笨拙难看，却快速无伦，显然两人并未练过什么轻功，却如虎豹一般的天生迅速。

段誉闪避之际，接连遇险。王语嫣心想："活蛇的招数猜它不透，擒贼擒王，须当打倒毒蛇主人。"可是那两个蛇主人的身形步法，说怪是奇怪之极，说不怪是半点也不怪，出手跨步，便似寻常不会武功之人一般，任意所之，绝无章法，王语嫣要料到他们下一步跨向何处，下一招打向何方，那就为难之极。她叫段誉打他们"期门穴"，点他们"曲泉穴"，说也奇怪，段誉手掌到处，他们立时便灵动之极的避开，机警矫健，实是天生。

王语嫣一面寻思破敌，一面留心看着表哥，耳中只听得一阵阵惨叫呼唤声此起彼伏，数十人躺在地下，不住翻滚，都是中了桑土公牛毛针之人。

乌老大抓了桑土公之手，要他快快取出解药，偏偏解药便埋在慕容复身畔地下。乌老大忌惮慕容复了得，不敢贸然上前，只不住口的催促侪辈急攻，须得先拾夺了慕容复，才能取解药救人。但要打倒慕容复，却又谈何容易？

乌老大见情势不佳，纵声发令。围在慕容复身旁的众人中退下了三个，换了三人上来。这三人都是好手，尤其一条矮汉膂力惊人，两柄钢锤使将开来，劲风呼呼，声势威猛。慕容复以香露刀挡了一招，只震得手臂隐隐发麻，再见他钢锤打来，便即闪避，不敢硬接。

激斗之际，忽听得王语嫣叫道："表哥，使'金灯万盏'，转'披襟当风'。"慕容复素知表妹武学上的见识高明，当下更不多想，右手连画三个圈子，刀光闪闪，幻出点点寒光，只是"绿波香露刀"颜色发绿，化出来是"绿灯万盏"，而不是"金灯万盏"。

众人发一声喊，都退后了几步，便在此时，慕容复左袖拂出，袖底藏掌一带，那矮子正好使一招"开天辟地"，双锤指天划地的猛击过来，只听得当的一声巨响，众人耳中嗡嗡发响，那矮子左锤击在自己右锤之上，右锤击在自己左锤之上，火花四溅。他双臂之力凌厉威猛，双锤互击，喀喇一声响，双臂臂骨自行震断，登时摔倒在地，晕了过去。

慕容复乘机拍出两掌，助包不同打退了两个强敌。包不同俯身扶起公冶乾，但见他脸色发黑，中毒已深，若再不救，眼见是不成了。

段誉那一边却又起了变化。王语嫣关心慕容复，指点了两招，但心无二用，对段誉身前的两个敌人不免疏忽。段誉听得她忽然去指点表哥，虽然身在己背，一颗心却飞到慕容复身边，霎时间胸口酸苦，脚下略慢，嗤嗤两声，两条毒蛇扑将上来，同时咬住了他左臂。

王语嫣"啊"的一声，叫道："段公子，你……你……"段誉叹道："给毒蛇咬死，也是一样的。王姑娘，日后你对你孙子说……"王语嫣见那两条蛇浑身青黄相间，斑条鲜明，蛇头奇扁，作三角之形，显具剧毒，一时之间吓得慌了，没了主意。

忽然间两条毒蛇身子一挺，挣了两挣，跌在地下，登时僵毙。

两个使蛇的青衫客脸如土色，叽哩咕噜的说了几句蛮语，转身便逃。这两人自来养蛇拜蛇，见段誉毒蛇噬体非但不死，反而克死了毒蛇，料想他必是蛇神，再也不敢停留，发足狂奔，落荒而走。

王语嫣不知段誉服食莽牯朱蛤后的神异，连问："段公子，你怎么了？你怎么了？"段誉正自神伤，忽听得她软语关怀，殷殷相询，不由心花怒放，精神大振，只听她又问："那两条毒蛇咬了你，现下觉得怎样？"段誉道："有些儿痛，不碍事，不碍事！"心想只要你对我关心，每天都给毒蛇咬上几口，也所甘愿，当下迈开脚步，向慕容复身边抢去。

忽听得一个清朗的声音从半空中传了下来："慕容公子，列位洞主、岛主！各位往日无怨，近日无仇，何苦如此狠斗？"

众人抬头向声音来处望去，只见一株树顶上站着一个黑须道人，手握拂尘，着足处的树枝一弹一沉，他便也依势起伏，神情潇洒。灯火照耀下见他约莫五十来岁年纪，脸露微笑，又道："中毒之人命在顷刻，还是及早医治的为是。各位瞧贫道薄面，暂且罢斗，慢慢再行分辨是非如何？"

慕容复见他露了这手轻功，已知此人武功甚是了得，心中本来挂怀公冶乾和风波恶的伤势，当即说道："阁下出来排难解纷，再好也没有了。在下这就罢斗便是。"说着挥刀划了个圈子，提刀而立，但觉右掌和右臂隐隐发胀，心想："这使钢锤的矮子好生了得，震得我兀自手臂酸麻。"

抓着桑土公的乌老大抬头问道："阁下尊姓大名？"那道人尚未回答，人丛中一个声音道："乌老大，这人来头……来头很大，是……是个……了不起……了不起的人物，他……他……他是蛟……

蛟……蛟……”连说三个“蛟”字，始终没能接续下去，此人口吃，心中一急，更一路“蛟”到底，接不下去。

乌老大蓦地里想起一个人来，大声道：“他是蛟王……蛟王不平道人？”口吃者喜脱困境，有人将他塞在喉头的一句话说了出来，忙道：“是……是……是啊，他……他……他是蛟……蛟……蛟……蛟……”说到这个“蛟”字却又卡住了。

乌老大不等他挣扎着说完，向树顶道人拱手说道：“阁下便是名闻四海的不平道长吗？久闻大名，当真如雷贯耳，幸会，幸会。”他说话之际，余人都已停手罢斗。

那道人微笑道：“岂敢，岂敢！江湖上都说贫道早已一命呜呼，因此乌先生有些不信，是也不是？”说着纵身轻跃，从半空中冉冉而下。本来他双足离开树枝，自然会极快的堕向地面，但他手中拂尘摆动，激起一股劲风，拍向地下，生出反激，托住他身子缓缓而落，这拂尘上真气反激之力，委实非同小可。

乌老大脱口叫道：“‘凭虚临风’，好轻功！”他叫声甫歇，不平道人也已双足着地，微微一笑，说道：“双方冲突之起，纯系误会。何不看贫道的薄面，化敌为友？先请桑土公取出解药，解治了各人的伤毒。”他语气甚是和蔼，但自有一份威严，叫人难以拒却。何况受伤的数十人在地下辗转呻吟，神情痛楚，双方友好，都盼及早救治。

乌老大放下桑土公，说道：“桑胖子，瞧着不平道长的金面，咱们非卖账不可。”

桑土公一言不发，奔到慕容复身前，双手在地下拨动，迅速异常的挖了一洞，取出一样黑黝黝的物事，却是个包裹。他打开布包，拿了一块黑铁，转身去吸身旁一人伤口中的牛毛细针。那黑铁乃是磁石，须得将毒针先行吸出，再敷解药。

不平道人笑道：“桑洞主，推心置腹，先人后己。何不先治慕容公子的朋友？”

桑土公“嗯”了一声，喃喃的道：“反正要治，谁先谁后都是一样。”他话是那么说，终究还是依着不平道人的嘱咐，先治了公冶乾和风波恶，又治了包不同的手掌，再去医治自己一方的朋友。此人矮矮胖胖，似乎十分笨拙，岂知动作敏捷之极，十根棒槌般的胖手指，比之小姑娘拈绣花针的尖尖纤指还更灵巧。

只一顿饭功夫，桑土公已在众人伤口中吸出了牛毛细针，敷上解药。各人麻痒登止。有的人性情粗暴，破口大骂桑土公使这等歹毒暗器，将来死得惨不堪言。桑土公迟钝木讷，似乎浑浑噩噩，人家骂他，他听了浑如不觉，全不理睬。

不平道人微笑道：“乌先生，三十六洞洞主、七十二岛岛主在此聚会，是为了天山那个人的事么？”

乌老大脸上变色，随即宁定，说道：“不平道长说什么话，在下可不大明白。我们众家兄弟散处四方八面，难得见面，大家约齐了在此聚聚，别无他意。不知如何，姑苏慕容公子竟找上了我们，要跟大家过不去。”

慕容复道：“在下路过此间，实不知众位高人在此聚会，多有得罪，这里谢过了。”说着作个四方揖，又道：“不平道长出头排难解纷，使得在下不致将祸事越闯越大，在下十分感激。后会有期，就此别过。”他知三十六洞、七十二岛一干旁门左道的人物在此相聚，定有重大隐情，自是不足为外人道，不平道人提起“天山那个人”，乌老大立即岔开话头，显然忌讳极大，自己再不抽身而退，未免太不识相，倒似有意窥探旁人隐私一般，当下抱拳拱手，转身便走。

乌老大拱手还礼，道：“慕容公子，乌老大今日结识了你这号英雄人物，至感荣幸。青山不改，绿水长流，再见了。”言下之意，果是不愿他在此多所逗留。

不平道人却道："乌老大，你知慕容公子是什么人？"乌老大一怔，道："'北乔峰，南慕容'！武林中大名鼎鼎的姑苏慕容氏，谁不知闻？今日一见，果然名不虚传。"不平道人笑道："那就是了。这样的大人物，你们却交臂失之，岂不可惜？平时想求慕容氏出手相助，当真是千难万难，幸得慕容公子今日在此，你们却不开口求恳，那不是入宝山而空手回么？"乌老大道："这个……这个……"语气中颇为踌躇。

不平道人哈哈一笑，说道："慕容公子侠名播于天下，你们这一生受尽了缥缈峰灵鹫宫天山童姥……"

这"天山童姥"四字一出口，四周群豪都不自禁的"哦"了一声。这些声音都显得心情甚是激动，有的惊惧，有的愤怒，有的惶惑，有的惨痛，更有人退了几步，身子发抖，直是怕得厉害。

慕容复暗暗奇怪："天山童姥是什么人，居然令他们震怖如此？"又想："今日所见之人，这不平道人、乌老大等都颇为了得，我却丝毫不知他们来历，那'天山童姥'自是一个更加了不起的人物，可见天下之大，而我的见闻殊属有限。'姑苏慕容'名扬四海，要保住这名头，可着实不易。"言念及此，心下更增戒惧谨慎之意。

王语嫣沉吟道："缥缈峰灵鹫宫天山童姥？那是什么门派？使的是什么武功家数？"

段誉对别人的话听而不闻，王语嫣的一言一语，他却无不听得清清楚楚，登时想起在无量山的经历，当日神农帮如何奉命来夺无量宫，"无量剑"如何改名"无量洞"，那身穿绿色斗篷、胸口绣有黑鹫的女子如何叫人将自己这个"小白脸"带下山去，那都是出于"天山童姥"之命，可是王语嫣的疑问他却回答不出，只说："好厉害，好厉害！险些将我关到变成'老白脸'，兀自不能脱身。"

王语嫣素知他说话前言不对后语，微微一笑，也不理会。

只听不平道人续道：“各位受尽天山童姥的凌辱荼毒，实无生人乐趣，天下豪杰闻之，无不扼腕。各位这次奋起反抗，谁不愿相助一臂之力？连贫道这等无能之辈，也愿拔剑共襄义举，慕容公子慷慨侠义，怎能袖手？”

乌老大苦笑道：“道长不知从何处得来讯息，那全是传闻之误。童婆婆嘛，她老人家对我们管束得严一点是有的，那也是为了我们好。我们感恩怀德，怎说得上‘反抗’二字？”

不平道人哈哈大笑，道：“如此说来，倒是贫道的多事了。慕容公子，咱们同上天山，去跟童姥谈谈，便说三十六洞、七十二岛的朋友们对她一片孝心，正商量着要给她老人家拜寿呢。”说着身形微动，已靠到了慕容复身边。

人丛中有人惊呼：“乌老大，不能让这牛鼻子走，泄漏了机密，可不是玩的。”有人喝道：“连那慕容小子也一并截下来。”一个粗壮的声音叫道：“一不做，二不休，咱们今日甩出去啦！”只听得擦擦、刷刷、乒乒、乓乓，兵刃声响成一片，各人本来已经收起的兵器又都拔了出来。

不平道人笑道：“你们想杀人灭口么？只怕没这么容易。”突然提高声音叫道：“芙蓉仙子，剑神老兄，这里三十六洞洞主、七十二岛岛主阴谋反叛童姥，给我撞破了机关，要杀我灭口呢。这可不得了，救命哪，救命哪！不平老道今日可要鹤驾西归啦！”声音远远传将出去，四下里山谷鸣响。

不平道人话声未息，西首山峰上一个冷峭傲慢的声音远远传来：“牛鼻子不平道人，你逃得了便逃，逃不了便认命罢。童姥这些徒子徒孙难缠得紧，我最多不过给你通风报讯，要救你性命可没这份能耐。”这声音少说也在三四里外。

这人刚说完，北边山峰上有个女子声音清脆爽朗的响了起来：“牛鼻子，谁要你多管闲事？人家早就布置得妥妥贴贴，这一下发难，童姥可就倒足了大霉啦。我这便上天山去当面请问童姥，瞧她又有什么话说？”话声比西首山峰上那男子相距更远。

众人一听之下，无不神色大变，这两人都在三四里外，无论如何追他们不上，显然不平道人事先早就有了周密部署，远处安排下接应。何况从话声中听来，那两人都是内功深湛之辈，就算追上了，也未必能奈何得了他们。

乌老大更知道那男女两人的来历，提高声音说道：“不平道长、剑神卓先生、芙蓉仙子三位，愿意助我们解脱困苦，大家都感激之至。真人面前不说假话，三位既然已知内情，再瞒也是无用，便请同来商议大计如何？”

那“剑神”笑道：“我们还是站得远远的瞧热闹为妙，若有什么三长两短，逃起性命来也快些。赶这趟浑水，实在没什么好处。”那女子道：“不错，不平牛鼻子，我两个给你把风，否则你给人乱刀分尸，没人报讯，未免死得太冤。”

乌老大朗声说道：“两位取笑了。实在因为对头太强，我们是惊弓之鸟，行事不得不加倍小心些。三位仗义相助，我们也不是不知好歹之人，适才未能坦诚相告，这中间实有不得已的难处，还请三位原谅。”

慕容复向邓百川对望了一眼，均想：“这乌老大并非易与之辈，何况他们人多势众，却对人如此低声下气，显是为了怕泄漏消息。这不平道人与剑神、芙蓉仙子什么的，嘴里说是拔刀相助，其实多半不怀好意，另有图谋，咱们倒真是不用赶这趟浑水。”两人点了点头，邓百川嘴角一歪，示意还是走路的为是。慕容复道：“各位济济多士，便天大的难题也对付得了，何况更有不平道长等三位高手仗义相助，当世更有何人能敌？实无须在下在旁呐喊助威，碍手碍脚。告辞了！”

乌老大道：“且慢！这里的事情既已揭破了，那是有关几百人的生死大事。此间三十六洞、七十二岛众家兄弟，存亡荣辱，全是系于一线之间。慕容公子，我们不是信不过你，实因牵涉太大，不敢冒这个奇险。”慕容复说道：“阁下不许在下离去？”乌老大道：“那是不敢。”包不同道：“什么童姥姥、童伯伯的，我们姑苏慕容氏孤陋寡闻，今日还是首次听闻，自然更无丝毫牵缠瓜葛。你们干你们的，我们担保不会泄漏片言只字便是。姑苏慕容复是什么人，说过了的话，岂有不算数的？你们若要硬留，恐怕也未必能够，要留下包不同容易，难道你们竟留得下慕容公子和那位段公子？”

乌老大知他所说确是实情，尤其那个段公子步法古怪，背上虽负了一个女子，走起路来却犹如足不点地，轻飘飘的说过便过，谁也拦阻他不住；加之眼前自顾不暇，实不愿再树强敌，去得罪姑苏慕容氏。他向不平道人望了一眼，脸有为难之色，似在瞧他有什么主意。

不平道人说道：“乌老大，你的对头太强，多一个帮手好一个。姑苏慕容氏学究天人，施恩不望报，你也不必太顾忌了。今日之事，但求杀了你的对头。这一次杀她不了，那就什么都完了。慕容公子这样的大帮手，你怎么不请？”

乌老大一咬牙，下了决心，走到慕容复跟前深深一揖，说道：“慕容公子，三十六洞、七十二岛的兄弟们数十年来受尽荼毒，过着非人的日子，这次是甩出了性命，要干掉那老魔头，求你仗义援手，以解我们倒悬，大恩大德，永不敢忘。”他求慕容复相助，明明是迫于无奈，非出本心，但这几句话却显然说得十分诚恳。

慕容复道：“诸位此间高手如云，如何用得着在下……”他已想好了一番言语，要待一口拒绝，不欲卷入这个漩涡，突然间心念一动：“这乌老大说道‘大恩大德，永不敢忘’，这三十六洞、七十二岛之中，实不乏能人高手。我日后谋干大事，只愁人少，不嫌人多，倘若今日我助他们一臂之力，缓急之际，自可邀他们出马。

这里数百好手，实是一支大大的精锐之师。”想到此节，当即转口：“不过常言道得好，路见不平，拔刀相助，原是我辈武人的本份……”

乌老大听他如此说，脸现喜色，道：“是啊，是啊！”

邓百川连使眼色，示意慕容复急速抽身，他见这些人殊非良善之辈，与之交游，有损无益。但慕容复只向他点了点头，示意已明白他意思，继续说道：“在下见到诸位武功高强，慷慨仗义，心下更是钦佩得紧，有心要结交这许多朋友。其实呢，诸位杀敌诛恶，也不一定需在下相助，但既交上了众位朋友，大伙儿今后有生之年，始终祸福与共，患难相助，慕容复供各位差遣便了。”

众人采声雷动，纷纷鼓掌叫好。“姑苏慕容”的名头在武林中响亮之极，适才见到他出手，果然名下无虚。乌老大向他求助，原没料想他能答允，只盼能挤得他立下重誓，决不泄漏秘密，也就是了，岂知他竟一口允可，不但言语说得十分客气，还说什么“大伙儿今后有生之年，祸福与共，患难相助”，简直是结成了生死之交，不禁惊喜交集。

邓百川等四人却尽皆愕然。只是他们向来听从慕容复的号令，即令事事喜欢反其道而行的包不同，对这位公子爷也决不说“非也非也”四字，心中均道：“公子爷答应援手，当然另有用意，只不过我一时不懂而已。”

王语嫣听得表哥答允与众人联手，显已化敌为友，向段誉道：“段公子，他们不打了，你放我下来罢！”段誉一怔，道：“是，是，是！”双膝微屈，将她放下地来。王语嫣粉颊微红，低声道：“多谢你了！”段誉叹道：“唉，天长地久有时尽，此恨绵绵无绝期。”王语嫣道：“你说什么？在吟诗么？”

段誉一惊，从幻想中醒转，原来这顷刻之间，他心中已转了无数念头，想像自己将王语嫣放下地来之后，她随慕容复而去，此后天涯海角，再无相见之日，自己飘泊江湖，数十年中郁郁寡欢，最后饮恨而终，所谓“天长地久有时尽，此恨绵绵无绝期”，便由此而发。他听王语嫣问起，忙道：“没什么，我……我……我在胡思乱想。”王语嫣随即也明白了他吟这两句诗的含意，脸上又是一红，只想立时便走到慕容复身边，苦于穴道未解，无法移步。

不平道人道：“乌老大，恭喜恭喜，慕容公子肯出手相助，大事已成功了九成，别说慕容公子本人神功无敌，便是他手下的段相公，便已是武林中难得一见的高人了。”他见段誉背负王语嫣，神色极是恭谨，只道与邓百川等是一般身份，也是慕容复的下属。

慕容复忙道：“这位段兄乃大理段家的名门高弟，在下对他好生相敬。段兄，请过来与这几位朋友见见如何？”

段誉站在王语嫣身边，斜眼偷窥，香泽微闻，虽不敢直视她的脸，但瞧着她白玉般的小手，也已心满意足，更无他求，于慕容复的呼唤压根儿就没听见。

慕容复又叫道：“段兄，请移步来见见这几位好朋友。”他一心笼络江湖英豪，便对段誉也已不再如昔日的倨傲。

但段誉眼中所见，只是王语嫣的一双手掌，十指尖尖，柔滑如凝脂，怎还听得见旁人的叫唤？王语嫣道：“段公子，我表哥叫你呢！”她这句话段誉立时便听见了，忙道：“是，是！他叫我干么？”王语嫣道：“表哥说，请你过去见见几位新朋友。”段誉不愿离开她身畔，道：“那你去不去？”王语嫣给他问得发窘，道：“他们要见你，不是见我。”段誉道：“你不去，那我也不去。”

不平道人虽见段誉步法特异，也没当他是如何了不起的人物，听到他和王语嫣的对答，不知他是一片痴心，除了眼前这个姑娘之外，于普天下亿万人都是视而不见，还道他轻视自己，不愿过来相见，不禁心下甚是恼怒。

王语嫣见众人的眼光都望着段誉和自己，不由得发窘，更恐表哥误会，叫道："表哥，我给人点了穴道，你……你来扶我一把。"

慕容复却不愿在众目睽睽之下显示儿女私情，说道："邓大哥，你照料一下王姑娘。段兄，请到这边来如何？"

王语嫣道："段公子，我表哥请你去，你便去罢。"段誉听她叫慕容复相扶，显是对自己大有见外之意，霎时间心下酸苦，迷迷惘惘的向慕容复走去。

慕容复道："段兄，我给你引见几位高人，这位是不平道长，这位是乌先生，这位是桑洞主。"

段誉道："是！是！"心中却在想："我明明站在她身边，她为什么不叫我扶，却叫表哥来扶？由是观之，她适才要我背负，只不过危急之际一时从权，倘若她表哥能够背负她，她自是要表哥背负，决不许我碰到她的身子。"又想："她如能伏在表哥身上，自必心花怒放。甚至邓百川、包不同这些人，是她表哥的下属，在她心目中也比我亲近得多。我呢？我和她无亲无故，萍水相逢，只是个毫不足道的陌生人，她怎会将我放在心上？她许我瞧她几眼，肯将这剪水双瞳在我微贱的身上扫上几扫，已是我天大的福份了。我如再有他想，只怕眼前这福报立时便即享尽……唉，她是再也不愿我伸手扶她的了。"

不平道人和乌老大见他双眼无神，望着空处，对慕容复的引见听而不闻，再加以双眉紧蹙，满脸愁容，显是不愿与自己相见。不平道人笑道："幸会，幸会！"伸出手来，拉住了段誉的右手。乌老大随即会意，一翻手掌，扣住了段誉的左手。乌老大的功夫十分霸道，一出手便是剑拔弩张，不似不平道人一般，虽然用意相同，也是要叫段誉吃些苦头，却做得不露丝毫痕迹，全然是十分亲热的模样。

两人一拉住段誉的手，四掌掌心相贴，同时运功相握。不平道人顷刻之间便觉体内真气迅速向外宣泄，不由得大吃一惊，急忙摔手。但此时段誉内力已深厚之极，竟将不平道人的手掌黏住了，北冥神功既被引动，吸引对方的内力越来越快。乌老大一抓住段誉手掌，便运内劲使出毒掌功夫，要段誉浑身麻痒难当，出声求饶，才将解药给他。不料段誉服食莽牯朱蛤后百毒不侵，乌老大掌心毒质对他全无损害，真气内力却也是飞快的给他吸了过去。乌老大大叫："喂，喂，你……你使'化功大法'！"

段誉兀自书空咄咄，心中自怨自叹："她不要我相扶，我生于天地之间，更有什么生人乐趣？我不如回去大理，从此不再见她。唉，不如到天龙寺去，出家做了和尚，皈依枯荣大师座下，每日里观身不净，作青瘀想，作脓血想，从此六根清净，一尘不染……"

慕容复不知段誉武功的真相，眼见不平道人与乌老大齐受困厄，脸色大变，只道段誉存心反击，忙抓住不平道人的背心急扯，真力疾冲即收，挡住北冥神功的吸力，将他扯开了，同时叫道："段兄，手下留情！"

段誉一惊，从幻想中醒了转来，当即以伯父段正明所授心法，凝神收功。

乌老大正自全力向外拉扯，突然掌心一松，脱出了对方黏引，向后一个跄踉，连退了几步，这才站住，不由得面红过耳，又惊又怒，一叠连声的叫道："化功大法，化功大法！"不平道人见识较广，察觉段誉吸取自己内力的功夫，似与江湖上恶名昭彰的"化功大法"颇为不同，至于到底是一是二，他没吃过化功大法的苦头，却也说不上来。

段誉这北冥神功被人疑为化功大法，早已有过多次，微笑道："星宿老怪丁春秋卑鄙龌龊，我怎能去学他的臭功夫？你当真太无见识……唉，唉，唉！"他本来在取笑乌老大，忽然又想起王语嫣将自己视若路人，自己却对她神魂颠倒，说到"太无见识"四字，自己比之乌老大可犹胜万倍，不由得连叹了三口长气。

慕容复道："这位段兄是大理段氏嫡系，人家名门正派，一阳指与六脉神剑功夫天下无双无对，怎能与星宿派丁老怪相提并论？"

他说到这里，只觉得右手的手掌与臂膀越来越是肿胀，显然并非由于与那矮子的双锤碰撞之故，心下惊疑不定，提起手来，只见手背上隐隐发绿，同时鼻中又闻到一股腥臭之气，立时省悟："啊，是了，我手臂受了这绿波香露刀的蒸薰，毒气侵入了肌肤。"当即横过刀来，刀背向外，刃锋向着自己，对乌老大道："乌先生，尊器奉还，多多得罪。"

乌老大伸手来接，却不见慕容复放开刀柄，一怔之下，笑道："这把刀有点儿古怪，多多得罪了。"从怀中取出一个小瓶，打开瓶塞，倒出一些粉末，放在掌心之中，反手按上慕容复的手背。顷刻间药透肌肤，慕容复只感到手掌与臂膀间一阵清凉，情知解药已然生效，微微一笑，将鬼头刀送了过去。

乌老大接过刀来，对段誉道："这位段兄跟我们到底是友是敌？若是朋友，相互便当推心置腹，好让在下将实情坦诚奉告。若是敌人，你武功虽高，说不得只好决一死战了。"说着斜眼相视，神色凛然。

段誉为情所困，哪里有乌老大半分的英雄气概？垂头丧气的道："我自己的烦恼多得不得了，推不开，解不了，怎有心绪去理会旁人闲事？我既不是你朋友，更不是你对头。你们的事我帮不了忙，可也决不会来捣乱。唉，我是千古的伤心人，念天地之悠悠，独怆然而涕下。知我者谓我心忧，不知我者谓我何求？江湖上的鸡虫得失，我段誉哪放在心上？"

不平道人见他疯疯癫癫，喃喃自语，但每说一两句话，便偷眼去瞧王语嫣的颜色，当下已猜到了八九分，提高声音向王语嫣道："王姑娘，令表兄慕容公子已答应仗义援手，与我们共襄义举，想必姑娘也是参与的了？”王语嫣道：“是啊，我表哥跟你们在一起，我自然也跟随道长之后，以附骥末。”不平道人微笑道：“岂敢，岂敢！王姑娘太客气了。”转头向段誉道：“慕容公子跟我们在一起，王姑娘也跟我们在一起。段公子，倘若你也肯参与，大伙儿自是十分感激。但如公子无意，就请自便如何？”说着右手一举，作送客之状。

乌老大道：“这个……这个……只怕不妥……”心中大大的不以为然，生怕段誉一走，便泄漏了机密，手中紧紧握住鬼头刀，只等段誉一迈步，便要上前阻拦。他却不知王语嫣既然留下，便用十四马来拖拉，也不能将段誉拖走了。

只见段誉踱步兜了个圈子，说道：“你叫我请便，却叫我到哪里去？天地虽大，何处是我段誉安身之所？我……我……我是无处可去的了。”

不平道人微笑道：“既然如此，段公子便跟大伙儿在一起好啦。事到临头之际，你不妨袖手旁观，两不相助。”

乌老大犹有疑虑之意，不平道人向他使个眼色，说道：“乌老大，你做事忒也把细了。来，来，来！这里三十六洞洞主、七十二岛岛主，贫道大半久仰大名，却从未见过面。此后大伙儿敌忾同仇，你该当给慕容公子、段公子，和贫道引见引见。”

乌老大道：“原当如此。”当下传呼众人姓名，一个个的引见。这些人雄霸一方，相互间也大半不识，乌老大给慕容复等引见之时，旁边往往有人叫出声来：“啊，原来他便是某某洞洞主。”或者轻声说：“某某岛主威名远震，想不到是这等模样。”慕容复暗暗纳罕：“这些人怎么相互间竟然不识？似乎他们今晚倒是初次见面。”

这一百零八个高手之中，有四个适才在混战中为慕容复所杀，这四人的下属见到慕容复时，自是神色阴戾，仇恨之意，见于颜色。

慕容复朗声道：“在下失手误伤贵方数位朋友，心中好生过意不去，今后自当尽力，以补前愆。但若有哪一位朋友当真不肯见谅，此刻共御外敌，咱们只好把怨仇搁在一边，待大事一了，尽管到姑苏燕子坞来寻在下，作个了断便了。”

乌老大道：“这话是极。慕容公子快人快语！在这儿的众兄弟们，相互间也未始没有怨仇，只是大敌当前，各人的小小嫌隙都须抛开。倘若有哪一位目光短浅，不理会大事，却来乘机报复自伙里的私怨，那便如何？”

人群中多人纷纷说道：“那便是害群之马，大伙儿先将他清洗出去。”“要是对付不了天山那老太婆，大伙儿尽数性命难保，还有什么私怨之可言？”“覆巢之下，焉有完卵？乌老大、慕容公子，你们尽管放心，谁也不会这般愚蠢。”

慕容复道：“那好得很，在下当众谢过了。但不知各位对在下有何差遣，便请示下。”

不平道人道：“乌老大，大家共参大事，便须同舟共济。你是大伙儿带头的，天山童姥的事，相烦你说给我们听听，这老婆子到底有什么厉害之处，有什么惊人的本领，让贫道也好有个防备，免得身首异处之时，还是懵然不知。”

乌老大道：“好！各位洞主、岛主这次相推在下暂行主持大计，姓乌的才疏学浅，原是不能担当重任，幸好慕容公子、不平道人、剑神卓先生、芙蓉仙子诸位共襄义举，在下的担子便轻得多了。”他对段誉犹有余愤，不提“段公子”三字。

人群中有人说道：“客气话嘛，便省了罢！”又有人道：“你奶奶的，咱们白刀子进，红刀子出，性命关头，还说这些空话，不是拿人来消遣吗？”

乌老大笑道：“洪兄弟一出口便粗俗不堪。海马岛钦岛主，相烦你在东南方把守，若有敌人前来窥探，便发讯号。紫岩洞霍洞主，相烦你在正西方把守……”一连派出八位高手，把守八个方位。那八人各各应诺，带领部属，分别奔出守望。

慕容复心想："这八位洞主、岛主，看来个个是桀傲不驯、阴鸷凶悍的人物，今日居然都接受乌老大的号令，人人并有戒慎恐惧的神气，可见所谋者大，而对头又实在令他们怕到了极处。我答应和他们联手，只怕这件事真的颇为棘手。"

乌老大待出去守望的八路人众走远，说道："各位请就地坐下罢，由在下述说我们的苦衷。"

包不同突然插口道："你们这些人物，杀人放火，下毒掳掠，只怕便如家常便饭一般，个个恶狠狠、凶霸霸，看来一生之中，坏事着实做了不少，哪里会有什么苦衷？'苦衷'两字，居然出于老兄之口，不通啊不通！"慕容复道："包三哥，请静听乌洞主述说，别打断他的话头。"包不同叽咕道："我听得人家说话欠通，忍不住便要直言谈相。"他话是这么说，但既然慕容复吩咐了，便也不再多言。

乌老大脸露苦笑，说道："包兄所言本是不错。姓乌的虽然本领低微，但生就了一副倔强脾气，只有我去欺人，决不容人家欺我，哪知道，唉！"

乌老大一声叹息，突然身旁一人也是"唉"的一声长叹，悲凉之意，却强得多了。众人齐向叹声所发处望去，只见段誉双手反背在后，仰天望月，长声吟道："月出皎兮，佼人僚兮；舒窈纠兮，劳心悄兮！"他吟的是《诗经》中《月出》之一章，意思说月光皎洁，美人娉婷，我心中愁思难舒，不由得忧心悄悄。四周大都是不学无术的武人，怎懂得他的诗云子曰？都向他怒目而视，怪他打断乌老大的话头。

王语嫣自是懂得他的本意，生怕表哥见怪，偷眼向慕容复一瞥，只见他全神贯注的凝视乌老大，全没留意段誉吟诗，这才放心。

乌老大道：“慕容公子和不平道长等诸位此刻已不是外人，说出来也不怕列位见笑。我们三十六洞洞主、七十二岛岛主，有的僻居荒山，有的雄霸海岛，似乎好生自由自在，逍遥之极，其实个个受天山童姥的约束。老实说，我们都是她的奴隶。每一年之中，她总有一两次派人前来，将我们训斥一顿，骂得狗血淋头，真不是活人能够受的。你说我们听她痛骂，心中一定很气愤了罢？却又不然，她派来的人越是骂得厉害，我们越是高兴……”

包不同忍不住插口道：“这就奇了，天下哪有这等犯贱之人，越是给人骂得厉害，越是开心？”

乌老大道：“包兄有所不知，童姥派来的人倘若狠狠责骂一顿，我们这一年的难关就算渡过了，洞中岛上，总要大宴数日，欢庆平安。唉，做人做到这般模样，果然是贱得很了。童姥派来使者倘若不是大骂我们孙子王八蛋，不骂我们的十八代祖宗，以后的日子就不好过了。要知道她如不是派人来骂，就会派人来打，运气好的，那是三十下大棍，只要不把腿打断，多半也要设宴庆祝。”

包不同和风波恶相视而笑，两人极力克制，才不笑出声来，给人痛打数十棍，居然还要摆酒庆祝，那可真是千古从所未有之奇，只是听得乌老大语声凄惨，四周众人又都纷纷切齿咒骂，料来此事决计不假。

段誉全心所注，本来只是王语嫣一人，但他目光向王语嫣看去之时，见她在留神倾听乌老大说些什么，便也因她之听而听，只听得几句，忍不住双掌一拍，说道：“岂有此理？岂有此理？这天山童姥到底是神是仙？是妖是怪？如此横行霸道，那不是欺人太甚么？”

乌老大道：“段公子此言甚是。这童姥欺压于我等，将我们虐待得连猪狗也不如。倘若她不命人前来用大棍子打屁股，那么往往用蟒鞭抽击背脊，再不然便是在我们背上钉几枚钉子。司马岛主，你受蟒鞭责打的伤痕，请你给列位朋友瞧瞧。”

一个骨瘦如柴的老者道：“惭愧，惭愧！”解开衣衫，露出背上纵三条、横三条，纵横交错九条鲜红色印痕，令人一见之下便觉恶心，想像这老者当时身受之时，一定痛楚之极。一条黑汉子大声道：“那算得什么？请看我背上的附骨钉。”解开衣衫，只见三枚大铁钉，钉在他背心，钉上生了黄锈，显然为时已久，不知如何，这黑汉子竟不设法取将出来。又有一个僧人哑声说道：“于洞主身受之惨，只怕还不及小僧！”伸手解开僧袍。众人见他颈边琵琶骨中穿了一条细长铁链，铁链通将下去，又穿过他的腕骨。他手腕只须轻轻一动，便即牵动琵琶骨，疼痛可想而知。

段誉怒极，大叫：“反了，反了！天下竟有如此阴险狠恶的人物。乌老大，段誉决意相助，大伙儿齐心合力，替武林中除去这个大害。”

乌老大道：“多谢段公子仗义相助。”转头向慕容复道：“我们在此聚会之人，没一个不曾受过童姥的欺压荼毒。我们说什么‘万仙大会’，那是往自己脸上贴金，说是‘百鬼大会’，这才名副其实了。我们这些年来所过的日子，只怕在阿鼻地狱中受苦的鬼魂也不过如此。往昔大家害怕她手段厉害，只好忍气吞声的苦度光阴，幸好老天爷有眼，这老贼婆横蛮一世，也有倒霉的时候。”

慕容复道：“各位为天山童姥所制，难以反抗，是否这老妇武功绝顶高强，是否和她动手，每次都不免落败？”乌老大道：“这老贼婆的武功，当然厉害得紧了。只是到底如何高明，却是谁也不知。”慕容复道：“深不可测？”乌老大点头道：“深不可测！”慕容复道：“你说这老妇终于也有倒霉的时候，却是如何？”

乌老大双眉一扬，精神大振，说道：“众兄弟今日在此聚会，便是为此了。今年三月初三，在下与天风洞安洞主、海马岛钦岛主等九人轮值供奉，采办了珍珠宝贝、绫罗绸缎、山珍海味、胭脂花粉等物，送到天山缥缈峰去……”包不同哈哈一笑，问道：“这老太婆是个老妖怪么？说是个姥姥，怎么还用胭脂花粉？”乌老大道：“老贼婆年纪已大，但她手下侍女仆妇为数不少，其中的年轻妇女是要用胭脂花粉的。只不过峰上没一个男子，不知她们打扮了又给谁看？”包不同笑道：“想来是给你看的。”

乌老大正色道：“包兄取笑了。咱们上缥缈峰去，个个给黑布蒙住了眼，闻声而不见物，缥缈峰中那些人是美是丑，是老是少，向来谁也不知。”

慕容复道：“如此说来，天山童姥到底是何等样人，你们也从来没见到过？”

乌老大叹了口气，道：“倒也有人见到过的。只是见到她的人可就惨了。那是在二十三年之前，有人大着胆子，偷偷拉开蒙眼的黑布，向那老贼婆望了一眼，还没来得及将黑布盖上眼去，便给老贼婆刺瞎了双眼，又割去了舌头，斩断了双臂。”慕容复道：“刺瞎眼睛，那也罢了，割舌断臂，却又如何？”乌老大道：“想是不许他向人泄漏这老贼婆的形相，割舌叫他不能说话，断臂叫他不能写字。”

包不同伸了伸舌头，道：“浑蛋，浑蛋！厉害，厉害！”

乌老大道：“我和安洞主、钦岛主等上缥缈峰之时，九个人心里都是怕得要命。老贼婆三年前嘱咐要齐备的药物，实在有几样太是难得，像三百年海龟的龟蛋，五尺长的鹿角，说什么也找不到。我们未能完全依照嘱咐备妥，料想这一次责罚必重。哪知道九个人战战兢兢的缴了物品，老贼婆派人传话出来，说道：‘采购的物品也还罢了，九个孙子王八蛋，快快给我夹了尾巴，滚下峰去罢。’我们便如遇到皇恩大赦，当真是大喜过望，立即下峰，都想早走一刻好一刻，别要老贼婆发觉物品不对，追究起来，这罪可就受得大了。九个人来到缥缈峰下，拉开蒙眼的黑布，只见山峰下死了三个人。其中一个，安洞主识得是西夏国一品堂中的高手，名叫九翼道人。”

不平道人“哦”了一声，道：“九翼道人原来是被老贼婆所杀，江湖上传言纷纷，都说是姑苏慕容氏下的毒手呢。”包不同道：“放屁，放屁！什么八尾和尚、九翼道人，我们见都没见过，这笔账又算在我们头上了。”他大骂“放屁”，指的是“江湖上传言纷纷”，并非骂不平道人放屁，但旁人听来，总不免刺耳。不平道人也不生气，微笑道：“树大招风，众望所归！”包不同喝道：“放……”斜眼向慕容复望了望，下面的话便收住了。不平道人道：“包兄怎地把下面这个字吃进肚里了。”包不同一转念间，登时大怒，喝道：“什么？你骂我吃屁么？”不平道人笑道：“不敢！包兄爱吃什么，便吃什么。”

包不同还待和他争辩，慕容复道：“世间不虞之誉，求全之毁，原也平常得紧，包三哥何必多辩？听说九翼道人轻功极高，一手雷公挡功夫，生平少逢敌手，别说他和在下全无过节可言，就算真有怨仇，在下也未必胜得过这位号称‘雷动于九天之上’的九翼道长。”

不平道人微笑道：“慕容公子却又太谦了。九翼道人‘雷动于九天之上’的功夫虽然了得，但若慕容公子还他一个‘雷动于九天之上’，他也只好束手待毙了。”

乌老大道：“九翼道人身上共有两处伤痕，都是剑伤。因此江湖上传说他是死于姑苏慕容之手，那全是胡说八道。在下亲眼目睹，岂有假的？倘若是慕容公子取他性命，自当以九翼道人的雷公挡伤他了。”

不平道人接口道：“两处剑伤？你说是两处伤痕？这就奇了！”

乌老大伸手一拍大腿，说道：“不平道长果然了得，一听之下，便知其中有了蹊跷。九翼道人死于缥缈峰下，身上却有两处剑伤，这事可不对头啊。”

慕容复心想：“那有什么不对头？这不平道人知道其中有了蹊跷，我可想不出来。”霎时之间，不由得心生相形见绌之感。

乌老大偏生要考一考慕容复，说道：“慕容公子，你瞧这不是大大的不对劲么？”

慕容复不愿强不知为已知，一怔之下，便想说：“在下可不明其理。”忽听王语嫣道：“九翼道人一处剑伤，想必是在右腿‘风市’穴与‘伏兔’穴之间，另一处剑伤，当是在背心‘悬枢’穴，一剑斩断了脊椎骨，不知是也不是？”

乌老大一惊非小，说道：“当时姑娘也在缥缈峰下么？怎地我们都……都没瞧……瞧见姑娘？”他声音发颤，显得害怕之极。他想王语嫣其时原来也曾在场，自己此后的所作所为不免都逃不过她的眼去，只怕机密早已泄漏，大事尚未发动，已为天山童姥所知了。

另一个声音从人丛中传了出来：“你怎么知……知……知……我怎么没见……见……见……”说话之人本来口吃得厉害，心中一急，更加说不明白。慕容复听这人口齿笨拙，甚是可笑，但三十六洞洞主、七十二岛岛主之中，竟无一人出口讥嘲，料想此人武功了得，又或行事狠辣，旁人都对他颇为忌惮，当下向包不同连使眼色，叫他不可得罪了此人。

王语嫣淡淡的道：“西域天山，万里迢迢的，我这辈子从来没去过。”

乌老大更是害怕，心想：你既不是亲眼所见，当是旁人传言，难道这件事江湖上早已传得沸沸扬扬了么？忙问：“姑娘是听何人所说？”

王语嫣道：“我不过胡乱猜测罢啦。九翼道人是雷电门的高手，与人动手，自必施展轻功。他左手使铁牌，四十二路‘蜀道难牌法’护住前胸、后心、上盘、左方，当真如铁桶相似，对方难以下手，唯一破绽是在右侧，敌方使剑的高手若要伤他，势须自他右腿‘风市’穴与‘伏兔’两穴之间入手。在这两穴间刺以一剑，九翼道人自必举牌护胸，同时以雷公挡使一招‘春雷乍动’，斜劈敌人。对方既是高手，自然会乘机斩他后背，我猜这一招多半是用‘白虹贯日’、‘白帝斩蛇势’这一类招式，斩他‘悬枢穴’上的脊骨。以九翼道人武功之强，用剑本来不易伤他，最好是用判官笔、点穴橛之类短兵刃克制，既是用剑了，那么当以这一类招式最具灵效。”

乌老大长吁了一口气，如释重负，隔了半晌，才大拇指一竖，说道：“佩服，佩服！姑苏慕容门下，实无虚士！姑娘分擘入理，直如亲见。”

段誉忍不住插口：“这位姑娘姓王，她可不是……她可不是姑苏慕容……”

王语嫣微笑道：“姑苏慕容氏是我至亲，说我是姑苏慕容家的人，也无不可。”

段誉眼前一黑，身子摇晃，耳中嗡嗡然响着的只是一句话：“说我是姑苏慕容家的人，也无不可。”

那个口吃之人道：“原来如……如……如……”乌老大也不等他说出这个“此”字来，便道：“那九翼道人身上之伤，果如这位王姑娘的推测，右腿风市、伏兔两穴间中了一剑，后心悬枢穴间脊背斩断……”他兀自不放心，又问一句：“王姑娘，你确是凭武学的道理推断，并非目见耳闻？”王语嫣点了点头，说道：“是。”

那口吃之人忽道：“如果你要杀……杀……杀乌老大，那便如……如……如……”

乌老大听他问王语嫣如何来杀自己，怒从心起，喝道：“你问这话，是什么居心？”但随即转念：“这姑娘年纪轻轻，说能凭武学推断，料知九翼道人的死法，实是匪夷所思，多半那时她躲在缥缈峰下，亲眼见到有人用此剑招。此事关涉太大，不妨再问个明白。”便道：“不错。请问姑娘，若要杀我，那便如何？”

王语嫣微微一笑，凑到慕容复耳畔，低声道：“表哥，此人武功破绽，是在肩后天宗穴和肘后清冷渊，你出手攻他这两处，便能克制他。”

慕容复当着这数百好手之前，如何能甘受一个少女指点？他哼了一声，朗声道：“乌洞主既然问你，你大声说了出来，那也不妨。”

王语嫣脸上一红，好生羞惭，寻思：“我本想讨好于你，没想到这是当众逞能，掩盖了你的男子汉大丈夫的威风，我忒也笨了。”便道：“表哥，姑苏慕容于天下武学无所不知，你说给乌老大听罢。”

慕容复不愿假装，更不愿借她之光，说道：“乌洞主武功高强，要想伤他，谈何容易？乌洞主，咱们不必再说这些题外之言，请你继续告知缥缈峰下的所见所闻。”

乌老大一心要知道当日缥缈峰下是否另有旁人，说道：“王姑娘，你既不知杀伤乌某之法，自也未必能知诛杀九翼道人的剑招，那么适才的言语，都是消遣某家的了。九翼道人的死法，到底姑娘如何得知，务请从实相告，此事非同小可，儿戏不得。”

段誉当王语嫣走到慕容复身边之时，全神贯注的凝视，瞧她对慕容复如何，又全神贯注的倾听她对慕容复说些什么。他内功深厚，王语嫣对慕容复说的这几句话声音虽低，他却也已听得清清楚楚，这时听乌老大的语气，简直便是直斥王语嫣撒谎，这位他敬若天神的意中人，岂是旁人冒渎得的？当下更不打话，右足一抬，已展开“凌波微步”，东一晃，西一转，蓦地里兜到了乌老大后心。

乌老大一惊，喝道：“你干什……”段誉伸出右手，已按在他右肩后的“天宗穴”上，左手抓住了他左肘后的“清冷渊”。这两处穴道正是乌老大罩门所在，是他武功中的弱点。大凡临敌相斗，于自己罩门一定防护得十分周密，就算受伤中招，也总不会是在罩门左近。段誉毛手毛脚，出手全无家数，但一来他步法精奇，一霎眼间便欺到了乌老大身后，二来王语嫣对乌老大武功的家数看得极准，乌老大反掌欲待击敌，两处罩门已同时受制，对方只须稍吐微劲，自己立时便成了废人。他可不知段誉空有一身内功，却不能随意发放，纵然抓住了他两处罩门，其实半点也加害他不得。他适才已在段誉手下吃过苦头，如何还敢逞强？只得苦笑道：“段公子武功神妙，乌某拜服。”

段誉道：“在下不会武功，这全凭王姑娘的指点。”说着放开了他，缓步而回。

乌老大又惊又怕，呆了好一阵，才道：“乌某今日方知天下之大，武功高强者，未必便只天山童姥一人。”向段誉的背影连望数眼，惊疑不定。

不平道人道：“乌老大，你有这样大本领的高人拔刀相助，当真可喜可贺。”乌老大点头道：“是，是！咱们取胜的把握，又多了几成。”不平道人道：“九翼道人既然身有两处剑伤，那就不是天山童姥下的手了。”

乌老大道：“是啊！当时我看到他身上居然有两处剑伤，便和道长一般的心思。天山童姥不喜远行，常人又怎敢到缥缈峰百里之内去撒野？她自是极少有施展武功的时候。因此在缥缈峰百里之内，若要杀人，定是她亲自出手。我们素知她的脾气，有时故意引一两个高手到缥缈峰下，让这老太婆过过杀人的瘾头。她杀人向来一招便即取了性命，哪有在对手身上连下两招之理？”

慕容复吃了一惊，心道：“我慕容家‘以彼之道，还施彼身’，已是武林中惊世骇俗的本领，这天山童姥杀人不用第二招，真不信世上会有如此功夫。”

包不同可不如慕容复那么深沉不露，心下也是这般怀疑，便即问道：“乌洞主，你说天山童姥杀人不用第二招，对付武功平庸之辈当然不难，要是遇到真正的高手，难道也能在一招之下送了对方性命？浮夸，浮夸！全然的难以入信。”

乌老大道：“包兄不信，在下也无法可想。但我们这些人甘心受天山童姥的欺压凌辱，不论她说什么，我们谁也不敢说半个不字，如果她不是有超人之能，这里三十六洞洞主、七十二岛岛主，哪一个是好相与的？为什么这些年来服服贴贴，谁也不生异心？”

包不同点头道：“这中间果然是有些古怪，各位老兄未必是甘心做奴才。”虽觉乌老大言之有理，仍道：“非也，非也！你说不生异心，现下可不是大生异心、意图反叛么？”

乌老大道：“这中间是有道理的。当时我一见九翼道人有两伤，心下起疑，再看另外两个死者，见到那两人亦非一招致命，显然是经过了一场恶斗，简直是伤痕累累。我当下便和安、钦等诸位兄弟商议，这事可实在透着古怪。难道九翼道人等三人不是童姥所杀？但如不是童姥下的手，灵鹫宫中童姥属下那些女人，又怎敢自行在缥缈峰下杀人，抢去了童姥一招杀人的乐趣？九翼道人这等好手，杀起来其乐无穷，这般机缘等闲不易遇到，那比之抢去童姥到口的美食，尤为不敬。我们心中疑云重重，走出数里后，安洞主突然说道：‘莫……莫非老夫人……生了……生了……’”

慕容复知他指的是那个口吃之人，心道：“原来这人便是安洞主。”

只听乌老大续道：“当时我们离缥缈峰不远，其实就在万里之外，背后提到这老贼婆之时，谁也不敢稍有不敬之意，向来都以‘老夫人’相称。安兄弟说到莫非她是‘生了……生了……’这几个字，众人不约而同的都道：‘生了病？’”

不平道人问道："这个童姥姥，究竟有多大岁数了？"

王语嫣低声道："总不会很年轻罢。"

段誉道："是，是，既然用上了这个'姥'字，当然不会年轻了。不过将来你就算做了'姥姥'，还是挺年轻的。"眼见王语嫣留神倾听乌老大的话，全不理会自己说些什么，颇感没趣，心道："这乌老大的话，我也只好听听，否则王姑娘问到我什么，全然接不上口，岂不是失却了千载难逢的良机？"

只听乌老大道："童姥有多大年纪，那就谁也不知了。我们归属她的治下，少则一二十年，多则三四十年，只有无量洞洞主等少数几位，才是近年来归属灵鹫宫治下的。反正谁也没见过她面，谁也不敢问起她的岁数。"

段誉听到这里，心想那无量洞洞主倒是素识，四下打量，果见辛双清远远倚在一块大岩之旁，低头沉思，脸上深有忧色。

乌老大续道："大伙儿随即想起：'人必有死，童姥姥本领再高，终究不是修炼成精，有金刚不坏之身。这一次我们供奉的物品不齐，她不加责罚，已是出奇，而九翼道人等死在峰下，身上居然不止一伤，更加启人疑窦。'总而言之，其中一定有重大古怪。

"大伙儿各有各的心思，但也可说各人都是一样的打算，你瞧瞧我，我瞧瞧你，谁也不敢先开口说话，有的又惊又喜，有的愁眉苦脸。各人都知这是我们脱却枷锁、再世为人的唯一良机，可是童姥姥治理我们何等严峻，又有谁敢倡议去探个究竟？隔了半天，钦兄弟道：'安二哥的猜测是大有道理，不过，这件事太也冒险，依兄弟之见，咱们还是各自回去，静候消息，待等到了确讯之后，再定行止，也还不迟。'

"钦兄弟这老成持重的法子本来十分妥善，可是……可是……我们实在又不能等。安洞主说道：'这生死符……生死符……'他不用再说下去，各人也均了然。老贼婆手中握住我们的生死符，谁也反抗不得，倘若她患病身死，生死符落入了第二人手中，我们岂不是又成为第二个人的奴隶？这一生一世，永远不能翻身？倘若那人凶狠恶毒，比之老贼婆犹有过之，我们将来所受的凌辱荼毒，岂不是比今日更加厉害？这实在是箭在弦上，不得不发。明知前途凶险异常，却也是非去探个究竟不可。

“我们这一群人中，论到武功机智，自以安洞主为第一，他的轻身功夫尤其比旁人高得多。那时寂静无声之中，八个人的目光都望到了安洞主脸上。”

慕容复、王语嫣、段誉、邓百川，以及不识安洞主之人，目光都在人群中扫来扫去，要见这位说话口吃而武功高强的安某，到底是何等样的人物。众人又都记了起来，适才乌老大向慕容复与不平道人等引见诸洞主、岛主之时，并无安洞主在内。

乌老大道：“安洞主喜欢清静，不爱结交，因此适才没与各位引见，莫怪，莫怪！当时众望所归，都盼安洞主出马探个究竟。安洞主道：‘既是如此，在下义不容辞，自当前去察看。’”众人均知安洞主当时说话决无如此流畅，只是乌老大不便引述他口吃之言，使人讪笑；而他不愿与慕容复、不平道人相见，自也因口吃之故。

乌老大继续说道：“我们在缥缈峰下苦苦等候，当真是度日如年，生怕安洞主有什么不测。大家真人面前不说假话，我们固然担心安洞主遭了老贼婆的毒手，更怕的是，老贼婆一怒之下，更来向我们为难。但事到临头，那也只有硬挺，反正老贼婆若要严惩，大伙儿也是逃不了的。直过了三个时辰，安洞主才回到约定的相会之所。我们见到他脸有喜色，大家先放下了心头大石。他道：‘老夫人有病，不在峰上。’原来他悄悄重回缥缈峰，听到老贼婆的侍女们说话，得知老贼婆身患重病，出外采药求医去了！”

乌老大说到这里，人群中登时响起一片欢呼之声。天山童姥生病的讯息，他们当然早已得知，众人聚集在此，就是商议此事，但听乌老大提及，仍然不禁喝采。

段誉摇了摇头，说道："闻病则喜，幸灾乐祸！"他这两句话夹在欢声雷动之中，谁也没加留神。

乌老大道："大家听到这个讯息，自是心花怒放，但又怕老贼婆诡计多端，故意装病来试探我们。九个人一商议，又过了两天，这才一齐再上缥缈峰窥探。这一次乌某人自己亲耳听到了。老贼婆果然是身患重病，半点也不假。只不过生死符的所在，却查不出来。"

包不同插嘴道："喂，乌老兄，那生死符，到底是什么鬼东西？"乌老大叹了口气，说道："此东西说来话长，一时也不能向包兄解释明白。总而言之，老贼婆掌管生死符在手，随时可制我们死命。"包不同道："那是一件十分厉害的法宝？"乌老大苦笑道："也可这么说。"

段誉心想："那神农帮帮主、山羊胡子司空玄，也是怕极了天山童姥的'生死符'，以致跳崖自尽，可见这法宝委实厉害。"

乌老大不愿多谈"生死符"，转头向众人朗声说道："老贼婆生了重病，那是千真万确的了。咱们要翻身脱难，只有鼓起勇气，拼命干上一场。不过老贼婆目前是否已回去缥缈峰灵鹫宫，咱们无法知晓。今后如何行止，要请大家合计合计。尤其不平道长、慕容公子、王姑娘……段公子四位有何高见，务请不吝赐教。"

段誉道："先前听说天山童姥强凶霸道，欺凌各位，在下心中不忿，决意上缥缈峰去跟这位老夫人理论理论。但她既然生病，乘人之危，君子所不取。别说我没有高见，就是有高见，我也是不说的了。"

虚竹抱起女童，跃上松树顶，连说：“好险，好险！”五个敌人远远站着指指点点，却不敢逼近。

三十五

红颜弹指老　刹那芳华

乌老大脸色一变，待要说话，不平道人向他使个眼色，微笑道："段公子是君子人，不肯乘人之危，品格高尚，佩服，佩服！乌兄，咱们进攻缥缈峰，第一要义，是要知道灵鹫宫中的虚实。安洞主与乌兄等九位亲身上去探过，老贼婆离去之后，宫中到底尚有多少高手？布置如何？乌兄虽不能尽知，想来总必听到一二，便请说出来，大家参详如何？"

乌老大道："说也惭愧，我们到灵鹫宫中去察看，谁也不敢放胆探听，大家竭力隐蔽，唯恐撞到了人。但在下在宫后花圃之中，还是给一个女童撞见了。这女娃儿似乎是个丫环之类，她突然抬头，我一个闪避不及，跟她打了个照面。在下深恐泄漏了机密，纵上前去，施展擒拿法，便想将她抓住。那时我是甩出性命不要了。灵鹫宫中那些姑娘、太太们曾得老贼婆指点武功，个个非同小可，虽是个小小女童，只怕也十分了得。我这下冲上前去，自知是九死一生之举……"

他声音微微发颤，显然当时局势凶险之极，此刻回思，犹有余悸。众人眼见他现下安然无恙，那么当日在缥缈峰上纵曾遇到什么危难，必也化险为夷，但想乌老大居然敢在缥缈峰上动手，虽说是实逼处此，铤而走险，却也算得是胆大包天了。

只听他继续说道："我这一上去，便是施展全力，双手使的是'虎爪功'，当时我脑海中闪过了一个念头：倘若一招拿不到这女娃儿，给她张嘴叫喊，引来后援，那么我立刻从这数百丈的高峰上跃了下去，爽爽快快图个自尽，免得落在老贼婆手下那批女将手中，受那无穷无尽的苦楚。哪知道……哪知道我左手一搭上这女娃儿肩头，右手抓住她的臂膀，她竟毫不抗拒，身子一晃，便即软倒，全身没半点力气，却是一点武功也无。那时我大喜过望，一呆之下，两只脚酸软无比，不怕各位见笑，我是自己吓自己，这女娃儿软倒了，我这不成器的乌老大，险些儿也软倒了。"

他说到这里，人群中发出一阵笑声，各人心情为之一松。乌老大虽讥嘲自己胆小，但人人均知他其实极是刚勇，敢到缥缈峰上出手拿人，岂是等闲之事？

乌老大一招手，他手下一人提了一只黑色布袋，走上前来，放在他身前。乌老大解开袋口绳索，将袋口往下一捺，袋中露出一个人来。

众人都是"啊"的一声，只见那人身形甚小，是个女童。

乌老大得意洋洋的道："这个女娃娃，便是乌某人从缥缈峰上擒下来的。"

众人齐声欢呼："乌老大了不起！""当真是英雄好汉！""三十六洞、七十二岛群仙，以你乌老大居首！"

众人欢呼声中，夹杂着一声声咿咿呀呀的哭泣，那女童双手按在脸上，呜呜而哭。

乌老大道："我们拿到了这女娃娃后，生恐再耽搁下去，泄漏了风声，便即下峰。一再盘问这女娃娃，可惜得很，她却是个哑巴。我们初时还道她是装聋作哑，曾想了许多法儿相试，有时出其不意的在她背后大叫一声，瞧她是否惊跳，试来试去，原来真是哑的。"

众人听那女童的哭泣，呀呀呀的，果然是哑巴之声。人丛中一人问道："乌老大，她不会说话，写字会不会？"乌老大道："也不会。我们什么拷打、浸水、火烫、饿饭，一切法门都使过了，看来她不是倔强，却是真的不会。"

段誉忍不住道："嘿嘿，以这等卑鄙手段折磨一个小姑娘，你羞也不羞？"乌老大道："我们在天山童姥手下所受的折磨，惨过十倍，一报还一报，何羞之有？"段誉道："你们要报仇，该当去对付天山童姥才是，对付她手下的一个小丫头，有什么用？"

乌老大道："自然有用。"提高声音说道："众位兄弟，咱们今天齐心合力，反了缥缈峰，此后有福同享，有祸共当，大伙儿歃血为盟，以图大事。有没有哪一个不愿干的？"

他连问两句，无人作声。问到第三句上，一个魁梧的汉子转过身来，一言不发的往西便奔。乌老大叫道："剑鱼岛区岛主，你到哪里去？"那汉子不答，只拔足飞奔，身形极快，转眼间便转过了山坳。众人叫道："这人胆小，临阵脱逃，快截住他。"霎时之间，十余人追了下去，个个是轻功上佳之辈，但与那区岛主相距已远，不知是否追赶得上。

突然间"啊"的一声长声惨呼，从山后传了过来。众人一惊之下，相顾变色，那追逐的十余人也都停了脚步，只听得呼呼风响，一颗圆球般的东西从山坳后疾飞而出，掠过半空，向人丛中落了下来。

乌老大纵身跃前，将那圆物接在手中，灯光下见那物血肉模糊，竟是一颗首级，再看那首级的面目，但见须眉戟张，双目圆睁，便是适才那个逃去的区岛主，乌老大颤声道："区岛主……"一时之间，他想不出这区岛主何以会如此迅速的送命，心底隐隐升起了一个极为恐怖的念头："莫非天山童姥到了？"

不平道人哈哈大笑，说道："剑神神剑，果然名不虚传，卓兄，你把守得好紧啊！"

山坳后传来一个清亮的声音道："临阵脱逃，人人得而诛之。众家洞主、岛主，请勿怪责。"

众人从惊惶中醒觉过来，都道："幸得剑神除灭叛徒，才不致坏了咱们大事。"

慕容复和邓百川等均想："此人号称'剑神'，未免也太狂妄自大。你剑法再高，又岂能自称为'神'？江湖上没听见过有这么一号人物，却不知剑法到底如何高明？"

乌老大自愧刚才自己疑神疑鬼，大声道："众家兄弟，请大家取出兵刃，每人向这女娃娃砍上一刀，刺上一剑。这女娃娃年纪虽小，又是个哑巴，终究是缥缈峰的人物，大伙儿的刀头喝过了她身上的血，从此跟缥缈峰势不两立，就算再要有三心两意，那也不容你再畏缩后退了。"他一说完，当即擎鬼头刀在手。

一干人等齐声叫道："不错，该当如此！大伙儿歃血为盟，从此有进无退，跟老贼婆拼到底了。"

段誉大声叫道："这个使不得，大大的使不得。慕容兄，你务须出手，制止这等暴行才好。"慕容复摇了摇头，道："段兄，人家身家性命，尽皆系此一举，咱们是外人，不可妄加干预。"段誉激动义愤，叫道："大丈夫路见不平，岂能眼开眼闭，视而不见？王姑娘，你就算骂我，我也是要去救她的了，只不过……只不过我段誉手无缚鸡之力，要救这小姑娘的性命，却有点难以办到。喂，喂，邓兄、公冶兄，你们怎么不动手？包兄、风兄，我冲上前去救人，你们随后接应如何？"邓百川等向来唯慕容复马首是瞻，见慕容复不欲插手，都向段誉摇了摇头，脸上却均有歉然之色。

乌老大听得段誉大呼小叫，心想此人武功极高，真要横来生事，却也不易对付，夜长梦多，速行了断的为是，当即举起鬼头刀，叫道："乌老大第一个动手！"挥刀便向那身在布袋中的女童砍了下去。

段誉叫道："不好!"手指一伸，一招"中冲剑"，向乌老大的鬼头刀上刺去。哪知他这六脉神剑不能收发由心，有时真气鼓荡，威力无穷，有时候内力却半点也运不上来，这时一剑刺出，真气只到了手掌之间，便发不出去。

眼见乌老大这一刀便要砍到那女童身上，突然间岩石后面跃出一个黑影，左掌一伸，一股大力便将乌老大撞开，右手抓起地下的布袋，将那女童连袋负在背上，便向西北角的山峰疾奔上去。

众人齐声发喊，纷纷向他追去。但那人奔行奇速，片刻之间便冲入了山坡上的密林。诸洞主、岛主所发射的暗器，不是打上了树身，便是被枝叶弹落。

段誉大喜，他目光敏锐，已认出了此人面目，那日在聪辩先生苏星河的棋会中曾和他会过，那个繁复无比的珍珑便是他解开的，大声叫道："是少林寺的虚竹和尚。虚竹师兄，姓段的向你合什顶礼！你少林寺是武林中的泰山北斗，果然名不虚传。"

众人见那人一掌便将乌老大推开，脚步轻捷，武功着实了得，又听段誉大呼赞好，说他是少林寺的和尚，少林寺盛名之下，人人心中存了怯意，不敢过份逼近。只是此事牵涉太过重大，这女孩被少林僧人救走，若不将他杀了灭口，众人的图谋立时便即泄漏，不测奇祸随之而至，各人呼啸叫嚷，疾追而前。

眼见这少林僧疾奔上峰，山峰高耸入云，峰顶白雪皑皑，要攀到绝顶，便是轻功高手，只怕也得四五天功夫。不平道人叫道："大家不必惊惶，这和尚上了山峰，那是一条绝路，不怕他飞上天去。大伙儿守紧峰下通路，不让他逃脱便是。"各人听了，心下稍安。当下乌老大分派人手，团团将那山峰四周的通路都守住了。唯恐那少林僧冲将下来，围守者抵挡不住，每条路上都布了三道卡子，头卡守不住尚有中卡，中卡之后又有后卡，另有十余名好手来回巡逻接应。分派已定，乌老大与不平道人、安洞主、桑土公、霍洞主、钦岛主等数十人上山搜捕，务须先除了这僧人，以免后患。

慕容复等一群人被分派在东路防守，面子上是请他们坐镇东方，实则是不欲他们参与其事。慕容复心中雪亮，知道乌老大对自己颇有疑忌之意，微微一笑，便领了邓百川等人守在东路。段誉也不怕别人讨厌，不住口的大赞虚竹英雄了得。

抢了布袋之人，正是虚竹。他在小饭店中见到慕容复与丁春秋一场惊心动魄的剧斗，只吓得魂不附体，乘着游坦之抢救阿紫、慕容复脱身出门、丁春秋追出门去的机会，立即从后门中溜了出去。他一心只想找到慧方等师伯叔，好听他们示下，他自从一掌打死师伯祖玄难之后，已然六神无主，不知如何是好。他从无行走江湖的经历，又不识路径，自经丁春秋和慕容复恶斗一役，成了惊弓之鸟，连小饭店、小客栈也不敢进去，只在山野间乱闯。

其时三十六洞洞主、七十二岛岛主相约在此间山谷中聚会，每人各携子弟亲信，人数着实不少，虚竹在途中自不免撞到。他见这些人显然是江湖人物，便想向他们打听慧方等师叔伯的行踪，但见他们形貌凶恶，只怕与丁春秋是一伙，却又不敢，随即听得他们悄悄商议，似乎要干什么害人的勾当，心想行侠仗义、扶危济困，少林弟子责无旁贷，当即跟随其后，终于将当晚的情景一一瞧在眼里，听在耳中。他于江湖上诸般恩怨过节全然不懂，待见乌老大举起鬼头刀，要砍死一个全无抗拒之力的哑巴女孩，不由得慈悲心大动，心想不管谁是谁非，这女孩是非救不可的，当即从岩石后面冲将出来，抢了布袋便走。

他上峰之后，提气直奔，眼见越奔树林越密，追赶者叫嚣呐喊之声渐渐轻了。他出手救人之时，只是凭着一番慈悲心肠，他发过菩提心，决意要做菩萨、成佛，见到众生有难，那是非救不可，但这时想到这些人武功厉害，手段毒辣，随便哪一个出手，自己都非其敌，寻思：“只有逃到一个隐僻之所，躲了起来，他们再也找我不到，才能保得住这女孩和我自己的性命。”其时真所谓饥不择食，慌不择路，见那里树木茂密，便钻了进去。

好在他已得了那逍遥派老人七十余年的内功修为，内力充沛之极，奔了将近两个时辰，竟丝毫不累。又奔了一阵，天色发白，脚底下踏到薄薄的积雪，原来已奔到山腰，密林中阳光不到之处，已有未消的残雪。虚竹定了定神，观看四周情势，一颗心仍是突突乱跳，自言自语：“却逃到哪里去才好？”

忽听得背后一个声音说道：“胆小鬼，只想到逃命，我给你羞也羞死了！”虚竹吓了一跳，大叫：“啊哟！”发足又向山峰上狂奔。奔了数里，才敢回头，却不见有谁追来，低声道：“还好，没人追来。”

这句话一出口，背后又有个声音道：“男子汉大丈夫，吓成这个样子，狗才！鼠辈！小畜生！”虚竹这一惊更是非同小可，迈步又向前奔，背后那声音说道：“又胆小，又笨，真不是个东西！”那声音便在背后一二尺之处，当真是触手可及。

虚竹心道：“糟糕，糟糕！这人武功如此高强，这一回定然难逃毒手了。”放开脚步，越奔越快。那声音又道：“既然害怕，便不该逞英雄救人。你到底想逃到哪里去？”

虚竹听那声音便在耳边响起，双腿一软，险些便要摔倒，一个踉跄之后，回转身来，其时天色已明，日光从浓荫中透了进来，却不见人影。虚竹只道那人躲在树后，恭恭敬敬的道：“小僧见这些人要加害一个小小女童，是以不自量力，出手救人，决无自逞英雄之心。”

那声音冷笑道：“你做事不自量力，便有苦头吃了。”

这声音仍是在他背后耳根外响起，虚竹更加惊讶，急忙回头，背后空荡荡地，却哪里有人？他想此人身法如此快捷，武功比自己高出何止十倍，若要伸手加害，十个虚竹的性命早就没有了，而且从他语气中听来，只不过责备自己胆小无能，似乎并非乌老大等人一路，当下定了定神，说道：“小僧无能，还请前辈赐予指点。”

那声音冷笑道：“你又不是我的徒子徒孙，我怎能指点于你？”

虚竹道：“是，是！小僧妄言，前辈恕罪。敌方人众，小僧不是他们敌手，我……我这可要逃走了。”说了这句话，提气向山峰上奔去。

背后那声音道：“这山峰是条绝路，他们在山峰下把守住了，你如何逃得出去？”虚竹一呆，停了脚步，道：“我……我……我倒没想到。前辈慈悲，指点一条明路。”那声音嘿嘿冷笑，说道：“眼前只有两条路，一条是转身冲杀，将那些妖魔鬼怪都诛杀了。”虚竹道：“一来小僧无能，二来不愿杀人。”那声音道：“那么便走第二条路，你纵身一跃，跳入下面的万丈深谷，粉身碎骨，那便一了百了，涅槃解脱。”

虚竹道：“这个……”回头看了一眼，这时遍地已都是积雪，但雪地中除了自己的一行足印之外，更无第二人的足印，寻思：“此人踏雪无痕，武功之高，实已到了匪夷所思的地步。”那声音道：“这个那个的，你要说什么？”虚竹道：“这一跳下去，小僧固然死了，连小僧救了出来的那个女孩也同时送命。一来救人没有救彻，二来小僧佛法修为尚浅，清净涅槃是说不上的，势必又入轮回，重受生死流转之苦。”

那声音问道：“你和缥缈峰有什么渊源？何以不顾自己性命，冒险去救此人？”虚竹一面快步向峰上奔去，一面说道：“什么缥缈峰、灵鹫宫，小僧今日都是第一次听见。小僧是少林弟子，这一次奉命下山，与江湖上任何门派均无瓜葛。”那声音冷笑道：“如此说来，你倒是个见义勇为的小和尚了。”虚竹道：“小和尚是实，见义勇为却不见得。小僧无甚见识，诸多妄行，胸中有无数难题，不知如何是好。”

那声音道："你内力充沛，着实了得，可是这功力却全不是少林一派，是什么缘故？"

虚竹道："这件事说来话长，正是小僧胸中一个大大的难题。"那声音道："什么说来话长，说来话短，我不许你诸多推诿，快快说来。"语气甚是严峻，实不容他规避。但虚竹想起苏星河曾说，"逍遥派"的名字极为隐秘，决不能让本派之外的人听到，他虽知身后之人是个武功甚高的前辈，但连面也没见过，怎能贸然便将这个重大秘密相告，说道："前辈见谅，小僧实有许多苦衷，不能相告。"

那声音道："好，既然如此，你快放我下来。"虚竹吃了一惊，道："什……什么？"那声音道："你快放我下来，什么什么的，啰里啰唆！"

虚竹听这声音不男不女，只觉甚是苍老，但他说"你快放我下来"，实不懂是何意，当下立定脚步，转了个身，仍见不到背后那人，正惶惑间，那声音骂道："臭和尚，快放我下来，我在你背后的布袋之中，你当我是谁？"

虚竹更是大吃一惊，双手不由松了，啪的一声，布袋摔在地上，袋中"啊哟"一声，传出一下苍老的呼痛之声，正是一直听到的那个声音。虚竹也是"啊哟"一声，说道："小姑娘，原来是你，怎么你的口音这般老？"当即打开布袋口，扶了一人出来。

只见这人身形矮小，便是那个八九岁女童，但双目如电，炯炯有神，向虚竹瞧来之时，自有一股凌人的威严。虚竹张大了口，一时说不出话。

那女童说道："见了长辈也不行礼，这般没规矩。"声音苍老，神情更是老气横秋。虚竹道："小……小姑娘……"那女童喝道："什么小姑娘，大姑娘？我是你姥姥！"虚竹微微一笑，说道："咱们陷身绝地，可别闹着玩了。来，你到袋子里去，我背了你上山。过得片刻，敌人便追到啦！"

那女童向虚竹上下打量，突然见到他左手手指上戴的那枚宝石指环，脸上变色，问道：“你……你这是什么东西？给我瞧瞧。”

虚竹本来不想把指环戴在手上，只是知道此物要紧，生怕掉了，不敢放在怀里，听那女童问起，笑道：“那也不是什么好玩的物事。”

那女童伸出手来，抓住他左腕，察看指环。她将虚竹的手掌侧来侧去，看了良久。虚竹忽觉她抓着自己的小手不住发颤，侧过头来，只见她一双清澈的大眼中充满了泪水。又过好一会，她才放开虚竹的手掌。

那女童道：“这枚七宝指环，你是从哪里偷来的？”语音严峻，如审盗贼。虚竹心下不悦，说道：“出家人严守戒律，怎可偷盗妄取？这是别人给我的，怎说是偷来的？”那女童道：“胡说八道！你说是少林弟子，人家怎会将这枚指环给你？你若不从实说来，我抽你的筋，剥你的皮，叫你受尽百般苦楚。”

虚竹哑然失笑，心想：“我若不是亲眼目睹，单是听你的声音，当真要给你这小小娃儿吓倒了。”说道：“小姑娘……”突然啪的一声，腰间吃了一拳，只是那女童究竟力弱，却也不觉疼痛。虚竹怒道：“你怎么出手便打人？小小年纪，忒也横蛮无礼！”

那女童道：“你法名叫虚竹，嗯，灵、玄、慧、虚，你是少林派中第三十七代弟子。玄慈、玄悲、玄苦、玄难这些小和尚，都是你的师祖？”

虚竹退了一步，惊讶无已，这个八九岁的女童居然知道自己的师承辈份，更称玄慈、玄悲等师伯祖、师叔祖为“小和尚”，出口吐属，哪里像个小小女孩？突然想起：“世上据说有借尸还魂之事，莫非……莫非有个老前辈的鬼魂，附在这个小姑娘身上么？”

那女童道：“我问你，是便说是，不是便不是，怎地不答？”虚竹道：“你说得不错，只是称本寺方丈大师为‘小和尚’，未免太过。”那女童道：“怎么不是小和尚？我和他师父灵门大师平辈论交，玄慈怎么不是小和尚？又有什么‘太过’不‘太过’的？”虚竹更是惊讶，玄慈方丈的师父灵门禅师是少林派第三十四代弟子中杰出的高僧，虚竹自是知晓。他越来越信这女童是借尸还魂，说道：“那么……那么……你是谁？”

那女童怫然道：“初时你口口声声称我‘前辈’，倒也恭谨有礼，怎地忽然你呀你的起来了？若不是念在你相救有功，姥姥一掌早便送了你的狗命！”虚竹听她自称“姥姥”，很是害怕，说道：“姥姥，不敢请教你尊姓大名。”那女童转怒为喜，说道：“这才是了。我先问你，你这枚七宝指环哪里得来的？”虚竹道：“是一位老先生给我的。我本来不要，我是少林弟子，实在不能收受。可是那位老先生命在垂危，不由我分说……”

那女童突然伸手，又抓住了他手腕，颤声道：“你说那……那老先生命在垂危？他死了么？不，不，你先说，那老先生怎般的相貌？”虚竹道：“他须长三尺，脸如冠玉，人品极是俊雅。”那女童全身颤抖，问道：“怎么他会命在垂危？他……他一身武功……”突然转悲为怒，骂道：“臭和尚，无崖子一身武功，他不散功，怎么死得了？一个人要死，便这么容易？”虚竹点头道：“是！”这女童虽然小小年纪，但气势慑人，虚竹对她的话不敢稍持异议，只是难以明白：“什么叫做散功？一个人要死，容易得紧，又有什么难了？”

那女童又问：“你在哪里遇见无崖子的？”虚竹道：“你说的是那位容貌清秀的老先生，便是聪辩先生苏星河的师父么？”那女童道：“自然是了。哼，你连这人的名字也不知道，居然撒谎，说他将七宝指环给了你，厚颜无耻，大胆之极！”

虚竹道：“你也认得这位无崖子老先生吗？”那女童怒道：“是我问你，不是你问我。我问你在哪里遇见无崖子，快快答来！”虚竹道：“那是在一个山峰之上，我无意间解破了一个‘珍珑’棋局，这才遇到这位老先生。”

那女童伸出拳头，作势要打，怒道：“胡说八道！这珍珑棋局数十年来难倒了天下多少才智之士，凭你这蠢笨如牛的小和尚也解得开？你再胡乱吹牛，我可不跟你客气了。”

虚竹道：“若凭小僧自己本事，自然是解不开的。但当时势在骑虎，聪辩先生逼迫小僧非落子不可，小僧只得闭上眼睛，胡乱下了一子，岂知误打误撞，自己填塞了一块白棋，居然棋势开朗，再经高人指点，便解开了，本来这全是侥幸。可是小僧一时胡乱妄行，此后罪业非小。唉，真是罪过，阿弥陀佛，阿弥陀佛。”说着双手合什，连宣佛号。

那女童将信将疑，道：“这般说，倒也有几分道理……”一言未毕，忽听得下面隐隐传来呼啸之声。虚竹叫道：“啊哟！”打开布袋口，将那女童一把塞在袋中，负在背上，拔脚向山上狂奔。

他奔了一会，山下的叫声又离得远了，回头一看，只见积雪中印着自己一行清清楚楚的脚印，失声呼道：“不好！”那女童问道：“什么不好？”虚竹道：“我在雪地里留下了脚印，不论逃得多远，他们终究找得到咱们。”那女童道：“上树飞行，便无踪迹，只可惜你武功太也低微，连这点儿粗浅的轻功也不会。小和尚，我瞧你的内力不弱，不妨试试。”

虚竹道：“好，这就试试！”纵身一跃，老高的跳在半空，竟然高出树顶丈许，掉下时伸足踏向树干，喀喇一声，踩断树干，连人带树干一齐掉将下来。这下子一交仰天摔落，势须压在布袋之上，虚竹生恐压伤了女童，半空中急忙一个鹞子翻身，翻将过来，变成合扑，砰的一声，额头撞在一块岩石之上，登时皮破血流。虚竹叫道：“哎唷，哎唷！”挣扎着爬起，甚是惭愧，说道：“我……我武功低微，又笨得紧，不成的。”

那女童道：“你宁可自己受伤，也不敢压我，总算对姥姥恭谨有礼。姥姥一来要利用于你，二来嘉奖后辈，便传你一手飞跃之术。你听好了，上跃之时，双膝微曲，提气丹田，待觉真气上升，便须放松肌骨，存想玉枕穴间……”当下一句句向他解释，又教他如何空中转折，如何横窜纵跃，教罢，说道：“你依我这法子再跳上去罢!”

虚竹道：“是！我先独个儿跳着试试，别再摔一交，撞痛了你。”便要放下背上布袋。

那女童怒道：“姥姥教你的本事，难道还有错的？试什么鬼东西？你再摔一交，姥姥立时便杀了你。”

虚竹不由得机伶伶的打个冷战，想起身后负着一个借尸还魂的鬼魂，全身寒毛都竖了起来，只想将布袋摔得远远的，却又不敢，于是咬一咬牙齿，依着那女童所授运气的法门，运动真气，存想玉枕穴，双膝微曲，轻轻的向上一弹。

这一次跃将上去，身子犹似缓缓上升，虽在空中无所凭依，却也能转折自如。他大喜之下，叫道：“行了，行了!”不料一开口，便泄了真气，便即跌落，幸好这次是笔直落下，双脚脚板底撞得隐隐生痛，却未摔倒。

那女童骂道：“蠢才，你要开口说话，先得调匀内息。第一步还没学会，便想走第五步、第六步了。”虚竹道：“是，是！是小僧的不是。”又再依法提气上跃，轻轻落在一根树枝之上，那树枝晃了几下，却未折断。

虚竹心下甚喜，却不敢开口，依着那女童所授的法子向前跃出，平飞丈余，落在第二株树的枝干上，一弹之下，又跃到了第三株树上，气息一顺，只觉身轻力足，越跃越远。到得后来，一跃竟能横越二树，在半空中宛如御风而行，不由得又惊又喜。雪峰上树木茂密，他自树端枝梢飞行，地下无迹可寻，只一顿饭时分，已深入密林。

那女童道："行了！下来罢。"虚竹应道："是！"轻轻跃下地来，将女童扶出布袋。

那女童见他满脸喜色，说不出的心痒难搔之态，骂道："没出息的小和尚，只学到这点儿粗浅微末的功夫，便这般欢喜！"虚竹道："是，是。小僧眼界甚浅，姥姥，你教我的功夫大是有用……"那女童道："你居然一点便透，可见姥姥法眼无花，小和尚身上的内功并非少林一派。你这功夫到底是跟谁学的？怎么小小年纪，内功底子如此深厚？"

虚竹胸口一酸，眼眶儿不由得红了，说道："这是无崖子老先生临死之时，将他……他老人家七十余年修习的内功，硬生生的逼入小僧体内。小僧实在不敢背叛少林，改投别派，但其时无崖子老先生不由分说，便化去小僧的内功，虽然小僧本来的内功低浅得紧，也算不了什么，不过……不过，小僧练起来却也费了不少苦功。无崖子老先生又将他的功夫传给了我，小僧也不知是祸是福，该是不该。唉，总而言之，小僧日后回到少林寺去，总而言之，总而言之……"连说几个"总而言之"，实不知如何总而言之。

那女童怔怔的不语，将布袋铺在一块岩石上，坐着支颐沉思，轻声道："如此说来，无崖子果然是将逍遥派掌门之位传给你了。"

虚竹道："原来……原来你也知道'逍遥派'的名字。"他一直不敢提到"逍遥派"三字，苏星河说过，若不是本派中人，听到了"逍遥派"三字，就决不容他活在世上。现下听到那女童先说了出来，他才敢接口；又想反正你是鬼不是人，人家便要杀你，也无从杀起。

那女童怒道："我怎不知逍遥派？姥姥知道逍遥派之时，无崖子还没知道呢。"虚竹道："是，是！"心想："说不定你是个数百年前的老鬼，当然比无崖子老先生还老得多。"

只见那女童拾了一根枯枝，在地下积雪中画了起来，画的都是一条条的直线，不多时便画成一张纵横十九道的棋盘。虚竹一惊："她也要逼我下棋，那可糟了。"却见她画成棋盘后，便即在棋盘上布子，空心圆圈是白子，实心的一点是黑子，密密层层，将一个棋盘上都布满了。只布到一半，虚竹便认了出来，正是他所解开的那个珍珑，心道："原来你也知道这个珍珑。"又想："莫非你当年也曾想去破解，苦思不得，因而气死么？"想到这里，背上又感到了一层寒意。

那女童布完珍珑，说道："你说解开了这个珍珑，第一子如何下法，演给我瞧瞧。"虚竹道："是！"当下第一子填塞一眼，将自己的白子胀死了一大片，局面登时开朗，然后依着段延庆当日传音所示，反击黑棋。那女童额头汗水涔涔而下，喃喃道："天意，天意！天下又有谁想得到这'先杀自身，再攻敌人'的怪法？"

待虚竹将一局珍珑解完，那女童又沉思半晌，说道："这样看来，小和尚倒也不是全然胡说八道。无崖子怎样将七宝指环传你，一切经过，你详细跟我说来，不许有半句隐瞒。"

虚竹道："是！"于是从头将师父如何派他下山，如何破解珍珑，无崖子如何传功传指环，丁春秋如何施毒暗杀苏星河与玄难，自己如何追寻慧方诸僧等情一一说了。

那女童一言不发，直等他说完，才道："这么说，无崖子是你师父，你怎地不称师父，却叫什么'无崖子老先生'？"虚竹神色尴尬，说道："小僧是少林寺僧人，实在不能改投别派。"那女童道："你是决意不愿做逍遥派掌门人的了？"虚竹连连摇头，道："万万不愿。"那女童道："那也容易，你将七宝指环送了给我，也就是了。我代你做逍遥派掌门人如何？"虚竹大喜，道："那正是求之不得。"从指上除下宝石指环，交了给她。

那女童脸上神色不定，似乎又喜又悲，接过指环，便往手上戴去。可是她手指细小，中指与无名指戴上了都会掉下，勉强戴在大拇指上，端相半天，似乎很不满意，问道："你说无崖子有一幅图给你，叫你到大理无量山去寻人学那'北冥神功'，那幅图呢？"

虚竹从怀中取了图画出来。那女童打开卷轴，一见到图中的宫装美女，脸上倏然变色，骂道："他……他要这贱婢传你武功！他……他临死之时，仍是念念不忘这贱婢，将她画得这般好看！"霎时间满脸愤怒嫉妒，将图画往地下一丢，伸脚便踩。

虚竹叫道："啊哟！"忙伸手抢起。那女童怒道："你可惜么？"虚竹道："这样好好一幅图画，踩坏了自然可惜。"那女童问道："这贱婢是谁，无崖子这小贼有没跟你说？"虚竹摇头道："没有。"心想："怎么无崖子老先生又变成了小贼？"

那女童怒道："哼，小贼痴心妄想，还道这贱婢过了几十年，仍是这等容貌！呸，就算当年，她又哪有这般好看了？"越说越气，伸手又要抢过画来撕烂。虚竹忙缩手将图画揣入怀中。那女童身矮力微，抢不到手，气喘吁吁的不住大骂："没良心的小贼，不要脸的臭贱婢！"虚竹惘然不解，猜想这女童附身的老鬼定然认得图中美女，两人向来有仇，是以虽然不过见到一幅图画，却也怒气难消。

那女童还在恶毒咒骂，虚竹肚中突然咕咕咕的响了起来。他忙乱了大半天，再加上狂奔跳跃，粒米未曾进肚，已是十分饥饿。

那女童道："你饿了么？"虚竹道："是。这雪峰之上只怕没什么可吃的东西。"那女童道："怎么没有？雪峰上最多竹鸡，也有梅花鹿和羚羊。我来教你一门平地快跑的轻功，再教你捉鸡擒羊之法……"虚竹不等她说完，急忙摇手，说道："出家人怎可杀生？我宁可饿死，也不沾荤腥。"那女童骂道："贼和尚，难道你这一生之中从未吃过荤腥？"

虚竹想起那日在小饭店中受一个女扮男装的小姑娘作弄，吃了一块肥肉，喝了大半碗鸡汤，苦着脸道："小僧受人欺骗，吃过一次荤腥，但那是无心之失，想来佛祖也不见罪。但要我亲手杀生，那是万万不干的。”

那女童道：“你不肯杀鸡杀鹿，却愿杀人，那更是罪大恶极。”虚竹奇道：“我怎愿杀人了？阿弥陀佛，罪过，罪过。”那女童道：“还念佛呢，真正好笑。你不去捉鸡给我吃，我再过两个时辰，便要死了，那不是给你害死的么？”虚竹搔了搔头皮，道：“这山峰上想来总也有草菌、竹笋之类，我去找来给你吃。”

那女童脸色一沉，指着太阳道：“等太阳到了头顶，我若不喝生血，非死不可！”虚竹十分骇怕，惊道：“好端端地，为什么要喝生血？”心下发毛，不由得想起了“吸血鬼”。

那女童道：“我有个古怪毛病，每日中午倘若不喝生血，全身真气沸腾，自己便会活活烧死，临死时狂性大发，对你大大不利。”虚竹不住摇头，说道：“不管怎样，小僧是佛门子弟，严守清规戒律，别说自己决计不肯杀生，便是见你起意杀生，也要尽力拦阻。”

那女童双目向他凝视，见他虽有惶恐之状，但其意甚坚，显是决不屈从，当下嘿嘿几声冷笑，问道：“你自称是佛门子弟，严守清规戒律，到底有什么戒律？”虚竹道：“佛门戒律有根本戒、大乘戒之别。”那女童冷笑道：“花头倒也真多，什么叫根本戒、大乘戒？”虚竹道：“根本戒比较容易，共分四级，首为五戒，其次为八戒，更次为十戒，最后为具足戒，亦即二百五十戒。五戒为在家居士所持，一不杀生，二不偷盗，三不淫邪，四不妄语，五不饮酒。至于出家比丘，须得守持八戒、十戒，以至二百五十戒，那比五戒精严得多了。总而言之，不杀生为佛门第一戒。”

那女童道：“我曾听说，佛门高僧欲成正果，须持大乘戒，称为十忍，是也不是？”虚竹心中一寒，说道：“正是。大乘戒注重舍己救人，那是说为了供养诸佛，普渡众生，连自己的性命也可舍了，倒也不是真的须行此十事。”那女童问道：“什么叫做十忍？”

虚竹武功平平，佛经却熟，说道：“一割肉饲鹰，二投身饿虎，三斫头谢天，四折骨出髓，五挑身千灯，六挑眼布施，七剥皮书经，八刺心决志，九烧身供佛，十刺血洒地。”

他说一句，那女童冷笑一声。待他说完，那女童问道：“割肉饲鹰是什么事?”虚竹道：“那是我佛释迦牟尼前生的事，他见有饿鹰追鸽，心中不忍，藏鸽于怀。饿鹰说道：‘你救了鸽子，却饿死了我，我的性命岂不是你害的?’我佛便割下自身血肉，喂饱饿鹰。”那女童道：“投身饿虎的故事，想来也差不多了?”虚竹道：“正是。”

那女童道：“照啊，佛家清规戒律，博大精深，岂仅仅‘不杀生’三字而已。你如不去捉鸡捉鹿给我吃，便须学释迦牟尼的榜样，以自身血肉供我吃喝，否则便不是佛门子弟。”说着拉高虚竹左手的袖子，露出臂膀，笑道：“我吃了你这条手臂，也可挨得一日之饥。”

虚竹瞥眼见到她露出一口白森森的牙齿，似乎便欲一口在他手臂上咬落。本来这个八九岁的女童人小力微，绝不足惧，但虚竹心中一直想到她是个借尸还魂的女鬼，眼见她神情不正，不由得心胆俱寒，大叫一声，甩脱她手掌，拔步便向山峰上奔去。

他心惊胆战之下，这一声叫得甚是响亮，只听得山腰中有人长声呼道：“在这里了，大伙儿向这边追啊。”呼声清朗洪亮，正是不平道人的声音。

虚竹心道：“啊哟，不好！我这一声叫，可泄露了行藏，那便如何是好?”要待回去背负那女童，实是害怕，但说置之不理，自行逃走，又觉不忍，站在山坡之上，犹豫不定，向山腰中望下去，只见四五个黑点正向上爬来，虽然相距尚远，但终究必会追到，那女童落入了他们手中，自无幸理。他走下几步，说道：“喂，你如答应不咬我，我便背你逃走。”

那女童哈哈一笑，说道：“你过来，我跟你说。上来的那五人第一个是不平道人，第二个是乌老大，第三个姓安，另外两人一个姓罗，一个姓利。我教你几手本领，你先将不平道人打倒。”她顿了一顿，微笑道：“只将他打倒，令他不得害人，却不是伤他性命，那并非杀生，不算破戒。”虚竹道：“为了救人而打倒凶徒，那自然是应该的。不过不平道人和乌老大武功甚高，我怎打得倒他们？你本事虽好，这片刻之间，我也学不会。”

那女童道：“蠢才，蠢才！无崖子是苏星河和丁春秋二人的师父。苏丁二人武功如何，你亲眼见过的，徒弟已然如此，师父可想而知。他将七十多年来勤修苦练的功力全都传了给你，不平道人、乌老大之辈，如何能与你相比？你只是蠢得厉害、不会运用而已。你将那只布袋拿来，右手这样拿住了，张开袋口，真气运到左臂，左手在敌人后腰上一拍……”

虚竹依法照学，手势甚是容易，却不知这几下手法，如何能打得倒这些武林高手。

那女童道：“跟着下去，左手食指便点敌人这个部位。不对，不对，须得如此运气，所点的部位也不能有丝毫偏差。所谓失之毫厘，谬以千里，临敌之际，务须镇静从事，若有半分参差，不但打不倒敌人，自己的性命反而交在对方手中了。”

虚竹依着她的指点，用心记忆。这几下手法一气呵成，虽只五六个招式，但每个招式之中，身法、步法、掌法、招法，均有十分奇特之处，双足如何站，上身如何斜，实是繁复之极。虚竹练了半天，仍没练得合式。他悟性不高，记心却是极好，那女童所教的法门，他每一句都记得，但要一口气将所有招式全都演得无误，却万万不能。

那女童接连纠正了几遍，骂道：“蠢才，无崖子选了你来做武功传人，当真是瞎了眼睛啦。他要你去跟那贱婢学武，倘若你是个俊俏标致的少年，那也罢了，偏偏又是个相貌丑陋的小和尚，真不知无崖子是怎生挑的。”

虚竹说道：“无崖子老先生也曾说过的，他一心要找个风流俊雅的少年来做传人，只可惜……这逍遥派的规矩古怪得紧，现下……现下逍遥派的掌门人是你当去了……”下面一句话没说下去，心中是说：“你这老鬼附身的小姑娘，却也不见得有什么美貌。”

说话之间，虚竹又练两遍，第一遍左掌出手太快，第二遍手指却点歪了方位。他性子却很坚毅，正待再练，忽听得脚步声响，不平道人如飞般奔上坡来，笑道：“小和尚，你逃得很快啊！”双足一点，便扑将过来。

虚竹眼见他来势凶猛，转身欲逃。那女童喝道：“依法施为，不得有误。”虚竹不及细想，张开布袋的大口，真气运上左臂，挥掌向不平道人拍去。

不平道人骂道：“小和尚，居然还敢向你道爷动手？”举掌一迎。虚竹不等双掌相交，出脚便勾。说也奇怪，这一脚居然勾中，不平道人向前一个踉跄，虚竹左手圈转，运气向他后腰拍落。这一下可更加奇了，这个将三十六洞洞主、七十二岛岛主浑没放在眼里的不平道人，竟然挨不起这一掌，身形一晃，便向袋中钻了进去。虚竹大喜，跟着食指径点他“意舍穴”。这“意舍穴”在背心中脊两侧，脾俞之旁，虚竹不会点穴功夫，匆忙中出指略歪，却点中了“意舍穴”之上的“阳纲穴”。

不平道人大叫一声，从布袋中钻了出来，向后几个倒翻筋斗，滚下山去。

那女童连叫：“可惜，可惜！”又骂虚竹：“蠢才，叫你点意舍穴，便令他立时动弹不得，谁叫你去点阳纲穴？”

虚竹又惊又喜，道：“这法门当真使得，只可惜小僧太蠢，不过这一下虽然点错了，却已将他吓得不亦乐乎！”眼见乌老大抢了上来，虚竹提袋上前，说道：“你来试试罢。”

乌老大见不平道人一招便即落败，滚下山坡，心下又是骇异，又是警惕，提起绿波香露刀斜身侧进，一招“云绕巫山”，向虚竹腰间削来。虚竹急忙闪避，叫道：“啊哟，不好！这人用刀，我……我可对付不了。你没教我怎生对付。这会儿再教，也来不及了。”

那女童叫道：“你过来抱着我，跳到树顶上去！”这时乌老大已连砍了三刀，幸好他心存忌惮，不敢过份进逼，这三刀都是虚招。但虚竹抱头鼠窜，情势已万分危急，听得那女童这般叫唤，心中一喜：“上树逃命，这一法门我倒是学过的。”正待奔过去抱那女童，乌老大已刀进连环，迅捷如风，向他要害砍来。虚竹叫道：“不得了！”提气一跃，身子笔直上升，犹如飞腾一般，轻轻落在一株大松树顶上。

这松树高近三丈，虚竹说上便上，倒令乌老大吃了一惊。他武功精强，轻功却是平平，这么高的松树万万爬不上去，但他着眼所在，本不在虚竹而在女童，喝道：“死和尚，你便在树顶上呆一辈子，永远别下来罢！”说着拔足奔向那女童，伸手抓住她后颈。他还是要将这女童擒将下去，要大伙人人砍她一刀，饮她人血，歃血为盟，使得谁也不能再起异心。

虚竹见那女童又被擒住，心中大急，寻思：“她叫我抱她上树，我却自己逃到树顶，这轻身功夫是她传授我的，这不是忘恩负义之至吗？”一跃便从树顶纵下。他手中拿着布袋，跃下时袋口恰好朝下，顺手一罩，将乌老大的脑袋套在袋中，左手食指便向他背心上点去，这一指仍没能点中他“意舍穴”，却偏下寸许，戳到了他的“胃仓穴”上。

乌老大只听得头顶生风，跟着便目不见物，大惊之下，挥刀砍出，却砍了个空，其时正好虚竹伸指点中了他胃仓穴。乌老大并不因此而软瘫，但双臂一麻，当的一声，绿波香露刀落地，左手也即放松了那女童后颈。他急于要摆脱罩在头上的布袋，忙翻身着地急滚。

虚竹抱起那女童，又跃上树顶，连说："好险，好险！"那女童脸色苍白，骂道："不成器的东西，我老人家教了你功夫，却两次都搅错了。"虚竹好生惭愧，说道："是，是！我点错了他穴道。"那女童道："你瞧，他们又来了。"虚竹向下望去，只见不平道人和乌老大已回上坡来，另外还有三人，远远的指指点点，却不敢逼近。

忽见一个矮胖子大叫一声，急奔抢上，奔到离松树数丈外便着地滚倒，只见他身上有一丛光圈罩住，原来是舞动两柄短斧，护着身子，抢到树下，跟着铮铮两声，双斧砍向树根。此人力猛斧利，看来最多砍得十几下，这棵大松树便给他砍倒了。

虚竹大急，叫道："那怎么是好？"那女童冷冷的道："你师父指点了你门路，叫你去求那图中的贱婢传授武功。你去求她啊！这贱婢教了你，你便可下去打倒这五只猪狗了。"虚竹急道："唉，唉！"心想："在这当口，你还有心思去跟这图中女子争强斗胜。"铮铮两响，矮胖子双斧又在松树上砍了两下，树干不住晃动，松针如雨而落。

那女童道："你将丹田中的真气，先运到肩头巨骨穴，再送到手肘天井穴，然后送到手腕阳池穴，在阳溪、阳谷、阳池三穴中连转三转，然后运到无名指关冲穴。"一面说，一面伸指摸向虚竹身上穴道。她知虚竹连身上的穴道部位也分不清楚，单提经穴之名，定然令他茫然无措，非亲手指点不可。

虚竹自得无崖子传功后，真气在体内游走，要到何处便何处，略无窒滞，听那女童这般说，便依言运气，只听得铮铮两声，松树又晃了一晃，说道："运好了！"那女童道："你摘下一枚松球，对准那矮胖子的脑袋也好，心口也好，以无名指运真力弹出去！"虚竹道："是！"摘下一枚松球，扣在无名指上。

女童叫道："弹下去！"虚竹右手大拇指一松，无名指上的松球便弹了下去。只听得呼的一声响，松球激射而出，势道威猛无俦，只是他从来没学过暗器功夫，手上全无准头，松球啪的一声，钻入土中，没得无形无踪，离那矮子少说也有三尺之遥，力道虽强，却全无实效。那矮子吓了一跳，但只怔得一怔，又抡斧向松树砍去。

那女童道："蠢和尚，再弹一下试试！"虚竹心中好生惭愧，依言又运真气弹出一枚松球。他刻意求中，手腕发抖，结果离那矮子的身子更在五尺之外。

那女童摇头叹息，说道："此处距左首那株松树太远，你抱了我后跳不过去，眼前情势危急，你自己逃生去罢。"虚竹道："你说哪里话来？我岂是贪生负义之辈？不管怎样，我总要尽心尽力救你。当真不成，我陪你一起死便了。"那女童道："蠢和尚，我跟你非亲非故，何以要陪我送命？哼哼，他们想杀我二人，只怕没这么容易。你摘下十二枚松球，每只手握六枚，然后这么运气。"说着便教了他运气之法。

虚竹心中记住了，还没依法施行，那松树已剧烈晃动，跟着喀喇喇一声大响，便倒将下来。不平道人、乌老大、那矮子以及其余二人欢呼大叫，一齐抢来。

那女童喝道："把松球掷出去！"其时虚竹掌中真气奔腾，双手一扬，十二枚松球同时掷出，啪啪啪啪几声，四个人翻身摔倒。那矮子却没给松球掷中，大叫："我的妈啊！"抛下双斧，滚下山坡去了。五人之中那矮子武功要算最低，但虚竹这十二枚松球射出时迅捷无比，声到球至，根本无法闪避，那矮子所以没被打中，全仗他身子矮小，松球从他头顶越过，其余那四人绝无余暇闪避。

虚竹掷出松球之后，生怕摔坏了那女童，抱住她腰轻轻落地，只见雪地上片片殷红，四人身上汩汩流出鲜血，不由得呆了。

那女童一声欢呼，从他怀中挣下地来，扑到不平道人身上，将嘴巴凑上他额头伤口，狂吸鲜血。虚竹大惊，叫道："你干什么?”抓住她后心，一把提起。那女童道：“你已打死了他，我吸他的血治病，有什么不可以?”

虚竹见她嘴旁都是血液，说话时张口狞笑，不禁心中害怕，缓缓将她身子放下，颤声道：“我……我已打死了他?”那女童道：“难道还有假的?”说着俯身又去吸血。

虚竹见不平道人额角上有个鸡蛋般大的洞孔，心下一凛：“啊哟！我将松球打进了他脑袋！这松球又轻又软，怎打得破他脑壳?”再看其余三人时，一人心口中了两枚松球，一人喉头和鼻梁各中一枚，都已气绝，只乌老大肚皮上中了一枚，不住喘气呻吟，尚未毙命。

虚竹走到他身前，拜将下去，说道：“乌先生，小僧失手伤了你，实非故意，但罪孽深重，当真对你不起。”乌老大喘气骂道：“臭和尚，开……开什么玩笑? 快……快……一刀将我杀了。你奶奶的!”虚竹道：“小僧岂敢和前辈开玩笑? 不过，不过……”突然间想起自己一出手便连杀三人，看来这乌老大也是性命难保，自是犯了佛门不得杀生的第一大戒，心中惊惧交集，浑身发抖，泪水滚滚而下。

那女童吸饱鲜血，慢慢挺直身子，只见虚竹手忙脚乱的正在替乌老大裹伤。乌老大动弹不得，却不住口的恶毒咒骂。虚竹只是道歉：“不错，不错，确是小僧不好，真是一万个对不起。不过你骂我的父母，我是个无父无母的孤儿，也不知我父母是谁，因此你骂了也是无用。我不知我父母是谁，自然也不知我奶奶是谁，不知我十八代祖宗是谁了。乌先生，你肚皮上一定很痛，当然脾气不好，我决不怪你。我随手一掷，万万料想不到这几枚松球竟如此霸道厉害。唉！这些松球当真邪门，想必是另外一种品类，与寻常松球大大不同。”

乌老大骂道：“操你奶奶雄，这松球有什么与众不同? 你这死后上刀山，下油锅，进十八层阿鼻地狱的臭贼秃，你……你……咳咳，内功高强，打死了我，乌老大艺不如人，死而无怨，却又来说……咳咳……什么消遣人的风凉话？说什么这松球霸道邪门？你练成了‘北冥神功’，也用不着这么强……强……凶……凶霸道……”一口气接不上来，不住大咳。

虚竹奇道：“什么北……北……”

那女童笑道：“今日当真便宜了小和尚，姥姥这‘北冥神功’本是不传之秘，可是你心怀至诚，确是甘愿为姥姥舍命，已符合我传功的规矩，何况危急之中，姥姥有求于你，非要你出手不可。乌老大，你眼力倒真不错啊，居然叫得出小和尚这手功夫的名称。”

乌老大睁大了眼睛，惊奇难言，过了半晌，才道：“你……你是谁？你本来是哑巴，怎么会说话了？”

那女童冷笑道：“凭你也配问我是谁？”从怀中取出一个瓷瓶，倒出两枚黄色药丸，交给虚竹道：“你给他服下。”虚竹应道：“是！”心想这是伤药当然最好，就算是毒药，反正乌老大已然性命难保，早些死了，也免却许多痛苦，当下便送到乌老大口边。

乌老大突然闻到一股极强烈的辛辣之气，不禁打了几个喷嚏，又惊又喜，道：“这……这是九转……九转熊蛇丸？”那女童点头道：“不错，你见闻渊博，算得是三十六洞中的杰出之士。这九转熊蛇丸专治金创外伤，还魂续命，灵验无比。”乌老大道：“你如何要救我性命？”他生怕失了良机，不等那女童回答，便将两颗药丸吞入了肚中。那女童道：“一来你帮了我一个大忙，须得给你点好处，二来日后还有用得着你之处。”乌老大更加不懂了，说道：“我帮过你什么大忙？姓乌的一心要想取你性命，对你从来没安过好心。”

那女童冷笑道：“你倒光明磊落，也还不失是条汉子……”抬头看了看天，见太阳已升到头顶，向虚竹道：“小和尚，我要练功夫，你在旁给我护法。倘若有人前来打扰，你便运起我授你的‘北冥神功’，抓起泥沙也好，石块也好，打将出去便是。”

虚竹摇头道：“倘若再打死人，那怎么办？我……我可不干。”

那女童走到坡边，向下面望一望，道：“这会儿没有人来，你不干便不干罢。”当即盘膝坐下，右手食指指天，左手食指指地，口中嘿的一声，鼻孔中喷出了两条淡淡白气。

乌老大惊道：“这……这是‘八荒六合唯我独尊功’……”虚竹道：“乌先生，你服了药丸，伤势好些了么？”乌老大骂道：“臭贼秃，王八蛋和尚，我的伤好不好，跟你有什么相干？要你这妖僧来假惺惺的讨好。”但觉腹上伤处疼痛略减，又素知九转熊蛇丸乃天山缥缈峰灵鹫宫的金创灵药，实有起死回生之功，说不定自己这条性命竟能捡得回来，只是见这女童居然能练这功夫，心中惊疑万状，他曾听人说过，这“八荒六合唯我独尊功”是灵鹫宫至高无上的武功，须以最上乘的内功为根基，方能修练，这女童虽然出自灵鹫宫，但不过九岁、十岁年纪，如何攀得到这等境界？难道自己所知有误，她练的是另外一门功夫？

但见那女童鼻中吐出来的白气缠住她脑袋周围，缭绕不散，渐渐愈来愈浓，成为一团白雾，将她面目都遮没了，跟着只听得她全身骨节格格作响，犹如爆豆。虚竹和乌老大面面相觑，不明所以。乌老大一知半解，这“八荒六合唯我独尊功”他得自传闻，不知到底如何。过了良久，爆豆声渐轻渐稀，跟着那团白雾也渐渐淡了，见那女童鼻孔中不断吸入白雾，待得白雾吸尽，那女童睁开双眼，缓缓站起。

虚竹和乌老大同时揉了揉眼睛，似乎有些眼花，只觉那女童脸上神情颇有异样，但到底有何不同，却也说不上来。那女童瞅着乌老大，说道：“你果然渊博得很啊，连我这‘八荒六合唯我独尊功’也知道了。”乌老大道：“你……你是什么人？是童姥的弟子吗？”

那女童道："哼！你胆子确是不小。"不答他的问话，向虚竹道："你左手抱着我，右手抓住乌老大后腰，以我教你的法子运气，跃到树上，再向峰顶爬高几百丈。"

虚竹道："只怕小僧没这等功力。"当下依言将那女童抱起，右手在乌老大后腰一抓，提起时十分费力，哪里还能跃高上树？那女童骂道："干么不运真气？"

虚竹歉然笑道："是，是！我一时手忙脚乱，竟尔忘了。"一运真气，说也奇怪，乌老大的身子登时轻了，那女童竟是直如无物，一纵便上了高树，跟着又以女童所授之法一步跨出，从这株树跨到丈许外的另一株树上，便似在平地跨步一般。他这一步本已跨到那树的树梢，只是太过轻易，反而吓了一跳，一惊之下，真气回入丹田，脚下一重，立时摔了下来，总算没脱手摔下那女童和乌老大。他着地之后，立即重行跃起，生怕那女童责骂，一言不发的向峰上疾奔。

初时他真气提运不熟，脚下时有窒滞，后来体内真气流转，竟如平常呼吸一般顺畅，不须存想，自然而然的周游全身。他越奔越快，上山几乎如同下山，有点收足不住。那女童道："你初练北冥真气，不能使用太过，若要保住性命，可以收脚了。"虚竹道："是！"又向上冲了数丈，这才缓住势头，跃下树来。

乌老大又是惊奇，又是佩服，又有几分艳羡，向那女童道："这……这北冥真气，是你今天才教他的，居然已如此厉害。缥缈峰灵鹫宫的武功，当真深如大海。你小小一个孩童，已……已经……咳咳……这么了不起。"

那女童游目四顾，望出去密密麻麻的都是树木，冷笑道："三天之内，你这些狐群狗党们未必能找到这里罢？"乌老大惨然道："我们已然一败涂地，这……这小和尚身负北冥真气神功，全力护你，大伙儿便算找到你，却也已奈何你不得了。"那女童冷笑一声，不再言语，倚在一株大树的树干上，便即闭目睡去。

虚竹这一阵奔跑之后，腹中更加饿了，瞧瞧那女童，又瞧瞧乌老大，说道："我要去找东西吃，只不过你这人存心不良，只怕要加害我的小朋友，我有点放心不下，还是随身带了你走为是。"说着伸手抓起他后腰。

那女童睁开眼来，说道："蠢才，我教过你点穴的法子。难道这会儿人家躺着不动，你仍然点不中么？"虚竹道："就怕我点得不对，他仍能动弹。"那女童道："他的生死符在我手中，他焉敢妄动？"

一听到"生死符"三字，乌老大"啊"的一声惊呼，颤声道："你……你……你……"那女童道："你刚才服了我几粒药丸？"乌老大道："两粒！"那女童道："灵鹫宫九转熊蛇丸神效无比，何必要用两粒？再说，你这等猪狗不如的畜生，也配服我两粒灵丹么？"乌老大额头冷汗直冒，颤声道："另……另外一粒是……是……"那女童道："你天池穴上如何？"

乌老大双手发抖，急速解开衣衫，只见胸口左乳旁"天池穴"上现出一点殷红如血的朱斑。他大叫一声"啊哟！"险些晕去，道："你……你……到底是谁？怎……怎……怎知道我生死符的所在？你是给我服下'断筋腐骨丸'了？"那女童微微一笑，道："我还有事差遣于你，不致立时便催动药性，你也不用如此惊慌。"乌老大双目凸出，全身簌簌发抖，口中"啊啊"几声，再也说不出话来。

虚竹曾多次看到乌老大露出惊惧的神色，但骇怖之甚，从未有这般厉害，随口道："断筋腐骨丸是什么东西？是一种毒药么？"

乌老大脸上肌肉牵搐，又"啊啊"了几声，突然之间，指着虚竹骂道："臭贼秃，瘟和尚，你十八代祖宗男的都是乌龟，女的都是娼妓，你日后绝子绝孙，生下儿子没屁股，生下女儿来三条胳臂四条腿……"越骂越奇，口沫横飞，当真愤怒已极，骂到后来牵动伤口，太过疼痛，这才住口。

虚竹叹道："我是和尚，自然绝子绝孙，既然绝子绝孙了，有什么没屁股没胳臂的？"乌老大骂道："你这瘟贼秃想太太平平的绝子绝孙么？却又没这么容易。你将来生十八个儿子、十八个女儿，个个服了断筋腐骨丸，在你面前哀号九十九天，死不成，活不得。最后你自己也服了断筋腐骨丸，叫你自己也尝尝这个滋味。"虚竹吃了一惊，问道："这断筋腐骨丸，竟这般厉害阴毒么？"乌老大道："你全身的软筋先都断了，那时你嘴巴不会张、舌头也不能动，然后……然后……"他想到自己已服了这天下第一阴损毒药，再也说不下去，满心冰凉，登时便想一头在松树上撞死。

那女童微笑道："你只须乖乖的听话，我不加催动，这药丸的毒性便十年也不会发作，你又何必怕得如此厉害？小和尚，你点了他的穴道，免得他发起疯来，撞树自尽。"

虚竹点头道："不错！"走到乌老大背后，伸左手摸到他背心上的"意舍穴"，仔细探索，确实验明不错了，这才一指点出。乌老大闷哼一声，立时晕倒。此时虚竹对体内"北冥真气"的运使已摸到初步门径，这一指其实不必再认穴而点，不论戳在对方身上什么部位，都能使人身受重伤。虚竹见他晕倒，立时又手忙脚乱的捏他人中，按摩胸口，才将他救醒。乌老大虚弱已极，只是轻轻喘气，哪里还有半分骂人的力气？

虚竹见他醒转，这才出去寻食。树林中麋鹿、羚羊、竹鸡、山兔之类倒着实不少，他却哪肯杀生？寻了多时，找不到可食的物事，只得跃上松树，采摘松球，剥了松子出来果腹。松子清香甘美，味道着实不错，只是一粒粒太也细小，一口气吃了二三百粒，仍是不饱。他腹饥稍解，剥出来的松子便不再吃，装了满满两衣袋，拿去给那女童和乌老大吃。

那女童道："这可生受你了。只是这三个月中我吃不得素。你去解开乌老大的穴道。"当下传了解穴之法。虚竹道："是啊，乌老大也必饿得狠了。”依照那女童所授，解开乌老大的穴道，抓了一把松子给他，道：“乌先生，你吃些松子。”乌老大狠狠瞪了他一眼，拿起松子便吃，吃几粒，骂一句：“死贼秃！”再吃几粒，又骂一声：“瘟和尚！”虚竹也不着恼，心想：“我将他伤得死去活来，也难怪他生气。”那女童道：“吃了松子便睡，不许再作声了。”乌老大道：“是！”眼光始终不敢向她瞧去，迅速吃了松子，倒头就睡。

虚竹走到一株大树之畔，坐在树根上倚树休息，心想：“可别跟那老女鬼坐得太近。”连日疲累，不多时便即沉沉睡去。

次晨醒来，但见天色阴沉，乌云低垂。那女童道：“乌老大，你去捉一只梅花鹿或是羚羊什么来，限巳时之前捉到，须是活的。”乌老大道：“是！”挣扎着站起，捡了一根枯枝当作拐杖，撑在地下，摇摇晃晃的走去。虚竹本想扶他一把，但想到他是去捕猎杀生，连念：“阿弥陀佛，阿弥陀佛！”又道：“鹿儿、羊儿、兔子、山鸡，一切众生，速速远避，别给乌老大捉到了。”那女童扁嘴冷笑，也不理他。

岂知虚竹念经只管念，乌老大重伤之下，不知出了些什么法道，居然巳时未到，便拖着一头小小的梅花鹿回来。虚竹又不住口的念起佛来。

乌老大道：“小和尚，快生火，咱们烤鹿肉吃。”虚竹道：“罪过，罪过！小僧决计不助你行此罪孽之事。”乌老大一翻手，从靴筒里拔出一柄精光闪闪的匕首，便要杀鹿。那女童道：“且慢动手。”乌老大道：“是！”放下了匕首。虚竹大喜，说道：“是啊，是啊！小姑娘，你心地仁慈，将来必有好报。”那女童冷笑一声，不去理他，自管闭目养神。那小鹿不住咩咩而叫，虚竹几次想冲过去放了它，却总是不敢。

眼见树枝的影子越来越短，其时天气阴沉，树影也是极淡，几难辨别。那女童道：“是午时了。”抱起小鹿，扳高鹿头，一张口便咬在小鹿咽喉上。小鹿痛得大叫，不住挣扎，那女童牢牢咬紧，口内咕咕有声，不断吮吸鹿血。虚竹大惊，叫道："你……你……这太也残忍了。"那女童哪加理会，只是用力吸血。小鹿越动越微，终于一阵痉挛，便即死去。

那女童喝饱了鹿血，肚子高高鼓起，这才抛下死鹿，盘膝而坐，一手指天，一手指地，又练起那"八荒六合唯我独尊功"来，鼻中喷出白烟，缭绕在脑袋四周。过了良久，那女童收烟起立，说道："乌老大，你去烤鹿肉罢。"

虚竹心下嫌恶，说道："小姑娘，眼下乌老大听你号令，尽心服侍于你，再也不敢出手加害。小僧这就别过了。"那女童道："我不许你走。"虚竹道："小僧急于去寻找众位师叔伯，倘若寻不着，便须回少林寺覆命请示，不能再耽误时日了。"那女童冷冷的道："你不听我话，要自行离去，是不是？"虚竹道："小僧已想了个法子，我在僧袍中塞满枯草树叶，打个大包袱，负之而逃，故意让山下众人瞧见。他们只道包袱中是你，一定向我追来。小僧将他们远远引开，你和乌老大便可乘机下山，回到你的缥缈峰去啦。"那女童道："这法子倒是不错，多亏你还替我设想。可是我偏不想逃走！"虚竹道："那也好！你在这里躲着，这大雪山上林深雪厚，他们找你不到，最多十天八天，也必散去了。"

那女童道："再过十天八天，我已回复到十八九岁时的功力，哪里还容他们走路？"虚竹奇道："什么？"那女童道："你仔细瞧瞧，我现在的模样，跟两天前有什么不同？"虚竹凝神瞧去，见她神色间似乎大了几岁，是个十一二岁的女童，不再像是八九岁，喃喃道："你……你……好像在这两天之中，大了两三岁。只是……只是身子却没长大。"

那女童甚喜，道："嘿嘿，你眼力不错，居然瞧得出我大了两三岁。蠢和尚，天山童姥身材永如女童，自然是并不长大的。"

虚竹和乌老大都大吃一惊，齐声道："天山童姥！你是天山童姥？"

那女童傲然道："你们当我是谁？你姥姥身如女童，难道你们眼睛瞎了，瞧不出来？"

乌老大睁大了眼向她凝视半晌，嘴角不住牵动，想要说话，始终说不出来，过了良久，突然扑倒在雪地之中，呜咽道："我……我早该知道了，我真是天下第一号大蠢材。我……我只道你是灵鹫宫中一个小丫头、小女孩，哪知道……你……你竟便是天山童姥！"

那女童向虚竹道："你以为我是什么人？"

虚竹道："我以为你是个借尸还魂的老女鬼！"

那女童脸色一沉，喝道："胡说八道！什么借尸还魂的老女鬼？"虚竹道："你模样是个女娃娃，心智声音却是老年婆婆，你又自称姥姥，若不是老女人的生魂附在女孩子身上，怎能如此？"那女童嘿嘿一笑，说道："小和尚异想天开。"

她转头向乌老大道："当日我落在你手中，你没取我性命，现下好生后悔，是不是？"

乌老大翻身坐起，说道："不错！我以前曾上过三次缥缈峰，听过你的说话，只是给蒙住了眼睛，没见到你的形貌。乌老大当真是有眼无珠，还当你……还当你是个哑巴女童。"

那女童道："不但你听见过我说话，三十六洞、七十二岛的妖魔鬼怪之中，听过我说话的人着实不少。你姥姥给你们擒住了，若不装作哑巴，说不定便给你们认出了口音。"乌老大连声叹气，问道："你武功通神，杀人不用第二招，又怎么给我手到擒来，毫不抗拒？"

那女童哈哈大笑，说道："我曾说多谢你出手相助，那便是了。那日我正有强仇到来，姥姥身子不适，难以抗御，恰好你来用布袋负我下峰，让姥姥躲过了一劫。这不是要多谢你么？"说到这里，突然目露凶光，厉声道："可是你擒住我之后，说我假扮哑巴，以种种无礼手段对付姥姥，实是罪大恶极，若非如此，我原可饶了你的性命。"

乌老大跃起身来，双膝跪倒，说道："姥姥，常言道不知者不罪，乌老大那时倘若知道你老人家便是我一心敬畏的童姥，乌某便是胆大包天，也决不敢有半分得罪你啊。"那女童冷笑道："畏则有之，敬却未必。你邀集三十六洞、七十二岛的一众妖魔，决心叛我，却又怎么说？"乌老大不住磕头，额头撞在山石之上，只磕得十几下，额上已鲜血淋漓。

虚竹心想："这小姑娘原来竟是天山童姥。童姥，童姥，我本来只道她是姓童，哪知这'童'字是孩童之童，并非姓童之童。此人武功渊深，诡计多端，人人畏之如虎，这几天来我出力助她，她心中定在笑我不自量力。嘿嘿，虚竹啊虚竹，你真是个蠢笨之极的和尚！"眼见乌老大磕头不已，他一言不发，转身便行。

天山童姥喝道："你到哪里去？给我站住！"虚竹回身合什，说道："三日来小僧做了无数傻事，告辞了！"童姥道："什么傻事？"虚竹道："女施主武功神妙，威震天下，小僧有眼不识泰山，反来援手救人。女施主当面不加嘲笑，小僧甚感盛情，只是自己越想越惭愧，当真是无地自容。"

童姥走到虚竹身边，回头向乌老大道："我有话跟小和尚说，你走开些。"乌老大道："是，是！"站起身来，一跷一拐的向东北方走去，隐身在一丛松树之后。

童姥向虚竹道："小和尚，这三日来你确是救了我性命，并非做什么傻事。天山童姥生平不向人道谢，但你救我性命，姥姥日后总有补报。"虚竹摇手道："你这么高强的武功，何须我相救？你明明是取笑于我。"童姥沉脸道："我说是你救了我性命，便是你救了我性命，姥姥生平说话，决不喜人反驳。姥姥所练的内功，确是叫做‘八荒六合唯我独尊功’。这功夫威力奇大，却有一个大大的不利之处，每三十年，我便要返老还童一次。”虚竹道：“返老还童？那……那不是很好么？”

童姥叹道：“你这小和尚忠厚老实，于我有救命之恩，更与我逍遥派渊源极深，说给你听了，也不打紧。我自六岁起练这功夫，三十六岁返老还童，花了三十天时光。六十六岁返老还童，那一次用了六十天。今年九十六岁，再次返老还童，便得有九十天时光，方能回复功力。”虚竹睁大了眼睛，奇道：“什么？你……你今年已经九十六岁了？”

童姥道：“我是你师父无崖子的师姊，无崖子倘若不死，今年九十三岁，我比他大了三岁，难道不是九十六岁？”

虚竹睁大了眼，细看她身形脸色，哪有半点像个九十六岁的老太婆？

童姥道：“这‘八荒六合唯我独尊功’，原是一门神奇无比的内家功力。只是我练得太早了些，六岁时开始修习，数年后这内功的威力便显了出来，可是我的身子从此不能长大，永远是八九岁的模样了。”

虚竹点头道：“原来如此。”他确也听师父说过，世上有些人躯体巨大无比，七八岁时便已高于成人，有些却是侏儒，到老也不满三尺，师父说那是天生三焦失调之故，倘若及早修习上乘内功，亦有治愈之望，说道：“你这门内功，练的是手少阳三焦经脉吗？”

童姥一怔，点头道：“不错。少林派一个小小和尚，居然也有此见识。武林中说少林派是天下武学之首，果然也有些道理。”

虚竹道：“小僧曾听师父说过一些‘手少阳三焦经’的道理，所知肤浅之极，那只是胡乱猜测罢了。”又问：“你今年返老还童，那便如何？”

童姥说道：“返老还童之后，功力全失。修练一日后回复到七岁时的功力，第二日回复到八岁之时，第三日回复到九岁，每一日便是一年。每日午时须得吸饮生血，方能练功。我生平有个大对头，深知我功夫的底细，算到我返老还童的日子，必定会乘机前来加害。姥姥可不能示弱，下缥缈峰去躲避，于是吩咐了手下的仆妇侍女们种种抵御之策，姥姥自管自修练。不料我那对头还没到，乌老大他们却闯上峰来。我那些手下正全神贯注的防备我那大对头，否则的话，凭着安洞主、乌老大这点儿三脚猫功夫，岂能大模大样的上得缥缈峰来？那时我正修练到第三日，给乌老大一把抓住。我身上只不过有了九岁女童的功力，如何能够抗拒？只好装聋作哑，给他装在布袋中带了下山。此后这些时日之中，我喝不到生血，始终是个九岁孩童。这返老还童，便如蛇儿脱壳一般，脱一次壳，长大一次，但如脱到一半给人捉住了，实有莫大的凶险。倘若再耽搁得一二日，我仍喝不到生血，无法练功，真气在体内胀裂出来，那是非一命呜呼不可了。我说你救了我性命，那是半点也不错的。”

虚竹道：“眼下你回复到了十一岁时的功力，要回到九十六岁，岂不是尚须八十五天？还得杀死八十五头梅花鹿或是羚羊、兔子？”

童姥微微一笑，说道：“小和尚能举一反三，可聪明起来了。在这八十五天之中，步步艰危，我功力未曾全复，不平道人、乌老大这些幺魔小丑，自是容易打发，但若我的大对头得到讯息，赶来和我为难，姥姥独力难支，非得由你护法不可。”

虚竹道：“小僧武功低微之极。前辈都应付不来的强敌，小僧自然更加无能为力。以小僧之见，前辈还是远而避之，等到八十五天之后，功力全复，就不怕敌人了。”

童姥道：“你武功虽低，但无崖子的内力修为已全部注入你体内，只要懂得运用之法，也大可和我的对头周旋一番。这样罢，咱们来做一桩生意，我将精微奥妙的武功传你，你便以此武功替我护法御敌，这叫做两蒙其利。”也不待虚竹答应，便道：“你好比是个大财主的子弟，祖宗传下来万贯家财，底子丰厚之极，不用再去积贮财货，只要学会花钱的法门就是了。花钱容易聚财难，你练一个月便有小成，练到两个月之后，勉强已可和我的大对头较量了。你先记住这口诀，第一句是‘法天顺自然’……”

虚竹连连摇手，说道：“前辈，小僧是少林弟子，前辈的功夫虽然神妙无比，小僧却是万万不能学的，得罪莫怪。”童姥怒道：“你的少林派功夫，早就给无崖子化清光了，还说什么少林弟子？”虚竹道：“小僧只好回到少林寺去，从头练起。”童姥怒道：“你嫌我旁门左道，不屑学我的功夫，是不是？”

虚竹道：“释家弟子，以慈悲为怀，普渡众生为志，讲究的是离贪去欲，明心见性。这武功嘛，练到极高明时，固然有助禅定，但佛家八万四千法门，也不一定非要从武学入手不可。我师父说，练武要是太过专心，成了法执，有碍解脱，那也是不对的。”

童姥见他垂眉低目，俨然有点小小高僧的气象，心想这小和尚迂腐得紧，却如何对付才好？一转念间，计上心来，叫道：“乌老大，去捉两头梅花鹿来，立时给我宰了！”

乌老大避在远处，童姥其时功力不足，声音不能及远，叫了三声，乌老大才听到答应。

虚竹惊道：“为什么又要宰杀梅花鹿？你今天不是已喝过生血了么？”童姥笑道：“是你逼我宰的，何必又来多问？”虚竹更是奇怪，道：“我……怎么会逼你杀生？”童姥道：“你不肯助我抵御强敌，我非给人家折磨至死不可。你想我心中烦恼不烦恼？”虚竹点头道：“那也说得是，‘怨憎会’是人生七苦之一，姥姥要求解脱，须得去嗔去痴。”童姥道：“嘿嘿，你来点化我吗？这时候可来不及了。我这口怨气无处可出，我只好宰羊杀鹿，多杀畜生来出气。”虚竹合什道：“阿弥陀佛！罪过，罪过！前辈，这些鹿儿羊儿，实是可怜得紧，你饶了它们的性命罢！”

童姥冷笑道："我自己的性命转眼也要不保，又有谁来可怜我？"她提高声音，叫道："乌老大，快去捉梅花鹿来。"乌老大远远答应。

虚竹彷徨无计，倘若即刻离去，不知将有多少头羊鹿无辜伤在童姥手下，便说是给自己杀死的，也不为过，但若留下来学她武功，却又老大不愿。

乌老大捕鹿的本事着实高明，不多时便抓住一头梅花鹿的鹿角，牵了前来。童姥冷冷的道："今天鹿血喝过了。你将这头臭鹿一刀宰了，丢到山涧里去。"虚竹忙道："且慢！且慢！"童姥道："你如依我嘱咐，我可不伤此鹿性命。你若就此离去，我自然每日宰鹿十头八头。多杀少杀，全在你一念之间。大菩萨为了普渡众生，说道我不入地狱，谁入地狱？你陪伴老婆子几天，又不是什么入地狱的苦事，居然忍心令群鹿丧生，怎是佛门子弟的慈悲心肠？"虚竹心中一凛，说道："前辈教训得是，便请放了此鹿，虚竹一凭吩咐便是！"童姥大喜，向乌老大道："你将这头鹿放了！给我滚得远远地！"

童姥待乌老大走远，便即传授口诀，教虚竹运用体内真气之法。她与无崖子是同门师姊弟，一脉相传，武功的路子完全一般。虚竹依法修习，进展甚速。

次日童姥再练"八荒六合唯我独尊功"时，咬破鹿颈喝血之后，便在鹿颈伤口上敷以金创药，纵之使去，向乌老大道："这位小师父不喜人家杀生，从今而后，你也不许吃荤，只可以松子为食，倘若吃了鹿肉、羚羊肉，哼哼，我宰了你给梅花鹿和羚羊报仇。"

乌老大口中答应，心里直将虚竹十九代、二十代的祖宗也咒了个透，但知童姥此时对虚竹极好，一想到"断筋腐骨丸"的惨厉严酷，再也不敢对虚竹稍出不逊之言了。

如此过了数日，虚竹见童姥不再伤害羊鹿性命，连乌老大也跟着戒口茹素，心下甚喜，寻思："人家对我严守信约，我岂可不为她尽心尽力？"每日里努力修为，丝毫不敢怠懈。但见童姥的容貌日日均有变化，只五六日间，已自一个十一二岁的女童变为十六七岁的少女了，只是身形如旧，仍然是十分矮小而已。这日午后，童姥练罢功夫，向虚竹和乌老大道："咱们在此处停留已久，算来那些妖魔畜生也该寻到了。小和尚，你背我到这峰顶上去，右手仍是提着乌老大，免得在雪地中留下了痕迹。"

虚竹应道："是！"伸手去抱童姥时，却见她容色娇艳，眼波盈盈，直是个美貌的大姑娘，一惊缩手，嗫嚅道："小……小僧不敢冒犯。"童姥奇道："怎么不敢冒犯？"虚竹道："前辈已是一位大姑娘了，不再是小姑娘，男……男女授受不亲，出家人尤其不可。"

童姥嘻嘻一笑，玉颜生春，双颊晕红，顾盼嫣然，说道："小和尚胡说八道，姥姥是九十六岁的老太婆，你背负我一下打什么紧？"说着便要伏到他背上。虚竹惊道："不可，不可！"拔脚便奔。童姥展开轻功，自后追来。

其时虚竹的"北冥真气"已练到了三四成火候，童姥却只回复到她十七岁时的功力，轻功大大不如，只追得几步，虚竹便越奔越远。童姥叫道："快些回来！"虚竹立定脚步，道："我拉着你手，跃到树顶上去罢！"童姥怒道："你这人迂腐之极，半点也无圆通之意，这一生想要学到上乘武功，那是难矣哉，难矣哉！"

虚竹一怔，心道："《金刚经》有云：'凡所有相，皆是虚妄。'她是小姑娘也罢，大姑娘也罢，都是虚妄之相。"喃喃说道："'如来说人身长大，即非大身，是名大身。'如来说大姑娘，即非大姑娘，是名大姑娘……"走将回来。

突然间眼前一花，一个白色人影遮在童姥之前。这人似有似无，若往若还，全身白色衣衫衬着遍地白雪，朦朦胧胧的瞧不清楚。

一座高楼冲天而起，屋顶金碧辉煌，都是琉璃瓦。虚竹低声道：“阿弥陀佛，这里倒有一座大庙。”

三十六

梦里真真语真幻

虚竹吃了一惊，向前抢上两步。童姥尖声惊呼，向他奔来。那白衫人低声道："师姊，你在这里好自在哪！"却是个女子的声音，甚是轻柔婉转。虚竹又走上两步，见那白衫人身形苗条婀娜，显然是个女子，脸上蒙了块白绸，瞧不见她面容，听她口称"师姊"，心想她们原来是一家人，童姥有帮手到来，或许不会再缠住自己了。但斜眼看童姥时，却见她脸色极是奇怪，又是惊恐，又是气愤，更夹着几分鄙夷之色。

童姥一闪身便到了虚竹身畔，叫道："快背我上峰。"虚竹道："这个……小僧心中这个结，一时还不大解得开……"童姥大怒，反手啪的一声，便打了他一个耳光，叫道："这贼贱人追了来，要不利于我，你没瞧见么？"这时童姥出手已着实不轻，虚竹给打了这个耳光，半边面颊登时肿了起来。

那白衫人道："师姊，你到老还是这个脾气，人家不愿意的事，你总是要勉强别人，打打骂骂的，有什么意思？小妹劝你，还是对人有礼些的好。"

虚竹心下大生好感："这人虽是童姥及无崖子老先生的同门，性情却跟他们大不相同，甚是温柔斯文，通情达理。"

童姥不住催促虚竹："快背了我走，离开这贼贱人越远越好，姥姥将来不忘你的好处，必有重重酬谢。”

那白衫人却气定神闲的站在一旁，轻风动裾，飘飘若仙。虚竹心想这位姑娘文雅得很，童姥为什么对她如此厌恶害怕。只听白衫人道：“师姊，咱们老姊妹多年不见了，怎么今日见面，你非但不欢喜，反而要急急离去？小妹算到这几天是你返老还童的大喜日子，听说你近年来手下收了不少妖魔鬼怪，小妹生怕他们乘机作反，亲到缥缈峰灵鹫宫找你，想要助你一臂之力，抗御外魔，却又找你不到。”

童姥见虚竹不肯负她逃走，无法可施，气愤愤的道：“你算准了我散气还功的时日，摸上缥缈峰来，还能安着什么好心？你却算不到鬼使神差，竟会有人将我背下峰来。你扑了个空，好生失望，是不是？李秋水，今日虽然仍给你找上了，你却已迟了几日，我当然不是你敌手，但你想不劳而获，盗我一生神功，可万万不能了。”

那白衫人道：“师姊说哪里话来？小妹自和师姊别后，每日里好生挂念，常常想到灵鹫宫来瞧瞧师姊。只是自从数十年前姊姊对妹子心生误会之后，每次相见，姊姊总是不问情由的怪责。妹子一来怕惹姊姊生气，二来又怕姊姊出手责打，一直没敢前来探望。姊姊如说妹子有什么不良的念头，那真是太过多心了。”她说得又恭敬，又亲热。

虚竹心想童姥乖戾横蛮，这两个女子一善一恶，当年结下嫌隙，自然是童姥的不是。

童姥怒道：“李秋水，事情到了今日，你再来花言巧语的讥刺于我，又有什么用？你瞧瞧，这是什么？”说着左手一伸，将拇指上戴着的宝石指环现了出来。

那白衫女子李秋水身子颤抖，失声道：“掌门七宝指环！你……你从哪里得来的？”童姥冷笑道：“当然是他给我的。你又何必明知故问?”李秋水微微一怔，道：“哼，他……他怎会给你？你不是去偷来的，便是抢来的。”

童姥大声道：“李秋水，逍遥派掌门人有令，命你跪下，听由吩咐。”

李秋水道：“掌门人能由你自己封的吗？多半……多半是你暗害了他，偷得这只七宝指环。”她本来意态闲雅，但自见了这只宝石戒指，说话的语气之中便大有急躁之意。

童姥厉声道：“你不奉掌门人的号令，意欲背叛本门，是不是?”

突然间白光一闪，砰的一声，童姥身子飞起，远远的摔了出去。虚竹吃了一惊，叫道：“怎么?”跟着又见雪地里一条殷红的血线，童姥一根被削断了的拇指掉在地下，那枚宝石指环却已拿在李秋水手中。显是她快如闪电的削断了童姥的拇指，抢了她戒指，再出掌将她身子震飞，至于断指时使的什么兵刃，什么手法，实因出手太快，虚竹根本无法见到。

只听李秋水道：“师姊，你到底怎生害他，还是跟小妹说了罢。小妹对你情义深重，决不会过份的令你难堪。”她一拿到宝石指环，语气立转，又变得十分的温雅斯文。

虚竹忍不住道：“李姑娘，你们是同门师姊妹，出手怎能如此厉害？无崖子老先生决计不是童姥害死的。出家人不打谎话，我不会骗你。”

李秋水转向虚竹，说道：“不敢请问大师法名如何称呼？在何处宝刹出家？怎知道我师兄的名字?”虚竹道：“小僧法名虚竹，是少林寺弟子，无崖子老先生嘛……唉，此事说来话长……”突见李秋水衣袖轻拂，自己双膝腿弯登时一麻，全身气血逆行，立时便翻倒于地，叫道：“喂，喂，你干什么？我又没得罪你，怎……怎么连我……也……也……”

李秋水微笑道：“小师父是少林派高僧，我不过试试你的功力。嗯，原来少林派名头虽响，调教出来的高僧也不过这么样。可得罪了，真正对不起。”

虚竹躺在地下，透过她脸上所蒙的白绸，隐隐约约可见到她面貌，只见她似乎四十来岁年纪，眉目甚美，但脸上好像有几条血痕，又似有什么伤疤，看上去朦朦胧胧的，不由得心中感到一阵寒意，说道：“我是少林寺中最没出息的小和尚，前辈不能因小僧一人无能，便将少林派小觑了。”

李秋水不去理他，慢慢走到童姥身前，说道：“师姊，这些年来，小妹想得你好苦。总算老天爷有眼睛，教小妹得再见师姊一面。师姊，你从前待我的种种好处，小妹日日夜夜都记在心上……”

突然间又是白光一闪，童姥一声惨呼，白雪皑皑的地上登时流了一大滩鲜血，童姥的一条左腿竟已从她身上分开。

虚竹这一惊非同小可，怒声喝道：“同门姊妹，怎能忍心下此毒手？你……你……你简直是禽兽不如！”

李秋水缓缓回过头来，伸左手揭开蒙在脸上的白绸，露出一张雪白的脸蛋。虚竹一声惊呼，只见她脸上纵横交错，共有四条极长的剑伤，划成了一个“井”字，由于这四道剑伤，右眼突出，左边嘴角斜歪，说不出的丑恶难看。李秋水道：“许多年前，有人用剑将我的脸划得这般模样。少林寺的大法师，你说我该不该报仇？”说着又慢慢放下了面幕。

虚竹道：“这……这是童姥害你的？”李秋水道：“你不妨问她自己。”

童姥断腿处血如潮涌，却没晕去，说道：“不错，她的脸是我划花的。我……我练功有成，在二十六岁那年，本可发身长大，与常人无异，但她暗加陷害，使我走火入魔。你说这深仇大怨，该不该报复？”

虚竹眼望李秋水，寻思：“倘若此话非假，那么还是这个女施主作恶于先了。”

童姥又道：“今日既然落在你手中，还有什么话说？这小和尚是‘他’的忘年之交，你可不能动小和尚一根寒毛。否则‘他’决计不能放过你。”说着双眼一闭，听由宰割。

李秋水叹了口气，淡淡的道：“姊姊，你年纪比我大，更比我聪明得多，但今天再要骗信小妹，可也没这么容易了。你说的他……他……他要是今日尚在世上，这七宝指环如何会落入你手中？好罢！小妹跟这位小和尚无冤无仇，何况小妹生来胆小，决不敢和武林中的泰山北斗少林派结下梁子。这位小师父，小妹是不会伤他的。姊姊，小妹这里有两颗九转熊蛇丸，请姊姊服了，免得姊姊的腿伤流血不止。”

虚竹听她前一句“姊姊”，后一句“姊姊”，叫得亲热无比，但想到不久之前童姥叫乌老大服食两颗九转熊蛇丸的情状，不由得背上出了一阵冷汗。

童姥怒道：“你要杀我，快快动手，要想我服下断筋腐骨丸，听由你侮辱讥刺，再也休想。”李秋水道：“小妹对姊姊一片好心，姊姊总是会错了意。你腿伤处流血过多，对姊姊身子大是有碍。姊姊，这两颗药丸，还是吃了罢。”

虚竹向她手中瞧去，只见她皓如白玉的掌心中托着两颗焦黄的药丸，便和童姥给乌老大所服的一模一样，寻思：“童姥的业报来得好快。”

童姥叫道：“小和尚，快在我天灵盖上猛击一掌，送姥姥归西，免得受这贱人凌辱。”李秋水笑道：“小师父累了，要在地下多躺一会。”童姥心头一急，喷出了一口鲜血。李秋水道：“姊姊，你一条腿长，一条腿短，若是给‘他’瞧见了，未免有点儿不雅，好好一个矮美人，变成了半边高、半边低的歪肩美人，岂不是令‘他’大为遗憾？小妹还是成全你到底罢！”说着白光闪动，手中已多了一件兵刃。

这一次虚竹瞧得明白，她手中握着一柄长不逾尺的匕首。这匕首似是水晶所制，可以透视而过。李秋水显是存心要童姥多受惊惧，这一次并不迅捷出手，拿匕首在她那条没断的右腿前比来比去。

虚竹大怒："这女施主忒也残忍！"心情激荡，体内北冥真气在各处经脉中迅速流转，顿感双腿穴道解开，酸麻登止。他不及细思，急冲而前，抱起童姥，便往山峰顶上疾奔。

李秋水以"寒袖拂穴"之技拂倒虚竹时，察觉他武功十分平庸，浑没将他放在心上，只是慢慢炮制童姥，叫他在一旁观看，多一人在场，折磨仇敌时便增了几分乐趣，要直到最后才杀他灭口，全没料到他居然会冲开自己以真力封闭了的穴道。这一下出其不意，顷刻之间虚竹已抱起童姥奔在五六丈外。李秋水拔步便追，笑道："小师父，你给我师姊迷上了么？你莫看她花容月貌，她可是个九十六岁的老太婆，却不是十七八岁的大姑娘呢。"她有恃无恐，只道片刻间便能追上，这小和尚能有多大气候？哪知道虚竹急奔之下，血脉流动加速，北冥真气的力道发挥了出来，愈奔愈快，这五六丈的相距，竟然始终追赶不上。

转眼之间，已顺着斜坡追逐出三里有余，李秋水又惊又怒，叫道："小师父，你再不停步，我可要用掌力伤你了。"

童姥知道李秋水数掌拍将出来，虚竹立时命丧掌底，自己仍是落入她手中，说道："小师父，多谢你救我，咱们斗不过这贱人，你快将我抛下山谷，她或许不会伤你。"

虚竹道："这个……万万不可。小僧决计不能……"他只说了这两句话，真气一泄，李秋水已然追近，突然间背心上一冷，便如一块极大的寒冰贴肉印了上来，跟着身子飘起，不由自主的往山谷中掉了下去。他知道已为李秋水阴寒的掌力所伤，双手仍是紧紧抱着童姥，往下直堕，心道："这一下可就粉身碎骨，摔成一团肉酱了。阿弥陀佛！"

隐隐约约听得李秋水的声音从上面传来："啊哟，我出手太重，这可便宜……"原来山峰上有一处断涧，上为积雪覆盖，李秋水一掌拍出，原想将虚竹震倒，再拿住童姥，慢慢用各种毒辣法子痛加折磨，没料到一掌震得虚竹踏在断涧的积雪之上，连着童姥一起掉下。

虚竹只觉身子虚浮，全做不得主，只是笔直的跌落，耳旁风声呼呼，虽是顷刻间之事，却似无穷无尽，永远跌个没完。眼见铺满着白雪的山坡迎面扑来，眼睛一花之际，又见雪地中似有几个黑点，正在缓缓移动。他来不及细看，已向山坡俯冲而下。

蓦地里听得有人喝道："什么人？"一股力道从横里推将过来，撞在虚竹腰间。虚竹身子尚未着地，便已斜飞出去，一瞥间，见出手推他之人却是慕容复，一喜之下，运劲要将童姥抛出，让慕容复接住，以便救她一命。

慕容复见二人从山峰上堕下，一时看不清是谁，便使出"斗转星移"家传绝技，将他二人下堕之力转直为横，将二人移得横飞出去。他这门"斗转星移"功夫全然不使自力，但虚竹与童姥从高空下堕的力道实在太大，慕容复只觉霎时之间头晕眼花，几欲坐倒。

虚竹给这股巨力一逼，手中的童姥竟尔掷不出去，身子飞出十余丈，落了下来，双足突然踏到一件极柔软而又极韧的物事，波的一声，身子复又弹起。虚竹一瞥眼间，只见雪地里躺着一个矮矮胖胖、肉球一般的人，却是桑土公。说来也真巧极，虚竹落地时双足踹在他的大肚上，立时踹得他腹破肠流，死于非命，也幸好他大肚皮的一弹，虚竹的双腿方得保全，不致断折。这一弹之下，虚竹又是不由自主的向横里飞出，冲向一人，依稀看出是段誉。虚竹大叫："段相公，快快避开！我冲过来啦！"

段誉眼见虚竹来势奇急，自己无论如何抱他不住，叫道："我顶住你！"转过身来，以背相承，同时展开凌波微步，向前直奔，一刹时间只觉得背上压得他几乎气也透不过来，但每跨一步，背上的力道便消去了一分，一口气奔出三十余步，虚竹轻轻从他背上滑了下来。

他二人从数百丈高处堕下，恰好慕容复一消，桑土公一弹，最后给段誉负在背上一奔，经过三个转折，竟半点没有受伤。虚竹站直身子，说道："阿弥陀佛！多谢各位相救！"他却不知桑土公已给他踹死，否则定然负疚极深。忽听得一声呼叫，从山坡上传了过来。童姥断腿之后，流血虽多，神智未失，惊道："不好，这贱人追下来了。快走，快走！"虚竹想到李秋水的心狠手辣，不由得打个寒噤，抱了童姥，便向树林中冲了进去。

李秋水从山坡上奔将下来，虽然脚步迅捷，终究不能与虚竹的直堕而下相比，其实相距尚远，但虚竹心下害怕，不敢有片刻停留。他奔出数里，童姥说道："放我下来，撕衣襟裹好我的腿伤，免得留下血迹，给那贱人追来。你在我'环跳'与'期门'两穴上点上几指，止血缓流。"虚竹道："是！"依言而行，一面留神倾听李秋水的动静。童姥从怀中取出一枚黄色药丸服了，道："这贱人和我仇深似海，无论如何放我不过。我还得有七十九日，方能神功还原，那时便不怕这贱人了。这七十九日，却躲到哪里去才好？"

虚竹皱起眉头，心想："便要躲半天也难，却到哪里躲七十九日去？"童姥自言自语："倘若躲到你的少林寺中去，倒是个绝妙地方……"虚竹吓了一跳，全身一震。童姥怒道："死和尚，你害怕什么？少林寺离此千里迢迢，咱们怎能去得？"她侧过了头，说道："自此而西，再行百余里便是西夏国了。这贱人与西夏国大有渊源，要是她传下号令，命西夏国一品堂中的高手一齐出马搜寻，那就难以逃出她的毒手。小和尚，你说躲到哪里去才好？”虚竹道：“咱们在深山野岭的山洞中躲上七八十天，只怕你师妹未必能寻得到。”童姥道：“你知道什么？这贱人倘若寻我不到，定是到西夏国去呼召群犬，那数百头鼻子灵敏之极的猎犬一出动，不论咱们躲到哪里，都会给这些畜生找了出来。”虚竹道：“那么咱们须得往东南方逃走，离西夏国越远越好。”

童姥哼了一声，恨恨的道：“这贱人耳目众多，东南路上自然早就布下人马了。”她沉吟半晌，突然拍手道：“有了，小和尚，你解开无崖子那个珍珑棋局，第一着下在哪里？”虚竹心想在这危急万分的当口，居然还有心思谈论棋局，便道：“小僧闭了眼睛乱下一子，莫名其妙的自塞一眼，将自己的棋子杀死了一大片。”

童姥喜道：“是啊，数十年来，不知有多少聪明才智胜你百倍之人都解不开这个珍珑，只因为自寻死路之事，那是谁也不干的。妙极，妙极！小和尚，你负了我上树，快向西方行去。”虚竹道：“咱们去哪里？”童姥道：“到一个谁也料想不到的地方去，虽是凶险，但置之死地而后生，只好冒一冒险。”

虚竹瞧着她的断腿，叹了口气，心道：“你无法行走，我便不想冒险，那也不成了。”眼见她伤重，那男女授受不亲的顾忌也就不再放在心上，将她负在背上，跃上树梢，依着童姥所指的方向，朝西疾行。

一口气奔行十余里，忽听得远处一个轻柔宛转的声音叫道：“小和尚，你摔死了没有？姊姊，你在哪里呢？妹子想念你得紧，快快出来罢！”虚竹听到李秋水的声音，双腿一软，险些从树梢上摔了下来。

童姥骂道：“小和尚不中用，怕什么？你听她越叫越远，不是往东方追下去了吗？”

果然听叫声渐渐远去，虚竹甚是佩服童姥的智计，说道："她……她怎知咱们从数百丈高的山峰上掉将下来，居然没死？"童姥道："自然是有人多口了。"凝思半晌，道："姥姥数十年不下缥缈峰，没想到世上武学进展如此迅速。那个化解咱们下堕之势的年青公子，这一掌借力打力，四两拨千斤，当真出神入化。另外那个年青公子是谁？怎地会得'凌波微步'？"她自言自语，并非向虚竹询问。虚竹生怕李秋水追上来，只是提气急奔，也没将童姥的话听在耳里。

走上平地之后，他仍是尽拣小路行走，当晚在密林长草之中宿了一夜，次晨再行，童姥仍是指着西方。虚竹道："前辈，你说西去不远便是西夏国，我看咱们不能再向西走了。"童姥冷笑道："为什么不能再向西走？"虚竹道："万一闯入了西夏国的国境，岂非自投罗网？"童姥道："你踏足之地，早便是西夏国的国土了！"

虚竹大吃一惊，叫道："什么？这里便是西夏之地？你说……你说你师妹在西夏国有极大的势力？"童姥笑道："是啊！西夏是这贱人横行无忌的地方，要风得风，要雨得雨，咱们偏偏闯进她的根本重地之中，叫她死也猜想不到。她在四下里拼命搜寻，怎料想得到我却在她的巢穴之中安静修练？哈哈，哈哈！"说着得意之极，又道："小和尚，这是学了你的法子，一着最笨、最不合情理的棋子，到头来却大有妙用。"

虚竹心下佩服，说道："前辈神算，果然人所难测，只不过……只不过……"童姥道："只不过什么？"虚竹道："那李秋水的根本重地之中，定然另有旁人，要是给他们发现了咱们的踪迹……"童姥道："哼，倘若那是个无人的所在，还说得上什么冒险？历尽万难，身入险地，那才是英雄好汉的所为。"虚竹心想："倘若是为了救人救世，身历艰险也还值得，可是你和李秋水半斤八两，谁也不见得是什么好人，我又何必为你去干冒奇险？"

童姥见到他脸上的踌躇之意、尴尬之情，已猜到了他的心思，说道："我叫你犯险，自然有好东西酬谢于你，决不会叫你白辛苦一场。现下我教你三路掌法，三路擒拿法，这六路功夫，合起来叫做'天山折梅手'。"

虚竹道："前辈重伤未愈，不宜劳顿，还是多休息一会的为是。"童姥双目一翻，道："你嫌我的功夫是旁门左道，不屑学么？"虚竹道："这……这个……这个……晚辈绝无此意，你不可误会。"童姥道："你是逍遥派的嫡派传人，我这'天山折梅手'正是本门的上乘武功，你为什么不肯学？"虚竹道："晚辈是少林派的，跟逍遥派实在毫无干系。"

童姥道："呸！你一身逍遥派的内功，还说跟逍遥派毫无干系，当真胡说八道之至。天山童姥为人，向来不做利人不利己之事。我教你武功，是为了我自己的好处，只因我要假你之手，抵御强敌。你若不学会这六路'天山折梅手'，非葬身于西夏国不可，小和尚命丧西夏，毫不打紧，你姥姥可陪着你活不成了。"虚竹应道："是！"觉得这人用心虽然不好，但什么都说了出来，倒是光明磊落的"真小人"。

当下童姥将"天山折梅手"第一路的掌法口诀传授了他。这口诀七个字一句，共有十二句，八十四个字。虚竹记心极好，童姥只说了三遍，他便都记住了。这八十四字甚是拗口，接连七个平声字后，跟着是七个仄声字，音韵全然不调，倒如急口令相似。好在虚竹平素什么"悉坦多，钵坦啰"、"揭谛，揭谛，波罗僧揭谛"等等经咒念得甚熟，倒也不以为奇。

童姥道："你背负着我，向西疾奔，口中大声念诵这套口诀。"虚竹依言而为，不料只念得三个字，第四个"浮"字便念不出声，须得停一停脚步，换一口气，才将第四个字念了出来。童姥举起手掌，在他头顶拍下，骂道："不中用的小和尚，第一句便背不好。”这一下虽然不重，却正好打在他“百会穴”上。虚竹身子一晃，只觉得头晕脑胀，再念歌诀时，到第四个字上又是一窒，童姥又是一掌拍下。

虚竹心下甚奇：“怎么这个‘浮’字总是不能顺顺当当的吐出？”第三次又念时，自然而然的一提真气，那‘浮’字便冲口喷出。童姥笑道：“好家伙，过了一关！”原来这首歌诀的字句与声韵呼吸之理全然相反，平心静气的念诵已是不易出口，奔跑之际，更加难于出声，念诵这套歌诀，其实是调匀真气的法门。

到得午时，童姥命虚竹将她放下，手指一弹，一粒石子飞上天去，打下一只乌鸦来，饮了鸦血，便即练那“八荒六合唯我独尊功”。她此时已回复到十七岁时的功力，与李秋水相较虽然大大不如，弹指杀鸦却是轻而易举。

童姥练功已毕，命虚竹负起，要他再诵歌诀，顺背已毕，再要他倒背。这歌诀顺读已拗口之极，倒读时更是逆气顶喉，搅舌绊齿，但虚竹凭着一股毅力，不到天黑，居然将第一路掌法的口诀不论顺念倒念，都已背得朗朗上口，全无窒滞。

童姥很是喜欢，说道：“小和尚，倒也亏得你了……啊哟……啊哟！”突然间语气大变，双手握拳，在虚竹头顶上猛擂，骂道：“你这没良心的小贼，你……你一定和她做下了不可告人之事，我一直给你瞒在鼓里。小贼，你还要骗我么？你……你怎对得住我？”

虚竹大惊，忙将她放下地来，问道：“前辈，你……你说什么？”童姥的脸已涨成紫色，泪水滚滚而下，叫道：“你和李秋水这贱人私通了，是不是？你还想抵赖？还不肯认？否则的话，她怎能将‘小无相功’传你？小贼，你……你瞒得我好苦。”虚竹摸不着头脑，问道：“前辈，什么‘小无相功’？”

童姥一呆，随即定神，拭干了眼泪，叹了口气，道：“没什么。你师父对我不住。”

原来虚竹背诵歌诀之时，在许多难关上都迅速通过，倒背时尤其显得流畅，童姥猛地里想起，那定是修习了“小无相功”之故。她与无崖子、李秋水三人虽是一师相传，但各有各的绝艺，三人所学颇不相同。那“小无相功”师父只传了李秋水一人，是她的防身神功，威力极强，当年童姥数次加害，李秋水皆靠“小无相功”保住性命。童姥虽然不会此功，但对这门功夫行使时的情状自是十分熟悉，这时发觉虚竹身上不但蕴有此功，而且功力深厚，惊怒之下，竟将虚竹当作了无崖子，将他拍打起来。待得心神清醒，想起无崖子背着自己和李秋水私通勾结，又是恼怒，又是自伤。

这天晚上，童姥不住口的痛骂无崖子和李秋水。虚竹听她骂得虽然恶毒，但伤痛之情其实更胜于愤恨，想想也不禁代她难过，劝道：“前辈，人生无常，无常是苦，一切烦恼，皆因贪嗔痴而起。前辈只须离此三毒，不再想念你的师弟，也不去恨你的师妹，心中便无烦恼了。”童姥怒道：“我偏要想念你那没良心的师父，偏要恨那不怕丑的贱人。我心中越是烦恼，越是开心。”虚竹摇了摇头，不敢再劝了。

次日童姥又教他第二路掌法的口诀。如此两人一面赶路，一面练功不辍。到得第五日傍晚，但见前面人烟稠密，来到了一座大城。童姥道：“这便是西夏都城灵州，你还有一路口诀没念熟，今日咱们要宿在灵州之西，明日更向西奔出二百里，然后绕道回来。”虚竹道：“咱们到灵州去么？”童姥道：“当然是去灵州。不到灵州，怎能说深入险地？”

又过了一日，虚竹已将六路“天山折梅手”的口诀都背得滚瓜烂熟。童姥便在旷野中传授他应用之法。她一腿已断，只得坐在地下，和虚竹拆招。这“天山折梅手”虽然只有六路，但包含了逍遥派武学的精义，掌法和擒拿手之中，含蕴有剑法、刀法、鞭法、枪法、抓法、斧法等等诸般兵刃的绝招，变法繁复，虚竹一时也学不了那许多。童姥道：“我这‘天山折梅手’是永远学不全的，将来你内功越高，见识越多，天下任何招数武功，都能自行化在这六路折梅手之中。好在你已学会了口诀，以后学到什么程度，全凭你自己了。”

虚竹道：“晚辈学这路武功，只是为了保护前辈之用，待得前辈回功归元大功告成，晚辈回到少林寺，便要设法将前辈所授尽数忘却，重练少林派本门功夫了。”

童姥向他左看右看，神色十分诧异，似乎看到了一件希奇已极的怪物，过了半晌，才叹了口气，道：“我这天山折梅手，岂是任何少林派的武功所能比得？你舍玉取瓦，愚不可及。但要你这小和尚忘本，可真不容易。你合眼歇一歇，天黑后，咱们便进灵州城去罢！”

到了二更时分，童姥命虚竹将她负在背上，奔到灵州城外，跃过护城河后，翻上城墙，轻轻溜下地来。只见一队队的铁甲骑兵高举火把，来回巡逻，兵强马壮，军威甚盛。虚竹这次出寺下山，路上见到过不少宋军，与这些西夏国剽悍勇武的军马相比，那是大大不及了。

童姥轻声指点，命他贴身高墙之下，向西北角行去，走出三里有余，只见一座高楼冲天而起，高楼后重重叠叠，尽是构筑宏伟的大屋，屋顶金碧辉煌，都是琉璃瓦。虚竹见这些大屋的屋顶依稀和少林寺相似，但富丽堂皇，更有过之，低声道：“阿弥陀佛，这里倒有一座大庙。”童姥忍不住轻轻一笑，说道：“小和尚好没见识，这是西夏国的皇宫，却说是座大庙。”虚竹吓了一跳，道：“这是皇宫么？咱们来干什么？”

童姥道：“托庇皇帝的保护啊。李秋水找不到我尸体，知我没死，便是将地皮都翻了过来，也要找寻我的下落。方圆二千里内，大概只有一个地方她才不去找，那便是她自己的家里。”虚竹道：“前辈真想得聪明，咱们多挨得一日，前辈的功力便增加一年。那么咱们便到你师妹的家里去罢。”童姥道：“这里就是她的家了……小心，有人过来。”

虚竹缩身躲入墙角，只见四个人影自东向西掠来，跟着又有四个人影自西边掠来，八个人交叉而过，轻轻拍了一下手掌，绕了过去。瞧这八人身形矫捷，显然武功不弱。童姥道：“御前护卫巡查过了，快翻进宫墙，过不片刻，又有巡查过来。”虚竹见了这等声势，不由得胆怯，道：“皇宫中高手这么多，要是给他们见到了，那可糟糕。咱们还是到你师妹家里去罢。”童姥怒道：“我早说过，这里就是她家。”虚竹道：“你又说这里是皇宫。”

童姥道：“傻和尚，这贱人是皇太妃，皇宫便是她的家了。”这句话当真大出虚竹的意料之外，他做梦也想不到李秋水竟会是西夏国的皇太妃，一呆之下，又见有四个人影自北而南的掠来。待那四人掠过，虚竹道：“前……”只说出一个“前”字，童姥已伸手按住他嘴巴，一怔之下，只见高墙之后又转出四个人来，悄没声的巡了过去。这四人突如其来，教人万万料想不到这黑角落中竟会躲得有人。等这四人走远，童姥在他背上一拍，道：“从那条小弄中进去。”

虚竹见了适才那十六人巡宫的声势，知已身入奇险之地，若没童姥的指点，便想立即退出，也非给这许多御前护卫发现不可，当下便依言负着她走进小弄。小弄两侧都是高墙，其实是两座宫殿之间的一道空隙。

穿过这条窄窄的通道，在牡丹花丛中伏身片刻，候着八名御前护卫巡过，穿入了一大片假山之中。这一片假山蜿蜒而北，绵延五六十丈。虚竹每走出数丈，便依童姥的指示停步躲藏，说也奇怪，每次藏身之后不久，必有御前护卫巡过，倒似童姥是御前护卫的总管，什么地方有人巡查，什么时刻有护卫经过，她都了如指掌，半分不错。如此躲躲闪闪的行了小半个时辰，只见前后左右的房舍已矮小简陋得多，御前护卫也不再现身。

童姥指着左前方的一所大石屋，道："到那里去。"虚竹见那石屋前有老大一片空地，月光如水，照在这片空地之上，四周无遮掩之物，当下提一口气，飞奔而前。只见石屋墙壁均是以四五尺见方的大石块砌成，厚实异常，大门则是一排八根原棵松树削成半边而钉合。童姥道："拉开大门进去！"虚竹心中怦怦乱跳，颤声道："你……你师妹住……住在这里？"想起李秋水的辣手，实在不敢进去。童姥道："不是。拉开了大门。"

虚竹握住门上大铁环，拉开大门，只觉这扇门着实沉重。大门之后紧接着又有一道门，一阵寒气从门内渗了出来。其时天时渐暖，高峰虽仍积雪，平地上早已冰融雪消，花开似锦绣，但这道内门的门上却结了一层薄薄白霜。童姥道："向里推。"虚竹伸手一推，那门缓缓开了，只开得尺许一条缝，便有一股寒气迎面扑来。推门进去，只见里面堆满了一袋袋装米麦的麻袋，高与屋顶相接，显是一个粮仓，左侧留了个窄窄的通道。

他好生奇怪，低声问道："这粮仓之中怎地如此寒冷？"童姥笑道："把门关上。咱们进了冰库，看来是没事了！"虚竹奇道："冰库？这不是粮仓么？"一面说，一面将两道门关上了。童姥心情甚好，笑道："进去瞧瞧。"

两道门一关上，仓库中黑漆一团，伸手不见五指，虚竹摸索着从左侧进去，越到里面，寒气越盛，左手伸将出去，碰到了一片又冷又硬、湿漉漉之物，显然是一大块坚冰。正奇怪间，童姥已晃亮火折，霎时之间，虚竹眼前出现了一片奇景，只见前后左右，都是一大块、一大块割切得方方正正的大冰块，火光闪烁照射在冰块之上，忽青忽蓝，甚是奇幻。

童姥道："咱们到底下去。"她扶着冰块，右腿一跳一跳，当先而行，在冰块间转了几转，从屋角的一个大洞中走了下去。虚竹跟随其后，只见洞下是一列石阶，走完石阶，下面又是一大屋子的冰块。童姥道："这冰库多半还有一层。"果然第二层之下，又有一间大石室，也藏满了冰块。

童姥吹熄火折，坐了下来，道："咱们深入地底第三层了，那贱人再鬼精灵，也未必能找得到童姥。"说着长长的吁了口气。几日来她脸上虽然显得十分镇定，心中却着实焦虑，西夏国高手如云，深入皇宫内院而要避过众高手的耳目，一半固须机警谨慎，一半却也全凭运气；直到此刻，方始略略放心。

虚竹叹道："奇怪，奇怪！"童姥道："奇怪什么？"虚竹道："这西夏国的皇宫，居然将这许多不值分文的冰块窖藏了起来，那有什么用？"童姥笑道："这冰块这时候不值分文，到了炎夏，那便珍贵得很了。你倒想想，盛暑之时，太阳犹似火蒸炭焙，人人汗出如浆，要是身边放上两块大冰，莲子绿豆汤或是薄荷百合汤中放上几粒冰珠，滋味如何？"虚竹这才恍然大悟，说道："妙极，妙极！只不过将这许多大冰块搬了进来贮藏，花的功夫力气着实不小，那不是太也费事么？"童姥更是好笑，说道："做皇帝的一呼百诺，要什么有什么，他还会怕什么费事？你道要皇帝老儿自己动手，将这些大冰块推进冰库来吗？"

虚竹点头道："做皇帝也是享福得紧了。只不过此生享福太多，福报一尽，来生就未必好了。前辈，你从前来过这里么？怎么这些御前护卫什么时候到何处巡查，你一切全都清清楚楚？"童姥道："这皇宫我自然来过的。我找这贱人的晦气，岂只来过一次？那些御前护卫呼吸粗重，十丈之外我便听见了，那有什么希奇。"虚竹道："原来如此。前辈，你天生神耳，当真非常人可及。"童姥道："什么天生神耳？那是练出来的功夫。"

虚竹听到"练出来的功夫"六字，猛地想起，冰库中并无飞禽走兽，难获热血，不知她如何练功？又想仓库中粮食倒极多，但冰库中无法举火，难道就以生米、生麦为食？

童姥听他久不作声，问道："你在想什么？"虚竹说了。童姥笑道："你道那些麻袋中装的是粮食么？那都是棉花，免得外边热气进来，融了冰块。嘿嘿，你吃棉花不吃？"虚竹道："如此说来，我们须得到外面去寻食了？"童姥道："御厨中活鸡活鸭，那还少了？不过鸡鸭猪羊之血没什么灵气，不及雪峰上的梅花鹿和羚羊。咱们这就到御花园去捉些仙鹤、孔雀、鸳鸯、鹦鹉之类来，我喝血，你吃肉，那就对付了。"

虚竹忙道："不成，不成。小僧如何能杀生吃荤？"心想童姥已到了安全之所，不必再由自己陪伴，说道："小僧是佛门子弟，不能见你残杀众生，我……我这就要告辞了。"童姥道："你到哪里去？"虚竹道："小僧回少林寺去。"童姥大怒，道："你不能走，须得在这里陪我，等我练成神功，取了那贱人的性命，这才放你。"

虚竹听她说练成神功之后要杀李秋水，更加不愿陪着她造恶业，站起身来，说道："前辈，小僧便要劝你，你也一定是不肯听的。何况小僧知识浅薄，笨嘴笨舌，也想不出什么话来相劝，我看冤家宜解不宜结，得放手时且放手罢。"一面说，一面走向石阶。

童姥喝道："给我站住，我不许你走！"

虚竹道："小僧要去了！"他本想说"但愿你神功练成"，但随即想到她神功一成，不但李秋水性命危险，而乌老大这些三十六洞洞主、七十二岛岛主，以及慕容复、段誉等等，只怕个个要死于非命，越想越怕，伸足跨上了石阶。

突然间双膝一麻，翻身跌倒，跟着腰眼里又是一酸，全身动弹不得，知道是给童姥点了穴道。黑暗中她身子不动，凌空虚点，便封住了自己要穴，看来在这高手之前，自己只有听由摆布，全无反抗的余地。他心中一静，便念起经来：“修道苦至，当念往劫，舍本逐末，多起爱憎。今虽无犯，是我宿作，甘心受之，都无怨诉。经云：逢苦不忧，识达故也……”

童姥插口道：“你念的是什么鬼经？”虚竹道：“善哉，善哉！这是菩提达摩的《入道四行经》。”童姥道：“达摩是你少林寺的老祖宗，我只道他真有通天彻地之能，哪知道婆婆妈妈，是个没骨气的臭和尚。”虚竹道：“阿弥陀佛，阿弥陀佛，前辈不可妄言。”

童姥道：“你这鬼经中言道，修道时逢到困苦，那是由于往昔宿作，要甘心受之，都无怨诉。那么不论旁人如何厉害的折磨你，你都甘心受之、都无怨诉么？”虚竹道：“小僧修为浅薄，于外魔侵袭、内魔萌生之际，只怕难以抗御。”童姥道：“现下你本门少林派的功夫是一点也没有了，逍遥派的功夫又只学得一点儿，有失无得，糟糕之极。你听我的话，我将逍遥派的神功尽数传你，那时你无敌于天下，岂不光采？”

虚竹双手合什，又念经道：“众生无我，苦乐随缘。纵得荣誉等事，宿因所构，今方得之。缘尽还无，何喜之有？得失随缘，心无增减。”

童姥喝道：“呸，呸！胡说八道。你武功低微，处处受人欺侮，好比现下你给我封住了穴道，我要打你骂你，你都反抗不得。又如我神功未成，只好躲在这里，让李秋水那贱人在外面强凶霸道。你师父给你这幅图画，还不是叫你求人传授武功，收拾丁春秋这小鬼？这世界上强的欺侮人，弱的受人欺侮，你想平安快乐，便非做天下第一强者不可。”

虚竹念经道：“世人长迷，处处贪著，名之为求。禅师悟真，理与俗反，安心无为，形随运转。三界皆苦，谁而得安？经曰：有求皆苦，无求乃乐。”

虚竹虽无才辩，这经文却是念得极熟。这篇《入道四行经》是昙琳所笔录，那昙琳是达摩自南天竺来华后所收弟子，经中记的是达摩祖师的微言法语，也只寥寥数百字，是少林寺众僧所必读。他随口而诵，却将童姥的话都一一驳倒了。

童姥生性最是要强好胜，数十年来言出法随，座下侍女仆妇固然无人敢顶她一句嘴，而三十六洞、七十二岛这些桀傲不驯的奇人异士，也是个个将她奉作天神一般，今日却给这小和尚驳得哑口无言。她大怒之下，举起右掌，便向虚竹顶门拍了下去。手掌将要碰到他脑门的"百会穴"上，突然想起："我将这小和尚一掌击毙，他无知无觉，仍然道是他这片歪理对而我错了，哼哼，世上哪有这等便宜事？"当即收回手掌，自行调息运功。

过得片刻，她跳上石阶，推门而出，折了一根树枝支撑，径往御花园中奔去。这时她功力已十分了得，虽断了一腿，仍然身轻如叶，一众御前护卫如何能够知觉？在园中捉了两头白鹤，两头孔雀，回入冰库。虚竹听得她出去，又听到她回来，再听到禽鸟的鸣叫之声，念了几声"阿弥陀佛"，既无法可施，也只有任之自然。

次日午时将届，冰库中无昼无夜，一团漆黑。童姥体内真气翻涌，知道练功之时将届，便咬开一头白鹤的咽喉，吮吸其血。她练完功后，又将一头白鹤的喉管咬开。

虚竹听到声音，劝道："前辈，这头鸟儿，你留到明天再用罢，何必多杀一条性命？"童姥笑道："我是好心，弄给你吃的。"虚竹大惊，道："不，不！小僧万万不吃。"童姥左手伸出，拿住了他下颏，虚竹无法抗御，嘴巴自然而然的张了开来。童姥倒提白鹤，将鹤血都灌入了他口中。虚竹只觉一股炙热的血液顺喉而下，拼命想闭住喉咙，但穴道为童姥所制，实是不由自主，心中又气又急，两行热泪夺眶而出。

童姥灌罢鹤血，右手抵在他背心的灵台穴上，助他真气运转，随即又点了他“关元”、“天突”两穴，令他无法呕出鹤血，嘻嘻笑道：“小和尚，你佛家戒律，不食荤腥，这戒是破了罢？一戒既破，再破二戒又有何妨？哼，世上有谁跟我作对，我便跟他作对到底。总而言之，我要叫你做不成和尚。”虚竹甚是气苦，说不出话来。

童姥笑道：“经云：有求皆苦，无求乃乐。你一心要遵守佛戒，那便是‘求’了，求而不得，心中便苦。须得安心无为，形随运转，佛戒能遵便遵，不能遵便不遵，那才叫做‘无求’，哈哈，哈哈，哈哈！”

如此过了两个多月，童姥已回复到八十几岁时的功力，出入冰库和御花园时直如无形鬼魅，若不是忌惮李秋水，早就已离开皇宫他去了。她每日喝血练功之后，总是点了虚竹的穴道，将禽兽的鲜血生肉塞入他腹中，待过得两个时辰，虚竹肚中食物消化净尽，无法呕出，这才解开他穴道。虚竹在冰库中被迫茹毛饮血，过着暗无天日的日子，实是苦恼不堪，只有诵念经文中“逢苦不忧，识达故也”的句子，强自慰解。

这一日童姥又听他在唠唠叨叨的念什么“修道苦至，当念往劫”，什么“甘心受之，都无怨诉”，冷笑道：“你是兔鹿鹤雀，什么荤腥都尝过了，还成什么和尚？还念什么经？”虚竹道：“小僧为前辈所逼迫，非出自愿，就不算破戒。”童姥冷笑道：“倘若无人逼迫，你自己是决计不破戒的？”虚竹道：“小僧洁身自爱，决不敢坏了佛门的规矩。”童姥道：“好，咱们便试一试。”这日便不逼迫虚竹喝血吃肉。虚竹甚喜，连声道谢。

次日童姥仍不强他吃肉饮血。虚竹只饿得肚中咕咕直响，说道：“前辈，你神功即将练成，已不须小僧伺候了。小僧便欲告辞。”童姥道：“我不许你走。”虚竹道：“小僧肚饿得紧，那么相烦前辈找些青菜白饭充饥。”童姥道：“那倒可以。”便即点了他的穴道，使他无法逃走，自行出去。过不多时，回到冰库中来。

虚竹只闻到一阵香气扑鼻，登时满嘴都是馋涎。托托托三声，童姥将三只大碗放在他的面前，道："一碗红烧肉，一碗清蒸肥鸡，一碗糖醋鲤鱼，快来吃罢！"虚竹惊道："阿弥陀佛，小僧宁死不吃。"三大碗肥鸡鱼肉的香气不住冲到他鼻中，他强自忍住，自管念经。童姥夹起碗中鸡肉，吃得津津有味，连声赞美，虚竹却只念佛。

第三日童姥又去御厨中取了几碗荤菜来，火腿、海参、熊掌、烤鸭，香气更是浓郁。虚竹虽然饿得虚弱无力，却始终忍住不吃。童姥心想："在我跟前，你要强好胜，是决计不肯取食的。"于是走出冰库之外，半日不归，心想："只怕你非偷食不可。"哪知回来后将这几碗菜肴拿到光亮下一看，竟然连一滴汤水也没动过。

到得第九日时，虚竹念经的力气也没了，只咬些冰块解渴，却从不伸手去碰放在面前的荤腥。童姥大怒，伸手抓住他胸口，将一碗红烧肘子一块块的塞入他口中。她虽然强着虚竹吃荤，却知这场比拼终于是自己输了，狂怒之下，劈劈啪啪的连打了他三四十个耳光，喝骂："死和尚，你和姥姥作对，要知道姥姥的厉害！"虚竹不嗔不怒，只轻轻念佛。

此后数日之中，童姥总是大鱼大肉去灌他。虚竹逆来顺受，除了念经，便是睡觉。

这一日睡梦之中，虚竹忽然闻到一阵甜甜的幽香，这香气既非佛像前烧的檀香，也不是鱼肉的菜香，只觉得全身通泰，说不出的舒服，迷迷糊糊之中，又觉得有一样软软的物事靠在自己胸前，他一惊而醒，伸手去一摸，着手处柔腻温暖，竟是一个不穿衣服之人的身体。他大吃一惊，道："前辈，你……你怎么了？"

那人道："我……我在什么地方啊？怎地这般冷？"喉音娇嫩，

是个少女声音，绝非童姥。虚竹更加惊得呆了，颤声问道："你……你……是谁?"那少女道："我……我……好冷，你又是谁?"说着便往虚竹身上靠去。

虚竹待要站起身来相避，一撑持间，左手扶住了那少女的肩头，右手却揽在她柔软纤细的腰间。虚竹今年二十四岁，生平只和阿紫、童姥、李秋水三个女人说过话，这二十四年之中，只是在少林寺中念经参禅。但好色而慕少艾，乃是人之天性，虚竹虽然谨守戒律，每逢春暖花开之日，亦不免心头荡漾，幻想男女之事。只是他不知女人究竟如何，所有想像，当然怪诞离奇，莫衷一是，更是从来不敢与师兄弟提及。此刻双手碰到了那少女柔腻娇嫩的肌肤，一颗心简直要从口腔中跳了出来，却是再难释手。

那少女嘤咛一声，转过身来，伸手勾住了他头颈。虚竹但觉那少女吹气如兰，口脂香阵阵袭来，不由得天旋地转，全身发抖，颤声道："你……你……你……"那少女道："我好冷，可是心里又好热。"虚竹难以自已，双手微一用力，将她抱在怀里。那少女"唔，唔"两声，凑过嘴来，两人吻在一起。

虚竹所习的少林派禅功已尽数为无崖子化去，定力全失，他是个未经人事的壮男，当此天地间第一大诱惑袭来之时，竟丝毫不加抗御，将那少女越抱越紧，片刻间神游物外，竟不知身在何处。那少女更是热情如火，将虚竹当作了爱侣。

也不知过了多少时候，虚竹欲火渐熄，大叫一声："啊哟!"要待跳起身来。

但那少女仍紧紧的搂抱着他，腻声道："别……别离开我。"虚竹神智清明，也只一瞬间事，随即又将那少女抱在怀中，轻怜密爱，竟无厌足。

两人缠在一起，又过了大半个时辰，那少女道："好哥哥，你是谁?"这六个字娇柔婉转，但在虚竹听来，宛似半空中打了个霹雳，颤声道：“我……我大大的错了。”那少女道：“你为什么大大的错了？”

虚竹结结巴巴的无法回答，只道：“我……我是……”突然间胁下一麻，被人点中了穴道，跟着一块毛毡盖上来，那赤裸的少女离开了他的怀抱。虚竹叫道：“你……你别走，别走！”黑暗中一人嘿嘿嘿的冷笑三声，正是童姥的声音。虚竹一惊之下，险些晕去，瘫软在地，脑海中只是一片空白。耳听得童姥抱了那少女，走出冰库。

过不多时，童姥便即回来，笑道：“小和尚，我让你享尽了人间艳福，你如何谢我？”虚竹道：“我……我……”心中兀自浑浑沌沌，说不出话来。童姥解开他穴道，笑道：“佛门子弟要不要守淫戒？这是你自己犯戒呢？还是被姥姥逼迫？你这口是心非、风流好色的小和尚，你倒说说，是姥姥赢了，还是你赢了？哈哈，哈哈，哈哈！”越笑越响，得意之极。

虚竹心下恍然，知道童姥为了恼他宁死不肯食荤，却去掳了一个少女来，诱得他破了淫戒，不由得又是悔恨，又是羞耻，突然间纵起身来，脑袋疾往坚冰上撞去，砰的一声大响，掉在地下。

童姥大吃一惊，没料到这小和尚性子如此刚烈，才从温柔乡中回来，便图自尽，忙伸手将他拉起，一摸之下，幸好尚有鼻息，但头顶已撞破一洞，汩汩流血，忙替他裹好了伤，喂以一枚“九转熊蛇丸”，骂道：“你发疯了？若不是你体内已有北冥真气，这一撞已然送了你的小命。”虚竹垂泪道：“小僧罪孽深重，害人害己，再也不能做人了。”童姥道：“嘿嘿，要是每个和尚犯了戒便图自尽，天下还有几个活着的和尚？”

虚竹一怔，想起自戕性命，乃是佛门大戒，自己愤激之下，竟又犯了一戒。

他倚在冰块之上，浑没了主意，心中自怨自责，却又不自禁的想起那少女来，适才种种温柔旖旎之事，绵绵不绝的涌上心头，突然问道：“那……那位姑娘，她是谁？”

童姥哈哈一笑，道：“这位姑娘今年一十七岁，端丽秀雅，无双无对。”

适才黑暗之中，虚竹看不到那少女的半分容貌，但肌肤相接，柔音入耳，想像起来也必是个十分容色的美女，听童姥说她“端丽秀雅，无双无对”，不由得长长叹了口气。童姥微笑道：“你想她不想？”虚竹不敢说谎，却又不便直承其事，只得又叹了一口气。

此后的几个时辰，他全在迷迷糊糊中过去。童姥再拿鸡鸭鱼肉之类荤食放在他面前，虚竹起了自暴自弃之心，寻思：“我已成佛门罪人，既拜入了别派门下，又犯了杀戒、淫戒，还成什么佛门弟子？”拿起鸡肉便吃，只是食而不知其味，怔怔的又流下泪来。童姥笑道：“率性而行，是谓真人，这才是个好小子呢。”

再过两个时辰，童姥竟又去将那裸体少女用毛毡裹了来，送入他的怀中，自行走上第二层冰窖，让他二人留在第三层冰窖中。

那少女悠悠叹了口气，道：“我又做这怪梦了，真叫我又是害怕，又是……又是……”虚竹道：“又是怎样？”那少女抱着他的头颈，柔声道：“又是欢喜。”说着将右颊贴在他左颊之上。虚竹只觉她脸上热烘烘地，不觉动情，伸手抱了她纤腰。那少女道：“好哥哥，我到底是不是在做梦？要说是梦，为什么我清清楚楚知道你抱着我？我摸得到你的脸，摸得到你的胸膛，摸得到你的手臂。”她一面说，一面轻轻抚摸虚竹的面颊、胸膛，又道：“要说不是做梦，我怎么好端端的睡在床上，突然间会……会身上没了衣裳，到了这又冷又黑的地方？这里寒冷黑暗，却又有一个你，有一个你在等着我、怜我、惜我？”

虚竹心想：“原来你被童姥掳来，也是迷迷糊糊的，神智不清。”只听那少女又柔声道：“平日我一听到陌生男人的声音也要害羞，怎么一到了这地方，我便……我便心神荡漾，不由自主？唉，说是梦，又不像梦，说不像梦，又像是梦。昨晚上做了这个奇梦，今儿晚上又做，难道……难道，我真的和你是前世因缘么？好哥哥，你到底是谁？”虚竹失魂落魄的道：“我……我是……”要说“我是和尚”，这句话总是说不出口。

那少女突然伸出手来，按住了他嘴，低声道：“你别跟我说，我……我心里害怕。”虚竹抱着她身子的双臂紧了一紧，问道：“你怕什么？”那少女道：“我怕你一出口，我这场梦便醒了。你是我的梦中情郎，我叫你‘梦郎’，梦郎，梦郎，你说这名字好不好？”她本来按在虚竹嘴上的手掌移了开去，抚摸他眼睛鼻子，似乎是爱怜，又似是以手代目，要知道他的相貌。那只温软的手掌摸上了他的眉毛，摸到了他的额头，又摸到了他的头顶。

虚竹大吃一惊：“糟糕，她摸到了我的光头。”岂知那少女所摸到的却是一片短发。原来虚竹在冰库中已二月有余，光头上早已生了三寸来长的头发。那少女柔声道：“梦郎，你的心为什么跳得这样厉害？为什么不说话？”

虚竹道：“我……我跟你一样，也是又快活，又害怕。我玷污了你冰清玉洁的身子，死一万次也报答不了你。”那少女道：“千万别这么说，咱们是在做梦，不用害怕。你叫我什么？”虚竹道：“嗯，你是我的梦中仙姑，我叫你‘梦姑’好么？”那少女拍手笑道：“好啊，你是我的梦郎，我是你的梦姑。这样的甜梦，咱俩要做一辈子，真盼永远也不会醒。”说到情浓之处，两人又沉浸于美梦之中，真不知是真是幻？是天上人间？

过了几个时辰，童姥才用毛毡来将那少女裹起，带了出去。

次日，童姥又将那少女带来和虚竹相聚。两人第三日相逢，迷惘之意渐去，惭愧之心亦减，恩爱无极，尽情欢乐。只是虚竹始终不敢吐露两人何以相聚的真相，那少女也只当是身在幻境，一字不提入梦之前的情景。

这三天的恩爱缠绵，令虚竹觉得这黑暗的寒冰地窖便是极乐世界，又何必皈依我佛，别求解脱？

第四日上，虚竹吃了童姥搬来的熊掌、鹿肉等等美味之后，料想她又要去带那少女来和自己温存聚会，不料左等右等，童姥始终默坐不动。虚竹犹如热锅上蚂蚁一般，坐立不定，几次三番想出口询问，却又不敢。

如此挨了两个多时辰，童姥对他的局促焦灼种种举止，一一听在耳里，却毫不理睬。虚竹再也忍耐不住，问道："前辈，那姑娘，是……是皇宫中的宫女么？"童姥哼了一声，并不答理。虚竹心道："你不肯答，我只好不问了。"但想到那少女的温柔情意，当真是心猿意马，无可羁勒，强忍了一会，只得央求道："求求你做做好事，跟我说了罢。"童姥道："今日你别跟我说话，明日再问。"虚竹虽心急如焚，却也不敢再提。

好容易挨到次日，食过饭后，虚竹道："前辈……"童姥道："你想知道那姑娘是谁，有何难处？便是你想日日夜夜都和她相聚，再不分离，那也是易事……"虚竹只喜得心痒难搔，不知说什么好。童姥又道："你到底想不想？"虚竹一时却不敢答应，嗫嚅道："晚辈不知如何报答才是。"

童姥道："我也不要你报答什么。只是我的'八荒六合唯我独尊功'再过几天便将练成，这几日是要紧关头，半分松懈不得，连食物也不能出外去取，所有活牲口和熟食我都已取来。你要会那美丽姑娘，须得等我大功告成之后。"

虚竹虽然失望，但知童姥所云确是实情，好在为日无多，这几天中只好苦熬相思了，当下应道："是！一凭前辈吩咐。"童姥又道："我神功一成，立时便要去找李秋水那贱人算账。本来那贱人万万不是我的敌手，但我不幸给这贱人断了一腿，真气大受损伤；大仇是否能报，也就没什么把握了。万一我死在她的手里，没法带那姑娘给你，那也是天意，无可如何。除非……除非……”虚竹心中怦怦乱跳，问道：“除非怎样？”童姥道：“除非你能助我一臂之力。”虚竹道：“晚辈武功低微，又能帮得了什么？”

童姥道：“我和那贱人决斗，胜负相差只是一线。她要胜我固然甚难，我要杀她，却也并不容易。从今日起，我再教你一套‘天山六阳掌’的功夫。待我跟那贱人斗到紧急当口，你使出这路掌法来，只须在那贱人身上一按，她立刻真气宣泄，非输不可。”

虚竹心下好生为难，寻思：“我虽犯了戒，做不成佛门弟子，但要我助她杀人，这种恶事，大违良心，那是决计干不得的。”便道：“前辈要我相助一臂之力，本属应当，但你若因此而杀了她，晚辈却是罪孽深重，从此沉沦，万劫不得超生了。”

童姥怒道：“嘿，死和尚，你和尚做不成了，却仍是存着和尚心肠，那像什么东西？像李秋水这等坏人，杀了她有什么罪孽？”虚竹道：“纵是大奸大恶之人，也应当教诲感化，不可妄加杀害。”童姥更加怒气勃发，厉声道：“你不听我话，休想再见那姑娘一面。你想想清楚罢。”虚竹黯然无语，心中只是念佛。

童姥听他半晌没再说话，喜道：“你为了那个小美人儿，只好答应了，是不是？”虚竹道：“要晚辈为了一己欢娱，却去损伤人命，此事决难从命。就算此生此世再也难见那位姑娘，也是前生注定的因果。宿缘既尽，无可强求。强求尚不可，何况为非作恶以求？那是更加不可了。”说了这番话后，便念经道：“宿因所构，缘尽还无。得失随缘，心无增减。”话虽如此说，但想到从此不能再和那少女相聚，心下自是黯然。

童姥道：“我再问你一次，你练不练天山六阳掌？”虚竹道：“实是难以从命，前辈原谅。”童姥怒道：“那你给我滚出去罢，滚得越远越好。”虚竹站起身来，深深一躬，说道：“前辈保重。”想起和她一场相聚，虽然给她引得自己破戒，做不成和尚，但也因此而得遇“梦姑”，内心深处，总觉童姥对自己的恩惠多而损害少，临别时又不禁有些难过，又道：“前辈多多保重，晚辈不能再服侍你了。”转过身来，走上了石阶。

他怕童姥再点他穴道，阻他离去，一踏上石阶，立即飞身而上，胸口提了北冥真气，顷刻间奔到了第二层冰窖，跟着又奔上第一层，伸手便去推门。他右手刚碰到门环，突觉双腿与后心一痛，叫声：“啊哟！”知道又中了童姥的暗算，身子一晃之间，双肩之后两下针刺般的疼痛，登时翻身摔倒。

只听童姥阴恻恻的道：“你已中了我所发的暗器，知不知道？”虚竹但觉伤口处阵阵麻痒，又是针刺般的疼痛，直如万蚁咬啮，说道：“自然知道。”童姥冷笑道：“你可知道这是什么暗器？这是‘生死符’！”

虚竹耳朵中嗡的一声，登时想起了乌老大等一干人一提到“生死符”便吓得魂不附体的情状。他只道“生死符”是一张能制人死命的文件之类，哪想到竟是一种暗器，乌老大这群人个个凶悍狠毒，却给“生死符”制得服服贴贴，这暗器的厉害可想而知。

只听童姥又道：“生死符入体之后，永无解药。乌老大这批畜生反叛缥缈峰，便是不甘永受生死符所制，想要到灵鹫宫去盗得破解生死符的法门。这群狗贼痴心妄想，发他们的狗屁春秋大梦，你姥姥生死符的破解之法，岂能偷盗而得？”

虚竹只觉伤处越痒越厉害，而且奇痒渐渐深入，不到一顿饭时分，连五脏六腑也似发起痒来，真想一头便在墙上撞死了，胜似受这煎熬之苦，忍不住大声呻吟起来。

童姥说道：“你想生死符的‘生死’两字，是什么意思？这会儿懂得了罢？”虚竹心中说道：“懂了，懂了！那是‘求生不得、求死不能'之意。"但除了呻吟之外，再也没说话的丝毫力气。童姥又道："适才你临去之时，说了两次要我多多保重，言语之中，颇有关切之意，你小子倒也不是没有良心。何况你救过姥姥的性命，天山童姥恩怨分明，有赏有罚，你毕竟跟乌老大他们那些混蛋大大不同。姥姥在你身上种下生死符，那是罚，可是又给你除去，那是赏。"

虚竹呻吟道："咱们把话说明在先，你若以此要挟，要我干那……干那伤天害理之事，我……我宁死不……不……不……不……"这"宁死不屈"的"屈"字却始终说不出口。

童姥冷笑道："哼，瞧你不出，倒是条硬汉子。可是你为什么哼哼唧唧的，说不出话？你可知那安洞主为什么说话口吃？"虚竹惊道："他当年也是中了你的生……生……以致痛得口……口……口……"童姥道："你知道就好了。这生死符一发作，一日厉害一日，奇痒剧痛递加九九八十一日，然后逐步减退，八十一日之后，又再递增，如此周而复始，永无休止。每年我派人巡行各洞各岛，赐以镇痛止痒之药，这生死符一年之内便可不发。"

虚竹这才恍然，众洞主、岛主所以对童姥的使者敬若神明，甘心挨打，乃是为了这份可保一年平安的药剂。如此说来，自己岂不是终身也只好受她如牛马一般的役使？

童姥和他相处将近三月，已摸熟了他的脾气，知他为人外和内刚，虽然对人极是谦和，内心却十分固执，决不肯受人要胁而屈服，说道："我说过的，你跟乌老大那些畜生不同，姥姥不会每年给你服一次药镇痛止痒，使你整日价食不知味、睡不安枕。你身上一共给我种了九张生死符，我可以一举给你除去，斩草除根，永无后患。"

虚竹道："如此，多……多……多……"那个"谢"字始终说不出口。

当下童姥给他服了一颗丸药，片刻间痛痒立止。童姥道："要除去这生死符的祸胎，须用掌心内力。我这几天神功将成，不能为你消耗元气，我教你运功出掌的法门，你便自行化解罢。"虚竹道："是。"

童姥便即传了他如何将北冥真气自丹田经由天枢、太乙、梁门、神封、神藏诸穴，通过曲池、大陵、阳溪而至掌心，这真气自足经脉通至掌心的法门，是她逍遥派独到的奇功，再教他将这真气吞吐、盘旋、挥洒、控纵的诸般法门。虚竹练了两日，已然纯熟。

童姥又道："乌老大这些畜生，人品虽差，武功却着实不低。他们所交往的狐群狗党之中，也颇有些内力深湛的家伙，但没一个能以内力化解我的生死符，你道那是什么缘故？"她顿了一顿，明知虚竹回答不出，接着便道："只因我种入他们体内的生死符种类既各各不同，所使手法也大异其趣。他如以阳刚手法化解了一张生死符，未解的生死符如是在太阳、少阳、阳明等经脉中的，感到阳气，力道剧增，盘根纠结，深入脏腑，即便不可收拾。他如以阴柔之力化解罢，太阴、少阴、厥阴经脉中的生死符又会大大作怪。更何况每一张生死符上我都含有份量不同的阴阳之气，旁人如何能解？你身上这九张生死符，须以九种不同的手法化解。"当下传了他一种手法，待他练熟之后，便和他拆招，以诸般阴毒繁复手法攻击，命他以所学手法应付。

童姥又道："我这生死符千变万化，你下手拔除之际，也须随机应变，稍有差池，不是立刻气窒身亡，便是全身瘫痪。须当视生死符如大敌，全力以赴，半分松懈不得。"

虚竹受教苦练，但觉童姥所传的法门巧妙无比，气随意转，不论她以如何狠辣的手法攻来，均能以这法门化解，而且化解之中，必蕴猛烈反击的招数。他越练越佩服，才知道"生死符"所以能令三十六洞洞主、七十二岛岛主魂飞魄散，确有它无穷的威力，若不是童姥亲口传授，哪想得到天下竟有如此神妙的化解之法？

他花了四日功夫，才将九种法门练熟。

童姥甚喜，说道："小……小子倒还不笨，兵法有云：知己知彼，百战百胜。你要制服生死符，便须知道种生死符之法，你可知生死符是什么东西？"虚竹一怔，道："那是一种暗器。"童姥道："不错，是暗器，然而是怎么样的暗器？像袖箭呢，还是像钢镖？像菩提子呢，还是像金针？"虚竹寻思："我身上中了九枚暗器，虽然又痛又痒，摸上去却无影无踪，实在不知是什么形状。"一时难以回答。

童姥道："这便是生死符了，你拿去摸个仔细。"

想到这是天下第一厉害的暗器，虚竹心下惴惴，伸出手去接，一接到掌中，便觉一阵冰冷，那暗器轻飘飘地，圆圆的一小片，只不过是小指头大小，边缘锋锐，其薄如纸。虚竹要待细摸，突觉手掌心中凉飕飕地，过不多时，那生死符竟然不知去向。他大吃一惊，童姥又没伸手来夺，这暗器怎会自行变走？当真是神出鬼没，不可思议，叫道："啊哟！"心想："糟糕，糟糕！生死符钻进我手掌心去了。"

童姥道："你明白了么？"虚竹道："我……我……"童姥道："我这生死符，乃是一片圆圆的薄冰。"虚竹"啊"的一声叫，登时放心，这才明白，原来这片薄冰为掌中热力所化，因此顷刻间不知去向，他掌心内力煎熬如炉，将冰化而为汽，竟连水渍也没留下。

童姥说道："要学破解生死符的法门，须得学会如何发射，而要学发射，自然先须学制炼。别瞧这小小的一片薄冰，要制得其薄如纸，不穿不破，却也大非容易。你在手掌中放一些水，然后倒运内力，使掌心中发出来的真气冷于寒冰数倍，清水自然凝结成冰。"当下教他如何倒运内力，怎样将阳刚之气转为阴柔。无崖子传给他的北冥真气原是阴阳兼具，虚竹以往练的都是阳刚一路，但内力既有底子，只要一切逆其道而行便是，倒也不是难事。

生死符制成后，童姥再教他发射的手劲和认穴准头，在这片薄冰之上，如何附着阳刚内力，又如何附着阴柔内力，又如何附以三分阳、七分阴，或者是六分阴、四分阳，虽只阴阳二气，但先后之序既异，多寡之数又复不同，随心所欲，变化万千。虚竹又足足花了三天时光，这才学会。童姥喜道："小子倒也不笨，学得挺快，这生死符的基本功夫，你已经学会了。说到变化精微，认穴无讹，那是将来的事了。"

第四日上，童姥命他调匀内息，双掌凝聚真气，说道："你一张生死符中在右腿膝弯内侧'阴陵泉'穴上，你右掌运阳刚之气，以第二种法门急拍，左掌运阴柔之力，以第七种手法缓缓抽拔。连拔三次，便将这生死符中的热毒和寒毒一起化解了。"虚竹依言施为，果然"阴陵泉"穴上一团窒滞之意霍然而解，关节灵活，说不出的舒适。

童姥一一指点，虚竹便一一化解。终于九张生死符尽数化去，虚竹不胜之喜。

童姥叹了口气，说道："明日午时，我的神功便练成了。收功之时，千头万绪，凶险无比，今日我要定下心来好好的静思一番，你就别再跟我说话，以免乱我心曲。"虚竹应道："是。"心想："日子过得好快，不知不觉，居然整整三个月过去了。"

便在这时候，忽听得一个蚊鸣般的微声钻入耳来："师姊，师姊，你躲在哪里啊？小妹想念你得紧，你怎地到了妹子家里，却不出来相见？那不是太见外了吗？"

这声音轻细之极，但每一个字都听得清晰异常。却不是李秋水是谁？

李秋水从虚竹手中接过画轴，展开来看了半晌，双手不住发抖，黯然道：“她是我的小妹子。”

三十七

同一笑　到头万事俱空

虚竹一惊之下，叫道："啊哟，不好了，她……她……"童姥喝道："大惊小怪干什么？"虚竹低声道："她……她寻到了。"童姥道："她虽知道我进了皇宫，却不知我躲在何处。皇宫中房舍千百，她一间间的搜去，十天半月，也未必能搜得到这儿。"虚竹这才放心，舒了口气，说道："只消挨过明日午时，咱们便不怕了。"果然听得李秋水的声音渐渐远去，终于声息全无。

但过不到半个时辰，李秋水那细声呼叫又钻进冰窖来："好姊姊，你记不记得无崖子师哥啊？他这会儿正在小妹宫中，等着你出来，有几句要紧话儿，要对你说。"

虚竹低声道："胡说八道，无崖子前辈早已仙去了，你……你别上她的当。"

童姥说道："咱们便在这里大喊大叫，她也听不见。她是在运使'传音搜魂大法'，想逼我出去。她提到无崖子什么的，只是想扰乱我的心神，我怎会上她的当？"

但李秋水的说话竟无休无止，一个时辰又一个时辰的说下去，一会儿回述从前师门同窗学艺时的情境，一会儿说无崖子对她如何铭心刻骨的相爱，随即破口大骂，将童姥说成是天下第一淫荡恶毒、泼辣无耻的贱女人，说道那都是无崖子背后骂她的话。

虚竹双手按住耳朵，那声音竟会隔着手掌钻入耳中，说什么也拦不住。虚竹只听得心情烦躁异常，叫道：“都是假的，都是假的！我不信！”撕下衣上布片塞入双耳。

童姥淡淡的道：“这声音是阻不住的。这贱人以高深内力送出说话。咱们身处第三层冰窖之中，语音兀自传到，布片塞耳，又有何用？你须当平心静气，听而不闻，将那贱人的言语，都当作是驴鸣犬吠。”虚竹应道：“是。”但说到“视而不见、听而不闻”的定力，逍遥派的功夫比之少林派的禅功可就差得远了，虚竹的少林派功夫既失，李秋水的话便不能不听，听到她所说童姥的种种恶毒之事，又不免将信将疑，不知是真是假。

过了一会，他突然想起一事，说道：“前辈，你练功的时刻快到了罢？这是你功德圆满的最后一次练功，事关重大，听到这些言语，岂不要分心？”童姥苦笑道：“你到此刻方知么？这贱人算准时刻，知道我神功一成，她便不是我的敌手，是以竭尽全力来阻扰。”虚竹道：“那么你就暂且搁下不练，行不行？在这般厉害的外魔侵扰之下，再练功只怕有点……有点儿凶险。”童姥道：“你宁死也不肯助我对付那贱人，却如何又关心我的安危？”虚竹一怔，道：“我不肯助前辈害人，却也决计不愿别人加害前辈。”

童姥道：“你心地倒好。这件事我早已千百遍想过了。这贱人一面以‘传音搜魂大法’乱我心神，一面遣人率领灵獒，搜查我的踪迹，这皇宫四周早已布置得犹如铜墙铁壁相似。逃是逃不出去的，可是多躲得一刻，却又多一分危险。唉，也幸亏咱们深入险地，到了她家里来，否则只怕两个月之前便已给她发现了，那时我的功力低微，无丝毫还手之力，一听到她的‘传音搜魂大法’，早已乖乖的走了出去，束手待缚。傻小子，午时已到，姥姥要练功了。”说着咬断了一头白鹤的头颈，吮吸鹤血，便即盘膝而坐。

虚竹只听得李秋水的话声越来越惨厉，想必她算准时刻，今日午时正是她师姊妹两人生死存亡的大关头。突然之间，李秋水语音变得温柔之极，说道："好师哥，你抱住我，嗯，唔，唔，再抱紧些，你亲我，亲我这里。"虚竹一呆，心道："她怎么说起这些话来？"

只听得童姥"哼"了一声，怒骂："贼贱人！"虚竹大吃一惊，知道童姥这时正当练功的紧要关头，突然分心怒骂，那可凶险无比，一个不对，便会走火入魔，全身经脉迸断。却听得李秋水的柔声昵语不断传来，都是与无崖子欢爱之辞。虚竹忍不住想起前几日和那少女欢会的情景，欲念大兴，全身热血流动，肌肤发烫。

但听得童姥喘息粗重，骂道："贼贱人，师弟从来没真心喜欢你，你这般无耻勾引他，好不要脸！"虚竹惊道："前辈，她……她是故意气你激你，你千万不可当真。"

童姥又骂道："无耻贱人，他对你若有真心，何以临死之前，巴巴的赶上缥缈峰来，将七宝指环传了给我？他又拿了一幅我十八岁那年的画像给我看，是他亲手绘的，他说六十多年来，这幅画像朝夕陪伴着他，跟他寸步不离。嘿，你听了好难过罢……"

她滔滔不绝的说将下去，虚竹听得呆了。她为什么要说这些假话？难道她走火入魔，神智失常了么？

猛听得砰的一声，冰库大门推开，接着又是开复门、关大门、关复门的声音。只听得李秋水嘶哑着嗓子道："你说谎，你说谎。师哥他……他……他只爱我一人。他决不会画你的肖像，你这矮子，他怎么会爱你？你胡说八道，专会骗人……"

只听得砰砰砰接连十几下巨响，犹如雷震一般，在第一层冰窖中传将下来。虚竹一呆，听得童姥哈哈大笑，叫道："贼贱人，你以为师弟只爱你一人吗？你当真想昏了头。我是矮子，不错，远不及你窈窕美貌，可是师弟早就什么都明白了。你一生便只喜欢勾引英俊潇洒的少年。师弟说，我到老仍是处女之身，对他始终一情不变。你却自己想想，你有过多少情人了……”这声音竟然也是在第一层冰窖之中，她什么时候从第三层飞身而至第一层，虚竹全没知觉。又听得童姥笑道：“咱师姊妹几十年没见了，该当好好亲热亲热才是。冰库的大门是封住啦，免得别人进来打扰。哈哈，你喜欢倚多为胜，不妨便叫帮手进来。你动手搬开冰块啊！你传音出去啊！”

一霎时间，虚竹心中转过了无数念头：童姥激怒了李秋水，引得她进了冰窖，随即投掷大冰块，堵塞大门，决意和她拼个生死。这一来，李秋水在西夏国皇宫中虽有偌大势力，却已无法召人入来相助。但她为什么不推开冰块？为什么不如童姥所说，传音出去叫人攻打进来？想来不论是推冰还是传音，都须分心使力，童姥窥伺在侧，自然会抓住机会，立即加以致命的一击；又不然李秋水生性骄傲，不愿借助外人，定要亲手和情敌算账。虚竹又想：往日童姥练功之时，不言不动，于外界事物似乎全无知觉，今日却忍不住出声和李秋水争斗，神功之成，终于还差一日，岂不是为山九仞，功亏一篑？不知今日这场争斗谁胜谁败，倘若童姥得胜，不知是否能逃出宫去，明日补练？

但听得第一层中砰砰嘭嘭之声大作，显然童姥和李秋水正在互掷巨冰相攻。虚竹与童姥相聚三月，虽然老婆婆喜怒无常，行事任性，令他着实吃了不少苦头，但朝夕都在一起，不由得生出亲近之意，生怕她遭了李秋水的毒手，当下走上第二层去。

他刚上第二层，便听李秋水喝问：“是谁？”砰嘭之声即停。虚竹屏气凝息，不敢回答。童姥说道：“那是中原武林的第一风流浪子，外号人称‘粉面郎君武潘安’，你想不想见？”虚竹心道：“我这般丑陋的容貌，哪里会有什么‘粉面郎君武潘安’的外号？唉，前辈拿我来取笑了。”

却听李秋水道：“胡说八道，我是几十岁老太婆了，还喜欢少年儿郎么？什么‘粉面郎君武潘安’，多半便是背着你东奔西走的那个丑八怪小和尚。”提高声音叫道：“小和尚，是你么？”虚竹心中怦怦乱跳，不知是否该当答应。童姥叫道：“梦郎，你是小和尚吗？哈哈，梦郎，人家把你这个风流俊俏的少年儿郎说成是个小和尚，真把人笑死了。”

“梦郎”两字一传入耳中，虚竹登时满脸通红，惭愧得无地自容，心中只道：“糟糕，糟糕，那姑娘跟我所说的话，都给童姥听去了，这些话怎可给旁人听到？啊哟，我跟那姑娘说的那些话，只怕……多半……或许……也给童姥听去了，那……那……”

只听童姥又道：“梦郎，你快回答我，你是小和尚么？”虚竹低声道：“不是。”他这两个字说得虽低，童姥和李秋水却都清清楚楚的听到了。

童姥哈哈一笑，说道：“梦郎，你不用心焦，不久你便可和你那梦姑相见。她为你相思欲狂，这几天茶饭不思，坐立不安，就是在想念着你。你老实跟我说，你想她不想？”

虚竹对那少女一片情痴，这几天虽在用心学练生死符的发射和破解之法，但一直想得她神魂颠倒，突然听童姥问起，不禁脱口而出：“想的！”

李秋水喃喃的道：“梦郎，梦郎，原来你果然是个多情少年！你上来，让我瞧瞧中原武林第一风流浪子是何等样的人物！”

李秋水虽比童姥和无崖子年轻，终究也是个七八十岁的老太婆了，但这句话柔腻宛转，虚竹听在耳里，不由得怦然心动，似乎霎时之间，自己竟真的变成了“中原武林第一风流浪子”，但随即哑然：“我是个丑和尚，怎说得上是什么风流浪子，岂不是笑死人么？”跟着想起：“童姥大敌当前，何以尚有闲情拿我来作弄取笑？其中必有深意。啊，是了，当日无崖子前辈要我继承逍遥派掌门人之时，一再嫌我相貌难看，后来苏星河前辈又道，要克制丁春秋，必须觅到一个悟性奇高而英俊潇洒的美少年，当时我大惑不解，此刻想来，定是跟李秋水有些关连。无崖子前辈要我去找一个人指点武艺，莫非便是找她？苏星河前辈曾说，这人只喜欢美貌少年。”

正凝思间，突然火光一闪，第一层冰窖中传出一星光亮，接着便是呼呼之声大作。虚竹抢上石阶，向上望去，只见一团白影和一团灰影都在急剧旋转，两团影子倏分倏合，发出密如联珠般的啪啪之声，显是童姥和李秋水斗得正剧。冰上烧着一个火折，发出微弱的光芒。虚竹见二人身手之快，当真是匪夷所思，哪里分得出谁是童姥，谁是李秋水？

火折燃烧极快，片刻间便烧尽了，一下轻轻的嗤声过去，冰窖中又是一团漆黑，但闻掌风呼呼。虚竹心下焦急：“童姥断了一腿，久斗必定不利，我如何助她一臂之力才好？不过童姥心狠手辣，占了上风，一定会杀了她师妹，这可又不好了。何况这两人武功这样高，我又怎能插得手下去？”

只听得啪的一声大响，童姥“啊”的一声长叫，似乎受了伤。李秋水哈哈一笑，说道：“师姊，小妹这一招如何？请你指点。”突然厉声喝道：“往哪里逃！”

虚竹蓦觉一阵凉风掠过，听得童姥在他身边说道：“第二种法门，出掌！”虚竹不明所以，正想开口询问：“什么？”只觉寒风扑面，一股厉害之极的掌力击了过来，当下无暇思索，便以童姥所授破解生死符的第二种手法拍了出去。黑暗中掌力相碰，虚竹身子剧震，胸口气血翻涌，甚是难当，随手以第七种手法化开。

李秋水“咦”的一声，喝道：“你是谁？何以会使天山六阳掌？是谁教你的？”虚竹奇道：“什么天山六阳掌？”李秋水道：“你还不认么？这第二招‘阳春白雪’和第七招‘阳关三叠’，乃本门不传之秘，你从何处学来？”虚竹又道：“阳春白雪？阳关三叠？”心中茫然一片，似懂非懂，隐隐约约间已猜到是上了童姥的当。

童姥站在他的身后，冷笑道："这位梦郎，既负中原武林第一风流浪子之名，自然琴棋书画、医卜星相、斗酒唱曲、行令猜谜，种种子弟的勾当，无所不会，无所不精。因此才投合无崖子师弟的心意，收了他为关门弟子，要他去诛灭丁春秋，清理门户。"

李秋水朗声问道："梦郎，此言是真是假？"

虚竹听她二人都称自己为"梦郎"，又不禁面红耳赤，童姥这番话前半段是假，后半段是真，既不能以"真"字相答，却又不能说一个"假"字。那几种手法，明明是童姥教了他来消解生死符的，岂知李秋水竟称之为"天山六阳掌"？童姥要自己学"天山六阳掌"来对付她师妹，自己坚决不学，难道这几种手法，便是"天山六阳掌"么？

李秋水厉声道："姑姑问你，如何不理？"说着伸手往他肩头抓来。虚竹和童姥拆解招数甚熟，而且尽是黑暗中拆招，听风辨形，随机应变，一觉到李秋水的手指将要碰到自己肩头，当即沉肩斜身，反手往她手背按去。李秋水立即缩手，赞道："好！这招'阳歌天钧'内力既厚，使得也熟。无崖子师哥将一身功夫都传了给你，是不是？"虚竹道："他……他把功力都传给了我。"

他说无崖子将"功力"都传给了他，而不是说"功夫"，这"功力"与"功夫"，虽只一字之差，含义却是大大不同。但李秋水心情激动之际，自不会去分辨这中间的差别，又问："我师兄既收你为弟子，你何以不叫我师叔？"

虚竹劝道："师伯、师叔，你们两位既是一家人，又何必深仇不解，苦苦相争？过去的事，大家揭过去也就是了。"

李秋水道："梦郎，你年纪轻，不知道这老贼婆用心的险恶，你站在一边……"

她话未说完，突然"啊"的一声呼叫，却是童姥在虚竹身后突施暗袭，向她偷击一掌。这一掌无声无息，纯是阴柔之力，两人相距又近，李秋水待得发觉，待欲招架，童姥的掌力已袭到胸前，急忙飘身后退，但终于慢了一步，只觉气息闭塞，经脉已然受伤。童姥笑道：“师妹，姊姊这一招如何？请你指点。”李秋水急运内力调息，竟不敢还嘴。

童姥偷袭成功，得理不让人，单腿跳跃，纵身扑上，掌声呼呼的击去，虚竹叫道：“前辈，休下毒手！”便以童姥所传的手法，挡住她击向李秋水的三掌。童姥大怒，骂道：“小贼，你用什么功夫对付我？”原来虚竹坚拒学练“天山六阳掌”，童姥知道来日大难，为了在缓急之际多一个得力助手，便在教他破解生死符时，将这六阳掌传授于他，并和他拆解多时，将其中的精微变化、巧妙法门，一一倾囊相授。哪料得到此刻自己大占上风，虚竹竟会反过来去帮李秋水？虚竹道：“前辈，我劝你顾念同门之谊，手下留情。”童姥怒骂：“滚开，滚开！”

李秋水得虚竹援手，避过了童姥的急攻，内息已然调匀，说道：“梦郎，我已不碍事，你让开罢。”左掌拍出，右掌一带，左掌之力绕过虚竹身畔，向童姥攻去。童姥心下暗惊：“这贱人竟然练成了‘白虹掌力’，曲直如意，当真了得。”当即还掌相迎。

虚竹处身其间，知道自己功夫有限，实不足以拆劝，只得长叹一声，退了开去。

但听得二人相斗良久，劲风扑面，锋利如刀，虚竹抵挡不住，正要退到第一二层冰窖之间的石阶上，猛听得噗的一声响，童姥一声痛哼，给李秋水推得撞向坚冰。虚竹叫道：“罢手，罢手！”抢上去连出两招“六阳掌”，化开了李秋水的攻击。童姥顺势后跃，蓦地里一声惨呼，从石阶上滚了下去，直滚到二三层之间的石阶方停。

虚竹惊道：“前辈，前辈，你怎么了？”急步抢下，摸索着扶起童姥上身。只觉她双手冰冷，一探她的鼻息，竟然已没了呼吸。虚竹又是惊惶，又是伤心，叫道："师叔，你……你……你将师伯打死了，你好狠心。"忍不住哭了出来。

李秋水道："这人奸诈得紧，这一掌未必打得她死！"虚竹哭道："还说没有死？她气也没有了，前辈……师伯，我劝你不要记恨记仇……"李秋水又从怀中掏出一个火折，一晃而燃，只见石阶上洒满了一滩滩鲜血，童姥嘴边胸前也都是血。

修练那"八荒六合唯我独尊功"每日须饮鲜血，但若逆气断脉，反呕鲜血，只须呕出小半酒杯，立时便气绝身亡，此刻石阶上一滩滩鲜血不下数大碗。李秋水知道这个自已痛恨了数十年的师姊终于是死了，自不禁欢喜，却又有些寂寞怆然之感。

过了好一刻，她才手持火折，慢慢走下石阶，幽幽的道："姊姊，你当真死了么？我可还不大放心。"走到距童姥五尺之处，火折上发出微弱光芒，一闪一闪，映在童姥脸上，但见她满脸皱纹，嘴角附近的皱纹中都嵌满了鲜血，神情甚是可怖。李秋水轻声道："师姊，我一生在你手下吃的苦头太多，你别装假死来骗我上当。"左手一挥，发掌向童姥胸口拍了过去，喀喇喇几声响，童姥的尸身断了几根肋骨。

虚竹大怒，叫道："她已命丧你手，又何以再戕害她遗体？"眼见李秋水第二掌又已拍出，当即挥掌挡住。李秋水斜眼相睨，但见这个"中原武林第一风流浪子"眼大鼻大，耳大口大，广额浓眉，相貌粗野，哪里有半分英俊潇洒，一怔之下，认出便是在雪峰上负了童姥逃走的那小和尚，右手一探，便往虚竹肩头抓来。虚竹斜身避开，说道："我不跟你斗，只是劝你别动你师姊的遗体。"

李秋水连出四招，虚竹已将天山六阳掌练得甚熟，竟然一一格开，挡架之中，还隐隐蓄有紧实浑厚的反击之力。李秋水忽道："咦！你背后是谁？"虚竹几乎全无临敌经验，一惊之下，回头去看，只觉胸口一痛，已给李秋水点中了穴道，跟着双肩双腿的穴道也都给她点中，登时全身麻软，倒在童姥身旁，惊怒交集，叫道：“你是长辈，却使诈骗人。”

李秋水格格一笑，道：“兵不厌诈，今日教训教训你这小子。”跟着又指着他不住娇笑，说道：“你……你……你这丑八怪小和尚，居然自称什么‘中原第一风流浪子’……”

突然之间，啪的一声响，李秋水长声惨呼，后心“至阳穴”上中了一掌重手，正是童姥所击。童姥跟着左拳猛击而出，正中李秋水胸口“膻中”要穴。这一掌一拳，贴身施为，李秋水别说出手抵挡，斜身闪避，仓卒中连运气护穴也是不及，身子给一拳震飞，摔在石阶之上，手中火折也脱手飞出。

童姥蓄势已久，这一拳势道异常凌厉，火折从第三层冰窖穿过第二层，直飞上第一层，方才跌落。霎时之间，第三层冰窖中又是一团漆黑，但听得童姥嘿嘿嘿冷笑不止。虚竹又惊又喜，叫道：“前辈，你没死么？好……好极了！”

原来童姥功亏一篑，终于没能练成神功，而在雪峰顶上又被李秋水断了一腿，功力大受损伤，此番生死相搏，斗到二百招后，便知今日有败无胜，待中了李秋水一掌之后，劣势更显，偏偏虚竹两不相助，虽然阻住了李秋水乘胜追击，却也使自己的诡计无法得售；情知再斗下去，势将败得惨酷不堪，一咬牙根，硬生生受了一掌，假装气绝而死。至于石阶上和她胸口嘴边的鲜血，那是她预先备下的鹿血，原是要诱敌人上钩之用。不料李秋水十分机警，明明见她已然断气，仍是再在她胸口印上一掌。童姥一不做，二不休，只得又硬生生的受了下来，倘不是虚竹在旁阻拦，李秋水定会接连出掌，将她“尸身”打得稀烂，那是半点法子也没有了。幸得虚竹仁心相阻，而李秋水见到这“中原第一风流浪子”的真面目后，既感失望，又是好笑，疏了提防，她虽知童姥狡狠，却万万想不到她竟能这般坚忍。

李秋水前心后背，均受重伤，内力突然间失却控制，便如洪水泛滥，立时要溃堤而出。逍遥派武功本是天下第一等的功夫，但若内力失制，在周身百骸游走冲突，却又宣泄不出，这散功时的痛苦实非言语所能形容。顷刻之间，只觉全身各处穴道中同时麻痒，惊惶之余，已知此伤绝不可治，叫道："梦郎，你行行好，快在我百会穴上用力拍击一掌！"

这时上面忽然隐隐有微光照射下来，只见李秋水全身颤抖，一伸手，抓去了脸上蒙着的白纱，手指力抓自己面颊，登时血痕斑斑，叫道："梦郎，你……你快一拳打死了我。"童姥冷笑道："你点了他穴道，却又要他助你，嘿嘿，自作自受，眼前报，还得快！"李秋水支撑着想要站起身来，去解开虚竹的穴道，但全身酸软，便要动一根小指头儿也是不能。

虚竹瞧瞧李秋水，又瞧瞧童姥，见她受伤显然也极沉重，伏在石阶之上，忍不住呻吟出声。虚竹只觉越瞧越清楚，似乎冰窖中渐渐亮了起来，侧头往光亮射来处望去，见第一层冰窖中竟有一团火光，脱口叫道："啊哟！有人来了！"

童姥吃了一惊，心想："有人到来，我终究栽在这贱人手下了。"勉强提一口气，想要站起，却无论如何站不起身，腿上一软，咕咚一声，摔倒在地。她双手使劲，向李秋水慢慢爬过去，要在她救兵到达之前，先行将她扼死。

突然之间，只听得极细微的滴答滴答之声，似有水滴从石阶上落下。李秋水和虚竹也听到了水声，同时转头瞧去，果见石阶上有水滴落下。三人均感奇怪："这水从何而来？"

冰窖中越来越亮，水声淙淙，水滴竟变成一道道水流，流下石阶。第一层冰窖中有一团火焰烧得甚旺，却没人进来。李秋水道："烧着了……麻袋中的……棉花。"原来冰库进门处堆满麻袋，袋中装的都是棉花，使热气不能入侵，以保冰块不融。不料李秋水给童姥一拳震倒，火折脱手飞出，落在麻袋之上，登时烧着了棉花，冰块融化，化为水流，潺潺而下。

火头越烧越旺，流下来的冰水越多，淙淙有声。过不多时，第三层冰窖中已积水尺余。但石阶上的冰水还在不断流下，冰窖中积水渐高，慢慢浸到了三人腰间。

李秋水叹道："师姊，你我两败俱伤，谁也不能活了，你……你解开梦郎的穴道，让他出……出去罢。"三人都十分明白，过不多时，冰窖中积水上涨，大家都非淹死不可。

童姥冷笑道："我自己行事，何必要你多说？我本想解他穴道，但你这么一说，想做好人，我可偏偏不解了。小和尚，你是死在她这句话之下的，知不知道？"转过身来，慢慢往石阶上爬去。只须爬高几级，便能亲眼见到李秋水在水中淹死。虽然自己仍然不免一死，但只要亲眼见到李秋水毙命的情状，这大仇便算是报了。

李秋水眼见她一级级的爬了上去，而寒气彻骨的冰水也已涨到了自己胸口，她体内真气激荡，痛苦无比，反盼望冰水愈早涨到口边愈好，溺死于水，那比之如万虫咬啮、千针钻刺的散功舒服百倍了。

忽听得童姥"啊"的一声，一个筋斗倒翻了下来，扑通一响，水花四溅，摔跌在积水之中。原来她重伤之下，手足无力，爬了七八级石阶，一块拳头大的碎冰顺水而下，在她膝盖上一碰，童姥稳不住身子，仰后便跌。这一摔跌，正好碰在虚竹身上，弹向李秋水的右侧。积水之中，三人竟挤成了一团。

童姥身材远比虚竹及李秋水矮小，其时冰水尚未浸到李秋水胸口，却已到了童姥颈中。童姥也正在苦受散功的煎熬，心想："无论如何，要这贱人比我先死。"要想出手伤她，但两人之间隔了个虚竹，此刻便要将手臂移动一寸两寸也是万万不能，眼见虚竹的肩头和李秋水肩头相靠，心念一动，便道："小和尚，你千万不可运力抵御，否则是自寻死路。”不待他回答，催动内力，便向虚竹攻去。童姥明知此举是加速自己死亡，内力多一分消耗，便早一刻毙命，但若非如此，积水上涨，三人中必定是她先死。

李秋水身子一震，察觉童姥以内力相攻，立运内力回攻。

虚竹处身两人之间，先觉挨着童姥身子的臂膀上有股热气传来，跟着靠在李秋水肩头的肩膀上也有一股热气入侵，霎时之间，两股热气在他体内激荡冲突，猛烈相撞。童姥和李秋水功力相若，各受重伤之后，仍是半斤八两，难分高下。两人内力相触，便即僵持，都停在虚竹身上，谁也不能攻及敌人。这么一来，可就苦了虚竹，身受左右夹攻之厄。幸好他曾蒙无崖子以七十余年的功力相授，三个同门的内力旗鼓相当，成了相持不下的局面，他倒也没在这两大高手的夹击下送了性命。

童姥只觉冰水渐升渐高，自头颈到了下颏，又自下颏到了下唇。她不绝催发内力，要尽快击毙情敌，偏偏李秋水的内力源源而至，显然不致立时便即耗竭。但听得水声淙淙，童姥口中一凉，一缕冰水钻入了嘴里。她一惊之下，身子自然而然的向上一抬，无法坐稳，竟在水中浮了起来。她少了一腿，远比常人容易浮起。这一来死里逃生，她索性仰卧水面，将后脑浸在积水之中，只露出口鼻呼吸，登时心中大定，寻思水涨人高，我这断腿人在水中反占便宜，手上内力仍是不住送出。

虚竹大声呻吟，叫道：“唉，师伯、师叔，你们再斗下去，终究难分高下，小侄可就活生生的给你们害死了。”但童姥和李秋水这一斗上了手，成为高手比武中最凶险的比拼内力局面，谁先罢手，谁先丧命。何况二人均知这场比拼不论胜败，终究是性命不保，所争者不过是谁先一步断气而已。两人都是十分的心高气傲，怨毒积累了数十年，哪一个肯先罢手？再者内力离体他去，精力虽越来越衰，这散功之苦却也因此而得消解。

又过一顿饭时分，冰水涨到了李秋水口边，她不识水性，不敢学童姥这么浮在水面，当即停闭呼吸，以“龟息功”与敌人相拼，任由冰水涨过了眼睛、眉毛、额头，浑厚的内力仍是不绝发出。

虚竹骨都、骨都、骨都的连喝了三口冰水，大叫：“啊哟，我……我不……骨都……骨都……我……骨都……”正惊惶间，突然眼前一黑，什么都看不见了。他急忙闭嘴，以鼻呼吸，吸气时只觉胸口气闷无比。原来这冰库密不通风，棉花烧了半天，外面无新气进来，燃烧不畅，火头自熄。虚竹和童姥呼吸艰难，反是李秋水正在运使“龟息功”，并无知觉。

火头虽熄，冰水仍不断流下。虚竹但觉冰水淹过了嘴唇，淹过了人中，渐渐浸及鼻孔，只想：“我要死了，我要死了！”而童姥和李秋水的内力仍是分从左右不停攻到。

虚竹只觉窒闷异常，内息奔腾，似乎五脏六腑都易了位，冰水离鼻孔也已只一线，再上涨得几分，便无法吸气了，苦在穴道被封，头颈要抬上一抬也是不能。但说也奇怪，过了良久，冰水竟不再上涨，一时也想不到棉花之火既熄，冰块便不再融。又过一会，只觉人中有些刺痛，跟着刺痛渐渐传到下颏，再到头颈。原来三层冰窖中堆满冰块，极是寒冷，冰水流下之后，又慢慢凝结成冰，竟将三人都冻结在冰中了。

坚冰凝结，童姥和李秋水的内力就此隔绝，不能再传到虚竹身上，但二人十分之九的真气内力，却也因此而尽数封在虚竹体内，彼此鼓荡冲突，越来越猛烈。虚竹只觉全身皮肤似乎都要爆裂开来，虽在坚冰之内，仍是炙热不堪。

也不知过了多少时候，突然间全身一震，两股热气竟和体内原有的真气合而为一，不经引导，自行在各处经脉穴道中迅速无比的奔绕起来。原来童姥和李秋水的真气相持不下，又无处宣泄，终于和无崖子传给他的内力归并。三人的内力源出一门，性质无异，极易融合，合三为一之后，力道沛然不可复御，所到之处，被封的穴道立时冲开。

顷刻之间，虚竹只觉全身舒畅，双手轻轻一振，喀喇喇一阵响，结在身旁的坚冰立时崩裂，心想："不知师伯、师叔二人性命如何，须得先将她们救了出去。"伸手去摸时，触手处冰凉坚硬，二人都已结在冰中。他心中惊惶，不及细想，一手一个，将二人连冰带人的提了起来，走到第一层冰窖中，推开两重木门，只觉一阵清新气息扑面而来，只吸得一口气，便说不出的受用。门外明月在天，花影铺地，却是深夜时分。

他心头一喜："黑夜中闯出皇宫，可就容易得多了。"提着两团冰块，奔向墙边，提气一跃，突然间身子冉冉向上升去，高过墙头丈余，升势兀自不止。虚竹不知体内真气竟有如许妙用，只怕越升越高，"啊"的一声叫了出来。

四名御前护卫正在这一带宫墙外巡查，听到人声，急忙奔来察看，但见两块大水晶夹着一团灰影越墙而出，实不知是什么怪物。四人惊得呆了，只见三个怪物一晃，便没入了宫墙外的树林中。四人吆喝着追去，哪里还有踪影？四人疑神疑鬼，争执不休，有的说是山精，有的说是花妖。

虚竹一出皇宫，迈开大步急奔，脚下是青石板大路，两旁密密层层的尽是屋宇。他不敢停留，只是向西疾冲。奔了一会，到了城墙脚下，他又是一提气便上了城头，翻城而过。城头上守卒只眼睛一花，什么东西也没看见。

虚竹直奔到离城十余里的荒郊，四下更无房屋，才停了脚步，将两团冰块放下，心道："须得尽早除去她二人身外的冰块。"寻到一处小溪，将两团冰块浸在溪水之中。月光下见童姥的口鼻露在冰块之外，只是双目紧闭，也不知她是死是活。眼见两团冰块上的碎冰一片片随水流开，虚竹又抓又剥，将二人身外坚冰除去，然后将二人从溪水中提出，摸一摸各人额头，居然各有微温，当下将二人远远放开，生怕她们醒转后又再厮拼。

忙了半日，天色渐明，当即坐下休息。待得东方朝阳升起，树顶雀鸟喧噪，只听得北边树下的童姥“咦”的一声，南边树下李秋水“啊”的一声，两人竟同时醒了过来。

虚竹大喜，一跃而起，站在两人中间，连连合什行礼，说道：“师伯、师叔，咱们三人死里逃生，这一场架，可再也不能打了！”童姥道：“不行，贱人不死，岂能罢手？”李秋水道：“仇深似海，不死不休。”虚竹双手乱摇，说道：“千万不可，万万不可！”

李秋水伸手在地下一撑，便欲纵身向童姥扑去。童姥双手回圈，凝力待击。哪知李秋水刚伸腰站起，便即软倒。童姥的双臂说什么也圈不成一个圆圈，倚在树上只是喘气。

虚竹见二人无力搏斗，心下大喜，说道：“这样才好，两位且歇一歇，我去找些东西来给两位吃。”只见童姥和李秋水各自盘膝而坐，手心脚心均翻而向天，姿式一模一样，知道这两个同门师姊妹正在全力运功，只要谁先能凝聚一些力气，先发一击，对手绝无抗拒的余地。见此情状，虚竹却又不敢离开了。他瞧瞧童姥，又瞧瞧李秋水，见二人都是皱纹满脸，形容枯槁，心道：“师伯今年已九十六岁，师叔少说也有八十多岁了。二人都是这么一大把年纪，竟然还是如此看不开，火气都这么大。”

他挤衣拧水，突然啪的一声，一物掉在地下，却是无崖子给他的那幅图画。这轴画乃是绢画，浸湿后并未破损。虚竹将画摊在岩石上，就日而晒。见画上丹青已被水浸得颇有些模糊，心中微觉可惜。

李秋水听到声音，微微睁目，见到了那幅画，尖声叫道：“拿来给我看！我才不信师哥会画这贱婢的肖像。”

童姥也叫道："别给她看！我要亲手炮制她。倘若气死了这贱人，岂不便宜了她？"

李秋水哈哈一笑，道："我不要看了！你怕我看画，可知画中人并不是你。师哥丹青妙笔，岂能图传你这人不像人、鬼不像鬼的侏儒？他又不是画锺馗来捉鬼，画你干什么？"

童姥一生最伤心之事，便是练功失慎，以致永不长大。此事正便是李秋水当年种下的祸胎，当童姥练功正在要紧关头之时，李秋水在她脑后大叫一声，令她走火，真气走入岔道，从此再也难以复原。这时听她又提起自己的生平恨事，不由得怒气填膺，叫道："贼贱人，我……我……我……"一口气提不上来，哇的一声，呕出一口鲜血，险些便要昏过去。

李秋水冷笑相嘲："你认输了罢？当真出手相斗……"突然间连声咳嗽。

虚竹见二人神疲力竭，转眼都要虚脱，劝道："师伯、师叔，你们两位还是好好休息一会儿，别再劳神了。"童姥怒道："不成！"

便在这时，西南方忽然传来叮当、叮当几下清脆的驼铃。童姥一听，登时脸现喜色，精神大振，从怀中摸出一个黑色短管，说道："你将这管子弹上天去。"李秋水的咳嗽声却越来越急。虚竹不明原由，当即将那黑色小管扣在中指之上，向上弹出，只听得一阵尖锐的哨声从管中发出。这时虚竹的指力强劲非凡，那小管笔直射上天去，几乎目不能见，仍呜呜呜的响个不停。虚竹一惊，暗道："不好，师伯这小管是信号。她是叫人来对付李师叔。"忙奔到李秋水面前，俯身低声说道："师叔，师伯有帮手来啦，我背了你逃走。"

只见李秋水闭目垂头，咳嗽也已停止，身子一动也不动了。虚竹大惊，伸手去探她鼻息时，已然没了呼吸。虚竹惊叫："师叔，师叔！"轻轻推了推她肩头，想推她醒转，不料李秋水应手而倒，斜卧于地，竟已死了。

童姥哈哈大笑，说道：“好，好，好！小贱人吓死了，哈哈，我大仇报了，贼贱人终于先我而死，哈哈，哈哈……”她激动之下，气息难继，一大口鲜血喷了出来。

但听得呜呜声自高而低，黑色小管从半空掉下，虚竹伸手接住，正要去瞧童姥时，只听得蹄声急促，夹着叮当、叮当的铃声，虚竹回头望去，但见数十匹骆驼急驰而至。骆驼背上乘者都披了淡青色斗篷，远远奔来，宛如一片青云，听得几个女子声音叫道：“尊主，属下追随来迟，罪该万死！”

数十骑骆驼奔驰近前，虚竹见乘者全是女子，斗篷胸口都绣着一头黑鹫，神态狰狞。众女望见童姥，便即跃下骆驼，快步奔近，在童姥面前拜伏在地。虚竹见这群女子当先一人是个老妇，已有五六十岁年纪，其余的或长或少，四十余岁以至十七八岁的都有，人人对童姥极是敬畏，俯伏在地，不敢仰视。

童姥哼了一声，怒道：“你们都当我已经死了，是不是？谁也没把我这老太婆放在心上了。没人再来管束你们，大伙儿逍遥自在，无法无天了。”她说一句，那老妇便在地下重重磕一个头，说道：“不敢。”童姥道：“什么不敢？你们要是当真还想到姥姥，为什么只来了……来了这一点儿人手？”那老妇道：“启禀尊主，自从那晚尊主离宫，属下个个焦急得了不得……”童姥怒道：“放屁，放屁！”那老妇道：“是，是！”童姥更加恼怒，喝道：“你明知是放屁，怎地胆敢……胆敢在我面前放屁？”那老妇不敢作声，只有磕头。

童姥道：“你们焦急，那便如何？怎地不赶快下山寻我？”那老妇道：“是！属下九天九部当时立即下山，分路前来伺候尊主。属下昊天部向东方恭迎尊主，阳天部向东南方、赤天部向南方、朱天部向西南方、成天部向西方、幽天部向西北方、玄天部向北方、鸾天部向东北方，钧天部把守本宫。属下无能，追随来迟，该死，该死！”说着连连磕头。

童姥道：“你们个个衣衫破烂，这三个多月之中，路上想来也吃了点儿苦头。”那老妇听得她话中微有奖饰之意，登时脸现喜色，道：“若得为尊主尽力，赴汤蹈火，也所甘愿。些少微劳，原是属下该尽的本份。”童姥道：“我练功未成，忽然遇上了贼贱人，给她削去了一条腿，险些儿性命不保，幸得我师侄虚竹相救，这中间的艰危，实是一言难尽。”

一众青衫女子一齐转过身来，向虚竹叩谢，说道：“先生大恩大德，小女子虽然粉身碎骨，亦难报于万一。”突然间许多女人同时向他磕头，虚竹不由得手足无措，连说：“不敢当，不敢当！”忙也跪下还礼。童姥喝道：“虚竹站起！她们都是我的奴婢，你怎可自失身份？”虚竹又说了几句“不敢当”，这才站起。

童姥向虚竹道：“咱们那只宝石指环，给这贼贱人抢了去，你去拿回来。”虚竹道：“是。”走到李秋水身前，从她中指上除下了宝石指环。这指环本来是无崖子给他的，从李秋水手指上除下，心中倒也并无不安。

童姥道：“你是逍遥派的掌门人，我又已将生死符、天山折梅手、天山六阳掌等一干功夫传你，从今日起，你便是缥缈峰灵鹫宫的主人，灵鹫宫……灵鹫宫九天九部的奴婢，生死一任你意。”虚竹大惊，忙道：“师伯，师伯，这个万万不可。”童姥怒道：“什么万万不可。这九天九部的奴婢办事不力，没能及早迎驾，累得我屈身布袋，竟受乌老大这等狗贼的虐待侮辱，最后仍是不免断腿丧命……”

那些女子都吓得全身发抖，磕头求道：“奴婢该死，尊主开恩。”童姥向虚竹道：“这昊天部诸婢，总算找到了我，她们的刑罚可以轻些，其余八部的一众奴婢，断手断腿，由你去处置罢。”那些女子磕头道：“多谢尊主。”童姥喝道：“怎地不向新主人叩谢？”众女忙又向虚竹叩谢。虚竹双手乱摇，道：“罢了，罢了！我怎能做你们的主人?”

童姥道:“我虽命在顷刻,但亲眼见到贼贱人先我而死,生平武学,又得了个传人,可说死也瞑目,你竟不肯答允么?”虚竹道:“这个……我是不成的。”童姥哈哈一笑,道:“那个梦中姑娘,你想不想见?你答不答允我做灵鹫宫的主人?”虚竹一听她提到“梦中姑娘”,全身一震,再也无法拒却,只得红着脸点了点头。童姥喜道:“很好!你将那幅图画拿来,让我亲手撕个稀烂。我再无挂心之事,便可指点你去寻那梦中姑娘的途径。”

虚竹将图画取了过来。童姥伸手拿过,就着日光一看,不禁“咦”的一声,脸上现出又惊又喜的神色,再一审视,突然间哈哈大笑,叫道:“不是她,不是她,不是她!哈哈,哈哈,哈哈!”大笑声中,两行眼泪从颊上滚滚而落,头颈一软,脑袋垂下,就此无声无息。

虚竹一惊,伸手去扶时,只觉她全身骨骼如绵,缩成一团,竟已死了。

一众青衫女子围将上来,哭声大振,甚是哀切。这些女子每一个都是在艰难困危之极的境遇中由童姥出手救出,是以童姥御下虽严,但人人感激她的恩德。

虚竹想起三个多月中和童姥寸步不离,蒙她传授了不少武功,她虽脾气乖戾,对待自己可说甚好,此刻见她一笑身亡,心中难过,也伏地哭了起来。

忽听得背后一个阴恻恻的声音道:“嘿嘿,师姊,终究是你先死一步,到底是你胜了,还是我胜了?”虚竹听得是李秋水的声音,大吃一惊,心想:“怎地死人又复活了?”急忙跃起,转过身来,只见李秋水已然坐直,背靠树上,说道:“贤侄,你把那幅画拿过来给我瞧瞧,为什么姊姊又哭又笑、啼笑皆非的西去?”

虚竹轻轻扳开童姥的手指,将那幅画拿了出来,一瞥之下,见那画水浸之后又再晒干，笔划略有模糊了，但画中那似极了王语嫣的宫装美女，仍是凝眸微笑，秀美难言，心中一动："这个美女，眉目之间与师叔倒也颇为相似。"走向李秋水，将那画交了给她。

李秋水接过画来，向众女横了一眼，淡淡一笑，道："你们主人和我苦拼恶斗，终于不敌，你们这些萤烛之光，也敢和日月相争么？"

虚竹回过头来，只见众女手按剑柄，神色悲愤，显然是要一拥而上，杀李秋水而为童姥报仇，只是未得新主人的号令，不敢贸然动手。

虚竹说道："师叔，你，你……"李秋水道："你师伯武功是很好的，就是有时候不大精细。她救兵一到，我哪里还有抵御的余地，自然只好诈死。嘿嘿，终于是她先我而死。她全身骨碎筋断，吐气散功，这样的死法，却是假装不来的。"虚竹道："在那冰窖中恶斗之时，师伯也曾假死，骗过了师叔一次，大家扯直，可说是不分高下。"

李秋水叹道："在你心中，总是偏向你师伯一些。"一面将那画展开，只看得片刻，脸上神色便即大变，双手不住发抖，连得那画也是簌簌颤动。李秋水低声道："是她，是她，是她！哈哈，哈哈，哈哈！"笑声中却充满了愁苦伤痛。

虚竹不自禁的为她难过，问道："师叔，怎么了？"心下寻思："一个说'不是她'，一个说'是她'，却不知到底是谁？"

李秋水向画中的美女凝神半晌，道："你看，这人嘴角边有个酒窝，右眼旁有颗黑痣，是不是？"虚竹看了看画中美女，点头道："是！"李秋水黯然道："她是我的小妹子！"虚竹更是奇怪，道："是你的小妹子？"李秋水道："我小妹容貌和我十分相似，只是她有酒窝，我没有，她右眼旁有颗小小黑痣，我也没有。"虚竹"嗯"了一声。李秋水又道："师姊本来说道：师哥替她绘了一幅肖像，朝夕不离，我早就不信，却……却……却料不到竟是小妹。到底……到底……这幅画是怎么来的？”

虚竹当下将无崖子如何临死时将这幅画交给自己、如何命自己到大理无量山去寻人传授武艺、童姥见了这画后如何发怒等情，一一说了。

李秋水长长叹了口气，说道：“师姊初见此画，只道画中人是我，一来相貌甚像，二来师哥一直和我很好，何况……何况师姊和我相争之时，我小妹子还只十一岁，师姊说什么也不会疑心到是她，全没留心到画中人的酒窝和黑痣。师姊直到临死之时，才发觉画中人是我小妹子，不是我，所以连说三声‘不是她’。唉，小妹子，你好，你好，你好！”跟着便怔怔的流下泪来。

虚竹心想：“原来师伯和师叔都对我师父一往情深，我师父心目之中却另有其人。却不知师叔这个小妹子是不是尚在人间？师父命我持此图像去寻师学艺，难道这个小妹子是住在大理无量山中吗？”问道：“师叔，她……你那个小妹子，是住在大理无量山中？”

李秋水摇了摇头，双目向着远处，似乎凝思往昔，悠然神往，缓缓道：“当年我和你师父住在大理无量山剑湖之畔的石洞中，逍遥快活，胜过神仙。我给他生了一个可爱的女儿。我们二人收罗了天下各门各派的武功秘笈，只盼创一门包罗万有的奇功。那一天，他在山中找到了一块巨大的美玉，便照着我的模样雕刻一座人像，雕成之后，他整日价只是望着玉像出神，从此便不大理睬我了。我跟他说话，他往往答非所问，甚至是听而不闻，整个人的心思都贯注在玉像身上。你师父的手艺巧极，那玉像也雕刻得真美，可是玉像终究是死的，何况玉像依照我的模样雕成，而我明明就在他身边，他为什么不理我，只是痴痴的瞧着玉像，目光中流露出爱恋不胜的神色？那为什么？那为什么？”她自言自语，自己问自己，似乎已忘了虚竹便在身旁。

过了一会，李秋水又轻轻说道：“师哥，你聪明绝顶，却又痴得绝顶，为什么爱上了你自己手雕的玉像，却不爱那会说、会笑、会动、会爱你的师妹？你心中把这玉像当成了我小妹子，是不是？我喝这玉像的醋，跟你闹翻了，出去找了许多俊秀的少年郎君来，在你面前跟他们调情，于是你就此一怒而去，再也不回来了。师哥，其实你不用生气，那些美少年一个个都给我杀了，沉在湖底，你可知道么？”

她提起那幅画像又看了一会，说道：“师哥，这幅画你在什么时候画的？你只道画的是我，因此叫你徒弟拿了画儿到无量山来找我。可是你不知不觉之间，却画成了我的小妹子，你自己也不知道罢？你一直以为画中人是我。师哥，你心中真正爱的是我小妹子，你这般痴情的瞧着那玉像，为什么？为什么？现下我终于懂了。”

虚竹心道：“我佛说道，人生于世，难免痴嗔贪三毒。师伯、师父、师叔都是大大了不起的人物，可是纠缠在这三毒之中，尽管武功卓绝，心中的烦恼痛苦，却也和一般凡夫俗子无异。”

李秋水回过头来，瞧着虚竹，说道：“贤侄，我有一个女儿，是跟你师父生的，嫁在苏州王家，你几时有空……”忽然摇了摇头，叹道：“不用了，也不知她此刻是不是还活在世上，各人自己的事都还管不了……”突然尖声叫道：“师姊，你我两个都是可怜虫，都……都……教这没良心的给骗了，哈哈，哈哈，哈哈！”她大笑三声，身子一仰，翻倒在地。

虚竹俯身去看时，但见她口鼻流血，气绝身亡，看来这一次再也不会是假的了。他瞧着两具尸首，不知如何是好。

昊天部为首的老妇说道：“尊主，咱们是否要将老尊主遗体运回灵鹫宫隆重安葬？敬请尊主示下。”虚竹道：“该当如此。”指着李秋水的尸身道：“这位……这位是你们尊主的同门师妹，虽然她和尊主生前有仇，但……但死时怨仇已解，我看……我看也……不如一并运去安葬，你们以为怎样?”那老妇躬身道：“谨遵吩咐。”虚竹心下甚慰，他本来生怕这些青衣女子仇恨李秋水，不但不愿运她尸首去安葬，说不定还会毁尸泄愤，不料竟半分异议也无。他浑不知童姥治下众女对主人敬畏无比，从不敢有半分违拗，虚竹既是她们新主人，自是言出法随，一如所命。

那老妇指挥众女，用毛毡将两具尸首裹好，放上骆驼，然后恭请虚竹上驼。虚竹谦逊了几句，心想事已如此，总得亲眼见到二人遗体入土，这才回少林寺去待罪。问起那老妇的称呼，那老妇道：“奴婢夫家姓余，老尊主叫我‘小余’，尊主随便呼唤就是。”童姥九十余岁，自然可以叫她“小余”，虚竹却不能如此叫法，说道：“余婆婆，我法号虚竹，大家平辈相称便是，尊主长，尊主短的，岂不折杀了我么?”

余婆拜伏在地，流泪道：“尊主开恩！尊主要打要杀，奴婢甘受，求恳尊主别把奴婢赶出灵鹫宫去。”

虚竹惊道：“快请起来，我怎么会打你、杀你?”忙将她扶起。其余众女都跪下求道：“尊主开恩。”虚竹大为惊诧，忙问原因，才知童姥怒极之时，往往口出反语，对人特别客气，对方势必身受惨祸，苦不堪言。乌老大等洞主、岛主逢到童姥派人前来责打辱骂，反而设宴相庆，便知再无祸患，即因此故。这时虚竹对余婆谦恭有礼，众女只道他要重责。虚竹再三温言安慰，众女却仍是惴惴不安。

虚竹上了骆驼，众女说什么也不肯乘坐，牵了骆驼，在后步行跟随。虚竹道：“咱们须得尽快赶回灵鹫宫去，否则天时已暖，只怕……只怕尊主的遗体途中有变。”众女这才不敢违拗，但各人只在他坐骑之后远远随行。虚竹要想问问灵鹫宫中情形，竟是不得其便。

一行人径向西行，走了五日，途中遇到了朱天部的哨骑。余婆婆发出讯号，那哨骑回去报信，不久朱天部诸女飞骑到来，一色都是紫衫，先向童姥遗体哭拜，然后参见新主人。朱天部的首领姓石，三十来岁年纪，虚竹便叫她“石嫂”。他生怕众女起疑，言辞间便不敢客气，只淡淡的安慰了几句，说她们途中辛苦。众女大喜，一齐拜谢。虚竹不敢提什么“大家平辈称呼”之言，只说不喜听人叫他“尊主”，叫声“主人”，也就是了。众女躬身凛遵。

如此连日西行，昊天部、朱天部派出去的联络游骑将赤天、阳天、玄天、幽天、成天五部众女都召了来，只有鸾天部在极西之处搜寻童姥，未得音讯。灵鹫宫中并无一个男子，虚竹处身数百名女子之间，大感尴尬，幸好众女对他十分恭敬，若非虚竹出口相问，谁也不敢向他说一句话，倒使他免了许多为难。

这一日正赶路间，突然一名绿衣女子飞骑奔回，是阳天部在前探路的哨骑，摇动绿旗，示意前途出现了变故。她奔到本部首领之前，急语禀告。

阳天部的首领是个二十来岁的姑娘，名叫符敏仪，听罢禀报，立即纵下骆驼，快步走到虚竹身前，说道：“启禀主人：属下哨骑探得，本宫旧属三十六洞、七十二岛一众奴才，乘老尊主有难，居然大胆作反，正在攻打本峰。钧天部严守上峰道路，一众妖人无法得逞，只是钧天部派下峰来求救的姊妹却给众妖人伤了。”

众洞主、岛主起事造反之事，虚竹早就知道，本来猜想他们既然捉拿不到童姥，不平道人命丧己手，乌老大重伤后生死未卜，谅来知难而退，各自散了，不料事隔四月，仍是聚集在一起，而且去攻打缥缈峰。他自幼生长于少林寺中，从来不出山门，诸般人情世故，半分不通，遇上这件大事，当真不知如何应付才是，沉吟道：“这个……这个……”

只听得马蹄声响，又有两乘马奔来，前面的是阳天部另一哨骑，后面马背上横卧一个黄衫女子，满身是血，左臂也给人斩断了。符敏仪神色悲愤，说道："主人，这是钧天部的副首领程姊姊，只怕性命难保。"那姓程的女子已晕了过去，众女忙替她止血施救，眼见她气息微弱，命在顷刻。

虚竹见了她的伤势，想起聪辩先生苏星河曾教过他这门治伤之法，当即催驼近前，左手中指连弹，已封闭了那女子断臂处的穴道，血流立止。第六次弹指时，使的是童姥所教的一招"星丸跳掷"，一股北冥真气射入她臂根的"中府穴"中。那女子"啊"的一声大叫，醒了转来，叫道："众姊姊，快，快，快去缥缈峰接应，咱们……咱们挡不住了！"

虚竹使这凌空弹指之法，倒不是故意炫耀神技，只是对方是个花信年华的女子，他虽已不是和尚，仍谨守佛门子弟远避妇女的戒律，不敢伸手和她身子相触，不料数弹之下，应验如神。他此刻身集童姥、无崖子、李秋水逍遥派三大名家的内力，实已非同小可。

诸部群女遵从童姥之命，奉虚竹为新主人，然见他年纪既轻，言行又有点呆头呆脑，傻里傻气，内心实不如何敬服，何况灵鹫宫中诸女十之八九是吃过男人大亏的，不是为男人始乱终弃，便是给仇家害得家破人亡，在童姥乖戾阴狠的脾气薰陶之下，一向视男人有如毒蛇猛兽。此刻见他一出手便是灵鹫宫本门的功夫，功力之纯，竟似尚在老尊主之上。众女震惊之余，齐声欢呼，不约而同的拜伏在地。虚竹惊道："这算什么？快快请起，请起。"

有人向那姓程女子告知：尊主已然仙去，这位青年既是尊主恩人，又是她的传人，乃是本宫新主。那女子名叫程青霜，挣扎着下马，对虚竹跪拜参见，说道："谢尊主救命之恩，请……请……尊主相救峰上众姊妹，大伙儿支撑四月，寡不敌众，实在已经是危……危殆万分。"说了几句话，伏在地下，连头也抬不起来。

虚竹急道："石嫂，你快扶她起来。余婆婆，你……你想咱们怎么办？”

余婆和这位新主人同行了十来日，早知他忠厚老实，不通世务，便道：“启禀主人，此刻去缥缈峰，尚有两日行程，最好请主人命奴婢率领本部，立即赶去应援救急。主人随后率众而来。主人大驾一到，众妖人自然瓦解冰消，不足为患。”

虚竹点了点头，但觉得有点不妥，一时未置可否。

余婆转头向符敏仪道：“符妹子，主人初显身手，镇慑群妖，身上法衣似乎未足以壮观瞻。你是本宫针神，便给主人赶制一袭法衣罢！”符敏仪道：“正是！妹子也正这么想。”

虚竹一怔，心想在这紧急当口，怎么做起衣衫来了？当真是妇人之见。

众女眼光都望着虚竹，等他下令。虚竹一低头，见到身上那件僧袍破烂肮脏，四个月不洗，自己也觉奇臭难当。他幼受师父教导，须时时念着五蕴皆空，不可贪爱衣食，因此对此事全未着心在意，此刻经余婆一提，又见到属下众女衣饰华丽，不由得甚感惭愧，何况自己已经不是和尚，仍是穿着僧衣，大是不伦不类。其实众女既已奉他为主，哪里还会笑他衣衫的美丑？各人群相注目，也决不是看他的服色，但虚竹自惭形秽，神色忸怩。

余婆等了一会，又问：“主人，奴婢这就先行如何？”

虚竹道：“咱们一块儿去罢，救人要紧。我这件衣服实在太脏，待会我……我去洗洗，莫要让你们闻着太臭……”一催骆驼，当先奔了出去。众女敌忾同仇，催动坐骑，跟着急驰。骆驼最有长力，快跑之时，疾逾奔马，众人直奔出数十里，这才觅地休息，生火做饭。

余婆指着西北角上云雾中的一个山峰，向虚竹道：“主人，这便是缥缈峰了。这山峰终年云封雾锁，远远望去，若有若无，因此叫作缥缈峰。”虚竹道：“看来还远得很，咱们早到一刻好一刻，大伙儿乘夜赶路罢。”众女都应道：“是！多谢主人关怀钧天部奴婢。”用过饭后，骑上骆驼又行。

急驰之下，途中倒毙了不少骆驼，到得缥缈峰脚下时，已是第二日黎明。

符敏仪双手捧着一团五彩斑斓的物事，走到虚竹面前，躬身说道：“奴婢工夫粗陋，请主人赏穿。”虚竹奇道：“那是什么？”接过抖开一看，却是件长袍，乃是以一条条锦缎缝缀而成，红黄青紫绿黑各色锦缎条纹相间，华贵之中具见雅致。原来符敏仪在众女的斗篷上割下布料，替虚竹缝了一件袍子。

虚竹又惊又喜，说道：“符姑娘当真不愧称为‘针神’，在骆驼急驰之际，居然做成了这样一件美服。”当即除下僧衣，将长袍披在身上，长短宽窄，无不贴身，袖口衣领之处，更镶以灰色貂皮，那也是从众女皮裘上割下来的。虚竹相貌虽丑，这件华贵的袍子一上身，登时大显精神，众人尽皆喝采。虚竹神色忸怩，手足无措。

这时众人已来到上峰的路口。程青霜在途中已向众女说知，她下峰之时，敌人已攻上了断魂崖，缥缈峰的十八天险已失十一，钧天部群女死伤过半，情势万分凶险。虚竹见峰下静悄悄地无半个人影，一片皑皑积雪之间，萌茁青青小草，若非事先得知，哪想得到这一片宁静之中，蕴藏着无穷杀机。众女忧形于色，挂念钧天部诸姊妹的安危。

石嫂拔刀在手，大声道：“‘缥缈九天’之中，八天部下峰，只余一部留守，贼子乘虚而来，无耻之极。主人，请你下令，大伙儿冲上峰去，和群贼一决死战。”神情甚是激昂。余婆却道：“石家妹子且莫性急，敌人势大，钧天部全仗峰上十八处天险，这才支持了这许多时日。咱们现今是在峰下，敌人反客为主，反而占了居高临下之势……”石嫂道：“依你说却又如何？”余婆道：“咱们还是不动声色，静悄悄的上峰，教敌人越迟知觉越好。”

虚竹点头道：“余婆之言不错。”他既这样说，当然谁也没有异言。

八部分列队伍，悄无声息的上山。这一上峰，各人轻功强弱立时便显了出来。虚竹见余婆、石嫂、符敏仪等几个首领虽是女流，足下着实快捷，心想：“果然是强将手下无弱兵，师伯的部属甚是了得。”

一处处天险走将过去，但见每一处都有断刀折剑、削树碎石的痕迹，可以想见敌人通过之时，曾经过一场场惨酷的战斗。过断魂崖、失足岩、百丈涧，来到接天桥时，只见两片峭壁之间的一条铁索桥已被人用宝刀砍成两截。两处峭壁相距几达五丈，势难飞渡。

群女相顾骇然，均想：“难道钧天部的众姊妹都殉难了？”众女均知，接天桥是连通百丈涧和仙愁门两处天险之间的必经要道，虽说是桥，其实只一根铁链，横跨两边峭壁，下临乱石嶙峋的深谷。来到灵鹫宫之人，自然个个武功高超，踏索而过，原非难事。这次程青霜下峰时，敌人尚只攻到断魂崖，距接天桥尚远，但钧天部早已有备，派人守御铁链，一等敌人攻到，便即开了铁链中间的铁锁，铁链分为两截，这五丈阔的深谷说宽不宽，但要一跃而过，却也非世间任何轻功所能。这时众女见铁链为利刃所断，多半敌人陡然攻到，钧天部诸女竟然来不及开锁断链。

石嫂将柳叶刀挥得呼呼风响，叫道：“余婆婆，快想个法子，怎生过去才好。”余婆婆道：“嗯，怎么过去，那倒不大容易……”

一言未毕，忽听得对面山背后传来“啊，啊”两声惨呼，乃是女子的声音。群女热血上涌，均知是钧天部的姊妹遭了敌人毒手，恨不得插翅飞将过去，和敌人决一死战，但尽管叽叽喳喳的大声叫骂，却无法飞渡天险。

两人你引一句《金刚经》，我引一段《法华经》，自宽自慰，自伤自叹，惺惺相惜。梅兰竹菊四妹不住轮流上来劝酒。

三十八

胡涂醉　情长计短

虚竹眼望深谷，也是束手无策，眼见到众女焦急的模样，心想：“她们都叫我主人，遇上了难题，我这主人却是一筹莫展，那成什么话？经中言道：‘或有来求手足耳鼻、头目肉血、骨髓身分，菩萨摩诃萨见来求者，悉能一切欢喜施与。’菩萨六度，第一便是布施，我又怕什么了？”于是脱下符敏仪所缝的那件袍子，说道：“石嫂，请借兵刃一用。”石嫂道：“是！”倒转柳叶刀，躬身将刀柄递过。

虚竹接刀在手，北冥真气运到了刃锋之上，手腕微抖之间，刷的一声轻响，已将扣在峭壁石洞中的半截铁链斩了下来。柳叶刀又薄又细，只不过锋利而已，也非什么宝刀，但经他真气贯注，切铁链如斩竹木。这段铁链留在此岸的约有二丈二三尺，虚竹抓住铁链，将刀还了石嫂，提气一跃，便向对岸纵了过去。

群女齐声惊呼。余婆婆、石嫂、符敏仪等都叫：“主人，不可冒险！”

一片呼叫声中，虚竹已身凌峡谷，他体内真气滚转，轻飘飘的向前飞行，突然间真气一浊，身子下跌，当即挥出铁链，卷住了对岸垂下的断链。便这么一借力，身子沉而复起，落到了对岸。他转过身来，说道：“大家且歇一歇，我去探探。”

余婆等又惊又佩，又是感激，齐道：“主人小心！”

虚竹向传来惨呼声的山后奔去，走过一条石弄堂也似的窄道，只见两女尸横在地，身首分离，鲜血兀自从颈口冒出。虚竹合什说道：“阿弥陀佛，罪过，罪过！”对着两具尸体匆匆忙忙的念了一遍“往生咒”，顺着小径向峰顶快步而行，越走越高，身周白雾越浓，不到一个时辰，便已到了缥缈峰绝顶，云雾之中，放眼都是松树，却听不到一点人声，心下沉吟：“难道钧天部诸女都给杀光了？当真作孽。”摘了几枚松球，放在怀里，心道：“松球会掷死人，我出手千万要轻，只可将敌人吓走，不可杀人。”

只见地下一条青石板铺成的大道，每块青石都是长约八尺，宽约三尺，甚是整齐，要铺成这样的大道，工程浩大之极，似非童姥手下诸女所能。这青石大道约有二里来长，石道尽处，一座巨大的石堡巍然耸立，堡门左右各有一头石雕的猛鹫，高达三丈有余，尖喙巨爪，神骏非凡，堡门半掩，四下里仍是一人也无。

虚竹闪身进门，穿过两道庭院，只听得一人厉声喝道：“贼婆子藏宝的地方，到底在哪里？你们说是不说？”一个女子的声音骂道：“狗奴才，事到今日，难道我们还想活吗？你可别痴心妄想啦。”另一个男子声音说道：“云岛主，有话好说，何必动粗？这般的对付妇道人家，未免太无礼了罢？”

虚竹听出那劝解的声音是大理段公子所说，当乌老大要众人杀害童姥之时，也是这段公子独持异议，心想：“这位公子似乎不会武功，但英雄肝胆，侠义心肠，远在一众武学高手之上，令人好生钦佩。”

只听那姓云岛主道：“哼哼，你们这些鬼丫头想死，自然容易，可是天下岂有这等便宜事？我碧石岛有一十七种奇刑，待会一件件在你们这些鬼丫头身上试个明白。听说黑石洞、伏鲨岛的奇刑怪罚，比我碧石岛还要厉害得多，也不妨让众兄弟开开眼界。”许多人轰然叫好，更有人道：“大伙儿尽可比划比划，且看哪一洞、哪一岛的刑罚最先奏效。”

从声音中听来，厅内不下数百人之多，加上大厅中的回声，极是嘈杂噪耳。虚竹想找个门缝向内窥望，但这座大厅全是以巨石砌成，竟无半点缝隙。他一转念间，伸手在地下泥尘中擦了几擦，满手污泥都抹在脸上，便即迈步进厅。

只见大厅中桌上、椅上都坐满了人，一大半人没有座位，便席地而坐，另有一些人走来走去，随口谈笑。厅中地下坐着二十来个黄衫女子，显是给人点了穴道，动弹不得，其中一大半都是身上血渍淋漓，受伤不轻，自是钧天部诸女了。厅上本来便乱糟糟地，虚竹跨进厅门，也有几人向他瞧了一眼，见他不是女子，自不是灵鹫宫的人，只道是哪一个洞主、岛主带来的门人子弟，谁也没多加留意。

虚竹在门槛上一坐，放眼四顾，只见乌老大坐在西首一张太师椅上，脸色憔悴，但剽悍乖戾之气仍从眼神中流露出来。一个身形魁梧的黑汉手握皮鞭，站在钧天部诸女身旁，不住喝骂，威逼她们吐露童姥藏宝的所在。诸女却抵死不说。

乌老大道：“你们这些丫头真是死心眼儿，我跟你们说，童姥早就给她师妹李秋水杀死了，这是我亲眼目睹，难道还有假的？你们乘早降服，我们决计不加难为。”

一个中年黄衫女子尖声叫道：“胡说八道！尊主武功盖世，已练成了金刚不坏之身，有谁还能伤得她老人家？你们妄想夺取破解‘生死符’的宝诀，乘早别做这清秋大梦。别说尊主必定安然无恙，转眼就会上峰，惩治你们这些万恶不赦的叛徒，就算她老人家仙去了，你们‘生死符’不解，一年之内，个个要哀号呻吟，受尽苦楚而死。”

乌老大冷冷的道：“好，你不信，我给你们瞧一样物事。”说着从背上取下一个包袱，打了开来，赫然露出一条人腿。虚竹和众女认得那条腿上的裤子鞋袜，正是童姥的下肢，不禁都“啊”的一声叫了出来。乌老大道：“李秋水将童姥斩成了八块，分投山谷，我随手拾来了一块，你们不妨仔细瞧瞧，是真是假。”

钧天部诸女认明确是童姥的左腿，料想乌老大此言非虚，不禁放声大哭。

一众洞主、岛主大声欢呼，都道：“贼婆子已死，当真妙极！”有人道：“普天同庆，薄海同欢！”有人道：“乌老大，你耐心真好，这般好消息，竟瞒到这时候，该当罚酒三大杯。”却也有人道：“贼婆子既死，咱们身上的生死符，倘若世上无人能够破解……”

突然之间，人丛中响起几下“呜呜”之声，似狼嗥，如犬吠，声音甚是可怖。众人一听之下，齐皆变色，霎时之间，大厅中除了这有如受伤猛兽般的呼号之外，更无别的声息。只见一个胖子在地下滚来滚去，双手抓脸，又撕烂了胸口衣服，跟着猛力撕抓胸口，竟似要挖出自己的心肺一般。只片刻间，他已满手是血，脸上、胸口，也都是鲜血，叫声也越来越惨厉。众人如见鬼魅，不住的后退。有几人低声道：“生死符催命来啦！”

虚竹虽也中过生死符，但随即服食解药，跟着得童姥传授法门化解，并未经历过这等惨酷的熬煎，眼见那胖子如此惊心动魄的情状，才深切体会到众人所以如此畏惧童姥之故。

众人似乎害怕生死符的毒性能够传染，谁也不敢上前设法减他痛苦。片刻之间，那胖子已将全身衣服撕得稀烂，身上一条条都是抓破的血痕。

人丛中有人气急败坏的大叫：“哥哥！你静一静，别慌！”奔出一个人来，又叫：“让我替你点了穴道，咱们再想法医治。”那人和那胖子相貌有些相似，年纪较轻，人也没那么胖，显是他的同胞兄弟。那胖子双眼发直，宛似不闻。那人一步步的走过去，神态间充满了戒慎恐惧，走到离他三尺之处，陡出一指，疾点他“肩井穴”。那胖子身形一侧，避开了他手指，反过手臂，将他牢牢抱住，张口往他脸上便咬。那人叫道：“哥哥，放手！是我！”那胖子只是乱咬，便如疯狗一般。他兄弟出力挣扎，却哪里挣得开，霎时间脸上给他咬下一块肉来，鲜血淋漓，只痛得大声惨呼。

段誉向王语嫣道：“王姑娘，怎地想法子救他们一救？”王语嫣蹙起眉头，说道：“这人发了疯，力大无穷，又不是使什么武功，我可没法子。”段誉转头向慕容复道：“慕容兄，你慕容家‘以彼之道，还治彼身’的神技，可用得着么？”慕容复不答，脸有不愉之色。包不同恶狠狠的道：“你叫我家公子学做疯狗，也去咬他一口吗？”

段誉歉然道：“是我说得不对，包兄莫怪。慕容兄莫怪！”走到那胖子身边，说道：“尊兄，这人是你的弟弟，快请放了他罢。”那胖子双臂却抱得更加紧了，口中兀自发出犹似兽吼般的荷荷之声。

云岛主抓起一名黄衫女子，喝道：“这里厅上之人，大半曾中老贼婆的生死符，此刻聚在一起，互受感应，不久人人都要发作，几百个人将你全身咬得稀烂，你怕是不怕？”那女子向那胖子望了一眼，脸上现出十分惊恐的神色。云岛主道：“反正童姥已死，你将她秘藏之处说了出来，治好众人，大家感激不尽，谁也不会难为你们。”那女子道：“不是我不肯说，实在……实在是谁也不知道。尊主行事，不会让我们……我们奴婢见到的。”

慕容复随众人上山，原想助他们一臂之力，树恩示惠，将这些草泽异人收为己用。此刻眼见童姥虽死，她种在各人身上的生死符却无可破解，看来这“生死符”乃是一种剧毒，非武功所能为力，如果一个个毒发毙命，自己一番图谋便成一场春梦了。他和邓百川、公冶乾相对摇了摇头，均感无法可施。

云岛主虽知那黄衫女子所说多半属实，但觉得自身中了生死符的穴道中隐隐发酸，似乎也有发作的征兆，急怒之下，喝道：

“好，你不说！我打死了你这臭丫头再说！”提起长鞭，夹头夹脑往那女子打去，这一鞭力道沉猛，眼见那女子要被打得头碎脑裂。

忽然嗤的一声，一件暗器从门口飞来，撞在那女子腰间。那女子被撞得滑出丈余，啪的一声大响，长鞭打上地下石板，石屑四溅。只见地下一个黄褐色圆球的溜溜滚转，却是一枚松球。众人都大吃一惊：“用一枚小小松球便将人撞开丈余，内力非同小可，那是谁？”

乌老大蓦地里想起一事，失声叫道：“童姥！是童姥！”

那日他躲在岩石之后，见到李秋水斩断了童姥的左腿，便将断腿包在油布之中，带在身边。他想童姥多半已给李秋水追上杀死，但没目睹她的死状，总是心下惴惴。当日虚竹用松球掷穿他肚子，那手法便是童姥所授。乌老大吃过大苦，一见松球又现，第一个便想到是童姥到了，如何不吓得魂飞魄散？

众人听得乌老大狂叫“童姥”，一齐转身朝外，大厅中刷刷、擦擦、叮当、呛啷诸般拔兵刃之声响成一片，各人均取兵刃在手，同时向后退缩。

慕容复反而向着大门走了两步，要瞧瞧这童姥到底是什么模样。其实那日他以“斗转星移”之术化解虚竹和童姥从空下堕之势，曾见过童姥一面，只是决不知那个十八九岁、颜如春花的姑娘，竟会是众魔头一想到便胆战心惊的天山童姥。

段誉挡在王语嫣身前，生怕她受人伤害。王语嫣却叫：“表哥，小心！”

众人目光群注大门，但过了好半晌，大门口全无动静。

包不同叫道：“童姥姥，你要是恼了咱们这批不速之客，便进来打上一架罢！”过了一会，门外仍是没有声息。风波恶道：“好罢，让风某第一个来领教童姥的高招，‘明知打不过，仍要打一打’，那是风某至死不改的臭脾气。”说着舞动单刀护住面前，便冲向门外。邓百川、公冶乾、包不同三人和他情同手足，知他决不是童姥对手，一齐跟出。

众洞主、岛主有的佩服四人刚勇，有的却暗自讪笑：“你们没见过童姥的厉害，却来妄逞好汉，一会儿吃了苦头，那可后悔莫及了。”只听得风波恶和包不同两人声音一尖一沉，在厅外大声向童姥挑战，却始终无人答腔。

适才搭救黄衫女子这枚松球，却是虚竹所发。他见自己竟害得大家如此惊疑不定，好生过意不去，说道：“对不起，对不起！是我的不是。童姥确已逝世，各位不用惊慌。”见那胖子还在乱咬他的兄弟，心想：“再咬下去，两人都活不成了。”走过去伸手在那胖子背心上一拍，使的是“天山六阳掌”功夫，一股阳和内力，登时便将那胖子体内生死符的寒毒镇住了，只是不知他生死符的所在，却无法就此为他拔除。

那胖子双臂一松，坐在地下，呼呼喘气，神情委顿不堪，说道：“兄弟，你怎么啦？是谁伤得你这等模样？快说，快说，哥哥给你报仇雪恨。”他兄弟见兄长神智回复，心中大喜，顾不得脸上重伤，不住口的道：“哥哥，你好了！哥哥，你好了！”

虚竹伸手在每个黄衫女子肩头上拍了一记，说道：“各位是钧天部的么？你们阳天、朱天、昊天各部姊妹，都已到了接天桥边，只因铁链断了，一时不得过来。你们这里有没有铁链或是粗索？咱们去接她们过来罢。”他掌心中北冥真气鼓荡，手到之处，钧天部诸女不论被封的是哪一处穴道，其中阻塞的经脉立被震开，再无任何窒滞。

众女惊喜交集，纷纷站起，说道：“多谢尊驾相救，不敢请教尊姓大名。”有几个年轻女子性急，拔步便向大门外奔去，叫道：“快，快去接应八部姊妹们过来，再和反贼们决一死战。”一面回头挥手，向虚竹道谢。

虚竹拱手答谢，说道：“不敢，不敢！在下何德何能，敢承各位道谢？相救各位的另有其人，只不过是假手在下而已。”他意思是说，他的武功内力得自童姥等三位师长，实则是童姥等出手救了诸女。

群豪见他随手一拍，一众黄衫女子的穴道立解，既不须查问何处穴道被封，亦不必在相应穴道处推血过宫，这等手法不但从所未见，抑且从所未闻，眼见他貌不惊人，年纪轻轻，决无这等功力，听他说是旁人假手于他，都信是童姥已到了灵鹫宫中。

乌老大曾和虚竹在雪峰上相处数日，此刻虽然虚竹头发已长，满脸涂了泥污，但一开口说话，乌老大猛地省起，便认了出来，一纵身欺近他身旁，扣住了他右手脉门，喝道：“小和尚，童……童姥已到了这里么？”

虚竹道：“乌先生，你肚皮上的伤处已全愈了吗？我……我现在已不能算佛门弟子了，唉！说来惭愧……当真惭愧得紧。”说到此处，不禁满脸通红，只是脸上涂了许多污泥，旁人也瞧不出来。

乌老大一出手便扣住他脉门，谅他无法反抗，当下加运内力，要他痛得出声讨饶，心想童姥对这小和尚甚好，我一袭得手，将他扣为人质，童姥便要伤我，免不了要投鼠忌器。哪知他连催内力，虚竹恍若不知，所发的内力都如泥牛入海，无影无踪。乌老大心下害怕，不敢再催内力，却也不肯就此放开了手。

群豪一见乌老大所扣的部位，便知虚竹已落入他的掌握，即使他武功比乌老大为高，也已无可抗御，唯有听由乌老大宰割，均想：“这小子倘若真是高手，要害便决不致如此轻易的为人所制。”各人七张八嘴的喝问：“小子，你是谁？怎么来的？”“你叫什么名字？你师长是谁？”“谁派你来的？童姥呢？她到底是死是活？”

虚竹一一回答，神态甚是谦恭：“在下道号……道号虚竹子。童姥确已逝世，她老人家的遗体已运到了接天桥边。我师门渊源，唉，说来惭愧，当真……当真……在下铸下大错，不便奉告。各位若是不信，待会大伙儿便可一同瞻仰她老人家的遗容。在下到这里来，是为了替童姥办理后事。各位大都是她老人家的旧部，我劝各位不必再念旧怨，大家在她老人家灵前一拜，种种仇恨，一笔勾消，岂不是好？”他一句句说来，一时羞愧，一时伤感，东一句，西一句，既不连贯，语气也毫不顺畅，最后又尽是一厢情愿之辞。

群豪觉这小子胡说八道，有点神智不清，惊惧之心渐去，狂傲之意便生，有人更破口叱骂起来：“小子是什么东西，胆敢要咱们在死贼婆的灵前磕头？”“他妈的，老贼婆到底是怎样死的？”“是不是死在她师妹李秋水手下？这条腿是不是她的？”

虚竹道：“各位就算真和童姥有深仇大怨，她既已逝世，那也不必再怀恨了，口口声声‘老贼婆’，未免太难听了一点。乌先生说得不错，童姥确是死于她师妹李秋水手下，这条腿嘛，也确是她老人家的遗体。唉，人生如梦幻泡影，如露亦如电，童姥她老人家虽然武功深湛，到头来终于功散气绝，难免化作黄土。南无阿弥陀佛，南无观音菩萨，南无大势至菩萨，接引童姥往生西方极乐世界、莲池净土！”

群豪听他唠唠叨叨的说来，童姥已死倒是确然不假，登时都大感宽慰。有人问道：“童姥临死之时，你是否在她身畔？”虚竹道：“是啊。最近这几个月来，我一直在服侍她老人家。”群豪对望一眼，心中同时飞快的转过了一个念头：“破解生死符的宝诀，说不定便在这小子的身上。”

青影一晃，一人欺近身来，扣住了虚竹左手脉门，跟着乌老大觉得后颈一凉，一件利器已架在他项颈之中，一个尖锐的声音说道：“乌老大，放开了他！”

乌老大一见扣住虚竹左腕那人，便料到此人的死党必定同时出击，待要出掌护身，却已慢了一步。只听得背后那人道：“再不放开，这一剑便斩下来了。”乌老大松指放开虚竹手腕，向前跃出数步，转过身来，说道：“珠崖双怪，姓乌的不会忘了今日之事。”

那用剑逼他的是个瘦长汉子，狞笑道：“乌老大，不论出什么题目，珠崖双怪都接着便是。”大怪扣着虚竹的脉门，二怪便来搜他的衣袋。虚竹心想：“你们要搜便搜，反正我身边又没什么见不得人的物事。”二怪将他怀中的东西一件件摸将出来，第一件便摸到无崖子给他的那幅图画，当即展开卷轴。

大厅上数百对目光，齐向画中瞧去。那画曾被童姥踩过几脚，后来又在冰窖中被浸得湿透，但图中美女仍是栩栩如生，便如要从画中走下来一般，丹青妙笔，实是出神入化。众人一见之下，不约而同都转头向王语嫣瞧去。有人说：“咦！”有人说：“哦！”有人说：“呸！”有人说：“哼！”咦者大出意外，哦者恍然有悟，呸者甚为愤怒，哼者意存轻蔑。

群豪本来盼望卷轴中绘的是一张地图又或是山水风景，便可循此而去找寻破解生死符的灵药或是秘诀，哪知竟是王语嫣的一幅图像，咦、哦、呸、哼一番之后，均感失望。只有段誉、慕容复、王语嫣同时“啊”的一声，至于这一声“啊”的含意，三人却又各自不同。王语嫣见到虚竹身边藏着自己的肖像，惊奇之余，晕红双颊，寻思：“难道……难道这人自从那日在珍珑棋局旁见了我一面之后，便也像段公子一般，将我……将我这人放在心里？否则何以图我容貌，暗藏于身？”段誉却想：“王姑娘天仙化身，姿容绝世，这个小师父为她颠倒倾慕，那也不足为异。唉，可惜我的画笔及不上这位小师父的万一，否则我也来画一幅王姑娘的肖像，日后和她分手，朝夕和画像相对，倒也可稍慰相思之苦。”慕容复却想：“这小和尚也是个癞虾蟆想吃天鹅肉之人。”

二怪将图像往地下一丢，又去搜查虚竹衣袋，此后拿出来的是虚竹在少林寺剃度的一张度牒，几两碎银子，几块干粮，一双布袜，看来看去，无一和生死符有关。

珠崖二怪搜查虚竹之时，群豪无不虎视眈眈的在旁监视，只要见到有什么特异之物，立时涌上抢夺，不料什么东西也没搜到。

珠崖大怪骂道："臭贼，老贼婆临死之时，跟你说什么来？"虚竹道："你问童姥临死时说什么话？嗯，她老人家说：'不是她，不是她，不是她！哈哈，哈哈，哈哈！'大笑三声，就此断气了。"群豪莫名其妙，心思缜密的便沉思这句"不是她"和大笑三声有什么含义，性情急躁的却都喝骂了起来。

珠崖大怪喝道："他妈的，什么不是她，哈哈哈？老贼婆还说了什么？"虚竹道："前辈先生，你提到童姥她老人家之时，最好稍存敬意，可别胡言斥骂。"珠崖大怪大怒，提起左掌，便向他头顶击落，骂道："臭贼，我偏要骂老贼婆，却又如何？"

突然间寒光一闪，一柄长剑伸了过来，横在虚竹头顶，剑刃竖立。珠崖大怪这一掌倘若继续拍落，还没碰到虚竹头皮，自己手掌先得在剑锋上切断了。他一惊之下，急忙收掌，只是收得急了，身子向后一仰，退出三步，一拉之下没将虚竹拉动，顺手放脱了他手腕，但觉左掌心隐隐疼痛，提掌一看，见一道极细的剑痕横过掌心，渗出血来，不由得又惊又怒，心想这一下只消收掌慢了半分，这手掌岂非废了？怒目向出剑之人瞪去，见那人身穿青衫，五十来岁年纪，长须飘飘，面目清秀，认得他是"剑神"卓不凡。从适才这一剑出招之快、拿捏之准看来，剑上的造诣实已到了登峰造极的地步。他又记起那日剑鱼岛区岛主离众而去，顷刻间便给这"剑神"斩了首级，他性子虽躁，却也不敢轻易和这等厉害的高手为敌，说道："阁下出手伤我，是何用意？"

卓不凡微微一笑，说道："大伙儿要从此人口中，查究破解生死符的法门，老兄却突然性起，要将这人杀死。众兄弟身上的生死符催起命来，老兄如何交代？"珠崖大怪语塞，只道："这个……这个……”卓不凡还剑入鞘，微微侧身，手肘在二怪肩头轻轻一撞，二怪站立不定，腾腾腾腾，向后退出四步，胸腹间气血翻涌，险些摔倒，好容易才站定脚步，却不敢出声喝骂。

卓不凡向虚竹道：“小兄弟，童姥临死之时，除了说‘不是她’以及大笑三声之外，还说了什么？”

虚竹突然满脸通红，神色忸怩，慢慢的低下头去，原来他想起童姥那时说道：“你将那幅图画拿来，让我亲手撕个稀烂，我再无挂心之事，便可指点你去寻那梦中姑娘的途径。”岂知童姥一见图画，发现画中人并非李秋水，又是好笑，又是伤感，竟此一瞑不视。他想：“童姥突然逝世，那位梦中姑娘的踪迹，天下再无一人知晓，只怕今生今世，我是再也不能和她相见了。”言念及此，不禁黯然魂消。

卓不凡见他神色有异，只道他心中隐藏着什么重大机密，和颜悦色的道：“小兄弟，童姥到底跟你说了些什么，你跟我说好了，我姓卓的非但不会难为你，并且还有大大的好处给你。”虚竹连耳根子也红了，摇头道：“这件事，我是万万……万万不能说的。”卓不凡道：“为什么不能说？”虚竹道：“此事说来……说来……唉，总而言之，我不能说，你便杀了我，我也不说。”卓不凡道：“你当真不说？”虚竹道：“不说。”

卓不凡向他凝视片刻，见他神气十分坚决，突然间刷的一声，拔出长剑，寒光闪动，嗤嗤嗤几声轻响，长剑似乎在一张八仙桌上划了几下，跟着啪啪几声，八仙桌分为整整齐齐的九块，崩跌在地。在这一霎眼之间，他纵两剑，横两剑，连出四剑，在桌上划了一个“井”字。更奇的是，九块木板均成四方之形，大小阔狭，全无差别，竟如是用尺来量了之后再慢慢剖成一般。大厅中登时采声雷动。

王语嫣轻声道：“这一手周公剑，是福建建阳‘一字慧剑门’的绝技，这位卓老先生，想必是‘一字慧剑门’的高手耆宿。”群豪齐声喝采之后，随即一齐向卓不凡注目，更无声息，她话声虽轻，这几句话却清清楚楚的传入了各人耳中。

卓不凡哈哈一笑，说道："这位姑娘当真好眼力，居然说得出老朽的门派和剑招名称。难得，难得。"众人都想："从来没听说福建有个'一字慧剑门'，这老儿剑术如此厉害，他这门派该当威震江湖才是，怎地竟是没没无闻？"只听卓不凡叹了口气，说道："我这门派之中，却只老夫孤家寡人、光杆儿一个。'一字慧剑门'三代六十二人，三十三年之前，便给天山童姥杀得干干净净了。"

众人心中一凛，均想："此人到灵鹫宫来，原来是为报师门大仇。"

只见卓不凡长剑一抖，向虚竹道："小兄弟，我这几招剑法，便传了给你如何？"

此言一出，群豪有的现出艳羡之色，但也有不少人登时显出敌意。学武之人若得高人垂青，授以一招两式，往往终身受用不尽，天下扬名，立身保命，皆由于此。但歹毒之徒习得高招后反噬恩师，亦屡见不鲜，是以武学高手择徒必严。卓不凡毫没来由的答允以上乘剑术传授虚竹，自是为了要知道童姥的遗言，以取得生死符。

虚竹尚未答覆，人丛中一个女子声音冷冷问道："卓先生，你也是中了生死符么？"

卓不凡向那人瞧去，见说话的是个中年道姑，便道："仙姑何出此问？"

段誉认得这道姑是大理无量洞洞主辛双清，她本是无量剑西宗的掌门人，给童姥的部属收服，改称为无量洞洞主。这些日子来，他一直不敢和辛双清正眼相对，也不敢走近她属下的左子穆，生怕他们要算旧账，这时见她发话，急忙躲在包不同身后。

辛双清道："卓先生若非身受生死符的荼毒，何以千方百计，也来求这破解之道？倘若卓先生意在挟制我辈，那么三十六洞、七十二岛诸兄弟甫脱狮吻，又入虎口，只怕也未必甘心。卓先生虽然剑法通神，但如逼得我们无路可走，众兄弟也只好不顾死活的一搏了。”这番话不亢不卑，但一语破的，揭穿了卓不凡的用心，辞锋咄咄逼人。

群豪中登时有十余人响应：“辛洞主的话是极。”更有人道：“小子，童姥到底有什么遗言，你快当众说出来，否则大伙儿将你乱刀分尸，味道可不大妙。”

卓不凡长剑抖动，嗡嗡作响，说道：“小兄弟不用害怕，你在我身边，瞧有谁能动了你一根寒毛？童姥的遗言你只能跟我一个人说，若有第三个人知道，我的剑法便不能传你了。”

虚竹摇头道：“童姥的遗言，只和我一个人有关，跟另外一个人也有关，但跟各位实在没半点干系。再说，不管怎样，我是决计不说的。你的剑法虽好，我也不想学。”

群豪轰然叫好，道：“对，对！好小子，挺有骨气，他的剑法学来有什么用？”“人家娇滴滴的小姑娘，一句话便将他剑招的来历揭破了，可见并无希奇之处。”又有人道：“这位姑娘既然识得剑法的来历，便有破他剑法的本事。小兄弟，若要拜师，还是拜这个小姑娘为妙。何况你怀中藏了她的画像，哈哈，自然是该当拜她为师才是。”

卓不凡听到各人的冷嘲热讽，甚感难堪，斜眼向王语嫣望去，过了半晌，见她始终默不作声，卓不凡大怒，心道：“有人说你能破得我的剑法，你竟并不立即否认，难道你是默认确能破得吗？”其实王语嫣心中在想：“表哥为什么神色不大高兴，是不是生我的气啊？我什么地方得罪他了？莫非……莫非那位小师父画了我的肖像藏在身边，表哥就此着恼！”于旁人的说话，一时全没听在耳中。

卓不凡一瞥眼又见到丢在地下的那轴图画，陡然想起：“这小子画了她肖像藏在怀中，自然对她有万分情意。我要他吐露童姥遗言，非从这小妞儿身上着手不可，有了！”拾起图画，塞入虚竹怀中，说道：“小兄弟，你的心事，我全知道，嘿嘿，郎才女貌，当真是天造地设的一对。只不过有人从中作梗，你想称心如意，却也不易。这样罢，由我一力主持，将这位姑娘配了给你作妻房，即刻在此拜天地，今晚便在灵鹫宫中洞房如何？”说着笑吟吟地伸手指着王语嫣。

“一字慧剑门”满门师徒给童姥杀得精光，当时卓不凡不在福建，幸免于难，从此再也不敢回去，逃到长白山中荒僻极寒之地苦研剑法，无意中得了前辈高手遗下来的一部剑经，勤练三十年，终于剑术大成，自信已然天下无敌，此番出山，在河北一口气杀了几个赫赫有名的好手，更是狂妄不可一世，只道手中长剑当世无人与抗，言出法随，谁敢有违？

虚竹脸上一红，忙道：“不，不！卓先生不可误会。”

卓不凡道：“男大当婚，女大当嫁，知好色则慕少艾，原是人之常情，又何必怕丑？”

虚竹不由得狼狈万状，连说：“这个……这个……不是的……”

卓不凡长剑抖动，一招“天如穹庐”，跟着一招“白雾茫茫”，两招混一，向王语嫣递去，要将她圈在剑光之中拉过来，居为奇货，以便与虚竹交换，要他吐露秘密。

王语嫣一见这两招，心中便道：“‘天如穹庐’和‘白雾茫茫’，都是九虚一实。只须中宫直进，捣其心腹，便逼得他非收招不可。”可是心中虽知其法，手上功夫却使不出来，眼见剑光闪闪，罩向自己头上，惊惶之下，“啊”的一声叫了出来。

慕容复看出卓不凡这两招并无伤害王语嫣之意，心想：“我不忙出手，且看这姓卓的老儿捣什么鬼？这小和尚是否会为了表妹而吐露机密？”

但段誉一见到卓不凡的剑招指向王语嫣，他也不懂剑招虚实，自然是大惊失色，情急之下，脚下展开“凌波微步”，疾冲过去，挡在王语嫣身前。卓不凡剑招虽快，段誉还是抢先了一步。长剑寒光闪处，嗤的一声轻响，剑尖在段誉胸口划了一条口子，自颈至腹，衣衫尽裂，伤及肌肤。总算卓不凡志在逼求虚竹心中的机密，不欲此时杀人树敌，这一剑手劲的轻重恰到好处，剑痕虽长，伤势却甚轻微。段誉吓得呆了，一低头见到自己胸膛和肚腹上如此长的一条剑伤，鲜血迸流，只道已被他开膛破腹，立时便要毙命，叫道：“王姑娘，你……你快躲开，我来挡他一阵。”

卓不凡冷笑道：“泥菩萨过江，自身难保，居然不自量力，来做护花之人。”转头向虚竹道：“小兄弟，看中这位姑娘的人可着实不少，我先动手给你除去一个情敌如何？”长剑剑尖指着段誉心口，相距一寸，抖动不定，只须轻轻一送，立即插入他的心脏。

虚竹大惊，叫道：“不可，万万不可！”生怕卓不凡杀害段誉，左手伸出，小指在他右腕“太渊穴”上轻轻一拂。卓不凡手上一麻，握着剑柄的五指便即松了。虚竹顺手将长剑抓在掌中。这一下夺剑，乃是“天山折梅手”中的高招，看似平平无奇，其实他小指的一拂之中，含有最上乘的“小无相功”，卓不凡的功力便再深三四十年，手中长剑一样的也给夺了下来。虚竹道：“卓先生，这位段公子是好人，不可伤他性命。”顺手又将长剑塞还在卓不凡手中，低头去察看段誉伤势。

段誉叹道：“王姑娘，我……我要死了，但愿你与慕容兄百年齐眉，白头偕老。爹爹，妈妈……我……我……”他伤势其实并不厉害，只是以为自己胸膛肚腹给人剖开了，当然是非死不可，一泄气，身子向后便倒。

王语嫣抢着扶住，垂泪道：“段公子，你这全是为了我……”

虚竹出手如风，点了段誉胸腹间伤口左近的穴道，再看他伤口，登时放心，笑道：“段公子，你的剑伤不碍事，三四天便好。”

段誉身子给王语嫣扶住，又见她为自己哭泣，早已神魂飘荡，欢喜万分，问道："王姑娘，你……你是为我流泪么？"王语嫣点了点头，珠泪又是滚滚而下。段誉道："我段誉得有今日，他便再刺我几十剑，我便为你死几百次，也是甘心。"虚竹的话，两人竟都全没听进耳中。王语嫣是心中感激，情难自已。段誉见到了意中人的眼泪，又知这眼泪是为自己所流，哪里还关心自己的生死？

虚竹夺剑还剑，只是一瞬间之事，除了慕容复看得清楚、卓不凡心中明白之外，旁人都道卓不凡手下留情，故意不取段誉性命。可是卓不凡心中惊怒之甚，实是难以形容，一转念间，心道："我在长白山中巧得前辈遗留的剑经，苦练三十年，当世怎能尚有敌手？是了，想必这小子误打误撞，刚好碰到我手腕上的太渊穴。天下十分凑巧之事，原是有的。倘若他真是有意夺我手中兵刃，夺了之后，又怎会还我？瞧这小子小小年纪，能有多大气候，岂能夺得了卓某手中长剑？"心念及此，豪气又生，说道："小子，你忒也多事！"长剑一递，剑尖指在虚竹的后心衣上，手劲轻送，要想刺破他的衣衫，便如对付段誉一般，令他也受些皮肉之苦。

虚竹这时体内北冥真气充盈流转，宛若实质，卓不凡长剑刺到，撞上了他体内真气，剑尖一歪，剑锋便从他身侧滑开。卓不凡大吃一惊，变招也真快捷，立时横剑削向虚竹胁下。这一招"玉带围腰"一剑连攻他前、右、后三个方位，三处都是致命的要害，凌厉狠辣。这时他已知虚竹武功之高，大出自己意料之外，这一招已是使上了全力。

虚竹"咦"的一声，身子微侧，不明白卓不凡适才还说得好端端地，何以突然翻脸，陡施杀手？嗤的一声，剑刃从他腋下穿过，将他的旧僧袍划破了长长的一条。卓不凡第二击不中，五分惊讶之外，更增了五分惧怕，身子滴溜溜的打了半个圈子，长剑一挺，剑尖上突然生出半尺吞吐不定的青芒。群豪中有十余人齐声惊呼：

"剑芒，剑芒!"那剑芒犹似长蛇般伸缩不定，卓不凡脸露狞笑，丹田中提一口真气，青芒突盛，向虚竹胸口刺来。

虚竹从未见过别人的兵刃上能生出青芒，听得群豪呼喝，料想是一门厉害武功，自己定然对付不了，脚步一错，滑了开去。卓不凡这一剑出了全力，中途无法变招，刷的一声响，长剑刺入了大石柱中，深入尺许。这根石柱乃极坚硬的花岗石所制，软身的长剑居然刺入一尺有余，可见他附在剑刃上的真力实是非同小可，群豪又忍不住喝采。

卓不凡手上运劲，将长剑从石柱中拔出，仗剑向虚竹赶去，喝道："小兄弟，你能逃到哪里去?"虚竹心下害怕，滑脚又再避开。

左侧突然有人嘿嘿一声冷笑，说道："小和尚，躺下罢!"是个女子声音。两道白光闪处，两把飞刀在虚竹面前掠过。虚竹虽只在最初背负童姥之时，得她指点过一些轻功，但他内力深湛浑厚，举手投足之际，自然而然的轻捷无比，身随意转，飞刀来得虽快，他还是轻轻巧巧的躲过了。但见一个身穿淡红衣衫的中年美妇双手一招，便将两把飞刀接在手中。她掌心之中，倒似有股极强的吸力，将飞刀吸了过去。

卓不凡赞道："芙蓉仙子的飞刀神技，可教人大开眼界了。"

虚竹蓦地想起，那晚众人合谋进攻缥缈峰之时，卓不凡、芙蓉仙子二人和不平道人乃是一路，不平道人在雪峰上被自己以松球打死，难怪二人要杀自己为同伴报仇。他自觉内疚，停了脚步，向卓不凡和芙蓉仙子不住作揖，说道："我确是犯了极大的过错，当真该死，虽然当时我并非有意，唉，总之是铸成了难以挽回的大错。两位要打要骂，我……我这个……再也不敢躲闪了。"

卓不凡和芙蓉仙子崔绿华对望了一眼，均想："这小子终于害怕了。"其实他们并不知道不平道人是死在虚竹的手下，即使知道，也不拟杀他为不平道人报仇。两人一般的心思，同时欺近身去，一左一右，抓住了虚竹的手腕。

虚竹想到不平道人死时的惨状，心中抱憾万分，不住讨饶：“我做错了事，当真后悔莫及。两位尽管重重责罚，我心甘情愿的领受，就是要杀我抵命，那也不敢违抗。”

卓不凡道：“你要我不伤你性命，那也容易，你只须将童姥临死时的遗言，原原本本的说与我听，便可饶了你。”崔绿华微笑道：“卓先生，小妹能不能听？”卓不凡道：“咱们只要寻到破解生死符的法门，这里众位朋友人人都受其惠，又不是在下一人能得好处。”他既不说让崔绿华同听秘密，亦不说不让她听，但言下之意，显然是欲独占成果。

崔绿华微笑道：“小妹却没你这么好良心，我便是瞧着这小子不顺眼。”左手紧紧抓着虚竹的手腕，右手一扬，两柄飞刀便往虚竹胸口插了下来。

童姥既死，卓不凡的师门大仇已难以得报，这时他只想找到破解生死符的法门，挟制群豪，作威作福。崔绿华的用意却全然不同。她兄长为三十六洞的三个洞主联手所杀，她想只要杀了虚竹，无人知道童姥的遗言，那三个洞主身上的生死符就永远难以破解，势必比她兄长死得惨过百倍，远胜于自己亲手杀人报仇，是以突然之间，猛施杀手。她这下出手好快，卓不凡长剑本已入鞘，忙去拔剑，眼看已然慢了一步。

虚竹一惊之下，不及多想，自然而然的双手一振，将卓不凡和崔绿华同时震开数步。

崔绿华一声呼喝，飞刀脱手，疾向虚竹射去。她虽跌出数步，但以投掷暗器而论，仍可说相距极近。卓不凡怕虚竹被杀，举剑往飞刀上撩去。崔绿华早料到卓不凡定会出剑相救，两柄飞刀脱手，跟着又有十柄飞刀连珠般掷出，其中三刀掷向卓不凡，志在将他挡得一挡，其余七刀都是向虚竹射去，面门、咽喉、胸膛、小腹，尽在飞刀的笼罩之下。

虚竹双手连抓，使出“天山折梅手”来，随抓随抛，但听得玎玎珰珰之声不绝，霎时之间，将十三件兵刃投在脚边。十二柄是崔绿华的飞刀，第十三件却是卓不凡的长剑。原来他一使上这“天山折梅手”，惶急之下，没再细想对手是谁，只是见兵刃便抓，顺手将卓不凡的长剑也夺了下来。

他夺下十三件兵刃，一抬头见到卓不凡苍白的脸色，回过头来，再见到崔绿华惊惧的眼神，心道：“糟糕，糟糕，我又得罪了人啦。”忙道：“两位请勿见怪，在下行事卤莽。”俯身拾起地下十三件兵刃，双手捧起，送到卓崔二人身前。

崔绿华还道他故意来羞辱自己，双掌运力，猛向他胸膛上击去。但听得啪的一声响，一股猛烈无比的力道反击而来，崔绿华“啊”的一声惊呼，身子向后飞出，砰的一下，重重撞在石墙之上，喷出两口鲜血。

卓不凡此次与不平道人、崔绿华联手，事先三人暗中曾相互伸量过武功内力，虽然卓不凡较二人为强，但也只稍胜一筹而已，此刻见虚竹双手捧着兵刃，单以体内的一股真气，便将崔绿华弹得身受重伤，自己万万不是对手。他知道今日已讨不了好去，双手向虚竹一拱，说道：“佩服，佩服，后会有期。”

虚竹道：“前辈请取了剑去。在下无意冒犯，请前辈不必介意。前辈要打要骂，为不平道长出气，我……我决计不敢反抗。”

在卓不凡听来，虚竹这几句话全成了刻毒的讥讽。他脸上已无半点血色，大踏步向厅外走去。

忽听得一声娇叱，一个女子的声音说道：“站住了！灵鹫宫是什么地方，容得你要来便来，要去便去吗？”卓不凡一凛，顺手便按剑柄，一按之下，却按了个空，这才想起长剑已给虚竹夺去，只见大门外拦着一块巨岩，二丈高，一丈宽，将大门密不透风的堵死了。这块巨岩不知是何时无声无息的移来，自己竟全然没有警觉。

群豪一见这等情景，均知已陷入了灵鹫宫的机关之中。众人一路攻战而前，将一干黄衫女子杀的杀，擒的擒，扫荡得干干净净，进入大厅之后，也曾四下察看有无伏兵，但此后有人身上生死符发作，各人触目惊心，物伤其类，再加上一连串变故接踵而来，竟没想到身处险地，危机四伏，待得见到巨岩堵死了大门，心中均是一凛："今日要生出灵鹫宫，只怕大大的不易了。"

忽听得头顶一个女子的声音说道："童姥姥座下四使婢，参见虚竹先生。"虚竹抬起头来，只见大厅靠近屋顶之处，有九块岩石凸了出来，似乎是九个小小的平台，其中四块岩石上各有一个十八九岁的少女，正自盈盈拜倒。四女一拜，随即纵身跃落，身在半空，手中已各持一柄长剑，飘飘而下。四女一穿浅红，一穿月白，一穿浅碧，一穿浅黄，同时跃下，同时着地，又向虚竹躬身拜倒，说道："使婢迎接来迟，主人恕罪。"虚竹作揖还礼，说道："四位姊姊不必多礼。"

四个少女抬起头来，众人都是一惊。但见四女不但高矮秾纤一模一样，而且相貌也没半点分别，一般的瓜子脸蛋，眼如点漆，清秀绝俗，所不同的只是衣衫颜色。

那穿浅红衫的女子道："婢子四姊妹一胎孪生，童姥姥给婢子取名为梅剑，这三位妹子是兰剑、竹剑、菊剑。适才遇到昊天、朱天诸部姊妹，得知诸般情由。现下婢子已将独尊厅大门关上了，这一干大胆作反的奴才如何处置，便请主人发落。"

群豪听她自称为四姊妹一胎孪生，这才恍然，怪不得四人相貌一模一样，但见她四人容颜秀丽，语音清柔，各人心中均生好感，不料说到后来，那梅剑竟说什么"一干大胆作反的奴才"，实是无礼之极。两条汉子抢了上来，一人手持单刀，一人拿着一对判官笔，齐声喝道："小妞儿，你口中不干不净的放……"

突然间青光连闪，兰剑、竹剑姊妹长剑掠出，跟着当当两声响，两条汉子的手腕已被截断，手掌连着兵刃掉在地下。这一招迅捷无伦，那二人手腕已断，口中还在说道："……什么屁！哎唷！"齐声大叫，向后跃开，只洒得满地都是鲜血。

二女一出手便断了二人手腕，其余各人虽然颇有自忖武功比那两条大汉要高得多的，却也不敢贸然出手，何况眼见这座大厅四壁都是厚实异常的花岗岩，又不知厅中另有何等厉害机关，各人面面相觑，谁也没有作声。

寂静之中，忽然人丛中又有一人"荷荷荷"的咆哮起来。众人一听，都知又有人身上的生死符催命来了。

群豪相顾失色之际，一条铁塔般的大汉纵跳而出，双目尽赤，乱撕自己胸口衣服。许多人叫了起来："铁鳌岛岛主！铁鳌岛岛主哈大霸！"那哈大霸口中呼叫，直如一头受伤了的猛虎，他提起铁钵般的拳头，砰的一声，将一张茶几击得粉碎，随即向菊剑冲去。

菊剑见到他可怖的神情，忘了自己剑法高强，心中害怕，一钻头便缩入了虚竹的怀中。哈大霸张开蒲扇般的大手，向梅剑抓来。这四个孪生姊妹心意相通，菊剑吓得浑身发抖，梅剑早受感应，眼见哈大霸扑到，"啊"的一声惊呼，躲到了虚竹背后。

哈大霸一抓不中，翻转双手，便往自己两只眼睛中挖去。虚竹叫道："使不得！"衣袖挥出，拂中他的臂弯，哈大霸双手便即垂下。虚竹道："这位兄台体内所种的生死符发作，在下来想法子给你解去。"当即使出"天山六阳掌"中的一招"阳歌天钧"，在哈大霸背心"灵台穴"上一拍。哈大霸几下剧震，全身宛如虚脱。

青光闪处，两柄长剑分别向哈大霸刺到，正是兰剑、竹剑二妹乘机出手。虚竹道："不可！"夹手将双剑夺过，喃喃念道："糟糕，糟糕！不知他的生死符在何处？"他虽学会了生死符的破解之法，究竟见识浅陋，看不出哈大霸身上生死符的所在，这一招“阳歌天钧”又出力太猛，哈大霸竟然受不起。

哈大霸说道：“中……中在……悬枢……气……气海……丝……丝竹空……”适才虚竹一招“阳歌天钧”，已令他神智恢复。

虚竹喜道：“你自己知道，那就好了。”当即以童姥所授法门，用天山六阳掌的纯阳之力，将他悬枢、气海、丝竹空三处穴道中的寒冰生死符化去。

哈大霸站起身来，挥拳踢腿，大喜若狂，突然扑翻在地，砰砰砰的向虚竹磕头，说道：“恩公在上，哈大霸的性命，是你老人家给的，此后恩公但有所命，哈大霸赴汤蹈火，在所不辞。”虚竹对人向来恭谨，见哈大霸行此礼，忙跪下还礼，也砰砰砰的向他磕头，说道：“在下不敢受此重礼，你向我磕头，我也得向你磕头。”哈大霸大声道：“恩公快快请起，你向我磕头，可真折杀小人了。”为了表示感激之意，又多磕几个头。虚竹见他又磕头，当下又磕头还礼。

两人爬在地下，磕头不休。猛听得几百人齐声叫了起来：“给我破解生死符，给我破解生死符。”身上中了生死符的群豪蜂涌而前，将二人团团围住。一名老者将哈大霸扶起，说道：“不用磕头啦，大伙儿都要请恩公疗毒救命。”

虚竹见哈大霸站起，这才站起身来，说道：“各位别忙，听我一言。”霎时之间，大厅上没半点声息。虚竹说道：“要破解生死符，须得确知所种的部位，各位自己知不知道？”

霎时间众人乱成一团，有的说：“我知道！”有的说：“我中在委中穴、内庭穴！”有的说：“我全身发疼，他妈的也不知中在什么鬼穴道！”有的说：“我身上麻痒疼痛，每个月不同，这生死符会走！”

突然有人大声喝道：“大家不要吵，这般嚷嚷的，虚竹子先生能听得见么？”出声呼喝的正是群豪之首的乌老大，众人便即静了下来。

虚竹道："在下虽蒙童姥授了破解生死符的法门……"七八个人忍不住叫了起来："妙极，妙极！""吾辈性命有救了！"只听虚竹续道："……但辨穴认病的本事却极肤浅。不过各位也不必担心，若是自己确知生死符部位的，在下逐一施治，助各位破解。就算不知，咱们慢慢琢磨，再请几位精于医道的朋友来一同参详，总之是要治好为止。"

群豪大声欢呼，只震得满厅中都是回声。过了良久，欢呼声才渐渐止歇。

梅剑冷冷的道："主人应允给你们取出生死符，那是他老人家的慈悲。可是你们大胆作乱，害得童姥离宫下山，在外仙逝，你们又来攻打缥缈峰，害死了我们钧天部的不少姊妹，这笔账却又如何算法？"

此言一出，群豪面面相觑，心中不禁冷了半截，寻思梅剑所言确是实情，虚竹既是童姥的传人，对众人所犯下的大罪不会置之不理。有人便欲出言哀恳，但转念一想，害死童姥、倒反灵鹫宫之罪何等深重，岂能哀求几句，便能了事？话到口边，又缩了回去。

乌老大道："这位姊姊所责甚是有理，吾辈罪过甚大，甘领虚竹子先生的责罚。"他摸准了虚竹的脾气，知他忠厚老实，绝非阴狠毒辣的童姥可比，若是由他出手惩罚，下手也必比梅兰竹菊四剑为轻，因之向他求告。

群豪中不少人便即会意，跟着叫了起来："不错，咱们罪孽深重，虚竹子先生要如何责罚，大家甘心领罪。"有些人想到生死符催命时的痛苦，竟然双膝一曲，跪了下来。

虚竹浑没了主意，向梅剑道："梅剑姊姊，你瞧该当怎么办？"梅剑道："这些都不是好人，害死了钧天部这许多姊妹，非叫他们偿命不可。"

无量洞副洞主左子穆向梅剑深深一揖，说道："姑娘，咱们身上中了生死符，实在是惨不堪言，一听到童姥姥她老人家不在峰上，不免着急，以致做错了事，实在悔之莫及。求你姑娘大人大量，向虚竹子先生美言几句。”

梅剑脸一沉，说道：“那些杀过人的，快将自己的右臂砍了，这是最轻的惩戒了。”她话一出口，觉得自己发号施令，于理不合，转头向虚竹道：“主人，你说是不是？”虚竹觉得如此惩罚太重，却又不愿得罪梅剑，嗫嚅道：“这个……这个……嗯……那个……”

人群中忽有一人越众而出，正是大理国王子段誉。他性喜多管闲事，评论是非，向虚竹拱了拱手，笑道：“仁兄，这些朋友们来攻打缥缈峰，小弟一直极不赞成，只不过说干了嘴，也劝他们不听。今日大伙儿闯下大祸，仁兄欲加罪责，倒也应当。小弟向仁兄讨一个差使，由小弟来将这些朋友们责罚一番如何？”

那日群豪要杀童姥，歃血为盟，段誉力加劝阻，虚竹是亲耳听到的，知道这位公子仁心侠胆，对他好生敬重，自己负了童姥给李秋水从千丈高峰打下来，也曾得他相救，何况自己正没做理会处，听他如此说，忙拱手道：“在下识见浅陋，不会处事。段公子肯出面料理，在下感激不尽。”

群豪初听段誉强要出头来责罚他们，如何肯服？有些脾气急躁的已欲破口大骂，待听得虚竹竟一口应允，话到口边，便都缩回去了。

段誉喜道：“如此甚好。”转身面对群豪说道：“众位所犯过错，实在太大，在下所定的惩罚之法，却也非轻。虚竹子先生既让在下处理，众位若有违抗，只怕虚竹子老兄便不肯给你们拔去身上的生死符了。嘿嘿，这第一条嘛，大家须得在童姥灵前，恭恭敬敬的磕上八个响头，肃穆默念，忏悔前非，磕头之时，倘若心中暗咒童姥者，罪加一等。”

虚竹喜道：“甚是，甚是！这第一条罚得很好。”

群豪本来都怕这书呆子会提出什么古怪难当的罚法来，都自惴惴不安，一听他说在童姥灵前磕头，均想：“人死为大，在她灵前磕几个头，又打甚紧？何况咱们心里暗咒老贼婆，他又怎会知道，老子一面磕头，一面暗骂老贼婆便是。”当即齐声答应。

段誉见自己提出的第一条众人欣然同意，精神一振，说道：“这第二条，大家须得在钧天部诸死难姊姊的灵前行礼。杀伤过人的，必须磕头，默念忏悔，还得身上挂块麻布，服丧志哀。没杀过人的，长揖为礼，虚竹子仁兄提早给他们治病，以资奖励。”

群豪之中，一大半手上没在缥缈峰顶染过鲜血，首先答应。杀伤过钧天部诸女之人，听他说不过是磕头服丧，比之梅剑要他们自断右臂，惩罚轻了万倍，自也不敢异议。

段誉又道：“这第三条吗，是要大家永远臣服灵鹫宫，不得再生异心。虚竹子先生说什么，大家便得听从号令。不但对虚竹子先生要恭敬，对梅兰竹菊四位姊姊妹妹们，也得客客气气，化敌为友，再也不得动刀弄枪。倘若有哪一位不服，不妨上来跟虚竹子先生比上三招两式，且看是他高明呢，还是你厉害！”

群豪听段誉这么说，都欢然道：“当得，当得！”更有人道：“公子定下的罚章，未免太便宜了咱们，不知更有什么吩咐？”

段誉拍了拍手，笑道：“没有了！”转头向虚竹道：“小弟这三条罚章定得可对？”

虚竹拱手连说：“多谢，多谢，对之极矣。”他向梅剑等人瞧了一眼，脸上颇有歉然之色。兰剑道：“主人，你是灵鹫宫之主，不论说什么，婢子们都得听从。你气量宽宏，饶了这些奴才，可也不必对我们有什么抱歉。”虚竹一笑，道：“不敢！嗯，这个……我心中还有几句话，不知……不知该不该说？”

乌老大道：“三十六洞、七十二岛，一向是缥缈峰的下属，尊主有何吩咐，谁也不敢违抗。段公子所定的三条罚章，实在是宽大之至。尊主另有责罚，大伙儿自然甘心领受。”

虚竹道：“我年轻识浅，只不过承童姥姥指点几手武功，‘尊主’什么的，真是愧不敢当。我有两点意思，这个……这个……也不知道对不对，大胆说了出来，这个……请各位前辈琢磨琢磨。”他自幼至今一直受人指使差遣，向居人下，从来不会自己出什么主意，而当众说话更是窘迫，这几句说得吞吞吐吐，语气神色更是谦和之极。

梅兰竹菊四姝均想：“主人怎么啦，对这些奴才也用得着这么客气？”

乌老大道：“尊主宽洪大量，赦免了大伙儿的重罪，更对咱们这般谦和，众兄弟便肝脑涂地，也难报恩德于万一。尊主有命，便请吩咐罢！”

虚竹道：“是，是！我若说错了，诸位不要……不要这个见笑。我想说两件事。第一件嘛，好像有点私心，在下……在下出身少林寺，本来……本是个小和尚，请诸位今后行走江湖之时，不要向少林派的僧俗弟子们为难。那是我向各位求一个情，不敢说什么命令。”

乌老大大声道：“尊主有令：今后众兄弟在江湖上行走，遇到少林派的大师父和俗家朋友们，须得好生相敬，千万不可得罪了，否则严惩不贷。”群豪齐声应道：“遵命。”

虚竹见众人答允，胆子便大了些，拱手道：“多谢，多谢！这第二件事，是请各位体念上天好生之德，我佛慈悲为怀，不可随便伤人杀人。最好是有生之物都不要杀，蝼蚁尚且惜命，最好连腥荤也不吃，不过这一节不大容易，连我自己也破戒吃荤了。因此……这个……那个杀人嘛，总之不好，还是不杀人的为妙，只不过我……我也杀过人，所以嘛……”

乌老大大声道：“尊主有令：灵鹫宫属下一众兄弟，今后不得妄杀无辜，胡乱杀生，否则重重责备。”群豪又齐声应道：“遵命！”

虚竹连连拱手，说道：“我……我当真感激不尽，话又说回来，各位多做好事，不做坏事，那也是各位自己的功德善业，必有无量福报。”向乌老大笑道：“乌先生，你几句话便说得清清楚楚，我可不成，你……你的生死符中在哪里？我先给你拔除了罢！”

乌老大所以干冒奇险，率众谋叛，为来为去就是要除去体内的生死符，听得虚竹答应为他拔除，从此去了这为患无穷的附骨之疽，当真是不胜之喜，心中感激，双膝一曲，便即拜倒。虚竹急忙跪倒还礼，又问：“乌先生，你肚子上松球之伤，这可痊愈了么？你服过童姥的什么‘断肠腐骨丸’，咱们也得想法子解了毒性才是。”

梅剑四姊妹开动机关，移开大门上的巨岩，放了朱天、昊天、玄天九部诸女进入大厅。

风波恶和包不同大呼小叫，和邓百川、公冶乾一齐进来。他四人出门寻童姥相斗，却撞到八部诸女。包不同言词不逊，风波恶好勇斗狠，三言两语，便和诸女动起手来。不久邓百川、公冶乾加入相助，他四人武功虽强，但终究寡不敌众，四人且斗且走，身上都带了伤，倘若大门再迟开片刻，梅兰竹菊不出声喝止，他四人若不遭擒，便难免丧生了。

慕容复自觉没趣，带同邓百川等告辞下山。卓不凡和芙蓉仙子崔绿华却不别而行。

虚竹见慕容复等要走，竭诚挽留。慕容复道：“在下得罪了缥缈峰，好生汗颜，承兄台不加罪责，已领盛情，何敢再行叨扰？”虚竹道：“哪里，哪里？两位公子文武双全，英雄了得，在下仰慕得紧，只想……只想这个……向两位公子领教。我……我实在笨得……那个要命。”

包不同适才与诸女交锋，寡不敌众，身上受了好几处剑伤，正没好气，听虚竹啰里啰唆的留客，又听慕容复低声说他怀中藏了王语嫣的图像，寻思：“这小贼秃假仁假义，身为佛门子弟，却对我家王姑娘暗起歹心，显然是个不守清规的淫僧。”便道：“小师父留英雄是假，留美人是真，何不直言要留王姑娘在缥缈峰上？”

虚竹愕然道：“你……你说什么？我要留什么美人？”包不同道：“你心怀不轨，难道姑苏慕容家的都是白痴么？嘿嘿，太也可笑！”虚竹搔了搔头，说道：“我不懂先生说些什么，不知什么事可笑。”

包不同虽然身在龙潭虎穴之中，但一激发了他的执拗脾气，早将生死置于度外，大声叫道：“你这小贼秃，你是少林寺的和尚，既是名门弟子，怎么又改投邪派，勾结一众妖魔鬼怪？我瞧着你便生气。一个和尚，逼迫几百名妇女做你妻妾情妇，兀自不足，却又打起我家王姑娘的主意来！我跟你说，王姑娘是我家慕容公子的人，你癞虾蟆莫想吃天鹅肉，乘早收了歹心的好！”怒火上冲，拍手顿足，指着虚竹的鼻子大骂。

虚竹莫名其妙，道：“我……我……我……”忽听得呼呼两声，乌老大挺起绿波香露鬼头刀，哈大霸举起一柄大铁椎，齐声大喝，双双向包不同扑来。

慕容复知道虚竹既允为这些人解去生死符之毒，已得群豪死力，若是混战起来，凶险无比，眼见乌老大和哈大霸同时扑到，身形一晃，抢上前去，使出“斗转星移”的功夫，一带之间，鬼头刀砍向哈大霸，而大铁椎砸向乌老大，当的一声猛响，两般兵刃激得火花四溅。慕容复反手在包不同肩头轻轻一推，将他推出丈余，向虚竹拱手道：“得罪，告辞了！”身形晃处，已到大厅门口。他适才见过门口的机关，倘若那巨岩再移过来挡住了大门，那便只有任人宰杀了。

虚竹忙道：“公子慢走，决不……不是这个意思……我……”慕容复双眉一挺，转身过来，朗声道：“阁下是否自负天下无敌，要指点几招么?”虚竹连连摇手，道：“不……不敢……”慕容复道：“在下不速而至，来得冒昧，阁下真的非留下咱们不可么?”虚竹摇头道：“不……不是……是的……唉!”

慕容复站在门口，傲然瞧着虚竹、三十六洞、七十二岛群豪，以及梅兰竹菊四剑、九天九部诸女。群豪诸女为他气势所慑，一时竟然无人敢于上前。隔了半晌，慕容复袍袖一拂，道：“走罢!”昂然跨出大门。王语嫣、邓百川等五人跟了出去。

乌老大愤然道：“尊主，倘若让他活着走下缥缈峰，大伙儿还用做人吗?请尊主下令拦截。”虚竹摇头道：“算了。我……我真不懂，为什么他忽然生这么大的气，唉，真是不明白……”乌老大道：“那么待属下去擒了那位王姑娘来。”虚竹忙道：“不可，不可!”

王语嫣见段誉未出大厅，回头道：“段公子，再见了!”

段誉一震，心口一酸，喉头似乎塞住了，勉强说道：“是，再……再见了。我……我还是跟你一起……”眼见她背影渐渐远去，更不回头，耳边只响着包不同那句话：“他说王姑娘是慕容公子的人，叫旁人趁早死了心，不可癞虾蟆想吃天鹅肉。不错，慕容公子临出厅门之时，神威凛然，何等英雄气概！他一举手间便化解了两个劲敌的招数，又是何等深湛的武功！以我这等手无缚鸡之力的人，到处出丑，如何在她眼下？王姑娘那时瞧着她表哥的眼神脸色，真是深情款款，既仰慕，又爱怜，我……我段誉，当真不过是一只癞虾蟆罢了。”

一时之间，大厅上怔住了两人，虚竹是满腹疑云，搔首踟蹰，段誉是怅惘别离，黯然魂消。两人呆呆的茫然相对。

过了良久，虚竹一声长叹。段誉跟着一声长叹，说道：“仁兄，你我同病相怜，这铭心刻骨的相思，却何以自遣?”虚竹一听，不由得满面通红，以为他知道自己“梦中女郎”的艳迹，嗫嚅问道："段……段公子，你却又如……如何得知？"

段誉道："不知子都之美者，无目者也。不识彼姝之美者，非人者也。爱美之心，人皆有之。仁兄，你我同是天涯沦落人，此恨绵绵无绝期！"说着又是一声长叹。他认定虚竹怀中私藏王语嫣的图像，自是和自己一般，对王语嫣倾倒爱慕，适才慕容复和虚竹冲突，当然也是为着王语嫣了，又道："仁兄武功绝顶，可是这情之一物，只讲缘份，不论文才武艺，若是无缘，说什么也不成的。"

虚竹喃喃道："是啊，佛说万法缘生，一切只讲缘份……不错……那缘份……当真是可遇不可求……是啊，一别之后，茫茫人海，却又到哪里找去？"他说的是"梦中女郎"，段誉却认定他是说王语嫣。两人各有一份不通世故的呆气，竟然越说越投机。

灵鹫宫诸女摆开筵席，虚竹和段誉便携手入座。诸洞岛群豪是灵鹫宫下属，自然谁也不敢上来和虚竹同席。虚竹不懂款客之道，见旁人不过来，也不出声相邀，只和段誉讲论。

段誉全心全意沉浸在对王语嫣的爱慕之中，没口子的夸奖，说她性情如何和顺温婉，姿容如何秀丽绝俗。虚竹只道段誉在夸奖他的"梦中女郎"，不敢问他如何认得，更不敢出声打听这女郎的来历，一颗心却是怦怦乱跳，寻思："我只道童姥一死，天下便没人知道这位姑娘的所在，天可怜见，段公子竟然认得。但听他之言，对这位姑娘也充满了爱慕之情、思恋之意，我若吐露风声，曾和她在冰窖之中有过一段因缘，段公子势必大怒，离席而去，我便再也打听不到了。"听段誉没口子夸奖这位姑娘，正合心意，便也随声附和，其意甚诚。

两人各说各的情人，缠夹在一起，只因谁也不提这两位姑娘名字，言语中的榫头居然接得丝丝入扣。虚竹道："段公子，佛家道万法都是一个缘字。经云：'诸法从缘生，诸法从缘灭。我佛大沙门，常作如是说。'达摩祖师有言：'众生无我，苦乐随缘'，如有什么赏心乐事，那也是‘宿因所构，今方得之。缘尽还无，何喜之有？’”段誉道：“是啊！‘得失随缘，心无增减’！话虽如此说，但吾辈凡夫，怎能修得到这般‘得失随缘，心无增减’的境地？”

大理国佛法昌盛，段誉自幼诵读佛经，两人你引一句《金刚经》，我引一段《法华经》，自宽自慰，自伤自叹，惺惺相惜，同病相怜。梅兰竹菊四姝不住轮流上来劝酒。段誉喝一杯，虚竹便也喝一杯，唠唠叨叨的谈到半夜。群豪起立告辞，由诸女指引歇宿之所。虚竹和段誉酒意都有八九分了，仍是对饮讲论不休。

那日段誉和萧峰在无锡城外赌酒，以内功将酒水从指甲中逼出，此刻借酒浇愁，却是真饮，迷迷糊糊的道：“仁兄，我有一位结义金兰的兄长，姓乔名峰，此人当真是大英雄，真豪杰，武功酒量，无双无对。仁兄若是遇见，必然也爱慕喜欢，只可惜他不在此处，否则咱三人结拜为兄弟，共尽意气之欢，实是平生快事。”

虚竹从不喝酒，全仗内功精湛，这才连尽数斗不醉，但心中飘飘荡荡地，说话舌头也大了，本来拘谨胆小，忽然豪气陡生，说道：“段公子若是……那个不是……不是瞧不起我，咱二人便先结拜起来，日后寻到乔大哥，再拜一次便了。”段誉大喜，道：“妙极，妙极！兄长几岁？”

二人叙了年纪，虚竹大了三岁。段誉叫道：“二哥，受小弟一拜！”推开椅子，跪拜下去。虚竹急忙还礼，脚下一软，向前直摔。

段誉见他摔跌，忙伸手相扶，两人无意间真气一撞，都觉对方体中内力充沛，急忙自行收敛克制。这时段誉酒意已有十分，脚步踉跄，站立不定。突然之间，两人哈哈大笑，互相搂抱，滚跌在地。段誉道：“二哥，小弟没醉，咱俩再来喝他一百杯！”虚竹道：“小兄自当陪三弟喝个痛快。”段誉道：“人生得意须尽欢，莫使金樽空对月，哈哈，会须立尽三百杯！”两人越说越迷糊，终于都醉得人事不知。

香灰渐渐散落，露出地下一只黄铜手掌，五指宛然，掌缘指缘闪闪生光，灿烂如金，掌背却呈灰绿色。

三十九

解不了　名缰系嗔贪

虚竹次日醒转，发觉睡在一张温软的床上，睁眼向帐外看去，见是处身于一间极大的房中，空荡荡地倒与少林寺的禅房差不多，房中陈设古雅，铜鼎陶瓶，也有些像少林寺中的铜钟香炉。这时兀自迷迷糊糊，于眼前情景，惘然不解。

一个少女托着一只瓷盘走到床边，正是兰剑，说道："主人醒了？请漱漱口。"

虚竹宿酒未消，只觉口中苦涩，喉头干渴，见碗中盛着一碗黄澄澄的茶水，拿起便喝，入口甜中带苦，却无茶味，便骨嘟骨嘟的喝个清光。他一生中哪里尝过什么参汤？也不知是什么苦茶，歉然一笑，说道："多谢姊姊！我……我想起身了，请姊姊出去罢！"

兰剑尚未答口，房门外又走进一个少女，却是菊剑，微笑道："咱姊妹二人服侍主人换衣。"说着从床头椅上拿起一套淡青色的内衣内裤，塞在虚竹被中。

虚竹大窘，满脸通红，说道："不，不，我……我不用姊姊们服侍。我又没受伤生病，只不过是喝醉了，唉，这一下连酒戒也犯了。经云：'饮酒有三十六失'。以后最好不饮。三弟呢？段公子呢？他在哪里？"

兰剑抿嘴笑道："段公子已下山去了。临去时命婢子禀告主人，说道待灵鹫宫中诸事定当之后，请主人赴中原相会。”

虚竹叫声：“啊哟！”说道：“我还有事问他呢，怎地他便走了？”心中一急，从床上跳了起来，要想去追赶段誉，问他“梦中女郎”的姓名住处，突然见自身穿着一套干干净净的月白小衣，“啊”的一声，又将被子盖在身上，惊道：“我怎地换了衣衫？”他从少林寺中穿出来的是套粗布内衣裤，穿了半年，早已破烂污秽不堪，现下身上所服，着体轻柔，也不知是绫罗还是绸缎，但总之是贵重衣衫。

菊剑笑道：“主人昨晚醉了，咱四姊妹服侍主人洗澡更衣，主人都不知道么？”

虚竹更是大吃一惊，一抬头见到兰剑、菊剑，人美似玉，笑靥胜花，不由得心中怦怦乱跳，一伸臂间，内衣从手臂间滑了上去，露出隐隐泛出淡红的肌肤，显然身上所积的污垢泥尘都已被洗擦得干干净净。他兀自存了一线希望，强笑道：“我真醉得胡涂了，幸好自己居然还会洗澡。”兰剑笑道：“昨晚主人一动也不会动了，是我们四姊妹替主人洗的。”虚竹“啊”的一声大叫，险些晕倒，重行卧倒，连呼：“糟糕，糟糕！”

兰剑、菊剑给他吓了一跳，齐问：“主人，什么事不对啦？”虚竹苦笑道：“我是个男人，在你们四位姊姊面前……那个赤身露体，岂不……岂不是糟糕之极？何况我全身老泥，又臭又脏，怎可劳动姊姊们做这等污秽之事？”兰剑道：“咱四姊妹是主人的女奴，便为主人粉身碎骨也所应当，奴婢犯了过错，请主人责罚。”说罢，和菊剑一齐拜伏在地。

虚竹见她二人大有畏惧之色，想起余婆、石嫂等人，也曾为自己对她们以礼相待，因而吓得全身发抖，料想兰剑、菊剑也是见惯了童姥的词色，只要言辞稍和，面色略温，立时便有杀手相继，便道：“两位姊……嗯，你们快起来，你们出去罢，我自己穿衣，不用你们服侍。”兰菊二人站起身来，泪盈于眶，倒退着出去。虚竹心中奇怪，问道：“我……是我得罪了你们么？你们为什么不高兴，眼泪汪汪的？只怕我说错了话，这个……”

菊剑道：“主人要我姊妹出去，不许我们服侍主人穿衣盥洗，定是讨厌了我们……”话未说完，珠泪已滚滚而下。虚竹连连摇手，说道：“不，不是的。唉，我不会说话，什么也说不明白。我是男人，你们是女的，那个……那个不大方便……的的确确没有他意……我佛在上，出家人不打诳语，我决不骗你们。”

兰剑、菊剑见他指手划脚，说得情急，其意甚诚，不由得破涕为笑，齐声道：“主人莫怪。灵鹫宫中向无男人居住，我们更从来没见过男子。主人是天，奴婢们是地，哪里有什么男女之别？”二人盈盈走近，服侍虚竹穿衣着鞋。不久梅剑与竹剑也走了进来，一个替他梳头，一个替他洗脸。虚竹吓得不敢作声，脸色惨白，心中乱跳，只好任由她四姊妹摆布，再也不敢提一句不要她们服侍的话。

他料想段誉已经去远，追赶不上，又想洞岛群豪身上生死符未除，不能就此猝然离去，用过早点后，便到厅上和群豪相见，替两个痛得最厉害之人拔除了生死符。

拔除生死符须以真力使动“天山六阳掌”，虚竹真力充沛，纵使连拔十余人，也不会疲累，可是童姥在每人身上所种生死符的部位各不相同，虚竹细思拔除之法，却颇感烦难。他于经脉、穴道之学所知极浅，又不敢随便动手，若有差失，不免使受治者反蒙毒害。到得午间，竟只治了四人。食过午饭后，略加休息。

梅剑见他皱起眉头，沉思拔除生死符之法，颇为劳心，便道：“主人，灵鹫宫后殿，有数百年前旧主人遗下的石壁图像，婢子曾听姥姥言道，这些图像与生死符有关，主人何不前去一观？”虚竹喜道：“甚好！”

当下梅兰竹菊四姝引导虚竹来到花园之中，搬开一座假山，现出地道入口，梅剑高举火把，当先领路，五人鱼贯而进。一路上梅剑在隐蔽之处不住按动机括，使预伏的暗器陷阱不致发动。那地道曲曲折折，盘旋向下，有时豁然开朗，现出一个巨大的石窟，可见地道是依着山腹中天然的洞穴而开成。

竹剑道："这些奴才攻进宫来，钧天部的姊姊们都给擒获，我们四姊妹眼见抵敌不住，便逃到这里躲避，只盼到得天黑，再设法去救人。"兰剑道："其实那也只是我们报答姥姥的一番心意罢了。主人倘若不来，我们终究都不免丧生于这些奴才之手。"

行了二里有余，梅剑伸手推开左侧一块岩石，让在一旁，说道："主人请进，里面便是石室，婢子们不敢入内。"虚竹道："为什么不敢？里面有危险么？"梅剑道："不是有危险。这是本宫重地，婢子们不敢擅入。"虚竹道："一起进来罢，那有什么要紧？外边地道中这么窄，站着很不舒服。"四姝相顾，均有惊喜之色。

梅剑道："主人，姥姥仙去之前，曾对我姊妹们说道，倘若我四姊妹忠心服侍，并无过犯，又能用心练功，那么到我们四十岁时，便许我们每年到这石室中一日，参研石壁上的武功。就算主人恩重，不废姥姥当日的许诺，那也是廿二年之后的事了。"虚竹道："再等廿二年，岂不气闷煞人？到那时你们也老了，再学什么武功？一齐进去罢！"四姝大喜，当即伏地跪拜。虚竹道："请起，请起。这里地方狭窄，我跪下还礼，大家挤成一团了。"

四人走进石室，只见四壁岩石打磨得甚是光滑，石壁上刻满了无数径长尺许的圆圈，每个圈中都刻了各种各样的图形，有的是人像，有的是兽形，有的是残缺不全的文字，更有些只是记号和线条，圆圈旁注着"甲一"、"甲二"、"子一"、"子二"等数字，圆圈之数若不逾千，至少也有八九百个，一时却哪里看得周全？

竹剑道："咱们先看甲一之图，主人说是吗？"虚竹点头称是。

当下五人举起火把，端相编号“甲一”的圆圈，虚竹一看之下，便认出圈中所绘，是天山折梅手第一招的起手式，道：“这是‘天山折梅手’。”看甲二时，果是天山折梅手的第二招，依次看下去，天山折梅手图解完后，便是天山六阳掌的图解，童姥在西夏皇宫中所传的各种歌诀奥秘，尽皆注在圆圈之中。

石壁上天山六阳掌之后的武功招数，虚竹就没学过。他按着图中所示，运起真气，只学得数招，身子便轻飘飘地凌虚欲起，只是似乎还在什么地方差了一点，以致无法离地。

正在凝神运息、万虑俱绝之时，忽听得“啊、啊”两声惊呼，虚竹一惊，回过头来，但见兰剑、竹剑二姝身形晃动，跟着摔倒在地。梅菊二姝手扶石壁，脸色大变，摇摇欲堕。虚竹忙将兰竹二姝扶起，惊道：“怎么啦？”梅剑道：“主……主人，我们功力低微，不能看这里的……这里的图形……我……我们在外面伺候。”四姝扶着石壁，慢慢走出石室。

虚竹呆了一阵，跟着走出，只见四姝在甬道中盘膝而坐，正自用功，身子颤抖，脸现痛苦神色。虚竹知道她们已受颇重的内伤，当即使出天山六阳掌，在每人背心的穴道上轻拍几下。一股阳和浑厚的力道透入各人体内，四姝脸色登时平和，不久各人额头渗出汗珠，先后睁开眼来，叫道：“多谢主人耗费功力，为婢子治伤。”翻身拜倒，叩谢恩德。虚竹忙伸手相扶，道：“那……那是怎么回事？怎么好端端地会受伤昏晕？”

梅剑叹了口气，说道：“主人，当年姥姥要我们到四十岁之后，才能每年到这石室中来看图一日，原来大有深意。这些图谱上的武功太也深奥，婢子们不自量力，照着‘甲一’图中所示一练，真气不足，立时便走入了经脉岔道。若不是主人解救，我四姊妹只怕便永远瘫痪了。”兰剑道：“姥姥对我们期许很切，盼望我姊妹到四十岁后，便能习练这上乘武功，可是……可是婢子们资质庸劣，便算再练二十二年，也未必敢再进这石室。”

虚竹道：“原来如此，那却是我的不是了，我不该要你们进去。”四剑又拜伏请罪，齐道：“主人何出此言？那是主人的恩德，全怪婢子们狂妄胡为。”

菊剑道：“主人功力深厚，练这些高深武学却是大大有益。姥姥在石室之中，往往经月不出，便是揣摩石壁上的图谱。”梅剑又道：“三十六洞、七十二岛那些奴才们逼问钧天部的姊姊们，要知道姥姥藏宝的所在。诸位姊姊宁死不屈。我四姊妹本想将他们引进地道，发动机关，将他们尽数聚歼在地道之中，只是深恐这些奴才中有破解机关的能手，倘若进了石室，见到石壁图解，那就遗祸无穷。早知如此，让他们进来反倒好了。”

虚竹点头道：“确实如此，这些图解若让功力不足之人见到了，那比任何毒药利器更有祸害，幸亏他们没有进来。”兰剑微笑道：“主人真是好心，依我说啊，要是让他们一个个练功而死，那才好看呢。”

虚竹道：“我练了几招，只觉精神勃勃，内力充沛，正好去给他们拔除一些生死符。你们上去睡一睡，休息一会。”五人从地道中出来，虚竹回入大厅，拔除了三人的生死符。

此后虚竹每日替群豪拔除生死符，一感精神疲乏，便到石室中去习练上乘武功。四姝在石室外相候，再也不敢踏进一步。虚竹每日亦抽暇指点四姝及九部诸女的武功。

如此直花了二十余天时光，才将群豪身上的生死符拔除干净，而虚竹每日精研石壁上的图谱，武功也是大进，比之初上缥缈峰时已大不相同。

群豪当日臣服于童姥，是为生死符所制，不得不然，此时灵鹫宫易主，虚竹以诚相待，以礼相敬，群豪虽都是桀傲不驯的人物，却也感恩怀德，心悦诚服，一一拜谢而去。

待得各洞主、各岛主分别下山，峰上只剩下虚竹一个男子。他暗自寻思："我自幼便是孤儿，全仗寺中师父们抚养成人，倘若从此不回少林，太也忘恩负义。我须得回到寺中，向方丈和师父领罪，才合道理。"当下向四姝及九部诸女说明原由，即日便要下山，灵鹫宫中一应事务，吩咐由九部之首的余婆、石嫂、符敏仪等人会商处理。

四姝意欲跟随服侍，虚竹道："我回去少林，重做和尚。和尚有婢女相随，天下焉有是理？"说之再三，四姝总不肯信。虚竹拿起剃刀，将头发剃个清光，露出顶上的戒点来。四姝无奈，只得与九部诸女一齐送到山下，洒泪而别。

虚竹换上了旧僧衣，迈开大步，东去嵩山。以他的性情，路上自然不会去招惹旁人，而他这般一个衣衫褴褛的青年和尚，盗贼歹人也决不会来打他的主意。一路无话，太太平平的回到了少林寺。

他重见少林寺屋顶的黄瓦，心下不禁又是感慨，又是惭愧，一别数月，自己干了许许多多违犯清规戒律之事，杀戒、淫戒、荤戒、酒戒，不可赦免的"波罗夷大戒"无一不犯，不知方丈和师父是否能够见恕，许自己再入佛门。

他心下惴惴，进了山门后，便去拜见师父慧轮。慧轮见他回来，又惊又喜，问道："方丈差你出寺下书，怎么到今天才回来？"

虚竹俯伏在地，痛悔无已，放声大哭，说道："师父，弟子……弟子真是该死，下山之后，把持不定，将师父……师父平素的教诲，都……都不遵守了。"慧轮脸上变色，问道："怎……怎么？你沾了荤腥么？"虚竹道："是，还不止沾了荤腥而已。"慧轮骂道："该死，该死！你……喝了酒么？"虚竹道："弟子不但喝酒，而且还喝得烂醉如泥。"慧轮叹了一口长气，两行泪水从面颊上流下来，道："我看你从小忠厚老实，怎么一到花花世界之中，便竟堕落如此，咳，咳……”虚竹见师父伤心，更是惶恐，道：“师父在上，弟子所犯戒律，更有胜于这些的，还……还犯了……”还没说到犯了杀戒、淫戒，突然间钟声当当响起，每两下短声，便略一间断，乃是召集慧字辈诸僧的讯号。

慧轮立即起身，擦了擦眼泪，说道：“你犯戒太多，我也无法回护于你。你……你……自行到戒律院去领罪罢！这一下连我也有大大的不是。唉，这……这……”说着匆匆奔出。

虚竹来到戒律院前，躬身禀道：“弟子虚竹，违犯佛门戒律，恭恳掌律长老赐罚。”他说了两遍，院中走出一名中年僧人来，冷冷的道：“首座和掌律师叔有事，没空来听你的，你跪在这里等着罢！”虚竹道：“是！”这一跪自中午直跪到傍晚，竟没人过来理他。幸好虚竹内功深厚，虽不饮不食的跪了大半天，仍是浑若无事，没丝毫疲累。

耳听得暮鼓响起，寺中晚课之时已届，虚竹低声念经忏悔过失。那中年僧人走将过来，说道：“虚竹，这几天寺中正有大事，长老们没空来处理你的事。我瞧你长跪念经，还真有虔诚悔悟之意。这样罢，你先到菜园子去挑粪浇菜，静候吩咐。等长老们空了之后，再叫你来问明实况，按情节轻重处罚。”虚竹恭恭敬敬的道：“是，多谢慈悲。”合什行礼，这才站起身来，心想：“不将我立即逐出寺门，看来事情还有指望。”心下甚慰。

他走到菜园子中，向管菜园的僧人说道：“师兄，小僧虚竹犯了本门戒律，戒律院的师叔罚我来挑粪浇菜。”

那僧人名叫缘根，并非从少林寺出家，因此不依“玄慧虚空”字辈排行。他资质平庸，既不能领会禅义，练武也没什么长进，平素最喜多管琐碎事务。这菜园子有两百来亩地，三四十名长工，他统率人众，倒也威风凛凛，遇到有僧人从戒律院里罚到菜园来做工，更是他大逞威风的时候。他一听虚竹之言，心下甚喜，问道：

"你犯了什么戒?"虚竹道:"犯戒甚多,一言难尽。"缘根怒道:"什么一言难尽。我叫你老老实实,给我说个明白。莫说你是个没职司的小和尚,便是达摩院、罗汉堂的首座犯了戒,只要是罚到菜园子来,我一般要问个明白,谁敢不答?我瞧你啊,脸上红红白白,定是偷吃荤腥,是也不是?"

虚竹道:"正是。"缘根道:"哼,你瞧,我一猜便着。说不定私下还偷酒喝呢,你不用赖,要想瞒我,可没这么容易。"虚竹道:"正是,小僧有一日喝酒喝得烂醉如泥,人事不知。"缘根笑道:"啧啧啧,真正大胆。嘿嘿,灌饱了黄汤,那便心猿意马,这'色即是空,空即是色'八个字,定然也置之脑后了。你心中便想女娘们,是不是?不但想一次,至少也想了七次八次,你敢不敢认?"说时声色俱厉。

虚竹叹道:"小僧何敢在师兄面前撒谎?不但想过,而且犯过淫戒。"

缘根又惊又喜,戟指大骂:"你这小和尚忒也大胆,竟敢败坏我少林寺的清誉。除了淫戒,还犯过什么?偷盗过没有?取过别人的财物没有?和人打过架、吵过嘴没有?"

虚竹低头道:"小僧杀过人,而且杀了不止一人。"

缘根大吃一惊,脸色大变,退了三步,听虚竹说杀过人,而且所杀的不止一人,登时心惊胆战,生怕他狂性发作动粗,自己多半不是敌手,当下定了定神,满脸堆笑,说道:"本寺武功天下第一,既然练武,难免失手伤人,师弟的功夫,当然是非常了得的啦。"

虚竹道:"说来惭愧,小僧所学的本门功夫,已全然被废,眼下是半点也不剩了。"

缘根大喜,连道:"那很好,那很好。好极,妙极!"听说他本门功夫已失,只道他犯戒太多,给本寺长老废去了武功,登时便换了一番脸色。但转念又想:"虽说他武功已废,但倘若尚有几分剩余，总是不易对付。”说道：“师弟，你到菜园来做工忏悔，那也极好。可是咱们这里规矩，凡是犯了戒律，手上沾过血腥的僧侣，做工时须得戴上脚镣手铐。这是列祖列宗传下来的规矩，不知师弟肯不肯戴？倘若不肯，由我去禀告戒律院便了。”虚竹道：“规矩如此，小僧自当遵从。”

缘根心下暗喜，当下取出钢铐钢镣，给他戴上。少林寺数百年来传习武功，自难免有不肖僧人为非作歹，而这些犯戒僧人往往武功极高，不易制服，是以戒律院、忏悔堂、菜园子各地，都备得有精钢铸成的铐镣。缘根见虚竹戴上铐镣，心中大定，骂道：“贼和尚，瞧你不出小小年纪，居然如此胆大妄为，什么戒律都去犯上一犯。今日不重重惩罚，如何出得我心中恶气？”折下一根树枝，没头没脑的便向虚竹头上抽来。

虚竹收敛真气，不敢以内力抵御，让他抽打，片刻之间，便给打得满头满脸都是鲜血。他只是念佛，脸上无丝毫不愉之色。

缘根见他既不闪避，更不抗辩，心想：“这和尚果然武功尽失，我大可作践于他。”想到虚竹大鱼大肉、烂醉如泥的淫乐，自己空活了四十来岁，从未尝过这种滋味，妒忌之心不禁油然而生，下手更加重了，直打断了三根树枝，这才罢手，恶狠狠的道：“你每天挑一百担粪水浇菜，只消少了一担，我用硬扁担、铁棍子打断你的两腿。”

虚竹苦受责打，心下反而平安，自忖：“我犯了这许多戒律，原该重责，责罚越重，我身上的罪孽便化去越多。”当下恭恭敬敬的应道：“是！”走到廊下提了粪桶，便去挑粪加水，在畦间浇菜。这浇菜是一瓢瓢的细功夫，虚竹毫不马虎，匀匀净净、仔仔细细的灌浇，直到深夜一百桶浇完，这才在柴房中倒头睡觉。

第二日天还没亮，缘根便过来拳打脚踢，将他闹醒，骂道：“贼和尚，懒秃！青天白日的，却躲在这里睡觉，快起来劈柴去。”虚竹道：“是！”也不抗辩，便去劈柴。如此一连六七日，日间劈柴，晚上浇粪，苦受折磨，全身伤痕累累，也不知已吃了几千百鞭。

第八日早晨，虚竹正在劈柴，缘根走近身来，笑嘻嘻的道：“师兄你辛苦啦！”取过钥匙，便给他打开了铐镣。虚竹道：“也不辛苦。”提起斧头又要劈柴，缘根道：“师兄不用劈了，师兄请到屋里用饭。小僧这几日多有得罪，当真该死，还求师兄原宥。”

虚竹听他口气忽然大变，颇感诧异，抬起头来，只见他鼻青目肿，显是曾给人狠狠的打了一顿，更是奇怪。缘根苦着脸道：“小僧有眼不识泰山，得罪了师兄，师兄倘若不原谅，我……我……便大祸临头了。”虚竹道：“小僧自作自受，师兄责罚得极当。”

缘根脸色一变，举起手来，啪啪啪啪，左右开弓，在自己脸上重重打了四记巴掌，求道：“师兄，师兄，求求你行好，大人不记小人过，我……我……”说着又是啪啪连声，痛打自己的脸颊。虚竹大奇，问道：“师兄此举，却是何意？”

缘根双膝一曲，跪倒在地，拉着虚竹的衣裾，道：“师兄若不原谅，我……我一对眼珠便不保了。”虚竹道：“我当真半点也不明白。”缘根道：“只要师兄饶恕了我，不挖去我的眼珠子，小僧来生变牛变马，报答师兄的大恩大德。”虚竹道：“师兄说哪里话来？我几时说过要挖你的眼珠？”缘根脸如土色，道：“师兄既一定不肯相饶，小僧有眼无珠，只好自求了断。”说着右手伸出两指，往自己眼中插去。

虚竹伸手抓住他手腕，道：“是谁逼你自挖眼珠？”缘根满额是汗，颤抖道：“我……我不敢说，倘若说了，他……他们立即取我性命。”虚竹道：“是方丈么？”缘根道：“不是。”虚竹又问：“是达摩院首座？罗汉堂首座？戒律院首座？”缘根都说不是，并道：“师兄，我是不敢说的，只求求你饶恕了我。他们说，我要想保全这对眼珠子，只有求你亲口答应饶恕。”说着偷眼向旁一瞥，满脸都是惧色。

虚竹顺着他眼光瞧去，只见廊下坐着四名僧人，一色灰布僧袍、灰布僧帽，脸孔朝里，瞧不见相貌。虚竹寻思：“难道是这四位师兄？想来他们必是寺中大有来头之人遣来，惩罚缘根擅自作威作福，责打犯戒的僧人。”便道：“我不怪罪师兄，早就原谅了你。”缘根喜从天降，当即跪下，砰砰磕头。虚竹忙跪下还礼，说道：“师兄快请起。”

缘根站起身来，恭恭敬敬的将虚竹请到饭堂之中，亲自斟茶盛饭，殷勤服侍。虚竹推辞不得，眼见若不允他服侍，缘根似乎便会遭逢大祸，也就由他。

缘根低声道：“师兄要不要喝酒？要不要吃狗肉？我去给师兄弄来。”虚竹惊道：“阿弥陀佛，罪过，罪过，这如何使得？”缘根眨一眨眼，道：“一切罪业，全由小僧独自承当便是。我这便去设法弄来，供师兄享用。”虚竹摇手道：“不可，不可！万万不可。”

缘根陪笑道：“师兄若嫌在寺中取乐不够痛快，不妨便下山去，戒律院中问将起来，小僧便说是派师兄出去采办菜种，一力遮掩，决无后患。”虚竹听他越说越不成话，摇头道：“小僧诚心忏悔以往过误，一应戒律，再也不敢违犯。师兄此言，不可再提。”

缘根道：“是。”脸上满是怀疑神色，似乎在说：“你这酒肉和尚怎么假惺惺起来，到底是何用意？”但不敢多言，服侍他用过素餐，请他到自己的禅房宿息。一连数日，缘根都是竭力伺候，恭敬得无以复加。

过了三日，这天虚竹食罢午饭，缘根泡了壶清茶，说道：“师兄，请用茶。”虚竹道：“小僧是待罪之身，师兄如此客气，教小僧如何克当？”站起身来，双手去接茶壶。

忽听得钟声镗镗大响，连续不断，是召集全寺僧众的讯号。除了每年佛诞、达摩祖师诞辰等几日之外，寺中向来极少召集全体僧众。缘根有些奇怪，说道："方丈鸣钟集众，咱们都到大雄宝殿去罢。"虚竹道："正是。"随同菜园中的十来名僧人，匆匆赶到大雄宝殿。

只见殿上已集了二百余人，其余僧众不断的进来。片刻之间，全寺千余僧人都已集在殿上，各分行辈排列，人数虽多，却静悄悄地鸦雀无声。

虚竹排在"虚"字辈中，见各位长辈僧众都是神色郑重，心下惴惴："莫非我所犯戒律太大，是以方丈大集寺众，要重重的惩罚？瞧这声势，似乎要破门将我逐出寺去，那便如何是好？"正栗栗危惧间，只听钟声三响，诸僧齐宣佛号："南无释迦如来佛！"

方丈玄慈与玄字辈的三位高僧，陪着七位僧人，从后殿缓步而出。殿上僧众一齐躬身行礼。玄慈与那七僧先参拜了殿上佛像，然后分宾主坐下。

虚竹抬起头来，见那七僧年纪都已不轻，服色与本寺不同，是别处寺院来的客僧，其中一僧高鼻碧眼，头发鬈曲，身形甚高，是一位胡僧。坐在首位的约有七十来岁年纪，身形矮小，双目炯炯有神，顾盼之际极具威严。

玄慈朗声向本寺僧众说道："这位是五台山清凉寺方丈神山上人，大家参见了。"众僧听了，心中都是一凛。众僧大都知道神山上人在武林中威名极盛，与玄慈大师并称"降龙""伏虎"两罗汉，以武功而论，据说神山上人还在玄慈方丈之上。只是清凉寺规模较小，在武林中的地位更远远不及少林，声望却是不如玄慈了，均想："听说神山上人自视极高，曾说僧人而过问武林中俗务，不免落了下乘，向来不愿跟本寺打什么交道，今日亲来，不知是为了什么大事。"当下各人又都躬身向神山上人行礼。

玄慈伸手向着其余六僧，逐一引见，说道：“这位是开封府大相国寺观心大师，这位是江南普渡寺的道清大师，这位是庐山东林寺觉贤大师，这位是长安净影寺融智大师，这位是五台山清凉寺的神音大师，是神山上人的师弟。”观心大师等四僧都是来自名山古刹，只是大相国寺、普渡寺等向来重佛法而轻武功，这四僧虽然武林中大大有名，在其本寺的位份却并不高。少林寺众僧躬身行礼，观心大师等起身还礼。

玄慈方丈伸手向着那胡僧道：“这一位大师来自我佛天竺上国，法名哲罗星。”众僧又都行礼。那哲罗星还过礼后，说道：“少林寺好大，这么多的老……老和尚、中和尚、小和尚。”说的华语音调不正，什么“中和尚、小和尚”，也有些不伦不类。

玄慈说道：“七位大师都是佛门的有道大德。今日同时降临，实是本寺大大的光宠，故此召集大家出来见见。甚盼七位大师开坛说法，宏扬佛义，合寺僧众，同受教益。”

神山上人道：“不敢当！”他身形矮小，不料话声竟然奇响，众僧不由得都是一惊，但他既不是放大了嗓门叫喊，亦非运使内力，故意要震人心魄，乃是自自然然，天生的说话高亢。他接着说道：“少林庄严宝刹，小僧心仪已久，六十年前便来投拜求戒，却被拒之于山门之外。六十年后重来，垣瓦依旧，人事已非，可叹啊可叹。”

众僧听了，心中都是一震，他说话颇有敌意，难道竟是前来寻仇生事不成？

玄慈说道：“原来师兄昔年曾来少林寺出家。天下寺院都是一家，师兄今日主持清凉，凡我佛门子弟，无不崇仰。当年少林寺未敢接纳，得罪了师兄，小僧恭谨谢过。但师兄因此另创天地，弘法普渡，有大功德于佛门。当年之事，也未始不是日后的因缘呢。”说着双手合什，深深行了一礼。

神山上人合什还礼，说道："小僧当年来到宝刹求戒，固然是仰慕少林寺数百年执武林牛耳，武学渊深，更要紧的是，天下传言少林寺戒律精严，处事平正。"突然双目一翻，精光四射，仰头瞧着佛祖的金像，冷冷的道："岂知世上尽有名不副实之事。早知如此，小僧当年也不会有少林之行了。"

少林寺千余僧众一齐变色，只是少林寺戒律素严，虽然人人愤怒，竟无半点声息。

玄慈方丈道："师兄何出此言？敝寺上下，若有行事乖谬之处，还请师兄明言。有罪当罚，有过须改。师兄一句话抹煞少林寺数百年清誉，未免太过。"神山上人道："请问方丈师兄，佛门寺院，可是官府、盗寨？"玄慈道："小僧不解师兄言中含意，还请赐示。"神山道："官府逮人监禁，盗寨则掳人勒赎，事属寻常。可是少林寺一非官府，二非盗寨，何以擅自扣押外人，不许离去？请问师兄，少林寺干下这等强凶霸道的行径，还能称得上'佛门善地'四字么？"

玄慈向那天竺胡僧哲罗星瞧了一眼，心下隐约已明七僧齐至少林的原由，说道："上人指摘敝寺'强凶霸道'，这四字未免言重了。"

神山眼望如来佛像，说道："我佛在上，'妄语'乃是佛门重戒！"转头向玄慈方丈道："请问方丈，贵寺可是扣押了一位天竺高僧？这位哲罗星师兄的师弟，波罗星大师，可是给少林派拘禁在寺，数年不得离去吗？"说话时神色严峻，语气更是咄咄逼人。

玄慈转头向戒律院首座玄寂大师道："玄寂师弟，请你向七位高僧述说其中原由。"玄寂应道："是。"向前走上两步。他执掌戒律，向来铁面无私，合寺僧众见了他无不畏惧三分。虚竹更加不敢向他望上一眼。

只听玄寂大师朗声道："七年之前，天竺高僧波罗星师兄光降敝寺，合寺僧众自方丈师兄以下，皆大欢喜，恭敬接待。波罗星师兄言道，数百年来，天竺国外道盛行，佛法衰微，佛经大半散失，因此他师兄哲罗星大师派他到中华来求经。敝寺方丈师兄言道：敝邦佛经原是从天竺国求来，现下上国转来东土取经，那是莫大的因缘，我们得以上报佛恩，少林寺深感荣幸。方丈师兄当即亲自陪同波罗星师兄前赴藏经楼，说道本寺藏经甚是齐备，源自天竺的经律论三藏译文，以及东土支那高僧大德的撰述，不下七千余卷，梵文原本亦复不少。若有复本，波罗星师兄尽可取去一部，倘若只有孤本的，本寺派出三十名僧人帮同钞录副本。方丈师兄又道，此去天竺路途遥远，经卷繁多，途中恐有失散。波罗星师兄取经回国之时，敝寺当派出十名僧众，随同护送，务令全部经典平安返抵佛国。”

普渡寺道清大师合什道：“善哉，善哉！方丈师兄此举真是莫大的功德，可与当年鸠摩罗什大师、玄奘大师先后辉映。”

玄慈欠身道：“敝寺此举是应有之义，师兄赞叹，愧不敢当。”

玄寂续道：“这位波罗星师兄便在藏经楼翻阅经卷。本寺玄惭师兄奉方丈师兄之命，督率僧众帮同钞经，不敢稍有怠懈。岂知四个月之后，玄惭师兄竟然发觉，这位波罗星师兄每晚深夜，悄悄潜入藏经楼秘阁，偷阅本寺所藏的武功秘笈。”

观心、道清、觉贤、融智四僧不约而同的都惊噫一声。

玄寂续道：“玄惭师兄禀告方丈师兄。方丈师兄便向波罗星师兄劝谕，说道这些武功秘笈是本寺历代高僧所撰，既非天竺传来，亦与佛法全无干系，本寺数百年来规矩，不能泄示于外人。波罗星师兄既已看了一部份，那也罢了，此后请他不可再去秘阁。波罗星师兄一口答允，又连声致歉，说道不知少林寺的规矩，此后决不再去偷看武功秘笈。哪知道过得几个月，波罗星师兄假装生病，却偷偷挖掘地道，又去秘阁偷阅。待得玄惭师兄发觉，已是在数年之后，波罗星师兄已偷阅了不少本寺的武学珍典。玄慚师兄出手阻止，交手之下，更察觉波罗星师兄不但偷阅本寺武功秘笈，更已学了本寺七十二项绝技中的三项武功。”

观心等四僧都是“哦”的一声，同时瞧向哲罗星，眼色中都露出责备之意。

玄寂向神山瞧了一眼，说道：“方丈师兄当下召集玄字辈的诸位师兄弟会商，大家都说，我少林派武功虽然平平无奇，但列祖列宗的规矩，非本派弟子不传。武林中千百年的规矩，偷学别派武功，实是大忌。何况我中土武功传到了天竺，说不定后患无穷。这位波罗星师兄的所作所为，决非佛门弟子的清净梵行，说不定他并非释家比丘，却是外道邪徒，此举不但于我少林派不利，于中土武林不利，而且也于天竺佛门不利。当下众位师兄弟提出诸般主张。方丈师兄言道：我佛慈悲为怀，这位波罗星师兄的真正来历，咱们无法查知，就算是外道邪徒，也不便太过严厉对付，还是请他长自驻锡本寺，受佛法熏陶，一来是盼望他终于能够开悟证道，二来也免得种种后患。几年来敝寺对这位波罗星师兄好好供养，除了请他不必离寺之外，不敢丝毫失了恭敬之意。”

观心等四僧微微点头。神山却道：“这位玄寂师兄的话，只是少林寺的一面之词，真相到底如何，我们谁也不知。但少林寺将这位天竺高僧扣押在寺，七年不放，总是实情。老衲听这位哲罗星师兄言道，他在天竺数年不得师弟音讯，放心不下，派了两名弟子前来少林寺探问，少林寺却不许他们和波罗星师兄相见，此事可是有的?”

玄慈点头道：“不错。波罗星师兄既已偷学了敝寺的武功，敝寺势不能任由他将武功转告旁人。”

神山哈哈一笑，声震屋瓦，连殿上的大钟也嗡嗡作声，良久不绝。

玄慈见他神色傲慢，却也不怒，说道："师兄，老衲有一事不明，敬请师兄指教。倘若有外人来到五台山清凉寺，偷阅了贵寺的《伏虎拳拳谱》、《五十一招伏魔剑》的剑经，以及《心意气混元功》和《普门杖法》的秘奥，师兄如何处置？"

神山上人微笑道："武功高下，全凭各人修为，拳经剑谱之类，实属次要。要是有哪一位英雄好汉能来到清凉寺中，盗去了敝寺的拳经剑谱，老衲除了自认无能，更有什么话说？难道人家瞧一瞧你的武学法门，还能要人家性命么？还能将人家关上一世吗？嘿嘿，那也太过岂有此理了。"

玄慈也是微微一笑，说道："倘若这些武功典籍平平无奇，公之于世又有何碍？但贵派的拳经剑谱内容精微，武林中素所钦仰，要是给旁人盗去传之于外，辗转落入狂妄自大、心胸狭窄之辈手中，那未免贻患无穷，决非武林之福。"这几句话仍是语意平和，但"狂妄自大，心胸狭窄"八字评语，显然是指神山上人而言。各人都听了出来，玄慈简直是明斥神山居心叵测，所以来索波罗星，主旨在于自己想看看少林派的武功秘笈。

神山一听，登时脸上变色，玄慈这几句话，正是说中了他的心事。

当年神山上人到少林寺求师，还只一十七岁。少林寺方丈灵门禅师和他接谈之下，便觉他锋芒太露，我慢贡高之气极盛，器小易盈，不是传法之人，若在寺中做个寻常僧侣，他又必不能甘居人下，日后定生事端，是以婉言相拒。神山这才投到清凉寺中，只三十岁时便技盖全寺，做了清凉寺的方丈。神山上人天资颖悟，识见卓超，可算得是武林中的奇才，只是清凉寺的武学渊源远逊于少林，寺中所藏的拳经剑谱、内功秘要等等，不但为数有限，而且大部份粗疏简陋，不是第一流功夫。四十多年来他内功日深，早已远远超过清凉寺上代所传的武学典籍中所载，但拳剑功夫，终究有所不足，每当想起少林派的七十二项绝技，总不自禁又是艳羡，又是恼恨。

这一日事有凑巧，他师弟神音引了一名天竺胡僧来到清凉寺，那胡僧便是哲罗星。

哲罗星倒确是佛门弟子，在天竺算得是武学中的一流高手，与人动手，受了挫折，想起素闻东土少林寺有七十二项绝技，便心生一计，派遣记心奇佳的师弟波罗星来到少林，以求经为名，企图盗取武功绝技。不料波罗星行径为人揭破，被少林寺扣留不放。哲罗星派遣弟子前来少林探问，也不得与波罗星相见，于是哲罗星亲自东来，只盼能接回师弟，少林绝技既然盗不成，也只有罢手了。

他来到东土后，径向少林寺进发，途中遇到一个老僧，手持精钢禅杖，不住向他打量。哲罗星不明东土武林情状，只道凡是会武功的僧人便是少林僧，一见便心中有气，便喝令老僧让道，言词极是无礼。那老僧反唇相稽，三言两语，便即斗了起来。斗了一个多时辰，兀自不分高下，两人内功各有所长，兵刃上也是互相克制，谁也胜不了谁。

又斗良久，天已昏黑，那老僧喝令罢斗，说道："兀那番僧，你武功甚高，只可惜脾气太也暴躁，忒少涵养。"哲罗星道："你我半斤七两，你的脾气难道好了?"他的华语学得不甚到家，本想说"半斤八两"，却说成了"半斤七两"。那老僧甚奇，问道："什么叫做'半斤七两'?"哲罗星脸上一红，道："啊，我说错了，是八斤半两。"

那老僧哈哈大笑，道："我教你罢，是半斤八两。这样寻常的话也说不上，我们的中国话，你还得好好学几年再说不迟。"哲罗星道："知之为知之，不知为不知，是知也。"那老僧笑道："嘿嘿，书袋你倒会掉，却不知半斤乃是八两。"哲罗星、波罗星师兄弟一意到中土盗取武功秘诀，读了不少中国书，所知的华语都是来自书本子的，于“半斤八两”这些俗语反而一知半解，记不清楚。

两僧打了半天，都已有惺惺相惜之意，言笑之间，互通姓名。那老僧便是清凉寺方丈神山的师弟神音。哲罗星得知他不是少林寺的，更加全无嫌隙。神音问起他东来的原由。哲罗星便说师弟来到中土，往少林寺挂单，不知何故，竟为少林寺扣留不放。神音一来好事，二来对少林寺的威名远扬本就心中不服，三来要在这位新交的朋友之前逞逞威风，便道：“我师兄神山武功天下无敌，从来就没将少林寺瞧在眼里。我带你去见我师兄，定有法子救你师弟出来。”当下神音将哲罗星带到清凉寺去，会见了神山。

神山心想少林寺方丈玄慈为人宽和，好端端地为什么扣留波罗星，其中定有重大缘由，当下善加款待，慢慢套问，不到半个月，便将哲罗星心中隐藏的言语套了出来，只不过他咬定说想取佛经，用以在天竺弘扬佛法。

神山寻思：“波罗星去少林寺，志在盗经，如在刚盗到手时便被发觉，少林寺也不过将原经夺回，不致再加难为。现下将他扣留不放，定是他不但盗到了手，而且已记熟于心。再说，这番僧所盗的若是经论佛典，少林寺非但不会干预，反而会慎择善本，欣然相赠。所以将他监留于寺，七年不放，定然他所盗的不是佛经，而是武学秘笈。”一想到“少林寺的武学秘笈”，不由得心痒难搔。数日筹思，打定了主意：“我去代他出头，将波罗星索来。少林寺中高手虽多，但天下之事，抬不过一个理去。少林派是武林领袖，又是佛门弟子，难道真能逞强压人么？只要波罗星到手，不愁他不吐露少林寺的武学秘要。”

当下派遣弟子持了自己名帖，邀请开封大相国寺观心大师、江南普渡寺道清大师、庐山东林寺觉贤大师、长安净影寺融智大师，随同神音和哲罗星，一同到少林寺来。邀请这四位武林中大有名望的高僧到场，是要少林寺碍于佛门与武林中的清议，非讲理放人不可。

这时神山听得玄慈语带讥刺，勃然说道："哲罗星师兄万里东来，难道方丈连他师兄弟相会一面，也是不许么？"

玄慈心想："倘若坚决不许波罗星出见，反而显得少林理屈了，普渡、东林诸寺高僧也必不服。"便道："有请波罗星师兄！"

执事僧传下话去，过不多时，四名老僧陪同波罗星走上殿来。那波罗星身形矮小，面容黝黑，他见到师兄，悲喜交集，涌身而前，抱住哲罗星，泪水潸潸而下。两人咭咭呱呱的说得又响又快，不知是天竺哪一处地方的方言土语，旁人也无法听懂，料想是波罗星述说盗经遭擒，被少林扣押不放的情由。

哲罗星和师弟说了良久，大声用华语道："少林寺方丈说假话，波罗星没有盗武功书，只偷看佛家书。佛家书，本来是我天竺来的，看看，又不犯戒！达摩祖师，是我天竺人，他教你们武功，你们反而关住了天竺比丘，这是忘恩负……负……那个，总之是不好！"

他的华语虽不流畅，理由倒十分充分，少林僧众一时无言可驳，他抵死不认偷盗武学经籍，此时并无赃物在身，实难逼他招认。

玄慈道："出家人不打诳语。波罗星师兄，你若说谎，不怕堕阿鼻地狱么？"波罗星道："我决不说谎！"玄慈道："我少林派的《大金刚拳经》，你偷看过没有？"波罗星道："没有，我只借看一部《金刚经》。"玄慈道："我少林派的《般若掌法》，你偷看过没有？"波罗星道："没有，我只借看过一部《小品般若经》。"玄慈道："那么我少林派的《摩诃指诀》，难道你也没偷看么？那日我玄惭师弟在藏经楼畔遇到你之时，你不是正偷了这部指法要诀，从藏经楼的秘阁中溜出来么？"

波罗星道："小僧只在贵寺藏经楼借阅过一部《摩诃僧祇律》。贵国晋朝隆安三年，高僧法显来我天竺取经，得经书宝典多部，《摩诃僧祇律》即其一也。小僧借阅此书，不知犯了贵寺何等戒律？"他聪明机变，学问渊博，否则他师兄也不会派他来担当盗经的重任了，此刻侃侃道来，竟将盗阅武术秘笈之事推得干干净净，反而显得少林寺全然理亏。

玄慈眉头一皱，口宣佛号："阿弥陀佛！"一时倒难以和他辩驳。

突然身旁风声微动，黄影闪处，一人呼的一拳向波罗星后心击去，这一拳迅速沉猛，凌厉之极。拳风所趋，正对准了波罗星后心的至阳穴要害。

这一招来得太过突然，似乎已难解救。波罗星立即双手反转，左掌贴于神道穴，右掌贴于筋缩穴，掌心向外，掌力疾吐，那神道穴是在至阳穴之上，筋缩穴在至阳穴之下，双掌掌力交织成一片屏障，刚好将至阳要穴护住，手法巧妙之极。

大雄宝殿上众高手见他这一招配合得丝丝入扣，倒似发招者故意凑合上去，要他一显身手一般，又似是同门师兄弟拆招，试演上乘掌法，忍不住都喝一声："好掌法！"

波罗星双掌之力将那人来拳挡过，那人跟着变拳为掌，斩向波罗星的后颈。这时众人已看清偷袭之人是少林寺中一名中年僧人。这和尚变招奇速，等波罗星回头转身，右掌跟着斩下。波罗星左指挥出，削向他掌缘。那僧人若不收招，刚好将小指旁的后溪穴送到他的指尖上去，其时波罗星全身之力聚于一指，立时便能废了那僧人的手掌。这一指看似平平无奇，但部位之准，力道之凝，的是非同凡俗。又有人叫道："好指法！"

那僧人立即收掌，双拳连环，瞬息间连出七拳。这七拳分击波罗星的额、颚、颈、肩、臂、胸、背七个部位，快得难以形容。波罗星无法闪避，也是连出七拳，但听得砰砰砰砰砰砰砰连响七下，每一拳都和那僧人的七拳相撞。他在这电光石火般的刹那之间，居然每一拳都刚好撞在敌人的来拳之上，要不是事先练熟，凭你武功再高，那也是决不可能之事。

七拳一击出，波罗星蓦地想起一事，“啊”的一声惊呼，向后跃开。那中年僧人却也不再进击，缓缓退开三步，合什向玄慈与神山行礼，说道：“小僧无礼，恕罪则个。”

玄慈笑吟吟的合什还礼。神山脸有怒色，哼了一声。玄慈向观心、道清、觉贤、融智四僧说道：“还请四位师兄主持公道。”一时大殿之中，肃静无声。

自从神山上人提到少林寺扣押天竺僧波罗星之事，虚竹便知眼前的事与己无涉，已放了一大半心；待见一位师叔祖出手袭击而波罗星一一化解，两人拆了招之后分开，但觉攻守双方所使招数，也并不如何了不起，却不知何以本寺方丈等人颇有得色，对方却有理屈惭愧之意，他只觉得波罗星在这三招上实在半点也没有吃亏。

观心大师咳嗽一声，说道：“三位意下如何？”道清大师道：“适才波罗星师兄所使的三招，第一招似乎是《般若掌法》中的‘天衣无缝’；第二招似乎是《摩诃指》的‘以逸待劳’；第三招似乎是《大金刚拳》中的‘七星聚会’。”

神山上人接口道：“哈哈，中土佛门果然受惠于天竺佛国不浅。当年达摩祖师挟天竺武技东来，传于少林，天竺武技流传至今，少林高僧的出手，居然和天竺高僧的天竺武功仍然若合符节，实乃可喜可贺。‘般若’、‘摩诃’是梵语，‘金刚’是梵神，东西为一，万法同源，可说是武学中的无分别境界了，哈哈，哈哈。”

少林群僧一听之下，均有怒色。适才波罗星矢口不认偷看过少林寺的武功秘录，倒也难以指证其非。那中年少林僧法名玄生，是玄慈的师弟，武功既高，性情亦复刚猛，突然间出其不意的向波罗星袭击。他事先盘算已定，所使招数以及袭向的部位，逼得波罗星不得不以般若掌、摩诃指、大金刚拳中的三招来拆解。倘若波罗星从未学过这三门功夫，当然另有本门功夫拆解，但新学乍练，这些时日心中所想，手上所习，定然都是少林派功夫，仓卒之际不及细想，定会顺手以这三招最方便的招数应付。不料神山强辞夺理，反说这是天竺武技。但少林派的武功源自达摩祖师。达摩是天竺僧人，梁朝时自天竺东来与梁武帝讲论佛法，话不投机，于是驻锡少林，传下禅宗心法与绝世武功，那也是天下皆知之事。神山上人机变绝伦，一口咬定少林派的武功般若掌、摩诃指与大金刚拳系从天竺传来，那么波罗星会使这三种武功便毫不希奇，决不能因此而证明他曾偷看过少林寺的武功秘录。

玄慈缓缓说道："本寺佛法与武功都是传自达摩祖师，那是一点不假。来于天竺，还于天竺，原也合情合理。波罗星师兄只须明言相求，本寺原可将达摩祖师所遗下的武经恭录以赠。但这般若掌创于本寺第八代方丈元元大师，摩诃指系一位在本寺挂单四十年的七指头陀所创。那大金刚拳法，则是本寺第十一代通字辈的六位高僧，穷三十六年之功，共同钻研而成。此三门全系中土武功，与天竺以意御劲、以劲发力的功夫截然不同。众位师兄都是武学高人，其中差别一见而知，原不必老衲多所饶舌。"

观心大师、融智大师均觉玄慈之言不错，齐声向神山上人道："师兄你意下如何？"

神山上人微微一笑，说道："少林方丈所言，当然高明，不过未免有一点故意分别中华与天竺的门户之见。其实我佛眼中，众生无别，中华、天竺，皆是虚幻假名。日前哲罗星师兄与小僧讲论天竺中土武功异同之时，也曾提到般若掌、摩诃指和大金刚拳的招数。他说那一招'天衣无缝'，梵文叫做'阿伐岂耶'，翻成华语，是'莫可名状'之意，这一招右掌力微而实，左掌力沉而虚，虚实交互为用，敌人不察，极易上当。方丈师兄，哲罗星师兄这句话，不知对也不对?”

玄慈脸上黄气一闪而过，说道：“师兄眼光敏锐，佩服，佩服。”

神山聪明颖悟，武学上识见又高，只见到波罗星和玄生对了那一掌，便瞧出了“天衣无缝”这招的精义所在，假言闻之于哲罗星，总之是要证明此乃天竺武学。他见波罗星与玄生对拆的三招变化奇巧，对少林武功又增几分向慕之情，心下只想：“少林寺这些和尚都是饭桶，上辈传下来这么高明的武学，只怕领悟到的还不到三成。只要能让我好好的钻研，再加变化，数年之内，便可压得少林派从此抬不起头来。”

玄慈自然知道，神山这番话，是适才见了波罗星的招数而发，什么哲罗星早就跟他说过云云，全是欺人之谈，但他于一瞥之间便看破了这一招高深掌法中的秘奥，此人天份之高，眼力之利，确也是世所罕见。他微一沉吟，便道：“玄生师弟，烦你到藏经楼去，将记载这三门武功的经籍，取来让几位师兄一观。”

玄生道：“是！”转身出殿，过不多时，便即取到，交给玄慈。大雄宝殿和藏经楼相距几达三里，玄生在片刻间便将经书取到，身手实是敏捷之极。外人不知内情，也不以为异，少林寺僧众却无不暗自赞叹。

那三部经书纸质黄中发黑，显是年代久远。玄慈将经书放在方桌之上，说道：“众位师兄请看，三部经书中各自叙明创功的经历。众位师兄便不信老衲的话，难道少林寺上代方丈大师这等高僧硕德，也会妄语欺人？又难道早料到有今日之事，在数百年前便先行写就了，以便此刻来强辞夺理?”

神山装作没听出他言外之意，将《般若掌法》取了过来，一页页的翻阅下去。观心大师便取阅《摩诃指秘要》，道清大师取阅《大金刚拳神功》。观心、道清二人只随意看了看序文、跋记，便交给觉贤、融智二位。这四位高僧均觉一来这是少林派的武功秘本，自己是别派高手名宿，身份有关，不便窥探人家的隐秘；二来玄慈大师是一代高僧，既然如此说，决无虚假，若再详加审阅，不免有见疑之意，礼貌上颇为不敬。

神山上人却是认真之极，一页页的慢慢翻阅，显是在专心找寻其中的破绽疑窦，要拿来反驳玄慈。一时大殿上除了众人轻声呼吸之外，便是书页的翻动之声。神山上人翻完《般若掌法》，接看《摩诃指秘要》，再看《大金刚拳神功》，都是一页页的慢慢阅读。

少林群僧注视神山上人的脸色，想知道他是否能在这三本古籍之中找到什么根据，作为强辩之资，但见他神色木然，既无喜悦之意，亦无失望之情。眼见他一页页的慢慢翻完，合上了最后一本《大金刚拳神功》，双手捧着，还给了玄慈方丈，闭眼冥想，一言不发。玄慈见他这等模样，倒是莫测高深。

过了好一会，神山上人张开眼来，向哲罗星道："师兄，那日你将般若掌的要诀念给我听，我记得梵语是：因苦乃罗斯，不尔甘儿星，柯罗波基斯坦，兵那斯尼，伐尔不坦罗……翻成华语是：'如或长夜不安，心念纷飞，如何慑伏，乃练般若掌内功第一要义。'是这句话么？"哲罗星一怔，不明白他是什么意思，随口答道："是啊，师兄翻得甚是精当。"

少林众高僧面面相觑，无不失色，辈份较低之众僧却都侧耳倾听。

神山又叽哩咕噜的说了一大篇梵语，说道："这段梵文译成华语，想必如此：却将纷飞之心，以究纷飞之处，究之无处，则纷飞之念何存？返究究心，则能究之心安在？能照之智本空，所缘之境亦寂，寂而非寂者，盖无能寂之人也，照而非照者，盖无所照之境也。境智俱寂，心虑安然。外不寻尘，内不住定，二途俱泯，一性怡然，此般若掌内功之要也。"

哲罗星这时已猜到了他的用意，欣然道："正是，正是！那日小僧与师兄在五台山清凉寺谈佛法，论武功，所说我天竺佛门般若掌的内功要诀，确是如此。”

神山上人道：“那日师兄所说的大金刚拳要旨和摩诃指秘诀，小僧倒也还记得。”说着又滔滔不绝的说一段梵语，背一段武经的经文。

玄慈及少林众高僧听神山所背诵的虽非一字不错，却也大致无误，正是那三部古籍中所记录的要诀，不由得都脸色大变。想不到此人居然有此奇才，适才默默翻阅一过，竟将三部武学要籍暗记在心，而且又精通梵语，先将经诀译成梵语，再依华语背诵。道清、融智、玄慈等均通梵文，听来华梵语义甚合，倒似真的先有梵文，再有华文译本一般。这么一来，波罗星偷阅经书的罪名固然洗刷得干干净净，而元元大师、七指头陀等少林上辈高僧，反成了抄袭篡窃、欺世盗名之徒。这件事若要据理而争，那神山伶牙利齿，未必辩他得过。玄慈气恼之极，一时却也想不出对付之策。

玄生忽又越众而出，向哲罗星道：“大师，你说这般若掌、摩诃指、大金刚拳，都是本寺传自天竺，大师自然精熟无比。此事真假极易明白。小僧要领教大师这三门武功的高招，小僧所使招数，决不出这三门武功之外。大师下手指点时，也请以这三门武功为限。”说着身形一晃，已站到了哲罗星的身前。

玄慈暗叫：“惭愧！这法子甚是简捷，只须那胡僧一出手，真伪便即立判，怎么我竟然念不及此？”神山上人也是心中一凛：“这一着倒也厉害，哲罗星自然不会什么般若掌、摩诃指、大金刚拳，却教他如何应付？”

哲罗星神色尴尬，说道：“天竺武功，著名的约有三百六十门，小僧虽然都约略知其大要，却不能每一门皆精。据闻少林寺武功有七十二门绝技，请问师兄，是不是七十二门绝技件件精通？倘若小僧随便请师兄施展七十二门绝技中的三项，师兄是不是都能施展得出？”

这番话一说，倒令玄生怔住了。少林寺绝技，每位高僧所会者最多不过五六门，倘若有人任意指定三门，要哪一位高僧施展，那确是无人能够办到。玄生于武学所知算得甚博，但七十二门绝技中所会者亦不过六门而已。哲罗星的反驳甚是有理，确也难以应付。

突然外面一个清朗的声音远远传来，说道：“天竺大德，中土高僧，相聚少林寺讲论武功，实乃盛事。小僧能否有缘做个不速之客，在旁恭聆双方高见么？”一字一句，清清楚楚的送入了各人耳中。声音来自山门之外，入耳如此清晰，却又中正平和，并不震人耳鼓，说话者内功之高之纯，可想而知；而他身在远处，却又如何得知殿中情景？

玄慈微微一怔，便运内力说道：“既是佛门同道，便请光临。”又道：“玄鸣、玄石两位师弟，请代我迎接嘉宾。”玄鸣、玄石二人躬身道：“是！”刚转过身来，待要出殿，门外那人已道：“迎接是不敢当。今日得会高贤，实是不胜之喜。”

他每说一句，声音便近了数丈，刚说完“之喜”两个字，大殿门口已出现了一位宝相庄严的中年僧人，双手合什，面露微笑，说道：“吐蕃国山僧鸠摩智，参见少林寺方丈。”

群僧见到他如此身手，已是惊异之极，待听他自己报名，许多人都“哦”的一声，说道：“原来是吐蕃国师大轮明王到了！”

玄慈站起身来，抢上两步，合什躬身，说道：“国师远来东土，实乃有缘。敝寺今日正有一事难以分剖，便请国师主持公道，代为分辨是非。”说着便替神山、哲罗星师兄弟、观心等诸大师逐一引见。

众僧相见罢，玄慈在正中设了一个座位，请鸠摩智就座。鸠摩智略一谦逊，便即坐了，这一来，他是坐在神山的上首。旁人倒也没什么，神山却暗自不忿：“你这番僧装神弄鬼，未必便有什么真实本领，待会倒要试你一试。”

鸠摩智道：“方丈要小僧主持公道，分辨是非，那是万万不敢。只是小僧适才在山门外听到玄生大师和哲罗星大师讲论武功，颇觉两位均有不是之处。”

群僧都是一凛，均想：“此人口气好大。”玄生道：“敬请国师指点开示。”

鸠摩智微微一笑，说道：“哲罗星师兄适才质询大师，言下之意似乎是说，少林派有七十二门绝技，未必有人每一门都能精通，此言错矣。大师以为摩诃指、般若掌、大金刚拳是少林派秘传，除了贵派嫡传弟子之外，旁人便不会知晓，否则定是从贵派偷学而得，这句话却也不对。”他这番话连责二人之非，群僧只听得面面相觑，不知他其意何指。

玄生朗声道：“据国师所言，有人以一身而能兼通敝派七十二门绝技？”鸠摩智点头道：“不错！”玄生道：“敢问国师，这位大英雄是谁？”鸠摩智道：“殊不敢当。”玄生变色道：“便是国师？”鸠摩智点头合什，神情肃穆，道：“正是。”

这两字一出口，群僧尽皆变色，均想：“此人大言炎炎，一至于此，莫非是疯了？”

少林七十二门绝技有的专练下盘，有的专练轻功，有的以拳掌见长，有的以暗器取胜，或刀或棒，每一门各有各的特长，使剑者不能使禅杖，擅大力神拳者不能收发暗器。虽有人同精五六门绝技，那也是以互相并不抵触为限。玄生与波罗星都练了般若掌、摩诃指、大金刚拳三门功夫，那均是手上的功夫。故老相传，上代高僧之中曾有人兼通一十三门绝技，号称“十三绝神僧”，少林寺建寺数百年，只此一人而已。少林诸高僧固所深知，神山、道清等也皆洞晓。要说一身兼擅七十二绝技，自是欺人之谈。

少林七十二门绝技之中，更有十三四门异常难练，纵是天资极高之人，毕生苦修一门，也未必一定能够练成。此时少林全寺僧众千余人，以千余僧众所会者合并，七十二绝技也数不周全。眼看鸠摩智不过四十来岁年纪，就说每年能成一项绝技，一出娘胎算起，那也得七十二年功夫，这七十二项绝技每一项都是艰深繁复之极，难道他竟能在一年之中练成数种？

玄生心中暗暗冷笑，脸上仍不脱恭谨之色，说道："国师并非我少林派中人，然则摩诃指、般若掌、大金刚拳等几项功夫，却也精通么？"

鸠摩智微笑道："不敢，还请玄生大师指教。"身形略侧，左掌突然平举，右拳呼的一声直击而出，如来佛座前一口烧香的铜鼎受到拳劲，镗的一声，跳了起来，正是大金刚拳法中的一招"洛钟东应"。拳不着鼎而铜鼎发声，还不算如何艰难，这一拳明明是向前击出，铜鼎却向上跳，可见拳力之巧，实已深得"大金刚拳"的秘要。

鸠摩智不等铜鼎落下，左手反拍出一掌，姿式正是般若掌中的一招"慑伏外道"。铜鼎在空中转了半个圈子，啪的一声，有什么东西落下来，只是鼎中有许多香灰跟着散开，烟雾弥漫，一时看不清是什么物件。其时"洛钟东应"这一招余力已尽，铜鼎急速落下，鸠摩智伸出大拇指向前一捺，一股凌厉的指力射将过去，铜鼎突然向左移开了半尺。鸠摩智连捺三下，铜鼎移开了一尺又半，这才落地。

少林众高僧心下叹服，知他这三捺看似平凡无奇，其中所蕴蓄的功力实已到了超凡入圣的境地，正是摩诃指的正宗招数，叫做"三入地狱"。那是说修习这三捺时用功之苦，每捺一下，便如入了一次地狱一般。

香灰渐渐散落，露出地下一块手掌大的物事来，众僧一看，不禁都惊叫一声，那物事是一只黄铜手掌，五指宛然，掌缘指缘闪闪生光，灿烂如金，掌背却呈灰绿色。

鸠摩智袍袖一拂，笑道："这'袈裟伏魔功'练得不精之处，还请方丈师兄指点。"一句话方罢，他身前七尺外的那口铜鼎竟如活了一般，忽然连打几个转，转定之后，本来向内的一侧转而向外，但见鼎身正中剜去了一只手掌之形，割口处也是黄光灿然。辈份较低的群僧这才明白，鸠摩智适才使到般若掌中"慑伏外道"那一招之时，掌力有如宝刀利刃，竟在鼎上割下了手掌般的一块。

玄生见他这三下出手，无不远胜于己，霎时间心丧若死："只怕这位神僧所言不错，我少林派七十二门绝技确是传自天竺，他从原地习得秘奥，以致比我中土高明得多。"当即合什躬身，说道："国师神技，令小僧大开眼界，佩服，佩服！"

鸠摩智最后所使的"袈裟伏魔功"，玄慈方丈毕生在这门武功上花的时日着实不少，以致颇误禅学进修，有时着实后悔，觉得为了一拂之纯，穷年累月的练将下去，实甚无谓。但想到自己这门袖功足可独步天下，也觉自慰，此刻一见鸠摩智随意拂袖，潇洒自在，而口中谈笑，袍袖已动，竟不怕发声而泄了真气，更非自己所能，不由得百感交集。

霎时之间，大殿上寂静无声，人人均为鸠摩智的绝世神功所镇慑。

过了良久，玄慈长叹一声，说道："老衲今日始知天外有天，人上有人。老衲数十年苦学，在国师眼中，实是不足一哂。波罗星师兄，少林寺浅水难养蛟龙，福薄之地，不足以留佳客，你请自便罢！"

玄慈此言一出，哲罗星与波罗星二人喜动颜色。神山上人却是又喜又愁，喜的是波罗星果然精熟少林派绝技，而玄慈方丈准他离寺；愁的是此事自己实在无甚功绩，全是鸠摩智一力促成，此人武功高极，既已控制全局，自己再要想从波罗星手中转得少林绝技，只怕难之又难，何况波罗星所盗到的少林武功秘笈，不过寥寥数项，又如何能与鸠摩智所学相比？世上既有鸠摩智其人，则自己一切图谋，不论成败，都已殊不足道。

鸠摩智不动声色，只合什说道："善哉，善哉！方丈师兄何必太谦？"

少林合寺僧众却个个垂头丧气，都明白方丈被逼到要说这番话，乃是自认少林派武功技不如人。少林派数百年来享誉天下，执中原武学之牛耳。这么一来，不但少林寺一败涂地，亦使中土武人在番人之前大大的丢了脸面。观心、道清、觉贤、融智、神音诸僧也均觉面目无光，事情竟演变到这步田地，实非他们初上少林寺时所能逆料。

玄慈实已熟思再三。他想少林寺所以要扣留波罗星，全是为了不令本寺武功绝技泄之于外，但眼见鸠摩智如此神功，虽然未必当真能尽本寺七十二门绝技，总之为数不少，则再扣留波罗星又有何益？波罗星所记忆的本寺绝技，不过三门，比诸鸠摩智所知，实不可同日而语。这位大轮明王武功深不可测，本寺诸僧无一能是他敌手，若说寺中诸高手一拥而上，倚多为胜，那变成了下三滥的无赖匪类，岂是少林派所能为？这波罗星今日一下山，不出一月，江湖上少不免传得沸沸扬扬，天下皆知，少林寺再不能领袖武林，自己也无颜为少林寺的方丈。这一切他全了然于胸，但形格势禁，若非如斯，又焉有第二条路好走？

殿上诸般事故，虚竹一一都瞧在眼里，待听方丈说了那几句话后，本寺前辈僧众个个神色惨然。他斜眼望看师父慧轮时，但见他泪水滚滚而下，实是伤心已极，更有几位师叔连连捶胸，痛哭失声。他虽不明其中关节，但也知鸠摩智适才显露的武功，本寺无人能敌，方丈无可奈何，只有让他将波罗星带走。

可是他心中却有一事大惑不解。眼见鸠摩智使出大金刚拳拳法、般若掌掌法、摩诃指指法，招数是对是错，他没有学过这几门功夫，自是无法知晓，但运用这拳法、掌法、指法的内功，他却瞧得清清楚楚，那显然是“小无相功”。

这小无相功他得自无崖子，后来天山童姥在传他天山折梅手的歌诀之时，发觉他身有此功，曾大为恼怒伤心，因此功她师父只传李秋水一人，虚竹既从无崖子身上传得，则无崖子和李秋水之间的干系，自是不问可知了。天山童姥息怒之后，曾对他说过“小无相功”的运用之法，但童姥所知也属有限，直到后来他在灵鹫宫地下石室的壁上圆圈之中，才体会到不少“小无相功”的秘奥。

“小无相功”是道家之学，讲究清静无为，神游太虚，较之佛家武功中的“无色无相”之学，名虽略同，实质大异。虚竹一听到鸠摩智在山门外以中气传送言语，心中便已一凛，知他的“小无相功”修为甚深，此后见他使动拳法、掌法、指法、袖法，招数虽变幻多端，却全是以小无相功催动。玄生师叔祖以及波罗星所使的“天衣无缝”等招，却从内至外全是佛门功夫，而且般若掌有般若掌的内功，摩诃指有摩诃指的内功，大金刚拳有大金刚拳的内功，泾渭分明，截不相混。

他听鸠摩智自称精通本派七十二门绝技，然而施展之时，明明不过是以一门小无相功，使动般若掌、摩诃指、大金刚拳等招数，只因小无相功威力强劲，一使出便镇慑当场，在不会这门内功之人眼中，便以为他真的精通少林派各门绝技。这虽非鱼目混珠，小无相功的威力也决不在任何少林绝技之下，但终究是指鹿为马，混淆是非。虚竹觉得奇怪的是，此事明显已极，少林寺自方丈以下，千余僧众竟无一人直斥其非。

他可不知这小无相功博大精深，又是道家的武学，大殿上却无一个不是佛门弟子，武功再高，也不会去修习道家内功，何况“小无相功”以“无相”两字为要旨，不着形相，无迹可寻，若非本人也是此道高手，决计看不出来。玄慈、玄生等自也察觉鸠摩智的内功与少林内功颇有不同，但想天竺与中土所传略有差异，自属常情。地隔万里，时隔数百年，少林绝技又多经历代高僧兴革变化，两者倘若仍是全然一模一样，反而不合道理了，是以丝毫不起疑心。

虚竹初时只道众位前辈师长别有深意，他是第三辈的小和尚，如何敢妄自出头？但眼见形势急转直下，众师长尽皆悲怒沮丧，无可奈何，本寺显然面临重大劫难，便欲挺身而出，指明鸠摩智所施展的不是少林派绝技。但二十余年来，他在寺中从未当众说过一句话，在大殿中一片森严肃穆的气象之下，话到口边，不禁又缩了回去。

只听鸠摩智道：“方丈既如此说，那是自认贵派七十二门绝技，实在并非贵派自创，这个‘绝’字，须得改一改了。”

玄慈默然不语，心中如受刀剜。

玄字班中一个身形高大的老僧厉声说道：“国师已占上风，本寺方丈亦许天竺番僧自行离去，何以仍如此咄咄逼人，不留丝毫余地？”

鸠摩智微笑道：“小僧不过想请方丈应承一句，以便遍告天下武林同道。以小僧之见，少林寺不妨从此散了，诸位高僧分投清凉、普渡诸处寺院托庇安身，各奔前程，岂非胜在浪得虚名的少林寺中苟且偷安？”

他此言一出，少林群僧涵养再好，也都忍耐不住，纷纷大声呵斥。群僧这时方始明白，这鸠摩智上得少室山来，竟是要以一人之力将少林寺挑了，不但他自己名垂千古，也使得中原武林从此少了一座重镇，于他吐蕃国大有好处。

只听他朗声说道：“小僧孤身来到中土，本意想见识一下少林寺的风范，且看这号称中原武林泰山北斗之地，是怎样一副庄严宏伟的气象。但听了诸位高僧的言语，看了各位高僧的举止，嘿嘿嘿，似乎还及不上僻处南疆的大理国天龙寺。唉！这可令小僧大大失望了。”

玄字班中有人说道：“大理天龙寺枯荣大师和本因方丈佛法渊深，凡我释氏弟子，无不仰慕。出家人早无竞胜争强之念，国师说我少林不及天龙，岂足介意?”那人一面说，一面缓步而出，乃是个满面红光的老僧。他右手食指与中指轻轻搭住，脸露微笑，神色温和。

鸠摩智也即脸露笑容，说道：“久慕玄渡大师的‘拈花指’绝技练得出神入化，今日得见，幸何如之。”说着右手食中两指也是轻轻搭住，作拈花之状。二僧左手同时缓缓伸起，向着对方弹了三弹。

只听得波波波三响，指力相撞。玄渡大师身子一晃，突然间胸口射出三支血箭，激喷数尺。两股指力较量之下，玄渡不敌，给鸠摩智三股指力都中在胸口，便如是利刃所伤一般。

这玄渡大师为人慈和，极得寺中小辈僧侣爱戴。虚竹十六岁那年，曾奉派替玄渡扫地烹茶，服侍了他八个月。玄渡待他十分亲切，还指点了他一些罗汉拳的拳法。此后玄渡闭关参禅，虚竹极少再能见面，但往日情谊，长在心头。这时见他突为指力所伤，知道救援稍迟，立有性命之忧，他曾得聋哑老人苏星河授以疗伤之法，后来又学了破解生死符的秘诀，熟习救伤扶死之道，眼见玄渡胸口鲜血喷出，不暇细想，身子一晃之间，已抢到玄渡对面，虚托一掌。

其时相去只一瞬之间，三股血水未及落地，在他掌力一逼之下，竟又迅速回入了玄渡胸中。虚竹左手如弹琵琶，一阵轮指虚点，顷刻间封了玄渡伤口上下左右的十一处穴道，鲜血不再涌出，再将一粒灵鹫宫的治伤灵药九转熊蛇丸喂入他口中。

当日虚竹得段延庆指点，破解无崖子所布下的珍珑棋局之时，鸠摩智曾见过他一面，此刻突然见他越众而出，以轮指虚点，封闭玄渡的穴道，手法之妙，功力之强，竟是自己生平所未见，不由得大吃一惊。

慧方等六僧那日见虚竹一掌击死玄难，又见他做了外道别派的掌门人，种种怪异之处，无法索解，当即负了玄难尸身，回到少林寺中。玄慈方丈与众高僧详加查询，得悉玄难是死于丁春秋“三笑逍遥散”的剧毒，久候虚竹不归，派了十多名僧人出外找寻，也始终未见他的踪影。

虚竹回寺之日，适逢少林寺又遇重大变故，丐帮帮主庄聚贤竟然遣人下帖，要少林奉他为中原武林盟主。玄慈连日与玄字辈、慧字辈群僧筹商对策，实不知那名不见经传的庄聚贤是何等样人物。丐帮是江湖上第一大帮会，实力既强，向来又以侠义自任，与少林派互相扶持，主持江湖上正气、武林中公道，突然要强居于少林派之上，倒令众高僧不知如何应付才是。虚竹的师父慧轮见方丈和一众师伯、师叔有要务在身，便不敢禀告虚竹回寺、连犯戒律之事。是以他在园中挑粪浇菜，众高僧也均不知，这时突然见他显示高妙手法，倒送鲜血回入玄渡体内，自是人人惊异。

虚竹说道：“太师伯，你且不要运气，以免伤口出血。”撕下自己僧袍，裹好了他胸口伤处。玄渡苦笑道：“大轮明王……的……拈花指功……如此……如此了得！老衲拜……拜服。”虚竹道：“太师伯，他使的不是拈花指，也不是佛门武功。”

群僧一听，都暗暗不以为然，鸠摩智的指法固然和玄渡一模一样，连两人温颜微笑的神情也是毫无二致，却不是少林七十二绝技之一的“拈花指”是什么？群僧都知鸠摩智是吐蕃国的护国法师，敕封大轮明王，每隔五年，便在大雪山大轮寺开坛，讲经说法，四方高僧居士云集聆听，执经问难，无不赞叹。他是佛门中天下知名的高僧，所使的如何会不是佛门武功？

鸠摩智心中却又是一惊：“这小和尚怎知我使的不是拈花指？

不是佛门武功？”一转念间，便即恍然：“是了！那拈花指本是一门十分王道和平的功夫，只点人穴道，制敌而不伤人，我急切求胜，指力太过凌厉，竟在那老僧胸口戳了三个小孔，便不是迦叶尊者拈花微笑的本意了，这小和尚想必由此而知。”

他天生睿智，自少年时起便迭逢奇缘，生平从未败于人手，一离吐蕃，在大理国天龙寺中连胜枯荣、本因、本相等高手，此番来到少林，原是想凭一身武功，单枪匹马的斗倒这座千年古刹，眼见虚竹只不过二十来岁，虽然适才“轮指封穴”之技颇为玄妙，料想武功再高也高不到哪里去，当下便微笑道：“小师父竟说我这拈花指不是佛门武学，却令少林绝技置身何地？”

虚竹不善言辩，只道：“我玄渡太师伯的拈花指，自然是佛门武学，你……你大师所使这个……却不是……”一面说，一面提起左手，学着玄渡的手法，也弹了三弹，指力中使上了小无相功。他对人恭谨，这三弹不敢正对鸠摩智，只是向无人处弹去，只听得镗、镗、镗三响，大殿上一口铜钟发出巨声。虚竹这三下指力都弹在钟上，便如以钟槌用力撞击一般。

鸠摩智叫道：“好功夫！你试我一招般若掌！”说着双掌一立，似是行礼，双掌却不合拢，呼的一声，一股掌力从双掌间疾吐而出，奔向虚竹，正是般若掌的“峡谷天风”。

虚竹见他掌势凶猛，非挡不可，当即以一招“天山六阳掌”将他掌力化去。

鸠摩智感到他这一掌之中隐含吸力，刚好克制自己这一招的掌力，宛然便是小无相功的底子，心中一凛，笑道：“小师父，你这是佛门功夫么？我今日来到宝刹，是要领教少林派的神技，你怎么反以旁门功夫赐招？少林武功在大宋国向称数一数二，难道徒具虚名，不足以与异邦的武功相抗么？”他一试出虚竹的内功特异，自己没有制胜把握，便以言语挤兑，要他只用少林派的功夫。

虚竹怎明白他的用意，直言相告：“小僧资质愚鲁，于本派武功只学了一套罗汉拳，一套韦陀掌，那是本派扎根基的入门功夫，如何能与国师过招？”鸠摩智哈哈一笑，道：“既然如此，你倒也有自知之明，不是我的对手，那便退下罢！”虚竹道：“是！小僧告退。”合什行礼，退入虚字辈群僧的班次。

玄慈方丈却精明之极，虽不明白虚竹武功的由来，但看他适才所演的几招，招数精奇，内功深厚，足可与鸠摩智相匹敌，少林寺今日面临存亡荣辱的大关头，不如便遣他出去抵挡一阵，纵然落败，也总是一个转机，胜于一筹莫展，当即说道：“国师自称精通少林派七十二门绝技，高明渊博，令人佩服之至。少林派的入门粗浅功夫，自是更加不放在国师眼里了。虚竹，本寺僧众现今以‘玄、慧、虚、空’排行，你是本派的第三代弟子，本来决无资格跟吐蕃国第一高手国师过招动手，但国师万里远来，良机难逢，你便以罗汉拳和韦陀掌的功夫，请国师指点几招。”他将话说在头里，虚竹只不过是少林寺中第三代“虚”字辈的小僧，败在鸠摩智手下，于少林寺威名并无所损，但只要侥幸勉强支持得一炷香、两炷香的时刻，自己乘势喝止双方，鸠摩智便无颜再纠缠下去了。

虚竹听得方丈有令，自是不敢有违，躬身应道：“是。”走上几步，合什说道：“国师手下留情！”心想对方是前辈高人，决不会先行出招，当即双掌一直拜了下去，正是韦陀掌的起手式“灵山礼佛”。他在少林寺中半天念经，半天练武，十多年来，已将这套罗汉拳和韦陀掌练得纯熟无比。这招“灵山礼佛”本来不过是礼敬敌手的姿式，意示佛门弟子礼让为先，决非好勇斗狠之徒。但他此刻身上既具逍遥派三大高手深厚内力，复得童姥尽心点拨，而灵鹫宫地下石窖中数月面壁揣摩，更是得益良多，双掌一拜下，身上僧衣便即微微鼓起，真气流转，护住了全身。

突然人丛中抢出四名僧人，青光闪闪，四柄长剑同时刺向鸠摩智咽喉。四僧一齐跃出，一齐出手，四柄长剑指的是同一方位。

四十

却试问　几时把痴心断

鸠摩智明知跟这小僧动手，胜之不武，不胜为笑，但情势如此，已不由得自己避战，当即挥掌击出，掌风中隐含必必卜卜的轻微响声，姿式手法，正是般若掌的上乘功夫。

韦陀掌是少林派的扎根基武功，少林弟子拜师入门，第一套学“罗汉拳”，第二套学的便是“韦陀掌”。般若掌却是最精奥的掌法，自韦陀掌学到般若掌，循序而进，通常要花三四十年功夫。般若掌既是少林七十二绝技之一，练将下去，永无穷尽，掌力越练越强，招数愈练愈纯，那是学无止境。自少林创派以来，以韦陀掌和般若掌过招，实是从所未有。两者深浅精粗，正是少林武功的两个极端，会般若掌的前辈僧人，决不致和只会韦陀掌的本门弟子动手，就算是师徒之间喂招学艺，师父既然使到般若掌，做弟子的至少也要以达摩掌、伏虎掌、如来千手法等等掌法应接。

虚竹眼见对方掌到，斜身略避，双掌推出，仍是韦陀掌中一招，叫做“山门护法”，招式平平，所含力道却甚是雄浑。

鸠摩智身形流转，袖里乾坤，无相劫指点向对方。虚竹斜身闪避，鸠摩智早料到他闪避的方位，大金刚拳一拳早出，砰的一声，正中他肩头。虚竹踉踉跄跄的退了两步。鸠摩智哈哈一笑，说道：“小师父服了么？”料想这一掌开碑裂石，已将他肩骨击成碎片。

哪知虚竹有“北冥真气”护体，只感到肩头一阵疼痛，便即猱身复上，双掌自左向右划下，这一招叫做“恒河入海”，双掌带着浩浩真气，当真便如洪水滔滔、东流赴海一般。

鸠摩智见他吃了自己一拳恍若不觉，两掌击到，力道又如此沉厚，不由得暗自惊异，出掌挡过，身随掌起，双腿连环，霎时之间连踢六腿，尽数中在虚竹心口，正是少林七十二绝技之一的“如影随形腿”，一腿既出，第二腿如影随形，紧跟而至，第二腿随即自影而变为形，而第三腿复如影子，跟随踢到，直踢到第六腿，虚竹才来得及仰身飘开。

鸠摩智不容他喘息，连出两指，嗤嗤有声，却是“多罗指法”。虚竹坐马拉弓，还击一拳，已是“罗汉拳”中的一招“黑虎偷心”。这一招拳法粗浅之极，但附以小无相功后，竟将两下穿金破石的多罗指指力消于中途。

鸠摩智有心炫耀，多罗指使罢，立时变招，单臂削出，虽是空手，所使的却是“燃木刀法”。这路刀法练成之后，在一根干木旁快劈九九八十一刀，刀刃不能损伤木材丝毫，刀上发出的热力，却要将木材点燃生火，当年萧峰的师父玄苦大师即擅此技，自他圆寂之后，寺中已无人能会。“燃木刀法”是单刀刀法，与鸠摩智当日在天龙寺所使“火焰刀法”的凌虚掌力全然不同，他此刻是以手掌作戒刀，狠砍狠斫，全是少林派武功的路子。他一刀劈落，波的一响，虚竹右臂中招。虚竹叫道：“好快！”右拳打出，拳到中途，右臂又中一刀。鸠摩智真力贯于掌缘，这一斩已不逊钢刀，一样的能割首断臂，但虚竹右臂连中两刀，竟浑若无事，反震得他掌缘隐隐生疼。

鸠摩智骇异之下，心念电转，寻思：“这小和尚便练就了金钟罩、铁布衫功夫，也经不起我这几下重手，却是何故？啊，是了，此人僧衣之内定是穿了什么护身宝甲。”一想到此节，出招便只攻击虚竹面门，“大智无定指”、“去烦恼指”、“寂灭抓”、“因陀罗抓”，接连使出六七门少林神功，对准虚竹的眼目咽喉招呼。

鸠摩智这么一轮快速之极的抢攻，虚竹手忙足乱，无从招架，惟有倒退，这时连“韦陀掌”也使不上了，一拳又一拳的打出，全是那一招“黑虎偷心”，每发一拳，都将鸠摩智逼退半尺，就是这么半尺之差，鸠摩智种种神妙变幻的招数，便都不能及身。

顷刻之间，鸠摩智又连使十六门少林绝技，少林群僧只看得目眩神驰，均想：“此人自称一身兼通本派七十二绝技，果非大言虚语。”但虚竹用以应付的，却只一门“罗汉拳”，而且在对方迅若闪电的急攻之下，心中手上全无变招的余裕，打出一招“黑虎偷心”，又是一招“黑虎偷心”，来来去去，便只依样葫芦的一招“黑虎偷心”，拳法之笨拙，纵然是市井武师，也不免为之失笑。但这招“黑虎偷心”中所含的劲力，却竟不断增强，两人相去渐远，鸠摩智手指手爪和虚竹的面门相距已逾一尺。

鸠摩智早已发觉，虚竹拳力中隐隐也有小无相功，而且还远在自己之上，只是似乎不大会使，未能发挥威力而已。眼见虚竹又是一招“黑虎偷心”打到，突然间手掌一沉，双手陡探，已抓住虚竹拳头，正是少林绝技“龙爪功”中的一招，左手拿着虚竹的小指，右手拿住他拇指，运力向上急拗，准拟这一下立时便拗断他两根手指。

虚竹两指被拗，不能再使“黑虎偷心”，手指剧痛之际，自然而然的使出“天山折梅手”来，右腕转个小圈，翻将过来，拿住了鸠摩智的左腕。

鸠摩智一抓得手，正欣喜间，万料不到对方手上突然会生出一股怪异力道，反拿己腕。他所知武学甚为渊博，但这“天山折梅手”却全然不知来历，心中一凛，只觉左腕已如套在一只铁箍之中，再也无法挣脱。总算虚竹惊惶中只求自解，不暇反攻，因此牢牢抓住鸠摩智的手腕，志在不让他再拗自己手指，忘了抓他脉门。便这么偏了三分，鸠摩智内力已生，微微一收，随即激迸而出，只盼震裂虚竹的虎口。

虚竹手上一麻，生怕对方脱手之后，又使厉害手法，忙又运劲，体内北冥真气如潮水般涌出。他和段誉所练的武功出于同源，但没如段誉那般练过吸人内力的法门，因此虽抓住了鸠摩智手腕，却没能吸他内力。饶是如此，鸠摩智三次运劲未能挣脱，不由得心下大骇，右手成掌，斜劈虚竹项颈。他情急之下，没想到再使少林派武功，这一劈已是他吐蕃的本门武学。虚竹左手忙以一招天山六阳掌化解。鸠摩智次掌又至，虚竹的六阳掌绵绵使出，将对方势若狂飙的攻势一一化解。

其时两人近身肉搏，呼吸可闻，出掌时都是曲臂回肘，每发一掌都只七八寸距离，但相距虽近，掌力却仍是强劲之极。鸠摩智掌声呼呼，群僧均觉这掌力刮面如刀，寒意侵体，便似到了高山绝顶，狂风四面吹袭。少林寺辈份较低的僧侣渐渐抵受不住，一个个缩身向后，贴墙而立。玄字辈高僧自不怕掌力侵袭，但也各运内力抗拒。

虚竹为了要替三十六洞、七十二岛的群豪解除生死符，在这天山六阳掌上用功甚勤，种种精微变化全已了然于胸，而灵鹫宫地底石壁上的图谱，更令他大悟其中奥妙。不过他从未用之与人过招对拆，少了习练，一上来便与一位当今数一数二的高手生死相搏，掌法虽高，内力虽强，使得出来的却不过二三成而已。

鸠摩智掌力越来越凌厉，虚竹心无二用，但求自保，每一招都是守势。他决不是想拿住鸠摩智，只是眼见对方武功胜己十倍，单掌攻击已这般厉害，倘若任他双掌齐施，自己非命丧当场不可，因此死命拿住他左腕，要令他左掌无法出招。虚竹这个念头虽笨，竟也大有用处。鸠摩智左手被抓，双掌连环变化、交互为用的诸般妙着便使不出来。虚竹本来掌法不甚纯熟，使单掌较使双掌为便。一个打了个对折，十成掌法只剩五成，一个却将二三成的功夫提升到了四五成。一炷香时刻过去，两人已交拆数百招，仍是僵持之局。

玄慈、玄渡、神山、观心、哲罗星等诸高僧都已看出，鸠摩智左腕受制，挣扎不脱，但虚竹的左掌却全然处于下风，只有招架之功，无丝毫还手之力，两人都是右优左劣。这般打法，众高僧虽见多识广，却是生平从所未见。其中少林众僧更多了一份惊异，一份忧心，虚竹自幼在本寺长大，下山半年，却不知从何处学了这一身惊人技艺回来，又见他抓住敌人，并不能制敌，但鸠摩智每一掌中都含着摧筋断骨、震破内家真气的大威力，只要给击中了一下，非气绝身亡不可。

此刻少林众僧中，不论哪一个出手相助，只须轻轻一指，都能取了鸠摩智的性命，但这番相斗，并非志在杀了对方，而是为了维护少林一派的声誉，若有人上前杀了鸠摩智，只有大损少林派令誉。群僧个个提心吊胆，手心中捏一把汗，瞧着二人激斗。

又拆百余招，虚竹惊恐之心渐去，于天山六阳掌的精妙处领悟越来越多，十招中于九招守御之余，已能还击一招。他既还击一招，鸠摩智便须出招抵御，攻势不免略有顿挫。其间相差虽然甚微，消长之势，却是渐渐对虚竹有利。又过了一顿饭时分，虚竹已能在十招中反攻两三招。少林群僧见他渐脱困境，无不暗暗欢喜。

神山上人自从鸠摩智一现身，心情便甚矛盾，既盼鸠摩智杀灭少林派的威风，又不愿异邦僧人到中土来横行无忌，自己却无力将之制服；待见鸠摩智与虚竹相持不决，只盼两人两败俱伤，同归于尽。自己即使无法从波罗星手中再取其他少林绝技，但般若掌、摩诃指、大金刚拳三门绝技的秘诀，总已记在心中，回寺后详加参研，凭着一己的聪明智慧，当可将这三门武功大加变通，要旨虽同，招式外形却可大异，那时便成为清凉寺的三门绝技，而自己便是创建这三门绝技的鼻祖了。

波罗星却又是另一番心情。他这些时日中研习般若掌、摩诃指、大金刚拳三门武功，但觉其中奥妙无穷。今日师兄哲罗星来接他出寺，自忖心中所得记忆者，还不到少林武功的半成，回归故乡虽然欢喜，但眼见寺中宝藏如此丰富，一出少林山门，从此再无缘得窥，却也是不胜遗憾。其后见到虚竹与鸠摩智相斗，两人内力之强，招数之奇，自己连半点边儿也摸不到。他却不知虚竹所使的并非少林武功，只觉少林寺中一个青年僧人已如此了得，自己万里奔波，好容易有缘出入藏经阁，却只记得几部武学经书回去，虽不是如入宝山空手而回，但所得者决非真正贵重之物，只怕此后一生之中，不免日日夜夜，悔恨无尽。

武学之道，便和琴棋书画，以及佛学、易理等等繁难奥妙的功夫学问无异，愈是钻研，愈是兴味盎然，只要得悉世上另有比自己所学更高一层的功夫学问，千方百计的也要观摩一番。波罗星是天竺高僧中大有才智之士，初到少林寺时，一意在盗取武经，回去光大天竺武学，但见到少林寺的武学竟如此浩如烟海，不由得恋恋不舍，不肯遽此离去了。

这时虚竹已能占到四成攻势，虽然兀自遮拦多，进攻少，但内力生发，逍遥派武学的诸般狠辣招数自然而然的使了出来。旁观者不禁胆战心惊，均想："我若中了这一招，不免死得惨酷无比。"少林派僧俗弟子，数百年来并无一个女子，历代创建全是走刚阳路子，因系佛门武功，出手的用意均是制敌而非杀人，与童姥、李秋水的招数截然相反。玄慈等少林高僧见虚竹所使招数渐趋阴险刻毒，不由得都皱起了眉头。

鸠摩智连运三次强劲，要挣脱虚竹的右手，以便施用"火焰刀"绝技，但己力加强，对方的指力亦相应而增，情急之下，杀意陡盛，左手呼呼呼连拍三掌，虚竹挥手化解。鸠摩智缩手弯腰，从布袜中取出一柄匕首，陡向虚竹肩头刺去。

虚竹所学全是空手拆招，突然间白光闪处，匕首刺到，不知如何招架才是，抢着便去抓鸠摩智的右腕，这一抓是“天山折梅手”的擒拿手法，既快且准，三根手指一搭上他手腕，大拇指和小指跟着便即收拢。便在这时，鸠摩智掌心劲力一吐，匕首脱手而出。虚竹双手都牢牢抓着对方的手腕，噗的一声，匕首插入了他肩头，直没至柄。

旁观群僧齐声惊呼。观心等都不自禁的摇头，均想：“以鸠摩智如此身份，斗不过少林寺一个青年僧人，已然声名扫地，再使兵刃偷袭，简直不成体统。”

突然人丛中抢出四名僧人，青光闪闪，四柄长剑同时刺向鸠摩智咽喉。四僧一齐跃出，一齐出手，四柄长剑指的是同一方位，剑法奇快，狠辣无伦。鸠摩智双足运力，要待向后跃避，一拉之下，虚竹竟纹丝不动，但觉喉头一痛，四剑的剑尖已刺上了肌肤。只听四僧齐声喝道：“不要脸的东西，快纳命罢！”声音娇嫩，竟似是少女的口音。

虚竹转头看时，这四僧居然是梅兰竹菊四剑，只是头戴僧帽，掩住了头上青丝，身上穿的却是少林寺僧衣。他惊诧无比，叫道：“休伤他性命！”四剑齐声答应：“是！”剑尖却仍然不离鸠摩智的咽喉。

鸠摩智哈哈一笑，说道：“少林寺不但倚多为胜，而且暗藏春色，数百年令誉，原来如此，我今日可领教了！”

虚竹心下惶恐，不知如何是好，当即松手放开了鸠摩智手腕。菊剑替他拔下肩头匕首，鲜血立涌。菊剑忙摔下长剑，从怀中取出手帕，替他裹好伤口。梅兰竹三姝的长剑仍指在鸠摩智喉头。虚竹问道：“你……你们，是怎么来的？”

鸠摩智右掌一划，“火焰刀”的神功使出，当当当三声，三柄长剑从中断绝。三姝大吃一惊，向后飘跃丈许，看手中时，长剑都只剩下了半截。鸠摩智仰天长笑，向玄慈道："方丈大师，却如何说？"

玄慈面色铁青，说道："这中间的缘由，老衲委实不知，即当查明，按本寺戒律处置。国师和众位师兄远来辛苦，便请往客舍奉斋。"

鸠摩智道："如此有扰了。"说着合什行礼，玄慈还了一礼。

鸠摩智合着双手向旁一分，暗运"火焰刀"神功，噗噗噗噗四响，梅兰竹菊四姝齐声惊呼，头上僧帽无风自落，露出乌云也似的满头秀发，数百茎断发跟着僧帽飘了下来。

鸠摩智显这一手功夫，不但炫耀己能，断发而不伤人，表示手下容情，同时明明白白的显示于众，四姝乃是女子，要少林僧无可抵赖。

玄慈面色更是不豫，说道："众位师兄，请！"

神山、观心、道清、融智等诸高僧陡见少林寺中竟会有僧装女子出现，无不大感惊讶，别说少林寺是素享清誉的名山古刹，就是寻常一座小小的庙宇，也决不容许有这等大违戒律的行径，听到玄慈方丈一个"请"字，都站了起来。知客僧分别迎入客舍，供奉斋饭。

一众外客刚转过身子，还没走出大殿，梅剑便道："主人，咱姊妹私自下山，前来服侍你，你可别责怪。"兰剑道："那缘根和尚对主人无礼，咱姊妹狠狠的打了他几顿，他才知道好歹，唉，没料想这西域和尚又伤了主人。"

虚竹"哦"了一声，这才恍然，缘根所以前倨后恭，原来是受她四姊妹的胁迫，如此说来，她四人乔装为僧，潜身寺中，已有多日，不由得跺脚道："胡闹，胡闹！"随即在如来佛像前跪倒，说道："弟子前生罪业深重，今生又未能恪守清规戒律，以致为本寺惹下无穷祸患，恭请方丈重重责罚。"

菊剑道："主人，你也别做什么劳什子的和尚啦，大伙儿不如回缥缈峰去罢，在这儿青菜豆腐，没半点油水，又得受人管束，有什么好！"竹剑指着玄慈道："老和尚，你言语中对我们主人若有得罪，我四姊妹对你可也不客气啦，你还是多加小心为妙。"

虚竹连连喝止，说道："你们不得无礼，怎么到寺里胡闹？唉，快快住嘴。"

四姊妹却你一言我一语，咭咭呱呱的，竟将玄慈等高僧视若无物。少林群僧相顾骇然，眼见四姊妹相貌一模一样，明媚秀美，娇憨活泼，一派无法无天，实不知是什么来头。

原来四姝是大雪山下的贫家女儿，其母已生下七个儿女，再加上一胎四女，实在无力养育，生下后便弃在雪地之中。适逢童姥在雪山采药，听到啼哭，见是相貌相同的四个女婴，觉得有趣，便携回灵鹫宫抚养长大，授以武功。四姝从未下过缥缈峰一步，又怎懂得人情世故、大小辈份？她们生平只听童姥一人吩咐。待虚竹接为灵鹫宫主人，她们也就死心塌地的侍奉。只是虚竹温和谦逊，远不如童姥御下有威，她们对之就不怎么惧怕，只知对主人忠心耿耿，浑不知这些胡闹妄为有什么不该。

玄慈说道："除玄字辈众位师兄弟外，余僧各归僧房。慧轮留下。"众僧齐声答应，按着辈份鱼贯而出。片刻之间，大雄宝殿上只留着三十余名玄字辈的老僧，虚竹的师父慧轮，以及虚竹和灵鹫宫四女。

慧轮也在佛像前跪倒，说道："弟子教诲无方，座下出了这等孽徒，请方丈重罚。"

竹剑噗哧一笑，说道："凭你这点儿微末功夫，也配做我主人的师父？前天晚上松树林中，连绊你八交的那个蒙面人，便是我二姊了。我说呢，你的功夫实在稀松平常。”虚竹暗暗叫苦：“糟糕，糟糕！她们连我师父也戏弄了。”又听兰剑笑道：“我听缘根说，你是咱们主人的师父，便来考较考较你。三妹今日倘若不说，只怕你永远不知道前晚怎么会连摔八个筋斗，哈哈，嘻嘻，有趣，有趣！”

玄慈道：“玄惭、玄愧、玄念、玄净四位师弟，请四位女施主不可妄言妄动。”

四名老僧躬身道：“是！”转身向四女道：“方丈法旨，请四位不可妄言妄动。”

梅剑笑道：“我们偏偏要妄言妄动，你管得着么？”四僧齐声道：“如此得罪了！”僧袍一扬，双手隔着衣袖分拿四女的手腕。玄惭使的是“龙爪功”，玄愧使的是“虎爪手”，玄念使的是“鹰爪功”，玄净使的则是“少林擒拿十八打”，招数不同，却均是少林派的精妙武功。四女中除了菊剑外，三女的长剑都已被鸠摩智削断。菊剑长剑抖动，护住了三个姊姊。梅兰竹三女各使断剑，从菊剑的剑光下攻将出来。

虚竹叫道：“抛剑，抛剑！不可动手！”

四姝听得主人呼喝，都是一怔，手中兵刃便没敢全力施为。四女的武功本来远不及四位玄字辈高僧，一失先机，立时便分给四僧拿住。梅剑用力一挣，没能挣脱，嗔道：“咱们听主人的话，才对你们客气，哎唷，痛死了，你捏得这么重干什么？”兰剑叫道：“小贼秃，快放开我。”抓住她手腕的玄愧大师须眉皆白，已七十来岁年纪，她却呼之为“小贼秃”。竹剑道：“你再不放手，我可要骂你老婆了。”菊剑道：“我吐他口水。”一口唾液，向玄净喷去。玄净侧头让过，手指加劲，菊剑只痛得“哎唷，哎唷”大叫。大雄宝殿本是庄严佛地，霎时间成了小儿女的莺啼燕叱之场。

玄慈道：“四位女施主安静毋躁，若再出声，四位师弟便点了她们的哑穴。”四姝一听要点哑穴，都觉不是玩的，嘟起了嘴不敢作声。玄惭等四位大师便也放开了她们手腕，站在一旁监视。

玄慈道：“虚竹，你将经过情由，从头说来，休得稍有隐瞒。”

虚竹道：“是。弟子诚心禀告。”当下将如何奉方丈之命下山投帖，如何遇到玄难、慧方等众僧，如何误打误撞的解开珍珑棋局而成为逍遥派掌门人，玄难如何死于丁春秋的剧毒之下，如何为阿紫作弄而破戒开荤，直说到如何遇到天山童姥，如何深入西夏皇宫的冰窖，而致成为灵鹫宫的主人。这段经历过程繁复，他口齿笨拙，结结巴巴的说来，着实花了老大时光，虽然拖泥带水，不大清楚明白，但事事交代，毫无避漏，在冰窖内与梦中女郎犯了淫戒一事，也吞吞吐吐的说了。

众高僧越听越感惊讶，这个小弟子遇合之奇之巧，武林中实是前所未闻。众僧适才见到了他剧斗鸠摩智的身手，对他所述均无怀疑，都想：“若不是他一身而集逍遥派三大高手的神功，又在灵鹫宫石壁上领悟了上乘武技，如何能敌得住吐蕃国师的绝世神通？”

虚竹说罢，向着佛像五体投地，稽首礼拜，说道：“弟子无明障重，尘垢不除，一遇外魔，便即把持不定，连犯荤戒、酒戒、杀戒、淫戒，背弃本门，学练旁门外道的武功，又招致四位姑娘入寺，败坏本寺清誉，罪大恶极，罚不胜罚，只求我佛慈悲，方丈慈悲。”他越想越难过，不由得痛哭失声。

梅剑和菊剑同时哼的一声，要想说话，劝他不必再做什么和尚了。玄惭、玄净二僧立即伸手，隔衣袖扣住了二女脉门。二女无可奈何，话到口边复又缩回，向两个老僧狠狠白了一眼，心中暗骂：“死和尚，臭贼秃！”

玄慈沉吟良久，说道：“众位师兄、师弟，虚竹此番遭遇，委实大异寻常，事关本寺千年的清誉，本座一人也不便擅自作主，要请众位共同斟酌。”

玄生大声道："启禀方丈，虚竹过失虽大，功劳也是不小。若不是他在危急之际出手镇住那个番僧，本寺在武林中哪里还有立足余地？那番僧叫咱们各自散了，去托庇于清凉、普渡诸寺，这等奇耻大辱，全仗虚竹一人挽救。依小僧之见，命他忏悔前非，以消罪业，然后在达摩院中精研武技，此后不得出寺，不得过问外务，也就是了。"进达摩院研技，是少林僧一项尊崇之极的职司，若不是武功到了极高境界，决计无此资格。玄字辈三十余高僧中，得进达摩院的也只八人而已，玄生自己便尚未得进。他倡议虚竹进达摩院，非但不是惩罚，反而是大大的奖赏了。

戒律院首座玄寂说道："依他武功造诣，这达摩院原也去得。但他所学者乃旁门武功，少林达摩院中，可否容得这旁门高手？玄生师弟，可曾细思过此节没有？"

此言一出，群僧便均觉玄生之议颇为不妥。玄生道："以师兄之见，那便如何？"

玄寂道："唔，这个嘛，我实在也打不定主意。虚竹有功有过，有功当奖，有过当罚。这四个姑娘来到本寺，乔装为僧，并非出于虚竹授意，咱们坦诚向鸠摩智、神山诸位说明真相，也就是了。他们信也罢，不信也罢，咱们无愧于心，也不必理会旁人妄自猜测，那倒不在话下。但虚竹背弃本门，另学旁门武功，少林寺中，只怕再也容不了他。"他这么说，竟是要驱逐虚竹出寺。"破门出教"是佛教最重要的惩罚。群僧一听，都是相顾骇然。

玄寂又道："虚竹仗着武功，连犯诸般戒律，本当废去他的功夫，这才逐出山门。但他原练的武功早已为人化去。他目下身上所负功夫并非学自本门，咱们自也无权废去。"

虚竹垂泪求道："方丈，众位太师伯、太师叔，请瞧在我佛面上，慈悲开恩，让弟子有一条改过自新之路。不论何种责罚，弟子都甘心领受，就是别把弟子赶出寺去。"

众老僧你瞧瞧我，我瞧瞧你，都拿不定主意，耳听虚竹如此说法，确是悔悟之意甚诚。所谓“放下屠刀，立地成佛”，所谓“苦海无边，回头是岸”，佛门广大，普渡众生，于穷凶极恶、执迷不悟之人，尚且要千方百计的点化于他，何况于这个迷途知返、自幼出家的本寺弟子，岂可绝了他向善之路？少林寺属于禅宗，向来讲究“顿悟”，呵佛骂祖尚自不忌，本不如律宗等宗斤斤于严守戒律。今日若无外人在场，众僧眼见他真心忏悔，决不致将他破门逐出。但眼前之事，不但牵涉鸠摩智、哲罗星等番邦胡僧，而中土的清凉、普渡等诸大寺也各有高僧在座，若对虚竹责罚不严，天下势必都道少林派护短，但重门户，不论是非，只讲武功，不管戒律。这等说法流传出外，却也是将少林寺的清誉毁了。

便在此时，一位老僧在两名弟子搀扶之下，从后殿缓步走了出来，正是玄渡。他被鸠摩智指力所伤，回入僧房休息，关心大殿上双方争斗的结局，派遣弟子不断回报，待听得鸠摩智已暂时退开，群僧质讯虚竹，大有见罚之意，当即扶伤又到大雄宝殿，说道：“方丈，我这条老命，是虚竹所救的。我有一句话，不知该不该说。”

玄渡年纪较长，品德素为合寺所敬。玄慈方丈忙道：“师兄请坐，慢慢的说，别牵动了伤处。”

玄渡道：“救我一命不算什么。可是眼前有六件大事，尚未办妥，若留虚竹在寺，大有助益，倘若将他逐了出去，那……那……那可难了。”

玄寂道：“师兄所说六件大事，第一件是指鸠摩智未退；第二件，当是指波罗星偷盗本寺武经；那第三件，是丐帮新任帮主庄聚贤欲为武林盟主。其余三件，师兄何指？”

玄渡长叹一声，道：“玄悲、玄苦、玄痛、玄难四位师弟的性命。”他一提到四僧，众僧一齐合什念佛：“阿弥陀佛！”

众僧认定玄苦死于乔峰之手，玄痛、玄难为丁春秋所害，这两个对头太强，大仇迄未得报，而杀害玄悲大师的凶手究竟是谁也还不知。大家只知玄悲是胸口中了“韦陀杵”而死，“韦陀杵”乃少林七十二门绝技之一，正是玄悲苦练了数十年的功夫。以前均以为是姑苏慕容氏“以彼之道，还施彼身”而下毒手，后来慧方、慧镜等述说与邓百川、公冶乾等人结交的经过，均觉慕容氏显然无意与武林中人为敌，而慕容氏门下诸人也均非奸险之辈。适才又看到鸠摩智的身手，他既能使诸般少林绝技，则这一招“韦陀杵”是他所击固有可能，就算另有旁人，也不为奇。四位高僧分别死在三个对头手下，因此玄渡说是三件大事。

玄慈说道：“老衲职为本寺方丈，于此六件大事，无一件能善为料理，实是汗颜无地。可是虚竹身上功夫，全是逍遥派的武学，难道……难道少林寺的大事……”

他说到这里，言语已难以为继，但群僧都明白他的意思：虚竹武功虽高，却全是别派旁门功夫，即使他能出手将这六件大事都料理了，有识之士也均知道少林派是因人成事，非依靠逍遥派武功不可，不免为少林派门户之羞；就算大家掩饰得好，旁人不知，但这些有道高僧，岂能作自欺欺人的行径？

一时之间，众高僧都默不作声。隔了半晌，玄渡道：“以方丈之见，却是如何？”

玄慈道：“阿弥陀佛！我辈接承列祖列宗的衣钵，今日遭逢极大难关，以老衲之见，当依正道行事，宁为玉碎，不作瓦全。倘若大伙尽心竭力，得保少林令誉，那是我佛慈悲，列祖列宗的遗荫；设若魔盛道衰，老衲与众位师兄弟以命护教，以身殉寺，却也问心无愧，不违我佛教的正理。少林寺千年来造福天下不浅，善缘深厚，就算一时受挫，也决不致一败涂地，永无兴复之日。”这番话说得平平和和，却是正气凛然。

群僧一齐躬身说道："方丈高见，愿遵法旨。"

玄慈向玄寂道："师弟，请你执行本寺戒律。"玄寂道："是！"转头向知客僧侣道："有请吐蕃国师与众位高僧。"知客僧侣躬身答应，分头去请。

玄渡、玄生等暗暗叹息，虽有维护虚竹之意，但方丈所言，乃是以大义为重，不能以一时的权宜利害，毁了本寺戒律清誉。各人都已十分明白，倘若赦免虚竹的罪过，那是虽胜亦败，但如秉公执法，则虽败犹荣。方丈已说到了"以命护教，以身殉寺"的话，那是破釜沉舟，不存任何侥幸之想，虚竹如何受罚，反而不是怎么重要之事了。

虚竹也知此事已难挽回，哭泣求告，都是枉然，心想："人人都以本寺清誉为重，我是自作自受，决不可在外人之前露出畏缩乞怜之态，教人小觑了少林寺的和尚。"

过不多时，鸠摩智、神山、哲罗星等一干人来到大殿。钟声响起，慧字辈、虚字辈、空字辈群僧又列队而入，站立两厢。

玄慈合什说道："吐蕃国国师、列位师兄请了。少林寺虚字辈弟子虚竹，身犯杀戒、淫戒、荤戒、酒戒四大戒律，私学旁门别派武功，擅自出任旁门掌门人，少林寺戒律院首座玄寂，便即依律惩处，不得宽贷。"

鸠摩智和神山等一听之下，倒也大出意料之外，眼见梅兰竹菊四女乔装为僧，只道虚竹胆大妄为，私自在寺中窝藏少女，所犯者不过淫戒而已，岂知方丈所宣布的罪状尚过于此。

普渡寺道清大师中年出家，于人情世故十分通达，兼之性情慈祥，素喜与人为善，说道："方丈师兄，这四位姑娘眉锁腰直、颈细背挺，显是守身如玉的处女，适才向国师出手，使的又是童贞功的剑功，咱们学武之人一见便知。虚竹小师兄行为不检，容或有之，‘淫戒’二字，却是言重了。”

玄慈道：“多谢师兄点明。虚竹所犯淫戒，非指此四女而言。虚竹投入别派，作了天山缥缈峰灵鹫宫的主人，此四女是灵鹫宫旧主的侍婢，私入本寺，意在奉侍新主，虚竹并不得知。少林寺疏于防范，好生惭愧，倒不以此见罪于他。”

童姥武功虽高，但从不履足中土，只是和边疆海外诸洞、诸岛的旁门异士打交道，因此“灵鹫宫”之名，群僧都是首次听到。只有鸠摩智在吐蕃国曾听人说过，却也不明底细。

道清大师道：“既然如此，外人不便多所置喙了。”鸠摩智、哲罗星和神山上人等对少林寺本来不怀善意，但见玄慈一秉至公，毫不护短，虚竹所犯戒律外人本来不知，他却当众宣示，心下也不禁钦佩。

玄寂走上一步，朗声问道：“虚竹，方丈所指罪业，你都承认么？有何辩解？”虚竹道：“弟子承认，罪重孽大，无可辩解，甘领太师叔责罚。”

群僧心下悚然，眼望玄寂，听他宣布如何处罚。

玄寂朗声说道：“虚竹擅犯杀、淫、荤、酒四大戒律，罚当众重打一百棍。虚竹，你心服么？”虚竹听说只罚打他一百棍子，衡之自己所犯四大戒律，实在一点也不算重，忙道：“多谢太师叔慈悲，虚竹心服。”玄寂又道：“你未得掌门方丈和受业师父许可，擅学旁门武艺，罚你废去全身少林派武功，自今而后，不得再为少林派弟子。你心服么？”

虚竹心中一酸，情知此事已无可挽救，道：“弟子该死，太师叔罚得甚是公正。”

别派群僧适才见他和鸠摩智激斗，以“韦陀掌”和“罗汉拳”少林武功大显神威，谁都不知虚竹的真正武功，其实已不是少林一派。鸠摩智自称一身兼七十二门绝技，实则所通者不过表面招式而已，真正的少林派内功他所知极少。虚竹和他相斗时所使的小无相功，他自然是懂的，但北冥真气、天山六阳掌、天山折梅手等高深武功，他却也以为是少林派功夫，听得玄寂说要废去他的少林派武功，不由得大喜，心想："你们自毁长城，去了我的心腹之患，那是再好也没有了。"觉贤、道清等高僧心中却连呼："可惜，可惜！"

玄寂又道："你既为逍遥派掌门人，为缥缈峰灵鹫宫的主人，便当出教还俗，不能再作佛门弟子，从今而后，你不再是少林寺僧侣了。如此处置，你心服么？"

虚竹无爹无娘，童婴入寺，自幼在少林寺长大，于佛法要旨虽然领悟不多，但少林寺是他在这世上唯一的安身立命之地，一旦被逐出寺，不由得悲从中来，泪如雨下，伏地而哭，哽咽道："少林寺自方丈大师以次，诸位太师伯、太师叔，诸位师伯、师叔以及恩师，人人对弟子恩义深重，弟子不肖，有负众位教诲。"

道清大师忍不住又来说情，说道："方丈师兄，玄寂师兄，依老衲看来，这位小佛兄迷途知返，大有悔改之意，何不给他一条自新之路？"

玄慈道："师兄指点得是。但佛门广大，何处不可容身？虚竹，咱们罚你破门出寺，却非对你心存恶念，断你皈依我佛之路。天下庄严宝刹，何止千千万万。倘若你有皈依三宝之念，还俗后仍可再求剃度。盼你另投名寺，拜高僧为师，发宏誓愿，清净身心，早证正觉。就算不再出家为僧，在家的居士只须勤修六度万行，一般也可证道，为大菩萨成佛。"说到后来，言语慈和恳切，甚有殷勤劝诫之意。

虚竹更是悲切，行礼道："方丈太师伯教诲，弟子不敢忘记。"

玄寂又道："慧轮听者。"慧轮走上几步，合什跪下。玄寂道："慧轮，你身为虚竹的业师，平日惰于教诲，三毒六根之害，未能详予指点，致成今日之祸。罚你受杖三十棍，入戒律院面壁忏悔三年。你可心服么?”慧轮颤声道:“弟子……弟子心服。”

虚竹说道:“太师伯,弟子愿代师父领受三十杖责。”

玄寂点了点头,道:“既是如此,虚竹共受杖责一百三十棍。掌刑弟子,取棍侍候。此刻虚竹尚为少林僧人,加刑不得轻纵。出寺之后,虚竹即为别派掌门,与本寺再无瓜葛,本派上下,须加礼敬。”

四名掌刑弟子领命而出,不久回入大殿,手中各执一条檀木棍。

玄寂正要传令用刑,突然一名僧人匆匆入殿,手中持了一大叠名帖,双手高举,交给玄慈,说道:“启禀方丈,河朔群雄拜山。”

玄慈一看名帖,共有三十余张,列名的都是北方一带成名的英雄豪杰,突于此刻同时赶到,却不知为了何事。只听得寺外话声不绝,群豪已到门口。玄慈说道:“玄生师弟,请出门迎接。”又道:“列位师兄,嘉宾光临,本派清理门户之事,只好暂缓一步,以免怠慢了远客。”当即站起身来,走到大殿檐下。

过不多时,便见数十位豪杰在玄生及知客僧陪同下,来到大殿之前。

玄慈、玄寂、玄生等虽是勤修佛法的高僧,但究是武学好手,遇到武林中的同道,都有惺惺相惜的亲近之意,这时突见这许多成名的英豪到来,虽然正当清理门户之际,心头十分沉重,也不禁精神为之一振。少林群僧在外行道,结交方外朋友甚多,所来的英豪之中,颇有不少是玄字辈、慧字辈僧侣的至交,各人执手相见,欢然道故,迎入殿中,与鸠摩智、哲罗星等人引见。神山、观心等威名素著,群豪若非旧识,也是仰慕已久。

玄慈正欲问起来意,知客僧又进来禀报,说道山东、淮南有数十位武林人物前来拜山。

玄惭出去迎进殿来。一条黑汉子大声说道:“丐帮庄帮主邀咱们来瞧热闹，他自己还没到么？”一个阴声细气的声音说道：“老兄你急什么？既然来了，要瞧热闹，还少得了你一份么？当然咱们小脚色先上场，正角儿慢慢再出台。”

玄慈朗声说道：“诸位不约而同的降临敝寺，少林寺至感荣幸。只是招待不周，还请原谅则个。”群豪都道：“好说，好说，方丈不必客气。”

这时和少林僧交好的豪客，早已说知来寺原委，各人都接到丐帮帮主庄聚贤的英雄帖，说道少林派和丐帮向来并峙中原，现庄聚贤新任丐帮帮主，意欲立一位中原的武林盟主，并定下若干规章，以便同道一齐遵守，定六月十五亲赴少林寺，与玄慈方丈商酌。各人出示英雄帖，帖上言语虽颇谦逊，但摆明了是说，武林盟主舍我其谁？庄聚贤要来少林寺，显然是要凭武功击败少林群僧，压下少林派数百年享誉武林的威风。

帖中并未邀请群雄到少林寺，但武林人物个个喜动不喜静，对于丐帮与少林派互争雄长的大事，哪一个不想亲眼目睹，躬与其盛？是以不约而同的纷纷到来。这时殿中众人说得最多的便是一句话：“那庄聚贤是谁？”人人都问这句话，却没一人能答。

玄慈方丈和师兄弟会商数日，都猜测这庄聚贤多半便是乔峰的化名，以他的武功机谋，要杀了丐帮中与他为敌的长老，夺回帮主之位，自不为难，否则丐帮与少林寺素来交好，怎地忽有此举？乔峰大战聚贤庄，天下皆知，他化名为庄聚贤，其实已是点明了自己来历。

过不多时，两湖、江南各地的英雄到了，川陕的英雄到了，两广的英雄也到了。群雄南北相隔千里，却都于一日之中络绎到来，显然丐帮准备已久，早在一两个月前便已发出英雄帖。玄慈和诸僧口中不言，心下却既感愤怒，又是担忧，仅在数日之前，自称丐帮帮主的庄聚贤才有书信到来，说到要选武林盟主之事，并说日内将亲来拜山，恭聆玄慈方丈教益，信中既未说明拜山日期，更未提到邀请天下英雄。哪知突然之间，群贤毕集，少林寺竟被闹了个手忙脚乱。丐帮发动已久，少林派虽在江湖上广通声气，居然事先绝无所闻，尚未比试，已然先落下风。丐帮此举，更是胜券已握的模样，所以不言明邀请群雄，只不过不便代少林寺作主人，但大撒英雄帖，实是不邀而邀。群僧又想："丐帮不邀咱们赴他总舵，面子上是对咱们礼敬，他帮主亲自移步，实则是要令少林派事先全无预备，攻咱们一个措手不及。"

玄生向他好友河北神弹子诸葛中发话："好啊，诸葛老儿，你得到讯息，也不捎个信来给我，咱们三十年的交情，就此一笔勾销。"诸葛中老脸涨得通红，连连解释："我……我是三天前才接帖子，一碗饭也没得及吃完，连日连夜的赶来，途中累死了两匹好马，唯恐错过了日子，不能给你这臭贼秃助一臂之力。怎……怎么反怪起我来？"玄生哼了一声，道："你倒是一片好心了！"诸葛中道："怎么不是好心？你少林派武功再高，老哥哥来呐喊助威，总不见得是坏心啊！你们方丈本来派出英雄帖，约我九月初九来少林寺，会一会姑苏慕容氏，现下哥哥早来了几个月，可没对你不起。"

玄生这才释然，一问其他英豪，路远的接帖早，路近的接帖迟，但个个是马不停蹄的趱路，方能及时赶到。倒不是这许多朋友没一个事先向少林寺送信，而是丐帮策划周详，算准了各人到达少林寺的日程，令他们无法早一日赶到少林寺。群僧想到此节，都觉得丐帮谋定而后动，帮主和帮众未到，已然先声夺人，只怕尚有不少厉害后着。

这一日正是六月十五，天气炎热。少林群僧先是应付神山上人和哲罗星等一众高僧，跟着与鸠摩智相斗，盘问虚竹，已耗费了不少精神，突然间四面八方各路英雄豪杰纷纷赶到，寺中僧人虽多，但事出仓卒，也不免手忙脚乱。幸好知客院首座玄净大师是位经理长才，而寺产素丰，物料厚积，群僧在玄净分派之下，接待群豪，却也礼数不缺。

玄慈等迎接宾客，无暇屏人商议，只有各自心中嘀咕。忽听知客僧报道：“大理国镇南王段殿下驾到。”

为了少林寺玄悲大师身中“韦陀杵”而死之事，段正淳曾奉皇兄之命，前来拜会玄慈方丈。大理段氏是少林寺之友，此刻到来，实是得一强助，玄慈心下一喜，说道：“大理段王爷还在中原吗？”率众迎了出去。玄慈与段正淳以及他的随从范骅、华赫艮、巴天石、朱丹臣等已是二度重会，寒暄得几句，便即迎入殿中，与群雄引见。

第一个引见的便是吐蕃国国师鸠摩智。段正淳立时变色，抱拳道：“犬子段誉得蒙明王垂青，携之东来，听犬子言道，一路上多聆教诲，大有进益，段某感激不尽，这里谢过。”鸠摩智微笑道：“不敢！段公子怎么不随殿下前来？”段正淳道：“犬子不知去了何处？说不定又落入了奸人恶僧之手，正要向国师请教。”鸠摩智连连摇头，说道：“段公子的下落，小僧倒也知道。唉！可惜啊可惜！”

段正淳心中怦的一跳，只道段誉遭了什么不测，忙问：“国师此言何意？”他虽多经变故，但牵挂爱子安危，不由得声音也颤了。

数月前他父子欢聚，其后段誉去参与聋哑先生棋会，不料归途中自行离去，事隔数月，段正淳不得丝毫音讯，生怕他遭了段延庆、鸠摩智或丁春秋等人的毒手，一直好生挂念。这日听到讯息，丐帮新任帮主庄聚贤要和少林派争夺武林盟主，当即匆匆赶来，主旨便在寻访儿子。他段氏是武林世家，于丐帮、少林争夺中原盟主一事自也关心。

鸠摩智道：“小僧在天龙宝刹，得见枯荣大师、本因方丈以及令兄，个个神定气闲，庄严安详，真乃有道之士。镇南王威名震于天下，却何以舐犊情深，大有儿女之态?”

段正淳定了定心神，寻思：“誉儿若已身遭不测，惊慌也已无益，徒然教这番僧小觑了。”便道：“爱惜儿女，人之常情。世人若不生儿育女，呵之护之，举世便即无人。吾辈凡夫俗子，如何能与国师这等四大皆空、慈悲有德的高僧相比?”

鸠摩智微微一笑，说道：“小僧初见令郎，见他头角峥嵘，知他必将光大段门，为大理国日后的有道明君，实为天南百万苍生之福。”段正淳道：“不敢!”心想：“这贼秃好不可恶，故意这般说话不着边际，令我心急如焚。”

鸠摩智长叹一声，道：“唉，真是可惜，这位段君福泽却是不厚。”他见段正淳又是脸上变色，这才微微一笑，说道：“他来到中原，见到一位美貌姑娘，从此追随于石榴裙边，什么雄心壮志，一古脑儿的消磨殆尽。那位姑娘到东，他便随到东；那姑娘到西，他便跟到西。任谁看来，都道他是一个游手好闲、不务正业的轻薄子弟，那不是可惜之至么?”

只听得嘻嘻一声，一人笑了出来，却是女子的声音。众人向声音来处瞧去，却是个面目猥琐的中年汉子。此人便是阮星竹，这几个月来，她一直伴着段正淳。段正淳来少林寺，她也跟着来了，知道少林寺规矩不许女子入寺，便改装成个男子。她是阿朱之母，天生有几分乔装改扮的能耐，此刻扮成男子，形容举止，无一不像，决不似灵鹫宫四姝那般一下子便给人瞧破，只是她声音娇嫩，却不及阿朱那般学男人说话也是唯妙唯肖。她见众人目光向自己射来，便即粗声粗气的道：“段家小皇子家学渊源，将门虎子，了不起，了不起。”

段正淳到处留情之名，播于江湖，群雄听她说段誉苦恋王语嫣乃是“家学渊源，将门虎子”，都不禁相顾莞尔。

段正淳也哈哈一笑，向鸠摩智道："这不肖孩子……"鸠摩智道："并非不肖，肖得很啊，肖得紧！"段正淳知他是讥讽自己风流放荡，也不以为忤，续道："不知他此刻到了何方，国师若知他的下落，便请示知。"鸠摩智摇头道："段公子勘不破情关，整日价憔悴相思。小僧见到他之时，已是形销骨立，面黄肌瘦，此刻是死是活，那也难说得很。"

忽然一个青年僧人走上前来，向段正淳恭恭敬敬的行礼，说道："王爷不必忧心，我那三弟精神焕发，身子极好。"段正淳还了一礼，心下甚奇，见他形貌打扮，是少林寺中的一个小辈僧人，却不知如何称段誉为"三弟"，问道："小师父最近见过我那孩儿么？"那青年僧人便是虚竹，说道："是，那日我跟三弟在灵鹫宫喝得大醉……"

突然段誉的声音在殿外响起："爹爹，孩儿在此，你老人家身子安好！"声音甫歇，一人闪进殿来，扑在段正淳的怀里，正是段誉。他内功深厚，耳音奇佳，刚进寺门便听得父亲与虚竹的对答，当下迫不及待，展开"凌波微步"，抢了进来。

父子相见，都说不出的欢喜。段正淳看儿子时，见他虽然颇有风霜之色，但神采奕奕，决非如鸠摩智所说的什么"形销骨立，面黄肌瘦"。

段誉回过头来，向虚竹道："二哥，你又做和尚了？"

虚竹在佛像前已跪了半天，诚心忏悔已往之非，但一见段誉，立时便想起"梦中姑娘"来，不由得面红耳赤，神色甚是忸怩，又怎敢开口打听？

鸠摩智心想，此刻王语嫣必在左近，否则少林寺中便有天大的事端，也决难引得段誉这痴情公子来到少室山上，而王语嫣对她表哥一往情深，也决计不会和慕容复分手，当即提气朗声说道："慕容公子，既已上得少室山来，怎地还不进寺礼佛？"

“姑苏慕容”好大的声名，群雄都是一怔，心想：“原来姑苏慕容公子也到了。是跟这番僧事先约好了，一起来跟少林寺为难的吗？”

但寺门外声息全无，过了半晌，远处山间的回音传来：“慕容公子……少室山来……进寺礼佛？”

鸠摩智寻思：“这番可猜错了，原来慕容复没到少室山，否则听到了我的话，决无不答之理！”当下仰天打个哈哈，正想说几句话遮掩，忽听得门外一个阴恻恻的声音说道：“慕容公子和丁老怪恶斗方酣，待杀了丁老怪，再来少林寺敬礼如来。”

段正淳、段誉父子一听，登时脸上变色，这声音正是“恶贯满盈”段延庆。

便在此时，身穿青袍、手拄双铁杖的段延庆已走进殿来，他身后跟着“无恶不作”叶二娘，“凶神恶煞”南海鳄神，“穷凶极恶”云中鹤。四大恶人，一时齐到。

玄慈方丈对客人不论善恶，一般的相待以礼。少林寺规矩虽不接待女客，但玄慈方丈见到叶二娘后只是一怔，便不理会。群僧均想：“今日敌人众多，相较之下，什么不接待女客的规矩只是小事一桩，不必为此多起纠纷。”

南海鳄神一见到段誉，登时满脸通红，转身欲走。段誉笑道：“乖徒儿，近来可好？”南海鳄神听他叫出“乖徒儿”三字，那是逃不脱的了，恶狠狠的道：“他妈的臭师父，你还没死么？”殿上群雄多数不明内情，眼见此人神态凶恶，温文儒雅的段誉居然呼之为徒，已是一奇，而他口称段誉为师，言辞却无礼之极，更是大奇。

叶二娘微笑道：“丁春秋大显神通，已将慕容公子打得全无招架之功。大伙儿可要去瞧瞧热闹么？”

段誉叫声：“啊哟！”首先抢出殿去。

那一日慕容复、邓百川、公冶乾、包不同、风波恶、王语嫣六人下得缥缈峰来。慕容复等均觉没来由的混入了灵鹫宫一场内争，所谋固然不成，脸上也没什么光采，好生没趣。只有王语嫣却言笑晏晏，但教能伴在表哥身畔，便是人间至乐。

六人东返中原。这日下午穿过一座黑压压的大森林，风波恶突然叫道："有血腥气。"拔出单刀，循着气息急奔过去，心想："有血腥气处，多半便有架打。"越奔血腥气越浓，蓦地里眼前横七竖八的躺着十几具尸首，兵刃四散，鲜血未干，这些人显是死去并无多时，但一场大架总是已经打完了。风波恶顿足道："糟糕，来迟了一步。"

慕容复等跟着赶到，见众尸首衣衫褴褛，背负布袋，都是丐帮中人。公冶乾道："有的是四袋弟子，有的是五袋弟子，不知怎地遭了毒手？"邓百川道："咱们把尸首埋了罢。"公冶乾道："正是。公子爷、王姑娘，你们到那边歇歇。我们四个来收拾。"拾起地下一根铁棍，便即掘土。

忽然尸首堆中有呻吟声发出。王语嫣大惊，抓住了慕容复左手。

风波恶抢将过去，叫道："老兄，你这还没死透吗？"尸首堆中一人缓缓坐起，说道："还没死透，不过……那也差不多……差不多啦。"这人是个五十来岁的老丐，头发花白，脸上和胸口全是血渍，神情甚是可怖。风波恶忙从怀中取出一枚伤药，喂在他口中。

那老丐咽下伤药，说道："不……不中用啦。我肚子上中了两刀，活……活不成了。"风波恶道："是谁害了你们的？"那老丐摇了摇头，说道："说来惭愧，是……是我们丐帮内哄……"风波恶、包不同等都"啊"的一声。那老丐道："这事……这事本来不便跟外人说，但……但是闹到这步田地，也已隐瞒不了。不知各位尊姓大名，多……多谢救援，唉，丐帮弟子自相残杀，反不及素不相识的武林同道。适才……适才听得几位说要掩埋我们的尸体，仁侠为怀，老儿感激之极……”包不同道：“非也，非也。你还没死，不算死尸，我们不会埋你，那就不用感激。”那老丐道：“丐帮自己兄弟杀了我们，连……尸首也不掩埋，那……那还算是什么好兄弟？简直禽兽也不如……”包不同欲待辩说，禽兽不会掩埋尸体，见慕容复使眼色制止，便住口不说了。

那老丐道：“老儿请各位带一个讯息给敝帮……敝帮吴长老，说新帮主庄聚贤这小子只是个傀儡，全……全是听全冠清这……这……这奸贼的话。我们不服这姓庄的做帮主，全冠清派……派人来杀……我们。他们这就要去对付吴长老，请他老人家千……千万小心。”

慕容复点了点头，心道：“原来如此。”说道：“老兄放心好了，这讯息我们必当设法带到，但不知贵帮吴长老此刻在哪里？”

那老丐双目无神，茫然瞧着远处，缓缓摇头，说道：“我……我也不知道。”

慕容复道：“那也不妨。我们只须将这讯息在江湖上广为传布，自会传入吴长老耳中，说不定全冠清他们听到之后，反而不敢向吴长老下手了。”那老丐连连点头，道：“正是，正是。多谢！”慕容复问道：“贵帮那新帮主庄聚贤，却是什么来头？我们孤陋寡闻，今日第一次听到他的名字。”那老丐气愤愤的道：“这铁头小子……”

慕容复等都是一惊，齐声道：“便是那铁头怪人？”

那老丐道：“我刚从西夏回来，也没见过这小子，只听帮中兄弟们说，这小子本来……本来头上镶着个铁套子，后来全冠清给他设法除去了，一张脸……唉，弄得比鬼怪还难看。那也不用说了。这小子武功很厉害，几个月前丐帮君山大会，大伙儿推选帮主，争持不决，终于说好凭武功而定，这铁头小子打死了帮中十一名高手，便……便当上了……帮主，许多兄弟不服，全冠清这奸贼……

全冠清这奸贼……”越说声音越低，似乎便要断气。

邓百川道：“老兄，待兄弟瞧瞧你伤口，咱们想法子治好伤再说。”那老丐道：“肚子穿了，肠子也流出来啦……多谢，不过……”说着伸手要到怀中去掏摸什么东西，却是力不从心，道：“劳……劳驾……”公冶乾猜到他心意，问道：“尊驾要取什么物事？”那老丐点点头。公冶乾便将他怀中物事都掏了出来，摊在双手手掌之中，什么火刀、火折、暗器、药物、干粮、碎银之类，着实不少，都沾满了鲜血。

那老丐道：“我……我不成了。这一张……一张榜文，甚是要紧，恳请恩公念在江湖一脉，交到……交到丐帮随便哪一位长老手中……就是不能交给那铁头小子和……和全冠清那奸贼。小老儿在九泉之下，也是感激不尽。”说着伸出不住颤抖的右手，从公冶乾掌中抓起了一张折叠着的黄纸。

慕容复道：“阁下放心，你伤势倘若当真难愈，这张东西，我们担保交到贵帮长老手中便是。”说着将黄纸接了过去。

那老丐低声道：“在下姓易，名叫易大彪。相烦……相烦足下传言，我自西夏国来，这是……西夏国国王招婿的榜文。此事……此事非同小可，有关大宋的安危气运。可是我刚回中原，便遇上帮中这等奸谋，只盼见到吴长老才跟他……跟他说，哪知……哪知却再也见他不着了。只盼足下瞧在天下千万苍生……苍生……苍生……”连说了三个“苍生”，一口气始终接不上来。他越焦急，越说不出话，猛地里喷出一大口鲜血，眼睛一翻，突然见到慕容复俊雅的形相，想起一个人来，问道：“阁下……阁下是谁？是姑苏……姑苏……”

慕容复道：“不错，在下姑苏慕容复。”

那老丐惊道：“你……你是本帮的大仇人……”伸手抓住慕容复手中黄纸，用力回夺。

慕容复任由他抢了回去，心想：“丐帮一直疑心我害死他们副帮主马大元，近来虽谣言稍戢，但此人仍然认定我是他们的大仇人。他是临死之人，也不必跟他计较。”

只见那老丐双手用力，想扯破黄纸，蓦地里双足一挺，鲜血狂喷，便已毙命。

风波恶扳开那老丐手指，取过黄纸，见纸上用朱笔写着弯弯曲曲的许多外国文字，文末还盖着一个大章。公冶乾颇识诸国文字，从头至尾看了一遍，说道：“果然是西夏国王招驸马的榜文。文中言道：西夏国文仪公主年将及笄，国王要征选一位文武双全、俊雅英伟的未婚男子为驸马，定于今年八月中秋起选拔。不论何国人士，自信为天下一等一人才者，于该日之前投文晋谒，国王皆予优容接见。即令不中驸马之选，亦当量才录用，授以官爵，更次一等者赏以金银……”

公冶乾还未说完，风波恶已哈哈大笑起来，说道：“这位丐帮仁兄当真好笑，他巴巴的从西夏国取了这榜文来，难道要他帮中哪一个长老去应聘，做西夏国的驸马爷么？”

包不同道：“非也，非也！四弟有所不知，丐帮中那几个长老固然既老且丑，但帮中少年弟子，自也有不少文武双全、英俊聪明之辈。要是哪一个丐帮弟子当上了西夏国的驸马，丐帮那还不飞黄腾达么？”

邓百川皱眉道：“素闻丐帮好汉不求功名富贵，何以这易大彪却如此利欲薰心？”公冶乾道：“大哥，这人说道：‘此事非同小可，有关大宋的安危气运。’又说瞧在天下苍生什么的，他未必是为了求丐帮的功名富贵。”包不同摇头道：“非也，非也！”

公冶乾道：“三弟又有什么高见？”包不同道：“二哥，你问我‘又’有什么高见，这个‘又’字，乃是说我已经表露过高见了。但我并没说过什么高见，可知你实在不信我会有什么高见。你问我又有什么高见，真正含意，不过是说：‘包老三又有什么胡说八道了？’是也不是？”风波恶虽爱和人打架，自己兄弟究竟是不打的。包不同爱和人争辩，却不问亲疏尊卑，一言不合，便争个没了没完。公冶乾自是深知他的脾气，微微一笑，说道：“三弟已往说过不少高见，我这个‘又’字，是真的盼望你再抒高见。”

包不同摇头道：“非也，非也！我瞧你说话之时嘴角含笑，其意不诚……”他还待再说，邓百川打断了他的话头，道：“三弟，这易大彪拿了这张西夏国招驸马的榜文回来，如此郑重拜托，请我们交到丐帮长老手中，以你之见，他有什么用意？”包不同道：“这个，我又不是易大彪，怎知他有什么用意？”

慕容复眼光转向公冶乾，征询他的意见。

公冶乾微笑道：“我的想法，和三弟大大不同。”他明知不论自己说什么话，包不同一定反对，不如将话说在头里。包不同道：“非也，非也！这一次你可猜错了，我的想法恰巧和你一模一样，全然没有差别。”公冶乾笑道：“这可妙之极矣！”

慕容复道：“二哥，到底你以为如何？”公冶乾道：“当今之世，大辽、大宋、吐蕃、西夏、大理五国并峙，除了大理一国僻处南疆，与世无争之外，其余四国，都有混一宇内、并吞天下之志……”

包不同道：“二哥，这就是你的不是了。我大燕虽无疆土，但公子爷时时刻刻以兴复为念，焉知我大燕日后不能重振祖宗雄风，中兴复国？”

慕容复、邓百川、公冶乾、风波恶一齐肃立，容色庄重，齐声道：“复国之志，无时或忘！”五人或拔腰刀，或提长剑，将兵刃举在胸前。

慕容复的祖宗慕容氏，乃是鲜卑族人。当年五胡乱华之世，鲜卑慕容氏入侵中原，大振威风，曾建立前燕、后燕、南燕、西燕等好几个朝代。其后慕容氏为北魏所灭，子孙散居各地，但祖传孙、父传子，世世代代，始终存着这中兴复国的念头。中经隋唐各朝，慕容氏日渐衰微，“重建大燕”的雄图壮志虽仍承袭不替，却眼看越来越渺茫了。

到得五代末年，慕容氏中出了一位武学奇才慕容龙城，创出“斗转星移”的高妙武功，当世无敌，名扬天下。他不忘祖宗遗训，纠合好汉，意图复国，但天下分久必合，赵匡胤建立大宋，四海清平，人心思治，慕容龙城武功虽强，终于无所建树，郁郁而终。

数代后传到慕容复手中，慕容龙城的武功和雄心，也尽数移在慕容复身上。大燕图谋复国，在宋朝便是大逆不道，作乱造反，是以慕容氏虽暗中纠集人众，聚财聚粮，却半点不露风声。武林中说起“姑苏慕容”，只觉这一家人武功极高，而行踪诡秘，似是妖邪一路。慕容氏心怀大志，与一般江湖人物所作所为大大不同，在寻常武人看来，自是极不顺眼，再加上“以彼之道，还施彼身”的名头流传，渐渐的竟致众恶所归。

其时旷野之中，四顾无人，包不同提到了中兴燕国的大志，各人情不自禁，拔剑而起，慷慨激昂的道出了胸中意向。

王语嫣却缓缓的转过了身去，慢慢走开，远离众人。她母亲向来反对慕容氏作乱造反的图谋，认为称王称帝，只是慕容氏数百年来的痴心妄想，复国无望，灭族有份。是以她母亲一直不许慕容复上门，自行隐居在菱湖深处，不愿与慕容家有纠葛来往。

公冶乾向王语嫣的背影瞧了一眼，说道：“辽宋两国连年交兵，大辽虽占上风，但要灭却宋国，却也万万不能。西夏、吐蕃雄踞西陲，这两国各拥精兵数十万，不论是西夏还是吐蕃，助辽则大宋岌岌可危，助宋则大辽祸亡无日。”

风波恶大声道：“二哥此言有理。丐帮对宋朝向来忠心耿耿，这易大彪取榜文回去，似是盼望大宋有什么少年英雄，去应西夏驸马之征。倘若宋夏联姻，那就天下无敌了。”

公冶乾点了点头，道：“当真天下无敌，那也未必尽然，不过大宋财粮丰足，西夏兵马精强，这两国一联兵，大辽、吐蕃皆非其敌，小小的大理自是更加不在话下。据我推测，宋夏联兵之后，第一步是并吞大理，第二步才进兵辽国。”邓百川道：“易大彪的如意算盘，只怕当真如此，但宋夏联婚，未必能如此顺利。辽国、吐蕃、大理各国得知讯息，必定设法破坏。”公冶乾道：“不但设法破坏，而且各国均想娶了这位西夏公主。”

邓百川道：“不知这位西夏公主是美是丑，是性情和顺，还是骄纵横蛮。”包不同哈哈一笑，说道：“大哥何以如此挂怀，难道你想去西夏应征，弄个驸马爷来做做吗？”

邓百川笑道：“倘若你邓大哥年轻二十岁，武功高上十倍，人品俊上百倍，我即刻便飞往西夏去了。”随即正色道：“我大燕复国，图谋了数百年，始终是镜花水月，难以成功。归根结底，毕竟是在于少了个有力的强援。倘若西夏是我大燕慕容氏的姻亲，慕容氏在中原一举义旗，西夏援兵即发，大事还有不成么？”

公冶乾道：“正是。当年春秋之季，秦晋两国世为婚姻，晋公子重耳失国，出亡于外，秦穆公发兵纳之于晋，卒成晋文公一代霸业。”

包不同本来事事要强词夺理的辩驳一番，但此刻听了邓百川和公冶乾的话，居然连连点头，说道：“不错！只要此事有助于我大燕中兴复国，那就不管那西夏公主是美是丑，是好是坏，只要她肯嫁我包老三，就算她是一口老母猪，包老三硬起头皮，这也娶了。”

众人哈哈一笑，眼光都望到了慕容复脸上。

慕容复心中雪亮，四人是要自己上西夏去，应驸马之选。说到年貌人品，文才武功，当世恐怕也真没哪一个青年男子能胜过自己。自己去西夏求亲，这七八成把握自是有的。但若西夏国国王讲究家世门第，自己虽是大燕的王孙贵族，毕竟衰败已久，在大宋只不过是一介布衣，如果大宋、大理、大辽、吐蕃四国各派亲王公侯前去求亲，自己这没半点爵禄的白丁却万万比不上人家了。他思念及此，向那张榜文望了一眼。

公冶乾跟随他日久，很能测猜他的心意，说道："榜文上说得明明白白，应选者不论爵位门第，但论人品本事。既成驸马，爵位门第随之而至，但人品本事，却非帝王的一纸圣旨所能颁赐。公子爷，慕容氏数百年来的雄心，要……要着落在你身上了……"他说到后来，心神激荡，声音也发颤了。

包不同道："公子爷做晋文公，咱四兄弟便是狐毛、狐偃、介子推……"忽然想到介子推后来为晋文公放火烧死，此事大大不祥，便即一笑住口。

慕容复脸色苍白，手指微微发抖，他也知道这是千载难逢的良机，自来公主征婚，总是由国君命大臣为媒，选择功臣世家的子弟，封为驸马，决无如此张榜布告天下的公开择婿。他不由自主向王语嫣的背影望去，只见她站在一株柳树下，右手拉着一根垂下来的柳条，眼望河水，衣衫单薄，楚楚可怜。

慕容复自然深知表妹自幼便对自己钟情，虽然舅母与自己父母不睦，多方阻她与自己相见，但她一个身无武功的娇弱少女，竟毅然出走，流浪江湖，前来寻找自己，这番情意，实是世上少有。慕容复四方奔走，一心以中兴复国为念，连武功的修为也不能专心，于儿女之情更是看得极淡。但表妹对自己如此深情款款，岂能无动于中？这时突然间要舍她而去，另行去向一个从未见过面的公主求婚，他虽觉理所当然，却是于心不忍。

公冶乾轻轻咳嗽一声，说道："公子，自古成大事者不拘小节，大英雄大豪杰须当勘破这'情'字一关。"

包不同道："大燕若得复国，公子成了中兴之主，三宫六院，何足道哉？西夏公主是正宫娘娘，这位王家表姑娘，封她个西宫娘娘便是。公子心中要偏向她些，宠爱她些，又有谁管得着了？"他平时说话专门与人顶撞，这时临到商量大事，竟说得头头是道。

慕容复点了点头，心想父亲生前不断叮嘱自己，除了中兴大燕，天下更无别般大事，若是为了兴复大业，父兄可弑，子弟可杀，至亲好友更可割舍，至于男女情爱，越加不必放在心上。王语嫣虽对自己一往情深，自己却素来当她小妹妹一般，并无特别钟情之处，虽然在他心中，早就认定他日自必娶表妹为妻，但平时却极少想到此节，只因那是顺理成章之事，不必多想。只要大事可成，正如包不同所云，将来表妹为妃为嫔，自己多加宠爱便是。他微一沉吟，便不再以王语嫣为意，说道："各位言之有理，这确是复兴大燕的一个良机，只不过大丈夫言而有信，这张榜文，咱们却要送到丐帮手中。"

邓百川道："不错，别说丐帮之中未必有哪一号人物能比得上公子，就算真有劲敌，咱们也不能私藏榜文，做这等卑鄙无耻之事。"风波恶道："这个当然。大哥、二哥保公子爷到西夏求亲，三哥和我便送这榜文去丐帮。到八月中秋，时候还长着呢，丐帮要挑人，尽来得及，也不能说咱们占了便宜。"

慕容复道："咱们行事须当光明磊落，索性由我亲自将榜文交到丐帮长老手中，然后再去西夏。"邓百川鼓掌道："公子爷此言极是。咱们决不能让人在背后说一句闲话。"公冶乾、包不同、风波恶三人一齐点头称是，当下将丐帮众人的尸体安葬了。

慕容复招呼王语嫣过来，道："表妹，这些丐帮弟子为人所杀，其中牵涉到一件大事，我须得亲赴丐帮总舵。我想先送你回曼陀山庄。"王语嫣吃了一惊，忙道："我……我不回家去，妈见了我，非杀了我不可。"慕容复笑道："舅母虽然性子暴躁，她跟前只你一个女儿，怎舍得杀你？最多不过责备几句，也就是了。”王语嫣道：“不……不，我不回家去，我跟你一起去丐帮。”

慕容复既已决意去西夏求亲，心中对她颇感过意不去，寻思：“暂且顺她之意，将来再说。”便道：“这样罢！你一个女孩子家，跟着咱们在江湖上抛头露面，很是不妥，丐帮总舵嘛，你就别去啦。你既不愿去曼陀山庄，那就到燕子坞我家里去暂住，我事情一了，便来看你如何？”

王语嫣脸上一红，芳心窃喜，她一生愿望，便是嫁了表哥，在燕子坞居住，此刻听慕容复说要她去燕子坞住，虽非正式求亲，但事情显然是明明白白了。她不置可否，慢慢低下头来，眼睛中流露出异样的光采。

邓百川和公冶乾对望了一下，觉得欺骗了这个天真烂漫的姑娘，心中颇感内咎。忽听得啪的一声，风波恶重重打了自己一个耳光。王语嫣抬起头来，奇道：“风四哥，怎么了？”风波恶道：“一……一只蚊子叮了我一口。”

当下六人取道向东。走不到两天，段誉便贼忒嘻嘻的自后追到，说道：“啊哟，可也真巧，慕容公子、邓大爷、公冶二爷、包三爷、风四爷、王姑娘，又撞到了你们。大伙儿正要东归，这就一块儿走罢，道上也热闹些。”

包不同对他虽感厌憎，但他曾先后救过风波恶、慕容复、王语嫣的性命，却也不便公然驱逐，不许同行，一路上少不免冷嘲热讽，而段誉或听而不闻，置之不理，或安之若素，顾而言他。

一行人途中得到讯息，丐帮与少林派争夺武林盟主。慕容复和邓百川等人悄悄商议，倘若丐帮与少林派斗了个两败俱伤，慕容氏渔翁得利，说不定能夺得武林盟主的名号，以此号令江湖豪杰，那是揭竿而起的一个大好机缘，决计不能放过，当即赶赴少林寺而来。不料甫到少室山下，便和星宿老怪丁春秋相遇。

这数月中，丁春秋大开门户，广收徒众，不论黑道绿林、旁门妖邪，只要是投拜门下，听他号令，那便来者不拒，短短数月之间，中原江湖匪人如蚁附膻，奔竞者相接于道路。

慕容复在苏星河棋会中险为丁春秋所害，第二次客店大战，侥幸脱身，此刻又再相逢，眼见对方徒众云集，心下暗暗忌惮。风波恶却是个天不怕、地不怕的人物，三言两语，便即冲入敌阵，和星宿派的门徒斗将起来。段誉要伴同王语嫣避开。但王语嫣关怀表哥，不肯离去。星宿派徒众潮水般的一冲，登时便将慕容复等一干人淹没其中。

段誉展开凌波微步，避开星宿派门人，接着便听到父亲的声音，入寺相见，待听叶二娘说慕容复已被打得无招架之功，心想："我快去背负王姑娘脱险。"飞步奔出。